Verlag Bibliothek der Provinz

Toni Distelberger
LIEBENDE IM MOSTVIERTEL
Die gefundene Geschichte

herausgegeben von Richard Pils
lektoriert von Axel Ruoff

ISBN 978-3-99028-952-5

A-3970 WEITRA 02856/3794
www.bibliothekderprovinz.at

Coverbild: „Kolpingpräses Prof. Adolf Distelberger“

KULTUR
NIEDERÖSTERREICH

Toni Distelberger

LIEBENDE IM MOSTVIERTEL

Die gefundene Geschichte

Denn mit den Gedanken und Erinnerungen, die sich uns nähern, ist es wie mit verprügelten Hunden. Wenn man sich zu hastig bewegt oder etwas zu ihnen sagt, oder wenn man sie streicheln will – schwupp, sind sie weg! Und dann kann man Grünspan ansetzen, ehe sie sich wieder heranwagen. Erinnerungen fängt man ratenweise. Erst packt man vielleicht ihren Schopf. Dann fliegt das linke Vorderbein herzu, dann das rechte, dann der Podex, dann eine Hinterhaxe, Stück für Stück. Und wenn man schon glaubt, die Geschichte wäre komplett, kommt – ratsch! – noch ein Ohrläppchen angebummelt.

Erich Kästner, Emil und die Detektive (1929)

Noch mehr Sterne

Von der Gymnastikmatte zum Fenster hinauf bietet sich mir eine ganz neue Perspektive dar. Nach oben ist der Himmel intensiver gefärbt und wird dunkler; unten hellt ihn der Dunst auf, der von der Stadt aufsteigt. Der Verkehrslärm ist gedämpft. Jetzt fliegt eine Möwe von links nach rechts durch mein Blickfeld, fünf Minuten später eine Krähe in die Gegenrichtung, aber mehr schräg nach hinten.

Der Dreijährige sitzt auf einer Decke, die im Schatten aufgebreitet wurde. Mit dem Rechen holt die Mutter vom Heuwender übergangene Reste zusammen. Woher nur stammt die Einsicht, dass diese Wiese am Rand des Nachbardorfes bloß gepachtet ist? Während seine Mutter arbeitet, kaut er auf einem Apfel herum. Hinter dem Rain mit den Obstbäumen fängt die offene Feldflur an. Dort zieht eine Staubfahne ihres Weges und verliert sich in wolkenverschleierter Ferne. Später möchte das Kind den Apfel weiteressen, aber das angebissene Fruchtfleisch hat sich bräunlich verfärbt.

Seine älteren Brüder und die Nachbarskinder ziehen in den Krieg. Im Wald werden Stellungen errichtet. Verhaue aus trockenen Fichtenreisern markieren die feindlichen Linien. In ihrem Schutz legen die Kriegsparteien Munitionslager an. Als Wurfgeschosse in der Schlacht dienen Zapfen. Er ist noch klein und wird angehalten, während der Auseinandersetzung für Nachschub zu sorgen. Anfangs sammelt er eifrig. Aber immer tiefer aus dem Wald soll er die Zapfen holen. Er hat keine Lust, den Höhepunkt des Kampfes zu versäumen, und bleibt da. Ein harter Zapfen trifft ihn am Kopf. Er fängt zu weinen an.

Eine Lücke tut sich auf in der Front des Waldes. Der Schatten lockt den Knaben weg von der eintönigen Landstraße. Aus den Baumkronen taucht das Sonnenlicht zum Grund hinunter. Ein Eichelhäher hat den Eindringling entdeckt und schimpft lauthals. Weiter drinnen findet sich ein Waldteich. Zornig quarrend steigen Enten von dessen überwachsener Fläche auf. Wildtauben ermahnen den Wanderer zur Heimkehr. Er überlässt das Gewässer seiner Einsamkeit und schlägt eine Richtung ein, deren ausgefahrene Spuren ihn hinaus führen. An schattigen Stellen wächst Springkraut, das *Impatiens noli-tangere*. Er pflückt die reifen Schoten, tippt sie an und erfreut sich daran, wie sie platzen.

Jagen und Sammeln ist sein Zeitvertreib geworden, wobei er mehr Sammler als Jäger ist. Er sucht den Waldboden nach Vogelfedern ab, die in der Mauser verloren wurden oder an Plätzen, wo ein Raubvogel seine Beute geschlagen hat, verstreut sind. In einer Schachtel hortet er seine Schätze: lange Fasanenfedern, schillernde Erpelfedern, schwarzweiße Federn der Elstern, samtige der Eulen, getupfte vom Buntspecht, gestreifte vom Kuckuck, Taubenfedern in einfältigem Grau, kriegerisch geflammte der Habichte. Immer wieder stöbert er in der Nähe von Futterkrippen nach abgeworfenen Geweihstangen, jedoch lange ohne Erfolg. Sein Wunsch erfüllt sich erst, als er mit einem Spielkameraden im Wald unterwegs ist und sie zufällig darüber stolpern. Doch wie das schöne Stück teilen?

Der junge Waldläufer tritt Gänge in die Brombeerhecke, um an die glänzenden Früchte heranzukommen. Weil er nur eine kurze und keine lange Hose angezogen hat, ist das ein schwieriges Unterfangen. Er hat gelesen, dass man in der Wildnis von Nordamerika aufpassen muss, beim Beerenpflücken nicht unversehens auf Bären zu stoßen. Er malt sich aus, wie es wäre, hinter dem nächsten Strauch einem solchen Tier zu begegnen.

Sein Bruder misst ihm in Schritten die Entfernung aus, die Old Shatterhand unter der Wasseroberfläche zurücklegt, um den Vater von Winnetou im Zweikampf zu überraschen und sich auf diese Weise seinen Ehrennamen zu verdienen. Er ist beeindruckt. Wie kann ein Mensch so weit tauchen? Der Apatsche nenne seinen Freund Scharly, erzählt der Bruder, der auf diesem Gebiet Experte ist. Für die Ferien ist der Gymnasiast aus dem Internat heimgekehrt, in dessen Bibliothek die Bände von Karl May vollzählig versammelt sind. Der Junge verfügt bei Weitem nicht über die Kraft, das Gewicht seines Körpers auf den Zehen und Fingerspitzen zu halten, und sieht sich schon gar nicht imstande, ein Lagerfeuer zu beschleichen. Ihm wird erklärt, dazu bedürfe es eben langjähriger Übung. Er schöpft Hoffnung.

Er ist Ackerbauer und Viehzüchter geworden. Jeden Vormittag soll er die Mostbirnen aufsammeln. Aber bereits zu Mittag ist die Straße wieder übersät mit aufgeplatzten Früchten, von deren Fruchtmark Wespen trinken. Furchtlos packt er die Birnen und wirft sie in den Korb. Benommen vom gärenden Saft torkeln die Wespen hoch. Auch die Schweine, denen er das Fallobst in den Trog kippt, machen sich mit Begeisterung darüber her, ohne den Insekten, die den Abflug nicht mehr geschafft haben, weitere Aufmerksamkeit zu schenken. Unter den Bäumen des Nachbarn liegen die heruntergefallenen Birnen so dicht, dass sie den Boden bedecken.

Schon den ganzen Tag über arbeitet sich ein Trupp älterer Frauen von Baum zu Baum vor. Ihr Gemurmel rückt immer näher. Im Gegensatz zu dem Knaben, der den Korb zu sich stellt und sich hinkauert, um mit raschen Griffen alle Birnen in Reichweite einzusammeln, bücken die Frauen sich die ganze Zeit. Sie richten sich ächzend auf und entleeren ihre Henkelkörbe in den Anhänger des Traktors, der sie begleitet.

Mit dem Spaten grabe ich Erdäpfeln aus. Es lässt sich nicht vermeiden, dass ein Teil der Knollen vom Blatt des Werkzeugs glatt zerschnitten wird. Das Ergebnis meiner Anstrengungen wird vom Vater einer kritischen Musterung unterzogen. Er nimmt sich die Mistgabel her und schafft eine Zeile, für die ich eine halbe Stunde benötigen würde, mit der Forke in zehn Minuten. Dazu sticht er mitten in die vertrockneten Strünke hinein und reißt mit einem Ruck das Bündel auseinander. Die Erdäpfeln kollern dabei sauber heraus, und ich klaube hintennach.

Ich führe die Freundin bei meinen Eltern ein. Wegen der Fisolensuppe, die auf dem Tisch steht, wird sie aufgefordert, den Dialektausdruck „Boauschorl" zu artikulieren, der in der Mundart für Fisolen steht. Das Wort lässt sich zwar als „Bohnenschoten" übersetzen, doch gängige Buchstaben geben seine Laute nur unzureichend wieder. Nach dem dritten Versuch bringt sie das Wort heraus, ohne über die zusammengezogenen Vokale zu stolpern. Nur die authentische Klangfarbe des Zungenbrechers fehlt. Alle lachen über ihre Versuche. Ich bin stolz darauf, dass meine Heimat über eine so schwierige Sprache verfügt, die den Ausländer, mag er auch nur aus dem Wiener Raum stammen, sofort als Exoten punziert.

Vor der Tür steht ein Einkaufswagen. Ich klappe den Kindersitz heraus und setze meine Tochter hinein. Sie freut sich. Ich fahre mit ihr auf dem asphaltierten Fußweg zwischen den Wohnblöcken. Kinder spielen Fußball. Meine Tochter verdreht sich in ihrem Sitz und beobachtet sie interessiert. Wir begegnen einem Kind, das vielleicht auch ein Mädchen ist, und seinen Eltern. Es ist ein Jahr älter und kann schon laufen. Es sagt „Baby", bleibt aber schüchtern. Meine Tochter lächelt, streckt den Zeigefinger aus und tapst auf sein Gesicht. Die Mutter ermuntert ihr Kind. Dieses zeigt auf den Anhänger am Zippverschluss der Jacke meiner Tochter und sagt etwas, was nur seine Mutter als „Leisverschuss" erkennt. „Ja, Reißverschluss", bestätigt sie. Sie verabschieden sich. Alle winken, nur meine Tochter nicht. Als ich mit ihr weiterfahre, verlagert sie ihr Gewicht zur Seite, hängt sich aus dem Wagen und blickt der Familie nach, deren Kind daran gehindert wird, uns nachzulaufen. Auf dem Rückweg begegnen wir ihnen an nahezu derselben Stelle wieder. Sie haben inzwischen Bekannte getroffen. Das Kind klettert auf eine Bank und springt auf der Sitzfläche herum. Hinter den Türmen des Klosters geht die Sonne unter.

Ich laufe durch die Weinberge oberhalb des Ortes. Über dem Marktplatz steht ein klarer, gelber Lichtpunkt – ist das der Abendstern? Oder vielleicht doch nur der Scheinwerfer eines Flugzeugs? Die Luft ist warm. Die Fußgängerampel taucht den Übergang in rotes Licht. Bevor die Ampel umspringt, überquere ich die momentan freie Straße. Sobald ich auf der anderen Seite angelangt bin, höre ich Autos am leeren Zebrastreifen anhalten. Von der Heide hüpft mir Schmelzwasser entgegen, das auf dem steilen Weg im Mondlicht blinkt. Im Wald bleibe ich auf einer Lichtung stehen. Ein Rinnsal zweigt hier vom Weg ab und verschwindet glucksend unter dem Schnee, auf den der Mond in langgezogenen Umrissen die Bäume malt. Ich lege den Kopf in den Nacken und blicke hinauf zu den Gestirnen. Im Augenwinkel hebt sich das Gespinst der Zweige gegen den Nachthimmel ab. Hier sehe ich noch mehr Sterne als vorhin im Freien.

Geschichten ließen sich nur stückweise einsammeln, fand schon Erich Kästner. Am Ende erst komme ein Teil daher, von dem man nicht weiß, wo man ihn unterbringen soll. Bevor die Erzählung nicht wieder zur Gänze aufgetrennt und zerlegt worden ist, lässt sich das Fragment nicht einfügen.

Erstes Buch

Die Rätsel der Vergangenheit

Braungebrannt waren die Arme des Bauern, der ein blaues Hemd trug, die Ärmel aufgekrempelt hatte. Gegerbt, so kamen Katrin die Arme vor, von einem tiefen Braun, fast violett. Nach verrichteter Arbeit streifte der Bauer das Hemd über den Kopf, reinigte es von Halmen und Staub, bevor er sich damit den Schweiß vom Leib wischte. Mit entblößtem Oberkörper stand er da. Milchweiß war die Haut von Brust und Rücken, und die wettergegerbten Arme und der Kopf schienen gar nicht zu ihm zu gehören.

Silvio Blatter, Kein schöner Land (1983)

Das siegesgewisse Lachen

Ich wäre bei seiner Geburt fast gestorben.
Es hat ganze 36 Stunden gedauert – anderthalb Tage nur Krampfwehen. Ärzte und Schwestern haben sich nicht um mich gekümmert, ich war mir selbst überlassen.

Alle paar Stunden ist die Tür aufgegangen, und es wurde gefragt: „Ist es schon soweit?" Am Ende habe ich das Bewusstsein verloren. Ich weiß nichts darüber, wie er schließlich zur Welt gekommen ist.

Meine Mutter hat uns aufgenommen, ich konnte mich nicht um ihn kümmern. Ich bin zwei Wochen nur im Bett gelegen, teilnahmslos vor mich hindämmernd. Mit Grießkoch und Milchreis haben sie mich wieder hochgebracht. Ich wog nur noch vierzig Kilo, so abgemagert war ich.

Das Neugeborene ist weitere zwei Wochen bei seiner Großmutter geblieben, weil ich es sonst nicht geschafft hätte. Nach der Geburt Anfang August konnte ich mich bis zum Herbst nicht von meiner Schwäche erholen. Noch bei der Schulmesse, als sein Bruder eingeschult wurde und die ganze Kirche voll war, habe ich das Stehen nicht ausgehalten.

Damals wollte der Nachbar gerade seine Hauszufahrt asphaltieren lassen – als ich die Bagger gesehen habe, bin ich hinabgelaufen und habe dafür gesorgt, dass die Straße bis zu uns herauf verlängert wird. Sogar das habe ich noch zustande gebracht.

Wenn man mit einer Person sein Leben lang vertraut ist, verfällt man leicht der Einbildung, den ganzen Menschen zu kennen. Am siegesgewissen Lachen meiner Mutter zeigt sich, dass sie früher eine andere Frau gewesen sein mag. Dieses schelmisch und spitzbübisch strahlende Lächeln ist ausschließlich auf Fotos dokumentiert, die vor meine Geburt datieren. Damals war sie noch rank und schlank, lebhaft im Gesichtsausdruck, ganz eine ländliche Schönheit. Auf einer jener Aufnahmen aus den frühen Sechzigerjahren werden zwei blondschopfige und hochgeschossene Buben zusammen mit einem pummeligen Kleinkind von ihren Eltern in die Mitte genommen. Da ist das Paar gerade einmal Anfang dreißig und wirkt dynamisch und tatkräftig. Die Erscheinung der Frau auf dem Bild legt nicht nahe, dass sie damals bereits drei Schwangerschaften ausgetragen hat. Auf die gleiche Art lacht sie hier in die Kamera wie bei ähnlichen Anlässen. Auch auf den Gruppenfotos der Großfamilie lächelt meine Mutter den Fotografen an, als teilte sie mit ihm ein lustiges Geheimnis. Sie lacht so mitreißend, so impulsiv, wie es nur eine Frau tut, die ganz zu ihrem Leben und ihren Entscheidungen steht.

Sie ist nicht ganz sechsunddreißig, als sie ihr viertes Kind gebärt. Nach zwei Fehlgeburten verläuft meine Geburt desaströs. Wochenlang hat sie keine Kraft für das Neugeborene und ist gezwungen, es der Großmutter des Kindes zur Pflege zu überlassen. Auch nachdem sie es geschafft hat, erneut auf die Beine zu kommen, hört das Leben nicht auf, mühsam und belastend zu sein. Bis an die Grenzen ihrer Kraft zu gehen, ist kein Spiel mehr, es ist Ernst geworden. Bilder aus dieser Zeit zeigen mir, wie dick und schwerfällig sie plötzlich geworden ist, auch das hinreißende Lächeln ist verschwunden.

Ihrem Mann wird sie die Probleme der Geburt niemals verzeihen. Es scheint, als ob alles Negative, über das sie vorher lachend hinwegsehen konnte, sich haushoch aufzutürmen beginne. Die Sorgen lassen sich nicht länger überspielen, nachdem ein wesentlicher Anteil ihrer Zuversicht und Tatkraft im Kreißsaal zurückgeblieben ist. Auf den Fotos, die aus meiner Kindheit stammen, lächelt sie selten und höchstens verhalten. Viel häufiger ist ihr Gesichtsausdruck verbittert und abweisend. Das freche Lachen ist wie weggewischt. Auch der Vater verändert sich. Im Jahr meiner Geburt hört er mit der Tanzmusik-Combo auf, als deren Klarinettist er zahlreiche Engagements auf Hochzeiten absolviert hat. Auf diesen Verdienst ist er nicht weiter angewiesen, mit dem Verkauf von Landmaschinen lässt sich leichter Geld verdienen. Seinen eigentlichen Beruf als Milchkontrolleur vernachlässigt er immer mehr, das leichte Übergewicht steigert sich zur Fettleibigkeit.

Meine Mutter findet heraus, dass sie fähig ist, andere absichtsvoll und gezielt zu verletzen und Gefühle der Loyalität zu missbrauchen – und sie entdeckt den Zorn. Dessen Kunst ist ein verborgenes Erbteil ihrer Herkunftsfamilie. Die Liebe wird dabei direkt vom Zorn abgelöst, der von allen Emotionen der Liebe am nächsten steht. Mit der gleichen Entschlossenheit, mit der sie vorher Einwände mit einem strahlenden Lächeln entwaffnet hat, lässt sie nun besonders jene ihre Wut spüren, mit denen sie in einer Familie zusammenlebt. Der Zorn erstickt das freche Lachen. Für den Verlust von Zuversicht und Daseinsfreude müssen immer wieder vergleichsweise geringe Anlässe die Verantwortung übernehmen. Der Zorn braucht Kraft, er verleiht aber auch neue Kräfte. Der Zorn ist eine destruktive und gleichzeitig eine produktive Macht.

Ein zufriedenes Kind

An einem Tag im Herbst sitzt ein Dreijähriger am Ackerrain und baut mit Erdschollen Häuschen. Seine Mutter arbeitet unterdessen auf einem Feld, das keines ihrer eigenen ist – so viel weiß er. Immer wieder kommt der Bub zur Feldarbeit mit. Er spielt selbstvergessen am Anger, während sie mit dem Traktor Runden über den Acker zieht.

Den nassen Wiesengrund durchbricht ein Weiher, wo im Sommer das Wasser unter der Entengrütze hervorspritzt, von den Fröschen, die sich kopfüber hineinstürzen. Im Winter ist das Wasser im kleinen Teich manchmal meterdick gefroren. Die älteren Geschwister sind dort eislaufen, während ihr dreijähriger Bruder sich am Rand der Eisfläche vergnügt. Er hockt am Ufer und setzt aus Eisschollen wiederum Häuschen zusammen; im Seichten zwischen den Schilfhalmen ist Lufteis entstanden, das er mit den Stiefeln zertreten hat. Darüber liegt das weiche Schneelicht eines Winternachmittages.

Nur zu einer alten Nachbarin kann mich meine Mutter noch geben. Die Gehn-Leut, denen sich einst die Beaufsichtigung meiner Brüder übertragen ließ, sind inzwischen verstorben. Ihr Jüngster kann aber auch allein im Gitterbett zurückbleiben, während sie aufs Feld fährt. Der Bub döst, ist mit sich selbst beschäftigt und verursacht ihr kein schlechtes Gewissen. Zwischendurch hetzt sie nach Hause, späht durch das Fenster in die Stube hinein, wo das Gitterbett steht, sieht ihn zufrieden und wunschlos und arbeitet weiter. Bei seinem Geschwisterchen ist das nicht mehr möglich. Das kleine Mädchen rüttelt, weil es mitgenommen werden will, so lange wütend an den Stäben seines Gitterbettes, bis dieses umstürzt. Das Töchterchen umklammert die Mutter, die von der Arbeit gerufen wird, und setzt es durch, von ihr mit auf den Traktor genommen zu werden. Einhändig steuert die Bäuerin die Zugmaschine, während die zweite Hand das mittlerweile eingeschlafene Kind auf dem Nebensitz festhält. Hebt sie es daheim vom Traktor, wacht es auf, ist schlaftrunken und grantig.

Der Bub streift allein herum und hält Zwiesprache mit sich selbst, ohne Plan und ohne Ziel. Manchmal interessieren ihn die großen und auf die Seite gekippten Wurzelstöcke im Wald, die sich mittels einiger Indianerfiguren aus Plastik in fantastische Szenerien verwandeln lassen, dann wieder bahnt er sich verschlungene Wege hinter den Scheunen, deren Zwischenräume von den schirmförmigen Blättern der Großen Klette, dem *Arctium lappa*, überwuchert werden, oder kauert sich unter das Blattwerk von Büschen, wo er sich Lager einrichtet. Doch nichts verfolgt er mit Konsequenz. Die Lager werden ebenso schnell vergessen, wie sie entstanden sind, die Schnitzereien nie vollendet und die Abenteuer immer wieder verpasst oder vertrödelt. Über seine Zeit legt er keine Rechenschaft ab. In seliger Einfalt hängt er seinen Tagträumen nach. Er darf überall hin, in jeden Gartenwinkel, jede Scheune, jeden Stall, jede Stube – und das jederzeit. Er kennt keine Scheu und keinen Respekt. In alle Häuser wird er eingelassen, ist überall zugelassen und wohlgelitten. Was die Nachbarn für sich behalten wollen, wird in seiner Gegenwart nicht erörtert und bleibt auf diese Weise vor ihm bewahrt.

Er ist nur gut darin, sich auszumalen, was er alles einmal können wird. Heldentaten erlebt er bloß in seiner Fantasie. Da ist er mutig und berühmt, Sieger, Erfinder, Entdecker und Kämpfer. Viel einfacher und leichter, als ihm der Umgang mit der realen Welt fällt, ist es, sich in erfundene Welten hineinzuversetzen. Er geht so traumverloren durchs Leben, dass er sich später des Verdachts erwehren muss, einiges von dem, was ihm in seiner Rückschau unterkommt, geträumt zu haben. Heute ist es ihm nämlich nur noch in seinen Träumen gegeben, so intensiv zu empfinden und so ungeteilt bei sich sein zu können, wie er es aus seiner frühen Kindheit kennt. Er wacht auf, steht im Bann des Traumes und denkt: Also so ist das, so fühlt sich das Leben für ein Kind an.

Ein Holzbein im Schrank

Wann immer der Bub einen Nachbarn beobachtet, wie dieser Scheiter kliebt, Bottiche reinigt, Reisigbesen bindet und ähnlichen Geschäften nachgeht, schließt er sich ihm an und wartet, ob sich ein Gespräch anbahnen lässt. Er wird bei diesen Gelegenheiten von seinen Gesprächspartnern gerne mit Dampfplaudereien und Schauergeschichten hinters Licht geführt; trotzdem kann er nicht davon lassen, sie immer wieder aufs Neue anzusprechen, auch wenn er zuvor entwichen ist, über ihren Spott empört und beleidigt. Die Erwachsenen erachten es meist unter ihrer Würde, sich mit einem Kind, dessen Gesellschaft sich ihnen aufdrängt, ernsthaft auseinanderzusetzen.

Bemerkt er den Imker, wie der in seinem solide gezimmerten Häuschen hantiert, so sucht er ihn ebenfalls auf. Ohne dass dieser sich je zu freundlichen Worten herablässt, darf der Knabe seine Handreichungen begutachten, und nie wird er von ihm vertrieben. Sobald die Stöcke erbrochen werden, fällt auch für den Beobachter eine Handvoll der mit Honig überquellenden Waben ab, die er kaut, bis der süße Seim sich in den bitteren Wachsgeschmack verwandelt.

Nur die alten Leute sind immer zu Hause, wenn er die Nachbarn besuchen geht; Kinder seines Alters gibt es sonst keine im Dorf. In jedem Haus wird ein Stübchen von Altenteilern bewohnt, die im Haushalt mithelfen und das Haus hüten, wie man das so nennt. Nie sind die Höfe verschlossen. Ständig ist jemand anwesend, der über den Verbleib der Hausleute Auskunft geben und Mitteilungen überbringen kann. Er treibt sich im Dorf herum und geht überall ein und aus.

Ein alter Mann hinkt jeden Abend mit seinem Jagdgewehr langsam zum Waldrand und grüßt die Mutter, die im Hof ihre vollen Milchkannen kühlt. Als der Bub in dessen Kammer eine Reserve-Beinprothese aufstöbert, packt ihn ein heftiger Schrecken. Wie ein Regenschirm ist das Holzbein unter den Mänteln im Schrank verstaut. Dieser Fund ist ihm so unheimlich, als ob er auf einen abgetrennten Körperteil gestoßen wäre.

Das Ofenattentat

Ich sitze hinter einem meiner Brüder auf dem Moped und halte ihn umfasst. Während er sich auf die Schlaglöcher in der Fahrbahn der Forststraße konzentriert, geht mein Blick hinauf. Die Baumkronen verschwimmen zu einem grünen Wirbel, in dessen Sog ich mich verliere. Wir gelangen auf eine Kuppe, und zwischen niedrig hängenden Ästen öffnet sich der Blick über die Felder hinaus, die Weite tut sich auf, und wir *pledern* hinein in die Bläue und das sonnenhelle Land.

Als fünfzehnjährige Knaben sind meine beiden ältesten Brüder mit den Rädern nach Venedig gefahren, haben während der Reise wild in Obstgärten campiert und sich von mundgeraubten Feldfrüchten ernährt, um nicht ihr bescheidenes Reisebudget anbrechen zu müssen. Braungebrannt und abgemagert sind sie heimgekehrt. Die Expedition in die legendäre Stadt an der

Adria stellt nur den Auftakt zu einer Reihe von abenteuerlichen und dabei kostensparenden Unternehmungen dar. Aus dem Internat bringen sie technische Experimente mit. Von der Plattform auf dem Silo bis zum Dach der Garage spannen sie einen Draht, an dessen Enden jeweils einer jener Blechdeckel befestigt wird, die von Schuhwichsedosen stammen. Legt man an einem Ende das Ohr an den Deckel, vernimmt man schwach die Worte, die am anderen Ende hineingesprochen werden. Nicht am praktischen Nutzen, sondern am Prinzip sind die Burschen interessiert. Mit ihrer Forschung gehen sie den Dingen auf den Grund. Sie verifizieren die Behauptung, eine Katze lande im Fall immer auf ihren Beinen, indem sie den Hauskater in hohem Bogen aus einem Fenster im Obergeschoß werfen. Die eigentliche Mission des zweitältesten Bruders liegt jedoch auf dem Gebiet der Chemie. Ihren Ausgang nimmt diese Leidenschaft bei pyrotechnischen Entladungen, und sie findet ihren Abschluss in der souveränen Handhabung chemischer Elemente. Es grenzt an ein Wunder, dass der Teenager nicht irgendwann sein Augenlicht verliert, wenn er Unkrautsalz zur Explosion bringt, Deodorantdosen ins Feuer wirft und auch sonst keinen Stoff übergeht, von dem er hofft, dieser würde sich zu einer heftigen und impulsiven chemischen Reaktion provozieren lassen. Die legal zugänglichen Mittel stellen für ihn nur eine Einstiegsdroge dar. Einmal demonstriert er sogar seinem jüngsten Brüderlein die zerstörerische Kraft chemischer Substanzen. Er füllt ein zehn Zentimeter langes Stück eines Leitungsrohres mit Schwarzpulver und Schießwolle, verschließt den Zylinder an beiden Seiten mit Schrauben und zündet durch ein Loch, das er vorher gebohrt hat, die Granate in der leeren Garage. Der Mauervorsprung zwischen den beiden Abschnitten der

Garage bietet den Augenzeugen dieser Tat ausreichend Schutz. Niemand wird von den zerberstenden Metallteilen getroffen, die sich in die Wände bohren, keinem geschieht ein Leid. Nur die Einschläge der Granatteile in der Wand sind noch längere Zeit zu sehen. Es entsteht auch niemandem ein Schaden, als er im August oder September 1978 knapp vor dem Ende seines sechsmonatigen Grundwehrdienstes eine von ihm konstruierte Bombe an einem einsamen Bahngleis zur Detonation bringt. Gemeinsam mit einem weiteren Verschwörer sprengt er einen alten Ofen in die Luft. Es wäre nicht nötig gewesen, dass Anrainer, die den Knall vernommen hatten, die Polizei alarmierten. Schließlich sehen sogar die Exekutivbeamten ein, dass der junge Mann nicht der Terrorist ist, als welchen sie ihn verhaftet und eine Nacht lang in den Kotter gesperrt haben. Am Ende bleibt vom vermeintlichen Terroranschlag nichts als der Vorwurf übrig, das nötige Pulver in der Kaserne abgezweigt zu haben. Der junge Mann hat in Wien seinen Präsenzdienst abgeleistet und seinen Coup weit draußen am Stadtrand verübt. Die Sache kommt aber mit voller Nennung seines Namens in die Kronenzeitung, und so werden auch seine Eltern und Geschwister darauf angesprochen. „Ofen knallte – Frau fiel um!“, lautete die informative Schlagzeile. Außerdem muss seine Familie eine Hausdurchsuchung über sich ergehen lassen. An einem Nachmittag läutet es. Da die Mutter gerade auf dem Feld arbeitet und nur der Jüngste daheim ist, öffnet dieser die Haustür. Der Revierinspektor steht vor ihm und bittet ihn höflich, ihm das Zimmer seines Bruders zu zeigen. Dort wirft der Gendarm einen kontrollierenden Rundblick, verzichtet darauf, irgendwelche Schränke zu öffnen, und beschlagnahmt nur eine dem Bundesheer entwendete Übungsgranate, die zur Zierde auf einem

Bord aufgebaut ist. Dann verabschiedet er sich und lässt ausrichten, die Mutter möge sich nicht unnötig sorgen. Ihre Erinnerung ergibt eine weit dramatischere Version: Demnach sei sie bei der Hausdurchsuchung dabei gewesen; es sollen zwei Beamte gewesen sein; die Granate, die im Regal stand, sei nicht Übungsmunition, sondern scharf gewesen; die Gendarmen hätten daraufhin eifrig die technischen Bastelutensilien meines Bruders durchwühlt; er sei drei Tage eingesperrt gewesen und nur freigekommen, nachdem sie einen Studienkollegen ihres Schwagers, den Militärbischof Hahn, gebeten habe, für ihren Sohn zu intervenieren. Außerdem habe er eine hohe Geldstrafe bezahlen müssen, die seine Ersparnisse verschlang.

Es gibt auch die ruhige Seite meines Bruders. Stundenlang sperrt er sich in eine hermetisch abgedunkelte Kammer ein, wo er Fotos ausarbeitet und mit den Entwicklersäuren experimentiert. Mit dem Geld, das er in den Ferien in der Fabrik verdient hat, wurden die teuren Geräte finanziert. In die Fotokammer darf ich erst eintreten, nachdem ich geduldig gewartet habe, bis die Negative belichtet worden sind.

Mein ältester Bruder ist der politisch Aktive und sozial Engagierte aus dem Gespann. Bei ihm bestellt sich der Zehnjährige im Jahr der Volksabstimmung um fünf Schilling einen Bogen Anti-Zwentendorfpickerln, um mit der verschmitzt lächelnden Sonne und der Aufschrift „Atomkraft? Nein Danke!" sein Federpennal und seine Hefte zu schmücken. Der dritte meiner Brüder setzt seinen Ehrgeiz daran, Hütten zu bauen, und pflegt den Traum, in einer solchen Unterkunft zu übernachten. Sein erstes Bauwerk lehnt sich an die Rückwand unserer Scheune an. Als er es daransetzt, dort zu übernachten, wird er aus dem Schlaf gerissen, weil seine Behausung mitten in der Nacht schwerem Bombardement mit Erdbrocken ausgesetzt ist, die seine beiden größeren Brüder vom Dach der Garage aus abfeuern.

Es sind Sommer, in denen die Geschwister gemeinsam im Fluss baden und die älteren Brüder vom Wehr ins Wasser köpfeln. Auf der Suche nach der Fundstelle von Mineralien irren sie durch zugewachsene Grabentäler – den Kleinen plagt Durst. Ihn erfreuen auch die Anekdoten aus dem Internat, wie etwa die Geschichte vom Marillenknödelwettessen.

Ein Schulfreund erkundigt sich einmal, wer denn der bärtige Mann gewesen sei, den wir in der Küche sitzend angetroffen haben. Als ich ihm versichere, es wäre einer meiner Brüder, staunt der Klassenkollege über das Alter meiner Geschwister. Ich bin so stolz, als handelte es sich um ein persönliches Verdienst. Erwachsene Brüder sind für einen Jungen doch recht repräsentabel.

Mach's wie deine Brüder!

Die ledrig gegerbte Haut im Nacken und an den Unterarmen meines Vaters hebt sich von der unappetitlichen Blässe von Bauch und Rücken ab. Selbst in der größten Hitze wird bei der Arbeit das Hemd nicht ausgezogen. Das Bedürfnis, den ganzen Körper unnötig der Sonne auszusetzen, bestand früher nicht. Ertüchtigung als Selbstzweck oder zur Erlangung eines schönen Körpers ist meinem Vater fremd. Das Bergsteigen ist die einzige Form sportlicher Betätigung, die er akzeptieren kann. Sobald seine Söhne ein Alter erreicht haben, das solche Unternehmungen erlaubt, wird gemeinsam ein Berg im Gesäuse erklommen. Als jedoch die Reihe schließlich an den Jüngsten gekommen wäre, delegiert mein Vater die Aufgabe, den Bub bei seiner Initiation in die Welt der Berge zu begleiten, an seine älteren Brüder. Als ich acht Jahre alt bin, wollen sie mit mir den Ötscher bezwingen. Leider überrascht uns dabei ein Schlechtwettereinbruch. In meinem dünnen Anorak friere ich wie ein Schneider. Hundert Höhenmeter unterhalb des Gipfels scheitere ich und falle in ein schwarzes Motivationsloch. Bei der Kälte und dem Nebel, aus dem es nieselt, sind meine Brüder auch nicht imstande, mir glaubwürdig ein aufregendes Bergerlebnis auszumalen. Sie müssen den Gipfelsturm abbrechen.

Für meine Geschicklichkeit als Fußballer fühlt sich auch keiner verantwortlich. Dabei würde ich das am allermeisten benötigen, um bei meinen Schulkameraden zu bestehen. Ich habe den Job des Tormannes abonniert, wenn ich von den Kapitänen, die sich ihre Mannschaften wählen, regelmäßig als letzter aufgerufen werde. Außerdem erhalten meine Brüder den Auftrag, mir das Schwimmen und das Skifahren beizubringen. Allen diesen Pflichten kommen die Brüder mit unterschiedlichem Enthusiasmus und wechselnder Konsequenz nach. Mit Dreizehn bin ich, oh Wunder, unter neunzig Gleichaltrigen in der Schule nicht der einzige Nichtschwimmer. Einen gibt es außerdem noch. Auch im Wintersport halten sich meine Begabungen hartnäckig verborgen. Ich stapfe mit angeschnallten Skiern zu einem sanften Hang am Waldrand, der einzige für mich erreichbare, obwohl der Weg bis dorthin eine halbe Stunde dauert. Dann muss ich durch Seitsteigen erst eine Piste flachtreten. Dabei wird mir ordentlich warm. Die Jeans sind vom Hinfallen nass geworden, und rasch verirrt sich die Wintersonne in den Wipfeln der Waldbäume. Auf dem Heimweg zupft mich der Frost an den Ohren.

Gemeinsam mit Freunden aus der Katholischen

Hochschulgemeinde in der Ebendorferstraße mieten meine Brüder für zwei Wochen eine Berghütte im Ennser Hintergebirge für Skitouren. Ich weiß nicht, wer sie davon überzeugt hat, ihren zwölfjährigen Bruder für eine Woche mitzunehmen. Der Aufstieg zur Hütte auf der Stallburgalm dauert zwei Stunden. Ich kämpfe mich mit geschulterten Skiern durch den Schnee, die Erwachsenen können mit ihren Tourenskiern leicht ausschreiten. Die Hütte ist ein recht frostiges Abenteuerlager mit einem Küchenherd als einziger Wärmequelle und einer Lampe, deren gasgefüllter Strumpf geduldig brodelt, als Lichtquelle. Das Frühstück, bei dem alle auspacken, was sie mitgenommen haben, und jeder sich überall bedienen darf, gestaltet sich unterhaltsam. Einer liest gerade Alois Brandstetters Roman *Zu Lasten der Briefträger* und pflegt daraus Pointen vorzutragen. Schließlich ist ja einst auch Brandstetter als Student in Wien ein „Ebendorfer" gewesen. Ein anderer katholischer Student hat seine Gitarre mit und singt für mich Degenhardts Lied von den Schmuddelkindern: „Spiel nicht mit den Schmuddelkindern, sing nicht ihre Lieder! Geh doch in die Oberstadt, mach's wie deine Brüder!"

Bevor die Studenten zu ihren Skitouren aufbrechen, die den ganzen Tag dauern, setzen sie mich an einem Hang ab, wo ich unterdessen mein skifahrerisches Können verbessern soll. Ich habe es aber bald über, mir im tiefen Schnee ohne Hilfe eine Piste zu ebnen und den ganzen Tag allein zu sein. Ich komme drauf, dass ein Zwölfjähriger unter Erwachsenen ziemlich einsam sein kann. An einem Abend überkommt mich heftiges Heimweh. Während die anderen nach dem Abendessen froh und ausgelassen sind, sehe ich mit tränenblinkenden Augen dem Verglühen der Scheiter im Ofenloch zu. Ich bin heilfroh über das Ende der Woche. Für die Heimfahrt bin ich auf einen der Freunde meiner Brüder angewiesen, da diese noch länger bleiben. Die Abfahrt ins Tal lässt sich irgendwie bewerkstelligen, die Heimkehr verzögert sich jedoch dadurch, dass mein Fahrwirt noch zur Bienenforschungsstation in Lunz am See will, die dann allerdings geschlossen hat. Daheim falle ich erleichtert in mein Bett und entscheide mich, das häusliche Glück nicht so schnell und leichtfertig wieder aufs Spiel zu setzen.

Tiefsinnige Geschichte

Die Mistgrube am Waldrand, in der Abfälle von den Dorfbewohnern entsorgt wurden, war für deren Kinder ein spannender Ort, an dem Objekte in ramponiertem Zustand gratis zur Verfügung standen und das Interesse der kreativen und handwerklich begabten Knaben zu wecken imstande waren.

„Meine Buben haben sich aus der Mistgrube das kaputte Spielzeug geholt, das die Nachbarbuben weggeschmissen hatten, es repariert und damit schön gespielt. Dann waren die Nachbarbuben neidig und wollten es zurückhaben."

In dieser Geschichte aus wenigen Sätzen, die meine Mutter oft erzählt, kommt der Wunsch der Erzählerin zum Vorschein, ihre Sicht der Ereignisse zu vermitteln, was aber nur von einem Zuhörer verstanden werden kann, dem der Zusammenhang bekannt ist. Als Jungbäuerin ist sie anfangs bemüht gewesen, sich das Wohlwollen jener, die bereits vor ihr hier ansässig waren, zu sichern. Bereits im Spätwinter 1955/56 hat sich das junge Paar einen Traktor angeschafft und zwar – weil er so billiger kommt – ohne Starter und Hydraulik. Die mit dem zweiten Kind hochschwangere Frau warf frühmorgens die Maschine mit einer Kurbel an. Sie pflügte und eggte auch die Felder der Nachbarn und fuhr ihnen das Heu ein. Der Nachbar, von dessen Söhnen die Rede ist, war als Handwerker angesehen und etabliert, wohingegen meine Eltern sich gerade erst im Dorf niedergelassen hatten. Ihr Häuschen war das schäbigste und armseligste (was es nicht bleiben sollte). Jedenfalls fühlte sich meine Mutter immer zurückgesetzt und beschämt durch die Familie des Schneidermeisters.

Mit ihrer Erzählung dreht sie dieses Machtverhältnis um und stellt es auf den Kopf. Jetzt erweisen ihre Söhne sich als die Schlaumeier und jene des Nachbarn als Tölpel, die nicht imstande sind, ihre Spielsachen in Stand zu halten. Auch auf deren Eltern kann sie ein schiefes Licht fallen lassen: Sie kaufen ihren Söhnen Spielzeug, das sie ohne den Versuch einer Reparatur wegwerfen, sobald es nicht mehr funktioniert. Mit dieser Moral der Geschichte sieht sie sich rehabilitiert. Diese Botschaft verschafft ihr Genugtuung und Befriedigung.

Ich interpretiere die Geschichte außerdem auf eine Art, wie es der Erzählerin nicht gefallen würde: Die Spielsachen meiner Brüder waren aus zweiter Hand. Darin äußerte sich der sozial unterlegene Status der jungen Familie. Das Spielzeug der Nachbarkinder war für meine Brüder sogar in defektem Zustand attraktiv, denn unsere Eltern kamen vermutlich noch gar nicht auf die Idee, für so etwas Geld auszugeben. Die Nachbarfamilie war da schon weiter, war moderner und aufgeschlossener und gab im Dorf den Ton vor. Meine Mutter hatte damals auch nichts dagegen einzuwenden, dass ihre Söhne sich aus der Mistgrube mit Spielsachen eindeckten. Das lässt darauf schließen, dass sie die Überlegenheit dieses Haushaltes im sozialen Habitus und in konsumatorischer Praxis anerkannte. Erst später, als meine Eltern sich hochgearbeitet hatten, entwickelte sich bei meiner Mutter das Bedürfnis, diese Situation neu zu interpretieren.

Mich haben die Fehden meiner älteren Brüder mit den gleichaltrigen Söhnen der Nachbarfamilie immer nur am Rande berührt. Sie lieferten sich Schlachten im Wald. Zwischendurch dürfen meine Brüder und ich die schöne Bretterbude der Nachbarbuben besuchen, und diese werden auch in die Erdhütte eingeladen, die meine Brüder gegraben haben. Im Schneidereibetrieb unseres Nachbarn ist in den frühen Sechzigerjahren ein Lehrmädchen ausgebildet worden, welches den um zehn Jahre jüngeren Knaben viel Aufmerksamkeit und Zuwendung geschenkt hat und dafür von ihnen so verehrt wurde, dass ihnen dessen Name schließlich für die neugeborene Schwester passend erschien.

Peinliche Geschichte

In einer Geschichte können Gefühle und Wertungen zum Ausdruck kommen, die sich der Erzähler ansonsten nicht erlauben würde. Es gibt Empfindungen, von denen erwartet wird, dass man sich ihrer schämt. Sie fallen in der direkten Aussage meist der inneren Selbstbeschränkung zum Opfer, weil sie nicht einmal als Gedanken zugelassen sind. Problematische Emotionen, die das Selbstbild bedrohen, sind aber nun einmal da. Wie kommen sie dann trotzdem zu ihrem Recht? Der Erzähler kann sie mitteilen und sich gleichzeitig davon distanzieren, indem er sie einem anderen unterschiebt.

Das Zusammenleben in einem gemeinsamen Haushalt mit dem alten Ehepaar, das sein Häuschen meinen

Eltern vermacht und sich dafür lebenslang Wohnrecht und Pflege ausbedungen hat, verlangt der jungen Frau die Bereitschaft zur Unterordnung ab. Mit einem Vertrag haben sich meine Eltern verpflichtet, die Wünsche und berechtigten Bedürfnisse von Goh'n und Gehd zu erfüllen. Es obliegt meiner Mutter, dieser Pflicht nachzukommen. Das Verhältnis ist zwar nicht herzlich, aber zumindest korrekt, wobei sie die Lage akzeptiert.

Unbehagen und Unwillen, die sich in ihr regen, und der Wunsch, das Ableben der Gehn-Leut, das früher oder später zu erwarten war, möge den familiären Alltag entlasten, sind verpönt und trotzdem uneingestanden da.

Es drückt sich etwas von der klammheimlichen Schadenfreude aus, die meine Mutter bis heute begleitet, wenn sie erzählt, wie ihr zweitältester Sohn als kleiner Bub die Drohung der Goh'n: „Gleich kommt aus dem Wald der Wullewux und holt dich, wenn du nicht brav bist!", erfolgreich konterte, indem er selbst an die Tür klopfte und verkündete: „Der Wullewux ist schon da!"

Diese Geschichte über ein Kind, das durch Aufgewecktheit und Schlagfertigkeit jene in ihre Schranken verweist, denen es doch eigentlich Gehorsam und Respekt schuldig wäre, ist noch vergleichsweise harmlos.

Die zweite Geschichte ist da schon viel peinlicher. Wie ich der Erzählung entnehme, nannten die Buben den Firmpaten ihres Vaters „Opa", obwohl dieser in Wirklichkeit gar nicht ihr Großvater war. Der Gehd besitzt eine alte silberne Taschenuhr, die er an einem Kettchen über der Weste trägt. Diese Uhr hat es dem Knaben angetan, mit ihr darf er spielen, während er von dem alten Mann beaufsichtigt wird. Schließlich stellt ihm dieser bei einem gemeinsamen Spaziergang in Aussicht: „Wenn ich einmal sterbe, bekommst du die Uhr!" Dieses Versprechen geht meinem Bruder nicht mehr aus dem Sinn. Irgendwann wird die Ungeduld zu groß: „Opa, wann ist's denn so weit, wann stirbst du denn, damit ich die Uhr bekomme?"

Sechz'ger-Nägel

Der jüngere von den beiden Knaben wird von der Mutter mit der Ruatn geschlagen, sobald wieder einmal etwas seiner destruktiven Entdeckerlust zum Opfer gefallen ist oder wenn auch nur eine aufgetragene Pflicht vernachlässigt wurde. Mein Bruder erinnert sich zwar noch heute an die Dresche, weiß aber nicht mehr, wofür er sie im Einzelnen bekam. Bloß die Leidenschaft, mit der die Mutter die Rutenhiebe ausführte, hat sich ihm eingeprägt.

Sie redet nicht gerne darüber, wie leicht es sie ankam, ihre Kinder zu verhauen, aber einmal hat sie sich doch dazu durchgerungen. Die Geschichte muss sich knapp vor dem Jahr 1960 ereignet haben: Meine beiden ältesten Brüder sind da noch im Vorschulalter. Unsere Eltern bauen in Etappen das auf Leibrente übernommene Haus um. Im Jahr 1959 wird ein Stockwerk aufgesetzt und das Dach errichtet, im nächsten Schritt dieses Stockwerk abgestützt, das Erdgeschoß abgerissen und neu eingefügt. Über Jahre hinweg ist das Haus eine Baustelle. Überall stehen Werkzeug, Latten und Nägel zur freien Verfügung. Meine Brüder haben eben erst ein eigenes Zimmer bekommen, für das ihnen der Onkel neue Betten gezimmert hat. Die Mutter schneidert ihren Buben schöne Bettdecken aus feinem Stoff.

Einmal kommt sie hinzu, wie meine Brüder aus Latten, die sie jeweils an den Kopf- und Fußenden zwischen Matratze und Bettrahmen verspreizt haben, sowie

Sechz'ger-Nägeln und diesen kostbaren Bettdecken ein Zelt konstruieren, wobei die Decken mit den Nägeln an die Bretter angeschlagen wurden. Sie gerät vor Zorn außer sich und wird so blind vor Wut, dass sie die Latten nimmt und im Begriff ist, damit auf die vier- und fünfjährigen Kinder einzuschlagen.

Sie sei knapp davor gestanden, es zu tun, sagt sie. Hätte sie sich nicht besonnen, wäre ein Unglück passiert, gesteht sie ein. Ich werde nur einmal von unserer zornigen Mutter bloßfüßig in den Schnee hinausgetrieben, während sie mir die Rute über die Waden zieht. Aber je öfter sie auf die körperliche Züchtigung ihrer Kinder verzichtet, desto erbitterter entwickelt sich der Konflikt zwischen unseren Eltern.

Der Rottenhauser-Bert wartet ...

Der jüngere Bub ist Linkshänder. Diese Veranlagung gilt als geistige Fehlprogrammierung, die unbedingt korrigiert werden soll. Die Angst vor der natürlichen Variante ist groß. Mein Bruder wird in der Schule darauf gedrillt, die rechte Hand anstatt der linken zu verwenden. Es wird nicht geduldet, dass er den Stift mit der „falschen" Hand führt. Obwohl mein Bruder mit der Rechten schreiben lernt, bevorzugt er bis heute für jede kreative Arbeit, fürs Schnitzen und Malen, die linke Hand. Wenn die Großmutter die Familie ihres Sohnes besucht und sie den Enkel die linke Hand benützen sieht, dann schimpft sie ihn einen *Denkawizzl*.

Meine Brüder gehören in den frühen Sechzigerjahren zu den letzten Jahrgängen, denen das Haus auf dem Kirchberg als Volksschule dient. Dieses Gebäude setzte sich aus zwei Teilen zusammen, einem barocken und einem gründerzeitlichen Flügel. Die Volksschule wird wenig später in das neu errichtete Schulzentrum übersiedeln, und das alte Haus wird für die Klassen des Gymnasiums zur Verfügung stehen, das sich im Aufbau befindet. So lerne auch ich die verwinkelten Gänge und abgewohnten Klassenzimmer mit den undichten Fensterflügeln kennen. Als in den frühen Achtzigerjahren das Gymnasium einen eigenen Komplex draußen am Stadtrand erhält, wird das Gebäude abgerissen.

Der Ältere von den beiden ist stets ein vorbildlicher Schüler. Der Jüngere benötigt schon in der Volksschule die Unterstützung seines Bruders, von dem erwartet wird, dass er den schwachen Schüler beim Aufgabeschreiben und Lernen überwacht und anleitet.

Auf dem Nachhauseweg, den die Brüder jeden Tag zu Fuß zurücklegen, sind sie großen Versuchungen ausgesetzt. Meist wählen sie die Route über den Weinzierler-Steg. Da gibt es Höhlen im Steilhang über der Erlauf, die erforscht werden wollen; da werden Geschäfte getätigt und Kämpfe ausgetragen. Vor allem der Auwald längs der Erlauf stellt täglich eine Verlockung dar. An den elastischen Ästen der Weiden schwingen die Buben sich vom Uferrand hinaus über das Wasser. Als dann der Ast einmal abbricht, stürzen sie in den Fluss. Klatschnass schleichen sie nach Hause und wechseln unauffällig das Gewand. Die nassen Kleider werden heimlich von der Go'hn gespült und zum Trocknen aufgehängt. Die Mutter darf von solchen Streichen meiner Brüder nichts erfahren. Die Strafe des Scheiterkniens wäre ihnen sicher. Besonders mit einer Gruppe von Nachbarbuben kommt es zu Raufereien. Einmal rettet nur das beherzte Eingreifen des Hochsteger-Ghandi meine Brüder vor der Niederlage.

In einem Dorf auf halber Strecke gibt es einen Schöpfbrunnen beim letzten Haus, dessen freundliche Bewohnerin den Durstigen kühles Wasser in großen Bierkrügeln reicht. Bevor die Schulkinder durch die nächste Ansiedlung defilieren, müssen sie am Dorfrand beim ehemaligen Halterhäusel vorbei, dem Rottenhauser. Kolumban Rottenhauser ist das Oberhaupt einer vielköpfigen Familie, er teilt an seine Nachkommenschaft und Frau gerne Prügel aus und gilt als Trinker. Kolumbans Ältester, Bert, ist nur wenige Jahre älter als meine Brüder. Für die Schläge des Vaters hält er sich an den Nachbarskindern schadlos.

Einmal haben sich meine Brüder wieder aufhalten lassen und holen die übrigen Kinder erst ein, als die ersten schon im nächsten Dorf angekommen sind. Hektisch wie eine Flamme springt plötzlich die Nachricht von einem zum anderen: „Der Rottenhauser-Bert steht an der Straße vor seinem Elternhaus und haut jedem Kind eine Watschn runter."

Wie bei einer Mautstelle staut sich die Reihe der Passanten. Aufregung ergreift die Menge. Am Rottenhauser-Bert und seiner unwillkommenen Gabe scheint kein Weg vorbeizuführen. Mit bürokratischem Eifer versorgt er jeden, der durch den Engpass will, mit der Handreichung, die ihm von seinem Vater geläufig ist. Meine Brüder halten Rat, wie die Kosten für den Eintritt sich vermeiden ließen. Mit dem Bert will es keiner aufnehmen. Den Römern unter das gallische Joch zu folgen, kommt aber auch nicht infrage. Da entscheiden meine Brüder sich dafür, um das Dorf herum auszuweichen. Über Feldwege und Wiesenraine schlagen sie sich bis zur anderen Seite durch. Diese Strecke erfordert Umwege und führt auch durch unwegsames Gelände. Der Mutter ist die Verzögerung schwer zu erklären. Welche Ausrede denken sich die beiden Brüder wohl diesmal aus, um ihr Zuspätkommen zu entschuldigen?

Scheitern schmeckt bitter

Im Hof steht ein Hackstock – ein Beil lehnt daran, an der Schneide mit Blut und Federn verklebt. Es ist der Ort, an dem immer wieder einmal ein Huhn sein Leben lassen muss. Meine Mutter erledigt das mit Routine, drückt den Hühnerhals auf den Hackstock und erhebt das Beil zum Schwung. Als kleines Kind verfolge ich einmal die erstaunliche Fortbewegung des kopflosen Federviehs mit Faszination. Eigentlich geht es auch noch einfacher. Im Grunde sind nur zwei kräftig zupackende Hände nötig. Beide um den Hals des Tieres gelegt, diesen umschließend und die Fäuste gegeneinander verdrehend; wie man ein Wäschestück auswringt, so bricht man dem Huhn Luftröhre und Wirbelsäule. *Å'kragln*, den Kragen umdrehen, wird das genannt. Eine Zigeunerin, der meine Großmutter ein Huhn geschenkt hat, vollbringt es vor den Augen des Kindes – meiner späteren Mutter – mit beiläufiger Eleganz. Die Gleichgültigkeit meiner Mutter beim Guillotinieren der Hennen ist nur vorgetäuscht. Skrupel würden in ihrer Umgebung als Schwäche interpretiert, als ein Zeichen mangelnder Lebenstüchtigkeit. Erst später hat sie das Selbstbewusstsein, diese blutige Arbeit an meinen Vater zu delegieren.

Mein ältester Bruder wollte sich einmal beweisen, dass er jetzt ein Mann ist. Er ist erst vierzehn oder fünfzehn, als er beschließt, es jetzt zu machen. Wer ein Mann ist, der kann auch ein Huhn umbringen, ohne dass er dabei eine Regung des Mitleids verspürt. Erbarmungslos will er den Streich führen. Das Huhn zappelt und zetert. Mein Bruder zielt, holt aus, und … lässt das Beil wieder sinken.

Er schafft es nicht. Er muss neuerlich die Mutter bitten, es zu tun. Das Scheitern schmeckt bitter. Mein

Bruder wirft sich vor, feige zu sein. Sein Selbstvertrauen ist erschüttert.

In Seitenstetten

Mit zehn fasst der erste Sohn meiner Eltern den Entschluss, ins Internat nach Seitenstetten zu wechseln, um Priester zu werden. Bereits die etwas provokante Länge des Haupthaares bei der Matura lässt erkennen, dass er mittlerweile von diesem Berufswunsch wieder abgekommen ist. Anstelle von Theologie inskribiert er nach einem ruhigen Militärdienst Soziologie. Weil ihm eine Vorlesung in Römischem Recht empfohlen wird und ihn die Materie zu interessieren beginnt, wechselt er zu Jus. Der zweite Sohn hält nur vier Klassen und fünf Jahre durch. Das Stiftsgymnasium ist froh, ihn loszuwerden. Er hat durch verschiedene Streiche zu oft die Ruhe im Kloster gestört. Zum Beispiel amüsierte er sich während der Gebetsstunden damit, Kerzen an beiden Enden anzubrennen, bis die Kirchenbank zu qualmen begann. Mit seinen Experimenten verursacht er mehrmals einen elektrischen Kurzschluss im Stiftsgebäude. Der Drittälteste wird – auf Anraten einer Tante – mit neun zu den Wienerwald-Sängerknaben nach Kaumberg gegeben. Die Zustände dort sind furchtbar. Wenn die Mutter ihn besuchen kommt, bemerkt sie eine lange Reihe von Matratzen, die von den Bettnässern verunreinigt und zum Trocknen aufgestellt wurden. Der Bub sieht von Besuch zu Besuch blasser und verschüchterter aus. In Seitenstetten, wohin er dann wechselt, geht es schon in der ersten Klasse mit Latein an. Im dritten Jahr des Knaben besucht der Rektor Helmberger, Leiter des Stiftsgymnasiums in Seitenstetten, das Zuhause der Geschwister. Dabei kommt er auf die schulischen Schwierigkeiten des Jüngsten zu sprechen. Die Mutter sieht ein, dass aus diesem Grund ihr Kind die Schule verlassen soll. „Aber das ist es nicht, … das nicht!", beschwört der Rektor. „Das hätten wir schon geregelt. Wenn ich sage, der Bub kann bleiben, dann kann er bleiben, und wenn ich sage, er muss gehen, dann geht er. Wo er doch bereits so schön auf dem Flügelhorn spielt. Nein, … wissen Sie …", druckst er herum: „Jetzt sind schon die beiden Älteren nicht Priester geworden, und da haben wir die Hoffnung aufgegeben, dass aus dem Jüngsten einer wird." Kurzentschlossen nimmt sie ihren Sohn mitten im Schuljahr aus dem Gymnasium und steckt ihn in die Hauptschule.

Was haben's denn das nicht gleich gesagt?

Mein zweitältester Bruder musste schon die erste Klasse in Seitenstetten wiederholen, und in der HTL passiert es wieder. Trotz der für den Beginn des neuen Schuljahres anberaumten Nachprüfung lässt sich mein Bruder in seinem Fernweh nicht einschränken. Mit seinem älteren Bruder geht es im August 1975 auf große Fahrt in die Türkei. Per Autostopp reisen sie durch den Ostblock, durch Ungarn, Rumänien und Bulgarien. Die harte Westwährung verschafft ihnen in Bulgarien Eintritt in die feinsten Restaurants. In die Stadt am Bosporus gelangen sie erschöpft und abgerissen. In „luckerten Jeans", wie sie erzählen, werden sie sogar in die Hagia Sophia eingelassen. Von Istanbul aus setzt das Brüderpaar die Reise bis nach Antalya fort. Der Ältere hat keine Eile, seine Sommerferien an der Universität dauern einen Monat länger, weshalb er noch eine Woche in der Südwesttürkei anhängen kann. Über seinem jüngeren Bruder dräut jedoch die Nachprüfung und zitiert ihn schon früher nach Österreich. Die beiden Reisenden trennen sich, und der HTL-Schüler fährt wieder nach Istanbul zurück. Bevor er dort den Zug in Richtung Heimat nimmt, will er noch auf den Basar, um Geschenke für die kleine Schwester einzukaufen. Im Gedränge wird ihm die Geldbörse mit seiner restlichen Barschaft gestohlen. Nur den Pass hat er sicher verwahrt. Womit jetzt die Bahnfahrt bezahlen? Wie rechtzeitig zur Prüfung antreten? Meinem Bruder wird flau im Magen. Zuerst zur österreichischen Botschaft. Aber es ist Sonntag, und die Botschaft hat geschlossen. Weiter irrt mein Bruder unverrichteter Dinge im Kreis, bis ihm eine wohlmeinende Person rät, sich an das österreichische St. Georgs-Krankenhaus in der Nähe des Galaturmes zu wenden. Mein Bruder, dessen Verzweiflung ihn dazu bringt, jedem Rettung verheißenden Ratschlag zu folgen, schlägt sich bis zur angegebenen Adresse durch. Dort läutet er am Tor, voll der Ungewissheit, ob jemand ihm helfen wird. Eine ehrwürdige Nonne öffnet. Misstrauisch mustert sie den zerlumpten jungen Mann mit dem buschigen und verwilderten Schnauzer, den Bartstoppeln am Kinn, der schulterlangen, wochenlang nicht gepflegten Mähne, in einem verschwitzten Hemd und durchgelaufenen Turnschuhen. Nervös schildert der Hippie sein Missgeschick. Die Klosterschwester bemüht sich, den unwillkommenen Bittsteller loszuwerden: „Wissen's, wir sind schon so oft reingelegt worden. Unsere Barmherzigkeit ist immer wieder ausgenützt worden", gibt sie dem Burschen zu verstehen, der vor Erschöpfung und Hitze auf den Stufen des Krankenhauses zu kollabieren droht. Als letztes

Mittel der Überzeugung reißt mein Bruder den Pass aus dem Halsbeutel und überreicht ihn der Frau, von der sein rechtzeitiges Erscheinen vor der Prüfungskommission abhängt. Diese nimmt das Dokument mit abwehrender Miene entgegen, lässt den Blick über die Einträge schweifen – und bleibt beim Namen hängen: „Was haben's denn das nicht gleich gesagt, wie Sie heißen?!", will sie von meinem Bruder wissen. Plötzlich stehen ihm alle Türen offen. Das St. Georgs-Spital in Istanbul wird seit 1872 vom Orden der Barmherzigen Schwestern geführt, wo meine Großtante Rosa Aniceta in Graz Oberin ist. Auch der Kolping-Präses, Rosa Anicetas Neffe, ist ihnen ein Begriff. Mein Bruder wird mit dem nötigen Geld für die Heimreise ausgestattet. Alles verläuft nach Plan. Nur die Prüfung nicht. Mein Bruder fällt zum zweiten Mal durch.

Traudl

Als meine Eltern sich in dem kleinen Dorf niederlassen, ist die einzige Tochter ihrer Nachbarn erst ein Jahr alt. Traudls Vater arbeitet als Hilfsarbeiter auf dem Bau und in der Landwirtschaft, die ebenso wenig einbringt wie jene der übrigen Häuser. Das Kleinkind liegt verschnürt in einem Kinderwagen, den eine alte Tante mit dem Fuß von sich stößt und an einer Schnur wieder heranzieht. Im Mund einen in Zucker getränkten Knebel, damit das Kind ruhiggestellt ist. Die Milchzähne des Kindes sind braune Stummel. Traudl ist höchstens drei Jahre alt, als ihre Mutter eines Tages verzweifelt und jammernd herüber gelaufen kommt und meine Mutter bittet, ihr beizustehen: Dem Mädchen ist vom Messer der Futterschneidemaschine ein Finger gekappt worden.

Das zitternde und schluchzende Mädchen streckt der Nachbarin die Hand mit dem blutenden Fingerstummel entgegen. Sein verwahrlostes Äußeres, der Schorf auf der Kopfhaut kann von den beiden Frauen nur unzureichend gesäubert werden. Traudls Mutter findet kein frisches Hemdchen für das kleine Mädchen, um es ihm anzuziehen. Von meiner Mutter in eine Decke gehüllt, bringt ein Nachbar, der schon ein Auto hat, es ins Spital. Die Ärzte sind nicht allzu konsterniert über ein schmutziges und vernachlässigtes Kind, das zu verstört und eingeschüchtert ist, um auch nur irgendeine Frage zu beantworten. Das Mädchen wächst wie eine Schwester meiner ältesten Brüder auf, die nur um zwei und drei Jahre jünger sind. Meine Brüder entwickeln sich zu Forschern und Abenteurern, das Mädchen wird in die Sonderschule gesteckt. Die beiden Buben bauen Laubhöhlen, die sie mit Zweigen und Gras bedecken. In den verborgenen Grashütten spielen alle drei Kinder gemeinsam. Jeden Tag kommt das Mädchen herüber und freut sich, wenn sie mit meiner Mutter ein paar Worte wechseln darf. Meine Mutter schickt sie nicht fort. Oft bleibt sie zum Essen, weil sie daheim keiner zu vermissen scheint.

Als Traudl mit vierundvierzig an Drüsenkrebs erkrankt, wird es zu spät erkannt. Sie verliert stark an Gewicht. Ein halbes Jahr lang vertraut sie auf die Injektionen des Hausarztes. Sie wird operiert, vergeblich. Acht Tage vor ihrem Tod kommt Traudl auf einen Abschiedsbesuch – die todgeweihte Frau, ihr Schädel kahl von der Chemotherapie. Traudl bedankt sich bei meiner Mutter: „Danke, dass ich so viel bei euch sein durfte. Mir ist so kalt. Der Vater schreit so mit uns, wenn wir ein paar Scheiter nachlegen.“

Und einmal noch hüllt meine Mutter sie in eine Decke.

Füttert mir morgen bald das Gespann, und egg't nach der Quere mir das große Land bei dem Kasten, daß lockere Erde fülle die tiefen Furchen; auch ihr, meine rüstigen Mägde, säumt nicht lang in den Ställen, und nehmet die hölzernen Schlägel, zermalmet die größeren Schollen, damit nun der Same sich gleichmäßig vertheile, fröhlich keime und wachse!

Mathias Altmann,
Oberösterreichisches Georgicon (1845)

I hob kor Zeit zum Schui sitzn!

Das Erzählen verändert und verfremdet die Vergangenheit. Die Erinnerung rettet Momente, die uns wichtig sind, vor dem Vergessen. Dabei strukturiert sie den gestaltlosen Brei der Vergangenheit. Sie misst einem Ereignis besondere Bedeutung zu, die sie anderen Geschehnissen verweigert. Wie bei einem Paternoster ist das Erinnern an das Vergessen geknüpft. Je weiter das eine zu Tage gefördert wird, desto tiefer in die Dunkelheit sinkt das übrige hinab. Je mehr ich mich um die Wiedergewinnung der alten Geschichten bemühe, desto sicherer ist verloren, was ich nicht erzähle. Das Erinnern wird der Vergangenheit nicht gerecht. Es wählt aus, verwirft Wesentliches und verliert sich in belanglosen Details. Erinnerung zerstört die Gesamtheit, muss fragmentarisch bleiben. Das Erinnern beendet die Vergangenheit. Erinnern bedeutet den Verlust von lebendiger Geschichte, weil es einen Schlusspunkt hinter Sätze macht, die noch nachhallen. Es neutralisiert Kräfte, die unberechenbar in uns wirken, und trägt auf diese Weise Vergangenheit zu Grabe. Erinnerung kappt die Taue, die uns mit dem alten Ufer verbinden.

Als ihre Enkelin Sonnenblumenkerne für die Singvögel mit den Händen aus dem Kübel schaufelt, fällt meiner Mutter ein, wie sie als kleines Mädchen es liebte, im Berg frisch gedroschener Getreidekörner zu wühlen. Sie setzte sich in den nachrieselnden Haufen, fasste hinein und ließ die Körner durch die gespreizten Finger rinnen. In dieses Spiel war sie ganz versunken. Sieht meine Mutter, wie ihre Enkelin gekämmt wird, so denkt sie an die langen, blonden Zöpfe, die sie als junge Frau trug. In den ersten Jahren ihrer Ehe waren die Tage so sehr mit Arbeit ausgefüllt, dass für die Pflege der langen Haare keine Zeit blieb. Schließlich griff sie zur Schere.

Als Kind soll sie das graue Leinen, das auf der Wiese zum Bleichen ausgebreitet worden ist, mit Wasser besprengen. Das kleine Mädchen kann das Gewicht der vollen Gießkanne kaum heben. Der Anbau von Lein, der Anfang des 20. Jahrhunderts stark zurückgegangen war, lebte nach dem Ersten Weltkrieg wieder auf. Bis in die Dreißigerjahre wird die Pflanze auf den Höfen zu Flachs verarbeitet. Ein Bauernweber verfertigt daraus grobes Leinen.

Gleich neben der Küche ist das Zimmer der Eltern, wohin die Vier- oder Fünfjährige zum Schlafen geschickt wird, während ihre älteren Schwestern noch abwaschen und dabei singen. Die Lieder gefallen dem Kind, und es wird erzählt, es habe aus der Schlafkammer gerufen: „Macht's de Dier [Tür] auf, i wüh do ah mitsinga!" Mit noch nicht ganz sieben Jahren, als sie eingeschult werden sollte, habe sie gesagt: „I hob kor Zeit zum Schui sitzn, i murß Furderarbeiten gehen!"

Gurken und Paradeiser – Gemüse, das aus unserer Küche nicht mehr wegzudenken ist –, waren in ihrer Kindheit weitgehend unbekannt. Zum ersten Mal sah sie Gurken auf dem Butterbrot ihrer Lehrerin, die unterdessen ihre Zähne in einen Paradeiser schlug, als wäre es ein Apfel. Da denkt sie kritisch: „Na, des kann vielleicht was sein!", weil ihr die aufgeschnittenen Gurken und der angebissene Paradeiser nicht sehr appetitlich erscheinen.

Auf kleinen Bauernhöfen, wo Söhne fehlten oder durch Einrücken abhandengekommen waren, übernahm eine Kriegsgeneration von Mädchen männliche Tätigkeitsbereiche wie das Heumähen. In Vertretung der Brüder, die man zum Militär eingezogen hat, geht die Vierzehnjährige um drei Uhr früh mit dem Vater die Heuwiese mähen. Wenn sie damit um acht fertig sind, wird ihnen nach der morgendlichen Mäharbeit zusammen mit dem übrigen Haushalt eine *Stoh'suppn*, also eine Suppe aus Mehl, saurer Milch und Rahm kredenzt. Nur während der Erntezeit oder bei der Holzarbeit im Winter wird am Vormittag zur Jause geselchtes Fleisch gereicht, welches direkt auf dem Brot, ohne Teller oder Brett als Unterlage, geschnitten wird. Zur Nachmittagsjause gibt es im Sommer Schaf- oder Topfenkäse mit Rahm, im Winter steht eine Schüssel mit Walnüssen auf dem Tisch, von denen jeder sich aufbricht, so viele ihm schmecken, dazu noch Äpfel. Das Mittagsmahl besteht im Sommer aus Suppen mit unterschiedlichem Gemüse und im Winter aus Erdäpfeln mit Sauerkraut, das in Bratenfett angeschmalzen wurde, danach jeweils eine Mehlspeise. Nur am Sonntag steht Fleisch auf dem Speiseplan, jedoch ausschließlich geräuchertes oder gepökeltes. Frischfleisch gibt es erst im Spätherbst, nachdem ein Schwein geschlachtet worden ist. Alle Fechter – die Vagabunden und Bettler, welche in den Dreißigerjahren zahlreich an die Türe klopfen – bekommen zu essen. Ohne Ansehen der Person werden die Bittsteller mit Nahrung versorgt. Sind es zuerst arbeitslose Dienstboten und sozialdemokratische Wandergesellen, später dann hamsternde Stadtleute sowie bei Kriegsende Deserteure der Wehrmacht und Flüchtende vor der Roten Armee – sie alle bekommen etwas zum Essen. Auch meine Großmutter hält es damit, wie es der bäuerliche Ehrenkodex, die moralische Ökonomie, verlangt, will man nicht als geizig und hartherzig gelten. Für Besitzende ist es nicht ungewöhnlich, die vielen Hilfeheischenden zu versorgen.

Als das Mädchen einmal zum Nachbarn, dem alten Herrn Deweis, vulgo Schweinzel-Bauer, mit einem Botendienst geschickt wird, erhält sie dort, da dieser

Bienenstöcke besitzt, ein paar Löffel voll Honig als Belohnung. Für das Kind ist die Wabe eine kostbare und köstliche Gabe. Sie hat aber vorher schon den nächsten Auftrag erhalten: Sie soll danach sogleich die Ochsen weisen; also den Ochsen, die in den Pflug gespannt wurden, vorausgehen. Weil ihre Rückkehr sich aufgrund des Botenlohns ein wenig verspätet, schlägt mein Großvater sie mit dem bereitgehaltenen Ochsenziemer hart über den Kopf. Für das kleine Mädchen ein heftiger Schmerz und eine nie vergessene Kränkung.

Im Garten wuchs das intensiv riechende Pfefferkräutl. Der Vater habe das jeden Sonntag sich mit einer Nelken auf den Rock g'steckt, zum Kirchengehen, erzählt meine Mutter von meinem Großvater. Wenn auch heutzutage gelegentlich das Bohnenkraut, *Satureja hortensis*, unter der volkstümlichen Bezeichnung Pfefferkraut läuft, so ist hier die schon in den Kräuterbüchern aus dem 16. und 17. Jahrhundert und in der zeitgleichen „Hausväterliteratur" als Pfefferkraut geführte Breitblättrige Kresse, *Lepidium latifolium*, gemeint, deren weiße und duftende Blütenstände sich besser zu dem von meiner Mutter beschriebenen Zweck eignen. Wolf Helmhard von Hohberg beschreibt ihre medizinische Anwendung und Wirkung im Kapitel LVII seiner *Georgica curiosa* oder *Adeliges Land- und Feldleben* (Erstausgabe 1682).

Bevor die Rinder auf die Weide getrieben wurden, bekamen sie von meinem Großvater eine *Mäu-Gåb* [Maulgabe] aus geschrotenem Getreide, Gleim [Kleie] und Salz in einem *Söchta*, einem hölzernen Melkeimer, dargeboten, um damit ihre Fresslust anzuregen.

Das Brennholz wird mit der Handsäge kleingeschnitten. Sobald der Vater mit einer Feile die Säge schärft und deren Zähne schränkt, damit sie besser ins Holz beißen, sammeln die Kinder auf einem Blatt Papier die kleinen metallenen Sternchen, die dabei vom Sägeblatt abfallen, und zünden sie an. Die Splitter flammen explosionsartig auf und verpuffen wie Sternspritzer.

Aus ihrer Kindheit ist meiner Mutter das Sprichwort geläufig: „Sitz di nieder und lass den Schlaf da!“, wenn ein eiliger Besucher zum Hinsetzen genötigt werden soll. Dem Sprichwort liegt die magische Vorstellung zugrunde, dass die Unruhe und Hast des Besuchers, der sich nicht dem Rhythmus des Hofes unterwirft, dessen Bewohner um die Ruhe, insbesondere um die Nachtruhe bringen könnte. Die Großmutter will auch nicht, dass die Kinder einander ins Gesicht blasen: „Davon kriegt man einen Ausschlag!“

Wann immer der imkernde Nachbar, der Schweinzel-Bauer, zum Großonkel des Mädchens, der als Knecht auf dem Hof lebt, auf Besuch kommt, ziehen die alten Männer sich in die Stube zurück. Kinder sind von deren Unterhaltung ausgeschlossen. Doch das Mädchen erlauscht durch den Türspalt Geister- und Gruselgeschichten, Geschichten von glühenden Kugeln, die dem nächtlichen Wanderer erscheinen, und vom unheimlichen Wichtel [Käuzchen], das jenen Häusern sich nähert, wo ein Bewohner im Sterben liegt.

Der Nachbarhof Malberg, Wohnstatt der Eltern des Vaters meiner Mutter, ist frei auf einer Hügelkuppe gelegen. Die Quelle, aus der sich der Hof versorgt, liegt am südlichen Gegenhang. Das Gewässer speist ein Becken im Tal, dessen Inhalt von einem sogenannten Widder – eine Pumpe ohne externen Antrieb, die bei Technikern unter der Bezeichnung „hydraulischer Stoßheber“ läuft – auf das Niveau des Bauernhofes gehoben wird. Der Widder läuft Tag und Nacht. Rhythmisch stößt er einen kleinen Schwall Wasser aus. Ohne eine andere Energiezufuhr als die Bewegungsenergie eines kleinen Rinnsales zu benötigen, befördert er stetig und ausdauernd kleine Mengen von Wasser auf dreihundert Höhenmeter. Dabei entsteht ein charakteristisches Geräusch, ein Klappern oder Tuckern. Der Widder ist ein unauffälliges, aber nicht leises Wunderwerk angewandter Technik. In der Stille eines abgeschiedenen Tales klar zu vernehmen. Ein Grundton der Landschaft. So allgegenwärtig, dass er von den Bewohnern des Bauernhofes nicht mehr wahrgenommen wird. Dieses Klopfen ist immer dann zu vernehmen, wenn die Kinder Postsachen, die der Briefträger bei ihnen hinterlegt hat, zum Nachbarn hinauftragen.

Im Elternhaus meiner Mutter springt quer zum Satteldach ein kleiner Giebel vor, der das einzige Zimmer im Obergeschoß beherbergt, das Kreuzstöckl. In dieser unbenützten Mansarde steht ein Schrank, der ihrem Vater gehört. In dem Möbel führte er vor seiner Verheiratung wie jeder Dienstbote seine persönlichen Besitztümer mit sich. Bei jedem Dienstwechsel wurde der Schrank mitgenommen. Das Mädchen schleicht sich in die Dachkammer hinauf, um die Bücher, die ihr Vater in jenem Schrank aufbewahrt, heimlich und ungestört zu lesen. Es sind aber keine Bücher, wie sie in einer Buchhandlung erworben werden können, sondern Fortsetzungsromane aus Zeitungen, die ausgeschnitten und gesammelt wurden, um sie dann zu binden. Die Technik des Fadenheftens von solchen Konvoluten war im bäuerlichen Bereich weit verbreitet und wurde von den Lesern selbst praktiziert. In die aufregende Welt dieser Heimat- und Liebesromane taucht das Mädchen mit glühenden Wangen ein. Das Leseerlebnis wird ihr durch das Geheimnis versüßt.

Ansonsten fühlt sie sich mehr zur Feld- und Stallarbeit hingezogen. Ihrer Mutter Beistand in der Küche zu leisten, würde viel eher zu den Pflichten der jüngsten Magd auf dem Hof, der Saudirn, gehören. Einmal platzt meiner Großmutter der Kragen über die Tochter, die sich lieber den Männern anschließt, um nur ja nicht zur Frauenarbeit herangezogen zu werden: „Wann du net kochen lerna willst, kannst net heirat'n und aus dir wird nir a Bäu'rin!", schimpft meine Großmutter. Das Mädchen bringt durch seinen Eigensinn die herkömmliche Aufteilung der Aufgabenbereiche auf dem Bauernhof durcheinander. Tatsächlich sollte später ihre Fähigkeit, eine Arbeitsmannschaft zu bekochen, bei den Bau- und Modernisierungsprojekten meiner Eltern unverzichtbar sein.

In der Nachkriegszeit leitet die Bauernkammer ihre Mitglieder bei Modernisierungsschritten an. Auch eine junge Frau kommt von den Vorträgen begeistert heim und ist begierig, die neuen Methoden auf dem Hof der Eltern einzuführen. Dort wird die Landwirtschaft noch mit sehr traditionellen Methoden betrieben. Die Wiesen werden ausschließlich zum Heuen genützt, auf ihnen gedeiht das Winterfutter. An frischem Gras bekommen die Rinder nur das, was auf Angern und Rainen wächst. Kraftfutter wie frischen Klee sehen die Kühe nie im Barren. Auch wird von der Möglichkeit, die Wiesen zu düngen, kaum Gebrauch gemacht. Die junge Frau veranlasst ihren Vater, Thomasmehl zu kaufen. Sie fährt die achtzig Kilo schweren Säcke mit der Schubkarre zu allen entlegenen Wiesenstreifen und verteilt dort das rußschwarze Pulver. Die Schubkarre wird von meiner Mutter, so wie auch im Melk- und Traisental östlich ihres Elternhauses, *Schubgorm* genannt. Im südlich anschließenden Voralpengebiet bis hinüber zum oberen Ybbstal sagt man dazu *Tragatsch*. Im nordwestlichen Mostviertel steht dafür das Wort *Radltrog* in Gebrauch.

Die hölzerne Egge zerkleinert die schweren Lehmbrocken, welche die Pflugschar hinterlassen hat, nur unzureichend. Mit einem großen hölzernen Hammer werden die Kinder ausgeschickt, *Schrollen z'schlagen.*

Zum Eindecken von Dächern benötigt man reines und kräftiges Roggenstroh. Nach dem Schnitt werden solche Garben nicht in der Dreschmaschine ausgeerntet, sondern über ein vom Wagen abgezogenes Rad geschlagen, bis die Körner ausfallen. Auf diese Weise bleiben die Stängel intakt und bewahren ihre Fähigkeit zur Wärmedämmung. Diese Methode kommt übrigens auch zur Anwendung, wenn für die Aussaat von Wintergetreide im Herbst Saatgut benötigt wird, bevor noch die Garben richtig ausgedroschen werden können. Um dem drohenden Befall mit Pilzsporen zu begegnen, beizt ihr Vater das Saatgut mit Kolophonium, dessen Brocken erst zu feinem Staub zerstoßen werden müssen. Nach dem Ausschlagen wird die leere Garbe in den Schabknecht gespannt und durchgekämmt, um Unkraut und Verfilzungen zu beseitigen. Dann kommt die Schabbank dran, die wie eine auf der Sitzfläche liegende Sitzbank aussieht. Zwischen den Beinen der Bank werden die Strohhalme aufgelegt, auf gleiche Länge geschnitten und, sobald die Stärke eines Bündels erreicht ist, zusammengebunden. Schließlich verwahrt man die Schab' sorgfältig, bis sie benötigt werden. Die Aufbringung auf dem Dach erfolgt durch Spezialisten.

Das Dreschengehn ist für die bäuerliche Jugend eine wichtige Zusammenkunft. Nach der gemeinsamen Arbeit an der lauten und schmutzigen Dreschmaschine kommt es zum verbalen Schlagabtausch. Erst wenn alle beim Essen sitzen, kehrt Ruhe ein. So mancher Spaßvogel findet sogar dafür noch ein Bonmot: „Iazt hat sich der Sturm g'legt, iazt kinna'ma Stoaner fiahrn!" Die Lust am kreativen Gebrauch der Sprache brachte diese Schätze einer mündlichen Kultur hervor. Tätigkeiten, die es erlaubten, Gleichaltrige zu sehen, waren Anlass zu Spiel, Spott und Spaß.

Nach dem Krieg geht – nach dem Vorbild seines Nachbarn – auch mein Großvater dazu über, Bienenvölker zu halten. Seine Kinder weist er an, Schwärme, die ihre Stöcke verlassen haben, jene träge dahinziehenden Wolken aus tausenden Insekten, mit Erdbrocken zu bewerfen, damit sie gezwungen würden, sich niederzulassen. Kotschmeißen wird das genannt. Als die junge Frau einmal ein solches Gewimmel auf diese Weise attackiert, wird sie selbst angegriffen. Am Kopf hat sie ein gutes Dutzend Stiche. Es gelingt ihr zwar, den Bienen zu entkommen, doch im Verlauf der nächsten Stunden schwillt ihr Gesicht unter der Einwirkung des Bienengiftes an. Am Tag darauf soll sie an einer Theatervorstellung mitwirken. Die ganze Nacht ist sie wach und legt sich einen in Kamillentee getränkten Wollbausch auf, ein *Bäuschl*, bis ihre Gesichtszüge wieder zu erkennen sind.

Abschied von der Wimmer-Nani

Für ein Foto bauen sich alle zehn Mitglieder des Haushaltes meiner Großeltern im sommerlichen Schatten der Bäume vor dem Haus auf. Die Jüngste ist erst vier oder fünf Jahre alt. Ihre beiden ältesten Schwestern sind schon fast erwachsen und flankieren die letzte Reihe. Zwischen ihnen eine Frau um die Dreißig, mit zwar etwas derben, aber offenen und gutmütigen Gesichtszügen, nicht schön, aber auch nicht hässlich zu nennen. Diese Frau ist die Wimmer-Nani, der letzte Dienstbote, den meine Großeltern hatten, wenn man vom Stiefonkel meiner Großmutter, dem Knecht Hans, absieht, der auf dem Foto erst auf dem zweiten Blick zu erkennen ist, so weit hat er sich in den schattigen Hintergrund zurückgezogen. Das kleine Mädchen in der ersten Reihe lehnt sich seitlich an seine Mutter, schmollend, sich ihr gleichzeitig entziehend und anschmiegend. Mit bösen Augen unter ablehnend herabgezogenen Brauen fixiert sie als einzige das Tun des Fotografen, während der abwesende Blick der anderen auf einen unbestimmten Punkt in der Ferne gerichtet ist. Als das Kind fünf ist, muss es von der Wimmer-Nani schmerzlichen Abschied nehmen. Ein Pferdewagen ist gekommen, um den Schrank mit den Habseligkeiten der aus Wolfpassing stammenden Magd abzutransportieren. Die junge Frau verbrachte vor ihrer Verheiratung einige Dienstjahre auf dem Hof Unter-Weilach und wurde von dem Kind heiß geliebt. Eine weitere Magd auf dem Hof meiner Großeltern bevorzugt die um ein Jahr ältere Schwester. Über das kleinere Mädchen gießt sie nur Spott und Häme aus, um sich an dessen Wutausbrüchen zu weiden. Als die Wimmer-Nani fortmuss, versteht das Kind nicht, dass ihre älteren Geschwister Tini, Hanni, Peter und Willibald, die schon sechzehn, fünfzehn, vierzehn und elf Jahre alt sind, durch ihre Arbeitskraft die weitere Anstellung von Knechten und Mägden auf dem Hof erübrigen. Dafür kommen jetzt an Sonntagnachmittagen die Knechte von den umliegenden Höfen – alles fesche junge Männer –, um mit den großen Schwestern zu singen. Dem kleinen Mädchen prägen sich diese Besuche ein, ohne dass ihm der eigentliche Zweck bewusst wäre.

Vom Deutschen Reich bis ins Himmelreich

Zu den Besuchern, die sich regelmäßig auf dem Bauernhof einstellen, gehört auch eine Frau mit einem von der Sonne dunkel gegerbten Antlitz. Das vazierende Bettelweib ist allen nur als Fanny bekannt. Für ihre Nachtruhe findet sich ein Strohlager im Stall oder im Schuppen. Einmal erschreckt sich das Mädchen, das am Morgen zur Holzhütte um Brennholz geschickt worden ist, weil sie die Vagabundin dort auf Reisigbündel gebettet antrifft. Tagsüber hält diese sich gerne in der Küche oder beim Dämpfer auf, in dem Erdäpfeln als Futter für die Schweine gegart werden, und wärmt sich auf. Besonders im Winter quartiert sich Fanny zu diesem Zweck gleich für ein paar Tage auf dem Hof ein. Für die gewährte Gastfreundschaft zeigt sie sich erkenntlich, indem sie auf ihren Wegen Pilze und Kräuter sammelt und damit zum Haushalt beiträgt. Ihr Kräuterwissen wird geachtet, aber auch die Nachrichten und Neuigkeiten, die sie von Hof zu Hof weiterträgt, sind willkommen. Trotz ihres harten Lebens scheint sie nie krank zu sein. Zur Zeit des Dritten Reiches will die nationalsozialistische Obrigkeit alle sogenannten Asozialen und Arbeitsscheuen disziplinieren und von ihrer unsteten Lebensweise abhalten. Fanny weiß, dass sie die offiziellen Stellen nicht auf sich aufmerksam machen darf. Als sie dann tatsächlich einmal nicht mehr weiterkann und auf pflegende Hände angewiesen ist, wird sie auf dem Hof meiner Großeltern von den Töchtern aufgepäppelt. Sie waschen die alte Frau und ersetzen ihre Lumpen durch abgelegte Kleidungsstücke. Das kleine Mädchen lässt sich das nicht entgehen und vernimmt, wie die Fanny sich energisch gegen den Vorschlag wehrt, den Arzt beizuziehen: „Na, bloß net – der schickt di grod nur ins Spitoi, vou durt kimmst z'erscht ins Deutsche Reich und glei weider ins Himme'reich!"

Der Kalfakter

Tini, die älteste Schwester meiner Mutter, ist zehn Jahre älter als sie. Im Jahr 1938, mit siebzehn Jahren, beginnt Tini ihren Dienst in der Gastwirtschaft des Klein-Gruber-Sepp, eines gelernten Fleischers, der neben seinem Wirtshaus auch eine Landwirtschaft betreibt. Der Klein-Gruber ist bekannt für sein loses Mundwerk und eine kreative Intelligenz. Während des Krieges besorgt der Wirt sich Nachschub für die Küche, indem er illegal geschlachtete Kälber und Schafe in Mostfässer steckt, die er, um sie vorgeblich mit Most befüllen zu lassen, zu meinem Großvater verbracht hat. Dem Gastwirt bereitet es ein diebisches Vergnügen, die Obrigkeit reinzulegen. Bei den Bauern kann er auf deren stilles Einvernehmen setzen. Meine Großeltern, die dem Dienstgeber ihrer Tochter bei dessen Machinationen zuarbeiten, sind zurückhaltende Komplizen des Klein-Gruber; seiner Gerissenheit zollen sie nur widerwillig Respekt. Der tolldreiste Gastwirt gilt ihnen als ein „Kalfakter", was in diesem Fall einen leichtsinnigen Menschen bezeichnet, dem die Freude an seinen Coups die Gedanken an mögliche Folgen verdrängt. Im gleichnamigen Roman des Oberösterreichers Franz Rieger ist der Kalfakter eine etwas zwielichtige Figur, ein Mittler zwischen den Bauern und der kleinstädtischen Welt. In der Kommunikation liegt sein Talent, wodurch er den schwerfälligen Landbewohnern überlegen ist. Im Roman *Septemberlicht* des gebürtigen Schlesiers Horst Bienek tritt unter dieser Bezeichnung ein Gefängniskapo auf, der sich dort mit Hilfsdiensten nützlich macht und damit auch gefängnisinterne Vorrechte genießt. In den Wörterbüchern der österreichischen Dialektlandschaften ist er entweder ein Mensch, der alberne Streiche macht, ein Nichtstuer, eine liederliche Person oder ein Aushorcher und Schmeichler. Im Steirischen kann darunter sogar ein Nachtschwärmer oder ein schlecht erzogener Hund, der immer wieder seinem Herrn entläuft, verstanden werden, im Wienerischen gilt er wiederum als flatterhafter Mensch und Herumtreiber, im Oberösterreichischen dagegen als Spaßmacher und Witzeerzähler, anderenorts ist er ein Wanderhändler, Kleingewerbetreibender oder auch ein Hausdiener. Josef Buchinger, Chronist der Mostviertler Sprichwörter und Redewendungen, jedoch meint, Kalfakter bedeute „heimlicher Zuträger, Wohldiener“. Der Kalfakter ist in jedem Fall einer, der dazwischen steht.

Meine Mutter erzählt, dass der spätere Schwiegervater ihres Bruders Willibald im Krieg Fleischbeschauer gewesen sei, wie ein Kontrollorgan des Reichsnährstandes genannt wurde. Er sollte für die nationalsozialistischen Behörden das auf den Höfen geschlachtete Vieh begutachten und die Rechtmäßigkeit der Schlachtung bestätigen: „Da hat er einmal auf einem Hof zwei Hälften einer Sau hängen gesehen, und jede Hälfte hatte ein eigenes Schwanzl!“, gibt meine Mutter eine weit verbreitete Anekdote wieder. Bei ihr daheim war es der Onkel Josef, der Bruder des Vaters, der es übernahm, die Sau aus der Schar, die sich lärmend um das vorgeworfene Futter drängte, herauszuschießen.

Auch die schwankhafte Geschichte vom „lautmäuligen“ Bauern Hermann Hayden auf dem Hof Ober-Perwarth hat einen klassischen Schelm zum Helden. Der

Hof Ober-Perwarth, den er erst im Jahr 1937 gekauft hat, liegt zwar neben dem Hof Malberg, gehört jedoch bereits zur benachbarten Pfarre Oberndorf. „Die ganze Nachbarschaft hat vernommen, wie er mit seinen Töchtern und Tieren herumschreit, er hat geflucht über Gott und die Welt", erzählt meine Mutter. Während des Krieges erstattet Hayden Anzeige: Es wäre ihm auf der Weide etliches Vieh gestohlen und gleich vor Ort geschlachtet und ausgeweidet worden, wovon nur noch Knochen und Schädel übrig seien. Dabei wusste – oder ahnte – jeder, dass kein anderer als er selbst es getan hatte. Bei Kriegsende versorgt der Bauer den Deserteur Gützer-Franz, der sich über ein Jahr lang in Gräben und Bauernhäusern versteckt hielt, mit Essen, das er bei einem Baum an einem einsamen Waldrand hinterlegte. Sobald er sich dem Treffpunkt näherte, pflegte Hayden lauthals durch die Landschaft zu brüllen: „Frau-au-aunz, dei Essen is da!"

„Da kann'st hormgäi'n wie's Dirndl vom Tanz!" Mit dieser sarkastischen Phrase kommentiert meine Mutter das Ende der ersten Ehe ihrer ältesten Schwester, die nach dem Tod ihres Mannes Alois Maier (bzw. Weichselbraun – wie er nach seinem Stiefvater hieß) mit ihrem Kleinkind von den Schwiegereltern wieder vom Hof gebeten wurde, um diesen einer Schwester des Verunglückten übergeben zu können. Die Redewendung steht für das auf unbefriedigende Weise unverbindliche Ende einer Beziehung, das auf Kosten einer Frau geht, die auf Absicherung keinen Wert gelegt hat. Als der Lois, gerade erst aus dem Krieg zurückgekehrt, im November 1946 in Merkenstetten mit dem Traktor die schadhafte Holzbrücke über die Große Erlauf unterhalb des Sägewerkes Geppel überqueren will, bleibt der Traktor mitten auf der ansteigenden Brücke hängen. Beladen ist sein

Fahrzeug mit der zerlegten Baracke des RAD-Lagers in der Urmannsau, deren Abtransport Lois übernommen hat. Der Lois lässt den Traktor zurückrollen und fordert die Mitfahrer auf, beim nächsten Versuch zu schieben. Diesmal bricht die provisorisch gestützte Brücke ein. Alle Helfer fallen in den Fluss und werden von den Balken der Ladung getroffen, ohne dass einer dabei ernsthaft Schaden nimmt. Nur der Lenker kommt unter dem abgestürzten Traktor zu liegen und wird unter Wasser gedrückt, wo er ertrinkt.

Grafenleut

In Purgstall rufen die Wassermassen, die sich tosend durch einen tiefen Einschnitt in den Konglomeratfelsen zwängen, mit ihrem fortwährenden Stoßen und Drängen die Zeiten in Erinnerung, als an den gefällereichen Flüssen im Alpenvorland frühe Industrien bestanden. Die melancholische Atmosphäre verdichtet sich über dem emotionalen Zentrum des Ortes, der weitläufigen Schlossanlage, die den Geländesporn zwischen einer Klamm, durch die der Feichsenbach fließt, und der mächtigen Erlaufschlucht beansprucht. Als meine Mutter ein Kind ist, bewohnt der letzte Graf Schaffgotsch das halbverfallene Schloss allein mit seiner zweiten Frau. Sie ist nicht von adeliger Herkunft, sondern war Zofe und Gesellschafterin der früh verstorbenen ersten Frau des Grafen gewesen. Diese Frau geht zu den Bauern und handelt Lebensmittel ein. Auch das Mädchen wird einmal ins Schloss geschickt, um den Grafenleut' einen Korb frisch geernteter Zwetschken zu überbringen. Das Kind wagt sich mit Bangen in die leeren efeuüberwachsenen und totenstillen Höfe vor, steigt hallende Treppenhäuser hinauf, öffnet eine Tür nach der anderen und findet sich unvermutet dem Grafen gegenüber, der in Unterhosen oder – in anderen Varianten der Erzählung – in einem Nachthemd am Küchentisch sitzt und auf die Wand stiert. Aus einem Hosenbein ragt der Stumpf des Beines hervor, das dem Grafen im Ersten Weltkrieg amputiert worden war. Der grausige Anblick in all seiner Unverhülltheit erschreckt das Mädchen in dem Maße, dass es alles fallen lässt und Hals über Kopf davonstürzt.

Der Einbruch des Unbewussten ins Bewusstsein des Menschen, das Innewerden einer seelischen Welt, die bisher nicht wahrgenommen wurde, drückt sich im Erschrecken der Heldin dieser Erzählung aus. Bei einer Begegnung mit dem Numinosen bewirken die eigenen Assoziationen das Empfinden des Unheimlichen. Sigmund Freud erzählt 1919 in seinem Essay *Das Unheimliche*, wie er selbst sich einmal in einer ähnlich bedrängenden und albtraumhaften Situation gefangen sah. Als er an einem Sommernachmittag eine italienische Stadt durchstreift, gerät er in ein Viertel mit zweifelhaften Frauen an den Fenstern, und er ist bemüht, dieses auf dem schnellsten Wege wieder zu verlassen. Doch gerade diese Hast führt ihn auf Umwegen und wider seinen erklärten Willen zwei Mal in genau dieselbe Gasse zurück.

Das Heilige Grab

In manchen katholischen Kirchen wird noch immer die Tradition gepflogen, kreative Nachbildungen der Begräbnisstätte des Heilands einzurichten. Der barocken Frömmigkeit kam die Möglichkeit entgegen, die abstrakten Formen des Glaubens mit sinnlich wahrnehmbaren Inhalten zu füllen. Vor dem Ersten Weltkrieg entstanden perspektivische Installationen, die Farben, Licht und Dunkelheit raffiniert zur Geltung brachten und mit den Emotionen der Gläubigen spielten. Böhmische und mährische Glasfabrikanten lieferten herrliche Jugendstilwerke zum Lob des Herrn und zur Ehre des kunstsinnigen Pfarrherrn. Der Raum empfing sein Licht von den funkelnden und strahlenden Farben des Heiligen Grabes. Gelb, Rosa, Lila und Rot entsprachen den warmen und weichen Farben eines Boudoirs. Wurden an den Tagen zwischen den Feiern des Todes und der Auferstehung Christi diese Séparées geöffnet, so versammelt sich das Gottesvolk davor zu einer symbolischen Totenwache. Im 16. Jahrhundert lagen – wie uns die amerikanische Historikerin Natalie Zemon Davis überliefert – Laienschauspieler, die auf diese Weise den Leichnam Christi darstellten, stundenlang bewegungslos vor den Besuchern des Gotteshauses. Eine tätliche und schließlich zum Totschlag führende Auseinandersetzung eskalierte auf diese Weise, weil das spätere Opfer seinen Spott trieb mit einem jungen Mann, der angeblich eine Erektion verspürt habe, während er den toten Erlöser mimte. Wenn das Mädchen an solchen Gebetswachen teilnimmt, ist es schummrig in der vom eigentlichen Kirchenschiff abgesonderten Seitenkapelle der Pfarrkirche von Scheibbs; nur hinter dem bunten Mosaik am Rand des Glaskastens brennt ein Licht, das die Farben zum Leuchten bringt. Im Heiligen Grab wie in einer Vitrine eine lebensgroße und naturalistische Figur des Gekreuzigten. Der suggestiven Kraft der eintönig gemurmelten Rosenkränze kann das Kind sich nicht entziehen. Die mystische Beleuchtung verstärkt die Trancewirkung der Gebete. Es macht dem Kind zu schaffen, den toten Körper, dessen Nacktheit die Spuren der Misshandlungen augenfällig werden lassen, als Abbild ständig vor sich zu haben. „Dabei wurde mir ganz entrisch zumute!", erinnert sich meine Mutter: „Die düstere Stimmung, die Dunkelheit, das geheimnisvolle Leuchten hinter dem Mosaik, der tote Christus."

Während der Ostertage liegt auf den Stufen vor dem Altar ein überdimensionales Kruzifix, dessen Corpus die Kinder küssen sollen. Das Mädchen verspürt einen starken Widerwillen, mit ihren Lippen das kalte Holz zu berühren, es graut sie davor. Viele Jahre später, als sie bereits verheiratet ist, wird sie einmal in der Kirche ihres neuen Pfarrortes, in der das Heilige Grab nur für die Karwoche aufgebaut wird, beobachten, wie die Messnerin aus einem Depot Requisiten heranschafft, die für diese Inszenierung benötigt werden. Die Messnerin trägt die Gestalt des leidenden Christus respektlos unter dem Arm eingeklemmt. „Wie einen Besen hat sie ihn genommen", erklärt meine Mutter. Dieser prosaische Anblick befreit sie endgültig von dem metaphysischen Schauder, den sie als Kind vor dem Heiligen Grab verspürt hat.

Gottes Mühlen mahlen langsam …

Beim *Anschluss* ist sie sechs Jahre alt. Die Eltern des kleinen Mädchens sind bis dahin treue und zufriedene Kunden der jüdischen Kaufleute des Städtchens gewesen, den Thierfelds. 1938 emigrieren zunächst die erwachsenen Söhne nach England. Sie haben Mühe, ihre alten Eltern nachzuholen. Während sie sich anstrengen, eine Einreisegenehmigung für sie zu erwirken, leben ihre Eltern quasi unter Hausarrest. Es fängt damit an, dass allen Nichtjuden, also ihrer gesamten Kundschaft, verboten wird, im Geschäft der Thierfelds einzukaufen. Eine Freundin meiner ältesten Tante wird, als sie zuwiderhandelt, von der SA aufgegriffen und mit einer Tafel um den Hals, auf der „Ich bin eine Freundin der Juden" und noch Schlimmeres steht, in der Auslage des Kaufmannsladens an den Pranger gestellt. Meine Mutter wird uns nie sagen wollen, was das noch Schlimmere gewesen sei. Das Geschäft der Familie Thierfeld muss geschlossen werden und wird bald darauf seinen Besitzern gegen einen lächerlichen Betrag abgepresst. Das alte Paar wagt sich nicht mehr an die Öffentlichkeit und lebt von der Umwelt abgeschlossen. Es wird für sie schwierig, die täglichen Bedürfnisse zu decken. Meine Großmutter hat den Absturz der geachteten und angesehenen Bürger zu rechtlosen Außenseitern mit Bestürzung und Mitleid verfolgt. Sie weiß, dass die beiden gerne Hühnerfleisch essen, aber kaum noch bekommen können. Aus diesem Grund schlachtet sie zwei dieser Tiere. Das gebratene Fleisch wird in einen Korb gelegt und mit einem Tuch gegen neugierige Blicke abgedeckt. Dann ergreift sie den Korb mit der einen Hand und nimmt ihre jüngste Tochter an der anderen. Das Haus der Familie Thierfeld ist wie ein richtiges Markthaus in einer geschlossenen Front mit den anderen Häusern errichtet worden. Die Parzellen dahinter sind mit Wirtschaftsgebäuden und Scheunen bebaut und laufen am Ende mit einem Obstgarten zum Steilufer der Erlauf hin aus. Meine Großmutter und ihre Tochter betreten das Nachbargebäude der Thierfelds durch das Haustor, durchqueren den Flur, ohne an eine Haustür zu klopfen, und gehen in den Garten hinaus. Dort kennt meine Großmutter ein verstecktes Türchen, durch das man in den Garten der Nachbarn gelangt und auf diese Weise unbeobachtet den Hintereingang der Thierfelds erreicht. Ein anderes Mal erzählt meine Mutter, wie sie entlang des Erlaufufers unbemerkt hinübergewechselt hätten. Der alte Herr habe sich herzlich über die Gabe gefreut und über das Unrecht, das ihnen zugefügt wurde, bittere Klage geführt: „Gottes Mühlen mahlen langsam, aber ganz vortrefflich – allen, die uns ein Leid bereiten, wird es vergolten werden!" Wenig später sei dem Paar die Ausreise zu ihren Söhnen gelungen.

Nach dem Krieg entsteht im Städtchen das Gerücht, ein Sohn der Thierfelds sei zur britischen Armee eingerückt und der Pilot jenes Flugzeugs gewesen, das seine Bombenlast, anstatt es auf die Fabrik abzuwerfen, die vielen Menschen Arbeit gab, auf den Feldern entleerte, wo niemand zu Schaden kam – eine moderne Sage, wie sie in zahlreichen Städten, die unter dem Luftkrieg im Zweiten Weltkrieg zu leiden hatten, entstanden ist, um die willkürlichen Abwürfe zu erklären, mit denen die Piloten auf dem Rückflug sich ihrer verbliebenen Last entledigten. Für Frau Thierfelds Mutter, die bei der Familie in Purgstall lebte, gelang es noch im Jahr 1938, ein jüdisches Begräbnis auf dem Friedhof in Ybbs-Götzbach durchführen zu lassen. Sie musste sterben, weil der neue Gemeindearzt, der den jüdischen Vorgänger Dr. Kohn ersetzt hatte, und auch die neue Führung der Apotheke der schwer zuckerkranken alten Frau das Insulin verweigerten. Ihre Tochter, Frau Thierfeld, habe schon frühzeitig an Hitler geglaubt, berichtet Johannes Kammerstätter in seinem Werk *Tragbares Vaterland*. Damit ist gemeint, dass sie von Anfang an überzeugt gewesen sei, Hitler würde tatsächlich seine Drohungen gegen die jüdischen Mitbürger in die Tat umsetzen. Auf ihr Drängen hin bereitete die Familie Thierfeld frühzeitig ihre Auswanderung in die USA (und nicht nach England, wie es meine Mutter erzählt) vor. Die Thierfelds hatten der lokalen Honoratiorenschicht angehört, waren als Arbeitgeber beliebt und geachtet gewesen – erzählt wird von der Freundschaft eines Sohnes mit dem Besitzer der Fabrik Busatis. Es war ein Zeichen verdeckter Anteilnahme am Schicksal dieser Familie, dass die Purgstaller der verstorbenen Schwiegermutter bis zur Gemeindegrenze zahlreiches Geleit gaben. In den USA rückten die Söhne zur amerikanischen Luftwaffe ein. Als dies in Purgstall bekannt wurde, entstand daraus jenes Gerücht, das die Notabwürfe außerhalb des Ortes erklären sollte. Die Thierfelds hatten eine Schneiderei und ein Bekleidungsgeschäft in Purgstall, woraus die ungenaue Erinnerung der damals Sechsjährigen Geschäftsleute machte. Das mittlerweile aufgelassene Geschäft Bruckmüller in der Pöchlarnerstraße, das sich heute im ehemaligen Geschäftslokal und Haus der Thierfelds befindet, ist ebenfalls ein Kleiderhandel gewesen, wie man bei einem Blick durch die leeren Auslagen in die verödeten, aber noch nicht komplett ausgeräumten Geschäftsräume erkennen kann.

Vom Dazugehören

Meine Großeltern, die bei der Vaterländischen Front waren, hatten ein Bild in der Stube stehen, das den 1934 von den Nationalsozialisten ermordeten Dollfuß zeigte. Als 1938 alle Dollfuß-Darstellungen verschwinden und Bildern des deutschen Reichskanzlers weichen müssen, dreht mein Großvater das Foto des österreichischen Kanzlers um, und das Hitler-Bild kommt an die Schauseite des Rahmens. Die Ermordung von Engelbert Dollfuß haben meine Großeltern Hitler nie verziehen.

Obwohl dem Mädchen in der Familie und in der Kirche der Widerwille gegen das nationalsozialistische Regime eingeimpft worden ist, bestaunt es einmal den Auftritt Gleichaltriger, die für einen Parteigranden, der das Städtchen besucht, Spalier stehen. Die Zehnjährige, der nach dem Willen ihrer Eltern die Teilnahme versagt bleibt und die nur aus einem Winkel heraus das Spektakel beobachten kann, bleibt von der Inszenierung nicht unbeeindruckt. Vor allem die *sauberen* [feschen, kleidsamen] Uniformen des nationalsozialistischen Jungvolkes machen auf sie Eindruck. Das Mädchen schämt sich für den Wunsch, mitmachen zu dürfen. Es weiß, dass seine Eltern das nicht unterstützen würden.

Die Bantn-Tant

Der Bantn-Hof ist vom Nachbarhof Malberg aus gesehen am nächsten Hügelhang gelegen. Meine Großmutter ist Taufpatin aller Kinder ihrer Schwägerin Magdalena, der Schwester meines Großvaters, welche für die Geschwister die Bantn-Tant ist. Als Magdalena 1934 dreiunddreißigjährig stirbt an den Folgen einer Operation, bei der ihre Blase verletzt wurde – drei Jahre nach der Geburt ihres siebenten Kindes Lois, der im gleichen Jahr wie meine Mutter auf die Welt gekommen ist; da unterstützt meine Großmutter die Familie mit den sieben Halbwaisen auf dem kleinen Bauernhof nach Kräften. Ganze Bleche mit Strudel und Buckelkörbe mit Geselchtem und Obst seien hinübergetragen worden, erzählt ihre jüngste Tochter. Die halbe Nacht hindurch kochte und buk meine Großmutter für ihre Godnkinder, die sie zusätzlich zu ihren eigenen sieben Kindern versorgte. Das Gohn-G'wand, das die Geschwister zu Allerheiligen und Ostern bekamen, deckte eine dringende Not ab. Kaum ist die schwere Jugend überstanden, beruft die Wehrmacht die jungen Männer ein. Den Soldaten werden von meiner Großmutter Pakete geschnürt, deren Gewicht bis aufs Gramm stimmen muss. Drei der Cousins meiner Mutter fallen im Weltkrieg. Ihrem Vater war es nach einiger Zeit gelungen, doch wieder eine Frau zu finden, die er 1936 heiratete. Sie bekam sogar noch ein Mädchen. Nach dem Krieg, als die Halbschwester der Cousins meiner Mutter erst zwölf Jahre alt ist, stirbt auch deren Mutter an Blinddarmdurchbruch.

Todesstiege

Meine Mutter hat nie behauptet, während der *Hitler-Zeit* nichts von den Konzentrationslagern gewusst zu haben. Sie genoss das Privileg, in die Hauptschule gehen zu dürfen, obwohl sie bei keiner nationalsozialistischen Jugendorganisation mitgemacht hat. Insgeheim wundert es sie, dass sie an dieser Schule geduldet wird, deren Direktor Steurer ein begeisterter Nazi ist. Einmal sagt der Schulleiter ihr und den anderen Bauernmädchen eine große Zukunft voraus, denn sie würden nach dem „Endsieg" große Bauernhöfe in Russland führen, riesige Besitztümer in der Kornkammer Europas. Da begreift sie, welcher Auftrag ihr vom Regime zugedacht ist. In den letzten Jahren des Krieges rückt schlussendlich auch der Schuldirektor ein, zur Organisation Todt. Diese Einheit ist für die Errichtung militärischer Abwehranlagen zuständig, bei der auch Insassen von Konzentrationslagern eingesetzt werden. Bei seinen Heimaturlauben pflegt er seine Schule zu besuchen und hat eine diabolische Freude daran, den Kindern zu schildern, wie die Häftlinge gequält würden. Er erzählt auch von der Todesstiege in Mauthausen. Meine Mutter denkt noch an die Siegesgewissheit in der Stimme des Mannes. Erst im Jahr 1956 wird sie ihn wiedersehen, als sie mit dem 15er Steyr-Traktor in das Städtchen fährt. Neben dem Parkplatz, auf dem sie den Traktor abstellt, fällt ihr auf einer Bank ein Mann auf, der ganz gebrochen wirkt und seine Hände vors Gesicht geschlagen hat. Zuerst glaubt sie, ihm wäre übel. Als sie nähertritt, erkennt sie ihren ehemaligen Lehrer und schreckt davor zurück, ihn anzusprechen. Seine Frau und Tochter hat sie, während er seine fanatischen Sonntagsreden hielt, am Gottesdienst teilnehmen sehen.

Du hast mir immer zu essen gegeben!

Sie ist noch nicht ganz acht, als der Krieg beginnt. Ihre beiden Brüder sind um sechs und acht Jahre älter. Sie findet in ihrer Erinnerung nur Bilder vom Zusammenbruch. Die zahlreichen Meldungen von Gefallenen und Vermissten machen die Bevölkerung hellhörig für böse Vorzeichen. Manchmal kündigt sich der Tod durch geheimnisvolle Botschaften an. Der Ruf des Käuzchens, sein Kiwitt-kiwitt, wurde immer schon als „Kommmit!“ des Verstorbenen interpretiert.

Das Mädchen besucht die Hauptschule. Dieser Schulzweig war für die begabteren Landkinder bestimmt, die übrigen Kinder verbrachten alle acht Jahre in der Volksschule. Sie äußerte damals den Berufswunsch, Lehrerin zu werden, und erinnert sich, im Unterricht Gedichte von Rainer Maria Rilke gelesen zu haben. Es macht sie heute noch stolz, dass sie in der Hauptschule sogar Englisch lernte. Doch auf dem Hof fehlen ihre Brüder, und ihre Arbeitskraft wird benötigt. Weil das Schulgebäude ab dem Herbst 1944 für Flüchtlinge benötigt wird, verlegt man den Unterricht in ein Bauernhaus. Die Stunden finden am Nachmittag statt. Tritt das Mädchen den Heimweg an, ist es bereits dunkel. Dichte Stauden fassen einen Hohlweg von beiden Seiten ein. Wenn ausgerechnet dort das Käuzchen ruft: „Dann bin ich aber gerannt!"

Ihre Brüder werden einberufen, als die Wehrmacht sich bereits auf dem Rückzug befindet und jedes verfügbare Menschenmaterial in die Schlacht wirft. 1942 rückt mein 1923 geborener Onkel Peter ein und fällt im Jahr darauf bei Kiew. 1943 wird mein Onkel Willibald als Sechzehnjähriger zu einer Einheit der SS rekrutiert. Solche Meldungen kamen damals nur noch *pro forma* freiwillig zustande. Die ehrgeizigen Ausbildner in den Wehrertüchtigungs- und Arbeitsdienstlagern wussten schon, wie die Halbwüchsigen am besten einem Gruppenzwang unterworfen werden konnten. Vor den Fenstern des Raumes, in dem die Meldung erfolgte, wurden Wachen der HJ postiert, damit ja keiner im letzten Moment ausscherte. Nach einer Ausbildungszeit in der Nähe von Laibach wird Willibalds Kompanie im Herbst 1944 für den Einmarsch in Ungarn, der ihn bis nach Siebenbürgen führt, eingesetzt. Beim Vorrücken gegen amerikanische Truppen an der ligurischen Küste auf der Höhe von Elba stürzt der junge Soldat mit Fahrrad und Maschinengewehr in einen Bombentrichter. Nach Aufenthalten in Lazaretten in Cortina d'Ampezzo und Brünn, einem kurzen Heimaturlaub und einer Verlegung nach Stralsund an der Ostsee geht es erneut nach Oberitalien. Seine Kompanie wird bei Ravenna vollkommen aufgerieben, nur 70 Mann überleben von 300, er selbst landet mit einem Durchschuss neuerlich im Lazarett, diesmal in Meran. Doch hat der Krieg für ihn noch immer kein Ende. In Westböhmen wird eine neue Einheit zusammengestellt, die noch in den letzten Kriegswochen in der Steiermark die Rote Armee aufhalten soll.

Am Ostersonntag 1945 begegnet das Mädchen in Purgstall einem Zug von Häftlingen, die aus Ungarn heraufgetrieben worden sind. An diesem Tag werden die Schwestern, als sie auf der Hoad, einem offen und freien Höhenrücken, unterwegs sind, von Tieffliegern verfolgt und verstecken sich im Gebüsch. Die älteste und damals bereits verheiratete Schwester muss mitansehen, wie ein Teilnehmer eines Todesmarsches ungarischer Juden, der dem Marschtempo nicht gewachsen ist, von den Wachmannschaften am Wegesrand erschossen wird. Ab dem Herbst 1944 wurden 42 000 ungarische Juden für den Bau militärischer Anlagen deportiert. Als die Front näher kommt, treibt man diese Menschen weiter. Der Weg der Judentransporte quer durch die Obersteiermark und Niederösterreich nach Mauthausen ist mit Toten gesäumt.

Der Leiter des örtlichen Polizeipostens ist beauftragt worden, einen Volkssturm aufzustellen. Mein Großvater spricht bei ihm vor und erwirkt, dass er von der Pflicht zur Teilnahme befreit wird. Die Wehrmacht errichtet unterdessen Schanzgräben rund um den Hof und bereitet sich auf den Endkampf vor. Die ganze Gegend ist von deutschen Soldaten besetzt. Deserteure verstecken sich in den Wäldern. Da trifft das Mädchen einen Soldaten in abgerissener Uniform. Ahnungslos fragt sie ihn, ob er seine Kameraden suche. „Sind denn welche da?!", entfährt es dem Mann mit aschfahlem Gesicht. Ohne ihre Antwort abzuwarten, stürzt er sich Hals über Kopf in das Gebüsch des nächstgelegenen steil eingeschnittenen Bachtales.

Auf dem Hof ist eine ausgebombte Flüchtlingsfamilie aus Wien untergebracht. Eine junge Frau aus dieser Familie ist mit dem Musiker Anton Lang liiert. Dieser spätere Organist in Purgstall hat, als er noch Offizier der Wehrmacht war, nach einem Heimaturlaub beschlossen, sich abzusetzen. Trotz der starken Besetzung der Umgebung durch reguläre Truppen besucht er seine Freundin und quartiert sich bei ihr für Monate ein. Er führt ein Akkordeon mit sich und gibt auch einmal in der Stube eine Probe seiner Kunst. Das dreizehnjährige Mädchen beobachtet, wie vor dem Mann, als er am Morgen das Waschwasser im Hof ausleert, Soldaten salutieren, die gekommen waren, um Milch zu holen. Seine Offiziersuniform bewahrt Anton Lang davor, als Fahnenflüchtiger erkannt zu werden. Die Kommandanten der Wehrmacht prophezeien den Bauernhäusern totale Zerstörung und raten ihren Bewohnern, rechtzeitig die Flucht zu ergreifen. Mein Großvater weigert sich. Als am 1. Mai 1945 die Meldung von Hitlers Selbstmord zu den Truppen durchdringt, kommt der Befehlshaber ins Haus und überbringt die Nachricht. Die Kinder werden von dem verzweifelten Hauptmann in die Arme geschlossen, der unter Tränen hervorbringt: „Ihr armen Kinder, was geschieht jetzt mit euch? Euer Führer ist tot!“

Sobald alle gegessen haben und wieder zur Feldarbeit gegangen sind, ist das Mädchen allein in der Küche und wäscht das Geschirr ab. Regelmäßig findet sich dann ein magerer, fremder Mann ein, der plötzlich in der Küche steht, ohne dass jemand ihn hat kommen sehen. Stumm bittet er um etwas zu essen. Das Mädchen setzt ihm vor, was übriggeblieben ist, oder reicht ihm zumindest ein Stück Brot. Bis zur nächsten Mahlzeit verschwindet er wieder spurlos. Niemand kennt den Mann oder seinen Aufenthaltsort. Hat sie denn keine Angst vor ihm? Doch auch ihre Mutter hält Brotlade und Speisekammer für Hungernde und Flüchtlinge immer offen, und das Mädchen wünscht sich für ihren überlebenden Bruder, auch ihm würde jemand zu essen geben. Um diese Zeit fährt die Einheit, der mein Onkel Willibald angehört, mit einem Zug aus dem Murtal oberhalb von Graz ins Mostviertel herauf. Bei einem Bauern in Oed warten sie das offizielle Kriegsende ab, um bei Steyr über die Enns und zu den Amerikanern zu gehen. So sehr auch mein Onkel sich nach der Heimat sehnen mag, so wenig ist es ihm gestattet, die Truppe zu verlassen. So grüßt nur sein Blick wehmütig zum Blassenstein hinüber und er denkt: „So nahe bin ich der Heimat und kann nicht heim!"

Eines Morgens sind aus der Scheune, wo die Soldaten mit ihren Pferden genächtigt haben, keine Geräusche mehr zu hören. Alle sind über Nacht davongezogen. Mit ihnen der Deserteur Anton Lang und seine Geliebte. Den nach Westen flüchtenden Kompanien folgt die Rote Armee. Die Schwestern verstecken sich auf dem Heuboden. Sie werden von russischen Soldaten entdeckt und mit angehaltener Maschinenpistole hinunter in die Stube getrieben, wo bereits ihre Eltern vor dem Anführer der Einheit zittern. Allen Familienmitgliedern wird befohlen, sich an der Wand aufzustellen; mit den Waffen im Anschlag werden sie in Schach gehalten. Zuerst verlangen die Russen Schnaps. Weil man schon weiß, dass sie betrunken zu jedem Gräuel bereit sind, ist der hausgebrannte Vorrat im Wald vergraben worden. Auf der Suche nach Alkohol wird das ganze Haus gefilzt und durchwühlt, der Inhalt aller Kästen und Schubladen herausgerissen, jede Matratze gewendet, jede Tuchent aufgeschlitzt. Die Russen finden dabei nicht nur den wenigen Familienschmuck, sondern auch das Foto meines Onkels mit dem berüchtigten Totenkopf auf der

Uniformkappe. Mit grimmigem Blick tritt der Offizier mit dem Bild in der Hand auf meinen Großvater zu und erkundigt sich in gutem Deutsch: „Wie alt er ist? Wissen Sie, was uns diese“ – er meinte die SS – „angetan haben?“ Mein Großvater bemüht sich, mit bebender Stimme zu erklären, wie sein Sohn mit sechzehn in den Krieg gezwungen wurde. Doch die Stimmung wird bedrohlicher. Da führen die Soldaten jenen Mann herein, dem das Mädchen zu seinen Mahlzeiten verholfen hat, und er deutet auf sie. Dabei sagt er etwas auf Russisch. Dann nimmt er sie an der Hand und wiederholt in gebrochenem Deutsch: „Du hast mir immer zu essen gegeben!“ Der Offizier drückt meinem Großvater das Bild in die Hand, wirft einen Seitenblick auf das Chaos, das sie angerichtet haben, zuckt bedauernd mit den Schultern und winkt seine Männer hinaus. Alle verharren bewegungslos und können es nicht fassen, dass sie mit heiler Haut davongekommen sind. Ein Nachbar ist mit dem Gewehrkolben erschlagen worden, als er versucht hat, den Flüchtlingsfrauen auf seinem Hof zu Hilfe zu eilen, die vergewaltigt wurden.

Nach zwei Monaten in einem provisorisch errichteten Lager bei Steyr, wo die ehemaligen Kämpfer der SS auf nackter Erde nächtigen, schaffen die Amerikaner ihre Kriegsgefangenen nach Ebensee und bringen sie in den Baracken des früheren Konzentrationslagers unter, wo sie erneut auf dem Boden schlafen müssen. Hunger, Ruhr und Typhus wüten unter den Insassen des Lagers. Entkräftete Männer, die sich mit Durchfall zur Latrine schleppen, stürzen von den Sitzbalken herunter und ersticken in den Fäkalien. Mein Onkel wiegt bald nur noch neununddreißig Kilo. Der Gruber-Sepp, ein Purgstaller aus der angeheirateten Verwandtschaft eines Nachbarn, lebt am Traunsee und hat Willibald im Lager gesehen. Der Waninger-Peter, der in Scheibbs Fuhrwerker und das Patenkind meines Großvaters ist, besitzt einen kleinen Lastwagen mit Holzgasantrieb. An das Fahrzeug ist hinten der Ofen angebaut, und es führt auf einem Anhänger den für die Reise notwendigen Brennstoffvorrat mit sich. Der Freund macht sich erbötig, meinen Großvater nach Oberösterreich zu fahren. Um die Zonengrenze zu überqueren, für die es keinen Passierschein gibt, versteckt sich mein Großvater auf dem Anhänger unter den Scheitern. Der amerikanische Posten des Lagers erlaubt es, dass Vater und Sohn über den Zaun hinweg ein paar Worte wechseln. Beim zweiten Besuch ist mein Onkel schon mit Typhus in das Krankenlager in Gmunden eingeliefert worden. Das habe ihm das Leben gerettet, ist er heute überzeugt, sonst wäre er dort verhungert.

Das Mädchen, das als Herbstkind erst 1938, mit knapp sieben Jahren, eingeschult wurde, beendet im Schuljahr 1944/45 seine dritte Klasse der Hauptschule ohne Abschluss. Regulären Unterricht hat es im Frühjahr 1945 nur noch sporadisch gegeben. Schon bevor die Schulen ihren Betrieb ganz einstellten, ist sie immer öfter zugunsten der Mitarbeit auf dem Hof der Eltern daheim geblieben. Ihre vierte Klasse und damit den Pflichtschulabschluss wird sie nie nachholen. Es ist die Schule des Lebens, in der sie ihre Prüfungen bestehen muss.

Jedes Mal, wenn meine Mutter ihre Geschichten erzählt, gibt es neue Details zu entdecken: Wie die Rotarmisten, die sie am Heuboden entdecken, zu ihnen sagen: „Warum verstecken? Wir gute Freunde!" Wie der russische Offizier auf das Jagdgewehr meines Großvaters zeigt: „Nix gut", und zum Vergleich sein Maschinengewehr präsentiert. Wie dann wieder einmal Russen das

Haus überfallen und, damit keiner entkommen kann, von außen alle Türen verkeilen. Nur das Streuhüttentürl geht nach innen auf und ermöglicht den Schwestern die Flucht. Sie laufen den Hang hinunter und verbergen sich im hohen Kleefeld. Die Familie errichtet einen Bunker im Wald, der den Mädchen, die sich dort verstecken, fast zum Verhängnis wird. Bei Einbruch der Dunkelheit, als seine Töchter sich wieder ins Haus wagen können, hält mein Großvater Nachschau: Da sind sie aufgrund von Kohlenmonoxid, das sich in dem unzureichend belüfteten Erdloch gesammelt hat, bereits ohnmächtig geworden und nicht mehr imstande, es aus eigener Kraft zu verlassen.

Es gehört zu den Aufgaben des Mädchens, die Schafe auf der Weide anzuketten, „aushängen", wie das genannt wird. Mit einem schweren Schlägel wird ein Stock in den Boden geschlagen, an dem die Kette befestigt ist. Dabei quetscht das Kind sich einen Finger blutig. Um die Wunde vom Arzt versorgen zu lassen, wandert es, den Arm in der Schlinge, in den Marktort. Auf dem Rückweg begegnen ihm lange Kolonnen russischer Soldaten zu Pferd, die winken und lachen.

Nach einem Arbeitseinsatz in der Nähe von Gmunden, bei dem sie desolate Baracken, die von den nationalsozialistischen Truppen zurückgelassen wurden, in einen bewohnbaren Zustand versetzen sollen, wird Wilibald im März 1946 nach St. Pölten verfrachtet, wo ihm seine Entlassungspapiere aus der Kriegsgefangenschaft überreicht werden. Als er bei der Heimfahrt mit einem Frachtzug bereits in Pöchlarn angekommen ist und der Zug seine Geschwindigkeit reduziert, glaubt er schon, abspringen zu dürfen. Da peitschen ihm Schüsse aus einem Armeelager der Besatzungsmacht entgegen, und schnell springt er wieder auf den Waggon auf. Nach der

Heimkehr besteht seine erste Aufgabe darin, die tiefen Schanzgräben aufzufüllen, die seine ehemaligen Kameraden rund um sein Elternhaus hinterlassen haben.

Du bist anders als die andern!

Ein junger Kaplan ist wie alle Kapläne dazu ausersehen, die Jugend der Pfarre zu betreuen. Von dem geringen Altersunterschied macht der frischgebackene Theologe wenig Aufhebens. Schließlich soll ein Kaplan imstande sein, die Jugendlichen anzuleiten und durch sein gelebtes Beispiel auf den richtigen Weg zu bringen. Aber schön ist es schon, sich unter die lebenslustigen Burschen und Mädchen zu mischen und mit ihnen die Unbeschwertheit und Freiheit auszuleben, die es *unterm* Krieg für niemanden gab. Auch die harmlosen Neckereien stören ihn nicht, die seinem guten Aussehen und seiner warmen Herzlichkeit gelten, die ihn bei den Frauen beliebt machen. Das kann er verkraften, das muss jeder Jungpriester aushalten können, der umgänglich ist. Wenn da bloß nicht dieses Mädchen wäre. Es behandelt ihn mit derselben gleichmütigen Abgeklärtheit wie auch die übrigen jungen Burschen. Dabei weiß er, dass sie noch keinem Gehör geschenkt hat. Manchmal meint er darin Hochmut zu spüren. Und doch beunruhigt ihn diese freundliche Distanz ein wenig. Ist er immer noch nicht frei von männlicher Eitelkeit? Was ist es, das ihn das Gespräch mit ihr suchen lässt? Und eine gute Gesprächspartnerin ist sie ja. Einmal entschlüpft ihm, dass er sie für ein besonderes Mädchen hält: „Du bist anders als die andern!“, räumt er ein und ist über sich erstaunt und erschrocken. Ihr verständnisloser Blick drückt nur Verwunderung aus, aber nichts von dem, was er sich nicht erlauben kann, von ihr zu erwarten. Er bemerkt, wie unter den Jugendlichen bereits getuschelt wird. Zu offensichtlich sind seine Bevorzugungen, wenn er ihre Nähe sucht und sie auf den Sitzplatz neben sich winkt. Dieses Foto von der Rast auf der Wallfahrt. Während alle in der Runde dem Fotografen ein Lächeln schenken, hat er nur Augen für sie. Er liebt die Aufnahme im Halbprofil, die ihre Lebendigkeit und Frische bewahrt. War es vielleicht nicht doch gut, als die Anordnung des Generalvikars ihn erreichte, die Pfarre, die er seit dem Tod des angestammten Pfarrers bereits als Provisor verwaltet, zu verlassen? Zum Abschied bekommt er von ihr sein erstes und einziges Geschenk. Sie bringt ihm eine Torte, die sie für ihn gebacken hat. Heftig und impulsiv schließt er sie in seine Arme. Bloß einmal sie spüren. Dabei kommen ihm die Tränen. Bevor es dafür zu spät ist, reißt er sich los. Er hofft, dass sie ihn vielleicht einmal an seiner neuen Wirkungsstätte, in Marbach an der Donau, besuchen wird. Und ist dann froh, als sie es bleiben lässt.

Reif an den Wänden

Die junge Frau teilt mit zwei Schwestern die Menscherkammer. Der Begriff „Mensch“, im Plural „die Menscher“, ist eine Bezeichnung, die gleichermaßen die Mägde wie die Töchter des Hauses einschließt. Das Zimmer der Mädchen ist ungeheizt: „Im Winter gab's beim Aufstehen oft Reif an den Wänden“, berichtet sie. Das Fenster der Kammer schaut zum Hof hin und ist vergittert. Gelegentlich stellt ein junger Mann sich an jenem Fenster zur Nacht ein, um mit ihr ein paar Worte zu wechseln. Die beiden Schwestern folgen der Unterhaltung. Einmal schaltet meine Tante Lilli sich in die Konversation ein: „Max, wenn'st den Hof willst, musst schon mich nehmen!“, soll sie meinem späteren Vater zu verstehen gegeben haben.

Weilach-Mutter, lass sie nicht in ihr Unglück laufen!

Weidegenossenschaften nützen im Ötschergebiet die Flächen von ehemaligen Bauernhöfen, die schon lange nicht mehr ganzjährig bewirtschaftet werden, als Sommerweiden. Ein Halter, der mit seiner Familie auf der Alm lebt, kümmert sich um die Tiere. Im Frühjahr bricht man, sobald der geringe Verkehr auf den Straßen und Wegen ins Erlauftal hinein – *hinei' zur* – ganz zum Erliegen gekommen ist, bei Einbruch der Dämmerung mit der kleinen Herde an Jungvieh vom Hof Unter-Weilach auf. Die paar Rinder werden durch das Städtchen Scheibbs getrieben, in dem man schon zur Nachtruhe rüstet. Das Licht des aufgehenden Mondes erleuchtet nur schwach die verlassenen Wege, auf denen es durch die Täler und Wälder der Urmannsau hinauf ins Gebirge geht. Die Tiere schreiten gleichmäßig aus. Obwohl die Mainacht immer weiter abkühlt, wird einem auf dem stundenlangen Marsch nicht kalt. Es ist schon Mitternacht, als man am ehemaligen Hof Obergaißstall ankommt und dem Halter die Rinder übergibt; dann verkriechen sich alle für den Rest der Nacht auf die klammen Strohsäcke und lauschen noch eine Weile den Geräuschen im fremden Haus. Auf den einsamen Weideflächen lässt ein Uhu den wehmütigen Ruf erklingen, mit dem er seine Jagdgründe markiert, und aus der Stille des nahen Bergwaldes dringt das Röhren der brünstigen Hirsche.

In der Familie meiner Mutter bestehen langjährige Kontakte zu den ehemaligen Knechten und Mägden, auch nachdem diese ihren Dienst quittiert haben. Bis zu seiner Heirat auf einen Hof in Robitzboden ist Josef Bendinger Knecht bei meinen Großeltern gewesen. Die älteste Schwester meiner Mutter erinnert sich an ihn als eines schmucken und würdevollen Mannes. Am Abend durchquert er zu Fuß auf dem Weg zu seiner Verlobten die ganze Pfarre Purgstall, am Morgen ist er rechtzeitig zur Stallarbeit wieder da. Durch seine Heirat steigt er zum vermögenden Bauern auf. Angeblich, weil er während seiner Dienstzeit mit seinen Dienstgebern, meinen Großeltern, so zufrieden war, erlaubt er ihnen jedes Jahr, eine Kalbin [eine junge Kuh, die noch kein Kalb geboren hat] im Sommer auf seine Weiden zu treiben. Tini, die älteste Tochter meiner Großeltern, weiß noch, wie sie die Jungkuh über die Höhen der Hügelkuppen hinweg bis zu dem Hof des ehemaligen Knechtes getrieben hat.

Auch Maria Schindlegger ist, solange sie noch ledig war, bei meinen Großeltern im Dienst gewesen und hilft nach ihrer Familiengründung weiter im Taglohn aus. Meine Mutter sieht noch diese Frau vor sich, die zur Zeit des Krieges ihre Kinder in ein Handwagerl packte und sie bei Regen und Schnee von Purgstall zu ihrer Arbeitsstelle auf dem Hof meiner Großeltern karrte. Für den Anbau von Erdäpfeln und Kraut haben ihr meine Großeltern einen Ackerstreifen zur Verfügung gestellt. Maria Schindlegger ist auch die Firmpatin meiner Tante Lilli.

Eine weitere Magd, Frau Punz, hat bei der Arbeit ihre Tochter dabei, deren Vater auf dem Nachbarhof Knecht ist. Das Mädchen heißt Aurelia und ist die Spielgefährtin von Tini, der gleichaltrigen ältesten Tochter meiner Großeltern. Meine Tini-Tant denkt daran, wie sie als Dreijährige mit Aurelia in einem Versteck im Stall saß und sie mit Kätzchen spielten. Aurelias Schwester Milli wird irgendwie mit meinem Vater in Verbindung gebracht. Zumindest erzählt meine Mutter, dass sich Frau Punz, die Mutter von Aurelia und Milli, wenige Wochen vor der Hochzeit meiner Eltern veranlasst sah, ihre ehemalige Dienstgeberin, meine Großmutter, zu dem Zweck aufzusuchen, um vor einer Hochzeit von deren Tochter mit einem Sohn aus der Familie Distelberger zu warnen. „Da waren wir schon angeschlagen", sagt meine Mutter und meint damit, ihre Hochzeit wäre schon durch Anschlag an der Kirchentür und Verlesung von der Kanzel verlautbart gewesen. Frau Punz wusste viel Schlechtes über die Familie meines Vaters zu erzählen – zum Beispiel, dass sie ihre Dienstboten nicht anständig verköstigen würden, sondern die auf dem Hof erzeugten Lebensmittel lieber verkauften. „Weilach-Mutter, lass deine Tochter nicht in ihr Unglück laufen!" Als besondere Zumutung habe sie zu berichten gewusst, wie den Tagelöhnern bei meinem Großvater väterlicherseits auf dem Hubbauern-Hof einmal bloß Zwetschkenknödel – und kein sättigendes Fleisch – vorgesetzt worden sei. „Hungern ham'ses lassen!" Mein Vater versichert, dass er mit Milli Punz nie mehr zu schaffen hatte, als dass er gelegentlich mit ihr getanzt habe.

Die Kraft der Verwandlung

Der einzige Abschnitt ihres Lebens, von dem meine Mutter ohne Abstriche einräumt, dass es eine schöne Zeit gewesen sei, ist ihre Jugendzeit. Die Phase zwischen ihrem vierzehnten und zweiundzwanzigsten Lebensjahr fiel mit den Jahren der bittersten Nachkriegsnot zusammen. Die Menschen kämpften ums Überleben, viele Männer befanden sich noch in Kriegsgefangenschaft, die wirtschaftliche Produktion kam erst langsam wieder in Schwung, und das Land war besetzt – doch die junge Frau war glücklich. Sie war tatkräftig und unternehmungslustig; sie genoss ihr Leben. Die Welt war für sie wie neugeboren, und sie lebte im Bewusstsein, alle Wege stünden ihr offen. Diesen Optimismus teilte sie mit ihren Altersgenossen. Die katholischen Jugendorganisationen verbreiteten auf dem Land Aufbruchsstimmung. Die christlichen Fortbildungs- und Kulturvereine organisierten sich neu. Die jungen Menschen strömten ihnen freudig zu, von einem Albdruck befreit. Die Jugend lebte ihre wiedergewonnene Lust am Dasein aus und nützte den ungekannten Freiraum. Das alte Weltbild war diskreditiert und das neue hatte sich noch nicht konsolidiert. Die allgemeine Aufbruchsstimmung hatte auch die junge Frau erfasst. Sie brannte darauf, ihre Fähigkeiten unter Beweis zu stellen, und trotzte den Schwierigkeiten des Alltags. Sie war, da ihre Brüder gefangen oder gefallen und ihre älteste Schwester schon verheiratet war, die Stütze ihrer Eltern. In der Katholischen Jugend trifft sie Altersgenossen, wirkt im Dienst der Gemeinschaft und unterhält sich dabei prächtig. Die ersten Männerkontakte kamen zustande, und sie trat der Theatergruppe bei. Mit sechzehn wird sie zur leidenschaftlichen Schauspielerin. Im Kinosaal eines Gasthauses proben die hoffnungsvollen Mimen der Jugendgruppe. Sie spielen Volksstücke, von denen einige wie *Das Nullerl* Lustspielcharakter haben, andere wiederum tragisch enden. In *Das Weihnachtswunder am Kathreinerhof* verkörpert sie eine vom

Schicksal gebeutelte Frau mit einem Trunkenbold als Mann, der sie bald verlassen wird. Darob versinkt sie in Verbitterung. Der Pfarrer attestiert ihr nach der Vorstellung, sie habe die böse Frau sehr glaubhaft dargestellt. Ein anderes Mal soll sie wieder eine Verführerin geben. Die Begeisterung des jungen Mädchens für die Bühne schlägt hohe Wellen. Wegen ihres Eifers und darstellerischen Talents steigt sie bald zur Hauptdarstellerin auf. Sie geht in den Rollen auf. Im wirklichen Leben hat sie keinen Bedarf an Liebschaften.

Ihr Vater wundert sich, wenn sie bei der Arbeit im Stall ihre Rollen lernt. Während sie den Kühen die Streu hinschüttet, ist sie ins Selbstgespräch versunken. Laut hallt der Heuboden von ihren Monologen wider. Versonnen murmelnd leert sie den Milcheimer aus. Zerstreut wirft sie den Hühnern das Futter vor. Nachdem die Jugendlichen sich nach dem Ende der Proben spätnachts getrennt haben, wandert sie heimwärts, allein durch die laue Sommernacht.

Den Ertrag ihrer Aufführungen stiften die Laienschauspieler einem gemeinnützigen Zweck. Sie beteiligen sich an der Anschaffung einer neuen Glocke für die Pfarrkirche, deren alte Glocke im Krieg zu Geschützen umgeschmolzen wurde. Doch gelegentlich geht sich auch eine Reise aus. Mit einem Chor, in dem sie außerdem noch aktiv ist, tritt die Jugendliche während des Wahlkampfes im zerstörten Wien auf und besichtigt den ausgebrannten Stephansdom. Eine große Fahrt finanzieren sie mit den Erlösen ihrer Auftritte. Die Reise geht mit dem Zug nach Salzburg und Innsbruck. In Salzburg sieht sie zum ersten Mal einen „Neger“, einen amerikanischen Besatzungssoldaten. In der Jugendherberge, wo die Reisegruppe übernachtet, beißen die Wanzen. In Innsbruck erleben sie eine Operettenaufführung.

Geschlagen von den Strapazen der Fahrt schlummert im Halbdunkel ein Mitreisender ein und wird von einer Aufsichtsperson empört geweckt. Zur allgemeinen Erheiterung erwidert der so unfreundlich aus dem Schlaf Gerissene: „Habe ich nicht für den Platz bezahlt?! Also lasst's mich schlafen!"

Ein Mitglied der Theatergruppe ist kriegsinvalid. Er hat ein Bein verloren und benutzt eine Prothese. Diese wird umständlich am Beinstumpf fixiert und jeden Abend abgelegt. An jenem Morgen, als sie Innsbruck wieder verlassen wollen, haben sie es eilig, den Bahnhof zu erreichen. Es bleibt dem Invaliden keine Möglichkeit, sich sein Bein anzuschnallen. Um den Zug nicht zu versäumen, packen sie ihn kurzerhand an den Armen, schleppen ihn zum Bahnsteig und hieven ihn ins Abteil.

Wie sich herausstellt, ist er nicht der einzige vom Krieg versehrte junge Mann in der Gruppe. Für eine Aufführung des *Verkauften Großvaters* wurden nicht genug Proben angesetzt. Sie beherrscht ihren Text trotzdem, aber der andere Hauptdarsteller bleibt ständig hängen. Sie bemüht sich, ihm auf der Bühne zu soufflieren, doch der Bühnenpartner kann ihr nicht folgen. Die gutgemeinten Worte kommen nicht an, da der Kriegsheimkehrer aufgrund von Detonationslärm auf seinem rechten Ohr taub ist. Sie improvisiert und spielt aus dem Stegreif. Sie erfindet einen neuen Dialog, damit die verworrenen Sätze ihres Partners einen Zusammenhang ergeben. Dieser kleine Schock ist ihr eine Lehre. Sie will keinen Mann, der eingerückt war. Die Männer, die mit zerrütteter Gesundheit aus dem Krieg heimgekehrt sind, haben bei ihr das Nachsehen. Sie lernt beim Theater, hinter die Fassaden zu blicken. Sie misstraut den glänzenden Helden und den unwiderstehlichen Charmeuren. Den schmeichlerischen Worten kann sie nichts abgewinnen. Als Schönheit wird sie umschwärmt und angehimmelt. Aber sie bleibt spröde und zurückhaltend, wenn Männer sich mit weitergehenden Absichten tragen. So mancher Annäherungsversuch wird von ihr ignoriert. Auf einem Foto dieser Zeit strahlt sie unter ihrem blonden Haarkranz in die Kamera und hat kein Auge für den schwärmerischen Blick, den ihr der Kaplan, ein ausnehmend fescher Mann, zuwirft. Meine Mutter gibt zu, dass sie gemerkt hat, wie verliebt er in sie war.

Nachdem sie sich mit der Schwester von zweien ihrer Theaterkollegen angefreundet hat, lernt sie auch noch weitere Mitglieder der Familie Distelberger kennen. Obwohl der älteste Sohn sein Elternhaus bereits verlassen hat, besucht er häufig seine Geschwister und Eltern. Die weißen Stutzen, die er zur kurzen Hose trägt, kleiden ihn gut …

Man mischt sich nicht bei raufenden Kindern ein…

Als Knabe habe er seine jüngeren Geschwister mit der Kraft seiner Fäuste zum Gehorsam gezwungen, geht das Gerücht. Raufereien zwischen den Brüdern standen auf der Tagesordnung. „Wir haben uns halt selbst erzogen“, erzählt sein jüngerer Bruder: „Unsere Eltern hatten dafür keine Zeit!“ Der Erstgeborene kujonierte so lange seine drei nächstjüngeren Brüder, bis diese sich zusammenschlossen, über den Ältesten herfielen und ihn verdroschen: „Dann war einmal eine Ruhe“, meint mein Onkel. Der Vater der Burschen verhinderte diese mit Körpergewalt ausgetragenen Streitigkeiten nicht. Er fand nichts dabei, dass der Älteste und Stärkste unter seinen Söhnen den Brüdern seinen Willen aufzwingt.

„Man mischt sich genauso wenig bei raufenden Kindern ein, wie man es bei Hunden tut!“, tat mein Großvater kund.

Mein Großvater hat seine Rolle als Vater gottähnlich angelegt. Gott mischt sich ja auch nicht überall ein, er verhilft nicht allen Schwachen zu ihrem Recht und bestraft die Bösen. Nein, Gott lehnt sich meistens zurück, und schaut dem Treiben zu. Er mag es missbilligen, aber er greift nicht ein. Gott zeigt seinen Willen, aber er verhilft ihm nicht durch persönliche Intervention zur Geltung. Er fährt nicht gleich mit dem Blitz dazwischen. Und doch geschieht nichts Wichtiges ohne seinen Segen. Er führt die Fäden im Hintergrund. Er behält die Kontrolle. Nur manchmal zeigt er seine Anwesenheit und demonstriert seine Allmacht. Ihr sollt nicht glauben, ihr wäret allein und unbeobachtet, soll das heißen. Gott kann auch reizbar und jähzornig sein und aus vergleichsweise geringem Anlass gewittern. Gott ist nicht wirklich berechenbar. Das Verhältnis des Gottesvolkes zu seinem Schöpfer und Lenker entspricht dem von Kindern zu ihrem Vater in einer archaischen Gesellschaftsordnung. Das Christentum sagt es ganz offen: „Wir sind Kinder Gottes“, und: „Vater unser, ... Dein Wille geschehe...“ Die ganze christliche Ethik leitet sich vom väterlichen Gottesbegriff ab. Wenn ich vor einer Entscheidung stehe und mich frage: „Kann ich dafür bestraft werden?“, so ist das vielleicht pragmatisch, aber sicher nicht moralisch. Wenn ich mich frage: „Nützt es mir oder meiner Gemeinschaft?“, so ist ein solcher machiavelistischer Utilitarismus auch nicht im Sinn einer christlichen Moral. Nur wenn ich überlege: „Könnte mein Vater mich gerade sehen, was würde er wollen, dass ich tue?“, dann kann ich die Auswahl vor meinem Gewissen rechtfertigen. Gewissen, das ist der Vater in mir.

Die Wasser der Großen Erlauf bleiben selbst in der Hitze des Hochsommers eiskalt, weil sie sich in den Schluchten und Canyons, die sie vom Ötschergebiet bis ins Voralpenland rasch durchströmen, kaum erwärmen können. Als Bub brachte mein Vater sich beim Baden mit Spielgefährten in der Schröfel-Au selbst das Schwimmen bei. Dabei wäre er, wie sein jüngerer Bruder erzählt, einmal beinahe ertrunken, als ihn ein Strudel hinunterzog und erst zehn Meter flussabwärts wieder freigab. Sein ganzes Leben wird er auf seine Schwimmkünste stolz sein, weil damals nicht für jedes Kind die Möglichkeit bestand, sich solche Fertigkeiten anzueignen und sie auszuüben.

Der Nebenlauf der Erlauf, die Kleine Erlauf, führt weniger Wasser, dieses fließt langsamer und ist daher um eine Spur wärmer. In den ersten Jahren seiner Ehe nimmt er an Sonntagen im Sommer seine gesamte Familie zum Baden an dieses Flüsschen mit. Die von ihnen bevorzugte Stelle liegt bei Marbach, etwas flussaufwärts vom Plaika-Steg. Meine Mutter geht höchstens bis zum Bauch ins Wasser und sitzt meist nur am Uferrand. In der Nähe ihres Elternhauses ist ein knietiefer Bach der einzige Wasserlauf, darum hat sie auch nie schwimmen gelernt und fürchtet sich vor tiefen Gewässern. Diese Furcht überträgt sich auf ihre Kinder.

Der junge Vater würde es gerne sehen, wenn er mit seinen Söhnen die Lust am Wasser teilen könnte. Mein ältester Bruder ist vier oder fünf Jahre alt, als er schwimmen lernen soll. Die väterlichen Instruktionen schlagen wegen der Anwesenheit der Mutter nicht an, die das Schwimmen für gefährlich und unnötig hält. Unser Vater habe ihn auf den Arm genommen und sei dem

Tiefen zugesteuert, erzählt mein Bruder. Vermutlich, um zu zeigen, wie gut es sich dort schwimmen lässt. Vielleicht, um ihn dort bei Schwimmversuchen zu unterstützen. Plötzlich sei er gestolpert, ins tiefe Wasser gestürzt und habe das kleine Kind mit sich gerissen. Beide sanken unter. Der Schock des Untertauchens verhindert, dass mein Bruder vor seinem vierzehnten Lebensjahr schwimmen lernt. Als ich diese Geschichte zum ersten Mal erzählt bekomme, dient sie meiner Mutter zur Illustration der Abscheulichkeit ihres Mannes. Er habe den Buben gepackt und ins tiefe Wasser geschleudert, behauptet sie. Dann rückt die Version meines Bruders alles in ein neues Licht. Mein Vater erlernte ja nicht nur als Kind ganz allein das Schwimmen, als Jugendlicher brachte er sich außerdem das Klarinettenspiel selbst bei. Es war ihm dann wichtig, seinen Söhnen etwas von seinen autodidaktischen Erfolgserlebnissen weiterzugeben. Als Belohnung für ihren ältesten Sohn, dessen Zeugnis nach dem ersten Volksschulschuljahr ausschließlich aus Einsern bestand, unternahmen meine Eltern mit ihm 1962 eine Bergtour auf den Ötscher. Am Vorabend steigen die drei bis zum Schutzhaus auf, wo sie auf dem Matratzenlager übernachten. Noch bevor der Tag anbricht, sind sie auf den Beinen und besteigen den Gipfel, um dort den Sonnenaufgang zu genießen. Von dieser gemeinsamen Unternehmung erzählt mir meine Mutter erst, als ich mit meinem achtjährigen Sohn über den Rauhen Kamm auf den Ötscher geklettert bin.

Zigeunerprinzessin

Es gibt von meiner Mutter ein Foto, auf dem sie im Faschingskostüm einer feurigen „Zigeunerin" zu sehen ist. Sie hat sich geschminkt, trägt ein braunsamtenes Mieder und eine schwarze, mit Glasperlen bestickte Augenmaske. Aus dem großzügigen Dekolleté lugen frech Wahrsagekarten. Mit dieser Aufnahme war sie immer besonders zufrieden, obwohl die erotisch-laszive Erscheinung den absoluten Gegensatz zu der Disziplin und Opferbereitschaft verkörperte, die sie sonst gern an den Tag legte. Der Fasching erlaubte es, in ein anderes Ich zu schlüpfen, durch das sich verborgene Wünsche sublimieren ließen.

Zornige Geschichten

Meine Mutter war, als sie den Bund der Ehe einging, zweiundzwanzig, bei der Geburt meines ältesten Bruders dreiundzwanzig, vierundzwanzig bei der Geburt meines nächsten Bruders, neunundzwanzig bei der Geburt meines dritten Bruders, knapp sechsunddreißig bei meiner Geburt und vierzig bei der Geburt meiner Schwester. Von den beiden verlorenen Schwangerschaften erzählte sie mir erst sehr spät. Für meine Mutter schloss vor ihrer Verehelichung der Ruf meines Vaters, einer *christlichen* Familie zu entstammen, die Garantie ein, einen anständigen Mann mit gutbäuerlicher Sozialisation zu bekommen. Kurze Zeit nach der Heirat meiner Eltern schien die Welt für die junge Ehefrau noch in Ordnung zu sein, als der älteren Schwester ihres Mannes ein Sohn geboren wurde. Sie habe sich mit ihrer Schwiegermutter, meiner Großmutter, verabredet, die Schwägerin zu besuchen und dieser zur Geburt des Kindes zu gratulieren, erzählt meine Mutter. Mit dem Fahrrad seien die zwei Frauen über Plaika in Richtung Wolfpassing gefahren. Es sei ein kalter Wintertag gewesen, und die beiden hätten immer wieder ihre Fahrräder schieben müssen, weil die Straße vereist war. Plötzlich habe meine Großmutter begonnen, ihrer Schwiegertochter von ihrem Schicksal zu erzählen. Die vielen Kinder, dazwischen die Fehlgeburten, fast jedes Jahr schwanger und dazu die schwere Arbeit. Auch von ihrem Mann, meinem Großvater, habe sie erzählt, seinen Allüren, seiner Despotie. Ihre Zuhörerin sei schockiert gewesen. Es habe sie unvorbereitet getroffen, von ihrer Schwiegermutter diese Geschichten über die Familie ihres Mannes zu hören. Es sei eine kalte Dusche für ihre Verliebtheit gewesen, sagt sie.

Meine Mutter erzählt von ihren Tagträumen als junge Frau, durch Heirat sozial aufzusteigen: „I wär' ja eigentlich so gern a große Bäuerin worden!" Diese attraktive soziale Rolle blieb ihr jedoch versagt. Stattdessen durfte sie sich auf einer Kleinhäuslerwirtschaft abrackern. Doch gerade die Erfüllung dieses Wunschtraumes hätte jene Eigenverantwortlichkeit und Selbstbestimmung verhindert, an der meiner Mutter immer so viel gelegen war. Eine solche Freiheit in der Arbeitswelt, wie sie meine Mutter genoss, war in der Nachkriegszeit für eine Frau am ehesten noch auf einer kleinbäuerlichen Landwirtschaft zu bekommen. Dort lag das berufliche Hauptinteresse des Mannes meist außerhalb der Landwirtschaft. Je mehr das Familieneinkommen auf den Zuerwerb des Mannes angewiesen war, desto eigenständiger konnte die Frau als Bäuerin agieren, fand die Soziologin Christine Goldberg bei einer Untersuchung heraus. Der Mann bezog aus seiner außerlandwirtschaftlichen Berufstätigkeit meist kein höheres Einkommen als die Frau aus der Landwirtschaft. Das Gleichgewicht, das sich auf diese Weise einstellte, war Voraussetzung für das Selbstbewusstsein der Frau. Dem entspricht die langjährige

Tätigkeit meines Vaters als Milchkontrolleur-Assistent; erst sein beruflicher Aufstieg brachte diese Balance ins Wanken. Das höhere Einkommen kippte die innerfamiliäre Stabilität, deren Ökonomie ursprünglich auf finanzielle Ebenbürtigkeit der Partner zugeschnitten war.

Als meine Mutter vor ihrem letzten Kindbett einem Schwager, der sie besuchen kam, anvertraut habe, dass sie sich Sorgen um den guten Ausgang dieser Schwangerschaft mache, sei sie mit den Worten beschwichtigt worden: „Unsere Mutter hat sich bei der Fanni, unserer jüngsten Schwester, gar nicht mehr gerührt, und die ist dann doch auf die Welt gekommen!"

Bei einer seiner Geburtstagsfeiern sei mein Großvater aufgestanden und habe eine Rede geschwungen, in der er sich rühmte, dass er Zeit seines Schaffens täglich und ohne Ausnahme die Muße für ein Mittagsschläfchen gefunden und trotzdem solche Erfolge gefeiert habe. Meine Mutter gibt an, ihn anschließend gefragt zu haben, ob er auch seiner Frau je erlaubt habe, ein Nickerchen nach dem Essen einzuschieben. Als Antwort auf diese freche Frage habe sie einen giftigen Blick ihres Schwiegervaters geerntet. Oft erzählt meine Mutter vom Kommentar der Frau des Purgstaller Gemeinderates Lumper, dem sie hintertrug, dass ihr Schwiegervater die Witwe auf dem Nachbarhof, die Meßlatz-Beirin, schon wieder beim Grundkauf zu übervorteilen beabsichtige: „Am Vormittag abspeisen [zur Kommunion] gehen und am Nachmittag an armen Teife das Letzte wegnehmen!" Ein „armer Teufel" ist sprichwörtlich ein bemitleidenswerter, dazu materiell armer Mensch, der unverschuldet Schicksalsschläge erlitten hat.

Solange seine Söhne noch klein waren, habe mein Vater darauf bestanden, dass die Kinder vor dem Mittagsmahl von ihr gefüttert und zu Bett gebracht wurden, erzählt meine Mutter. Er wollte beim Essen seine Ruhe haben. Später, so behauptet sie, soll ihr zweiter Sohn einmal einen heftigen Widerwillen gezeigt haben, den fetten Rand vom G'selchten zu essen. Davon wurde ihr Mann so erzürnt, dass er meinen Bruder gezwungen habe, die glibberige Schwarte hinunterzuwürgen. Dieser bemühte sich zwar, den ihm widerwärtigen Bissen die Gurgel hinabzuschicken, doch schließlich habe das vegetative Nervensystem obsiegt und den Magen dazu gebracht, gegen die unwillkommene Zufuhr zu revoltieren und den Inhalt zu erbrechen.

Meine Mutter verbringt die Abende alleine vor dem Fernseher. Wenn mein Vater von seiner Arbeit oder auch von geselligen Runden, was sich nicht voneinander trennen lässt, also von seinen öffentlichen Auftritten heimkommt und seine Frau wieder einmal im Fernsehzimmer vorfindet, das vom blau leuchtenden Flimmerschein ausgefüllt ist, lästert und spottet er so lange über den Kitsch und die Verlogenheit der Filmwelt, bis sie ihn verärgert des Raumes verweist. Sie will sich das Vergnügen an der medialen Scheinwelt nicht von ihrem Mann rauben lassen.

Das Wort „wegräumen" klingt ganz unverfänglich. Die semantische Verwandtschaft mit „aufräumen" und „zusammenräumen" liegt nahe. Im Sprachgebrauch meiner Kindheit war damit außerdem das Erschießen eines durch Verletzung hinfälligen Tieres durch den Nachbarn mit dem Jagdgewehr gemeint – eines Rehkitzes, dem das Mähwerk des Traktors die Beine amputiert hatte, oder einer Katze, die sich im Baum verstiegen hatte. Doch gelang es meiner Mutter, die bedrohliche Ambivalenz des Wortes noch zu steigern. Wann immer sie im Streit mit dem Sich-Wegräumen drohte, verlieh sie dem Wort durch die Kombination mit dem Reflexivpronomen eine besondere Wirkung. Dieser doppelte Boden der Sprache, wo hinter einer vordergründigen Harmlosigkeit Abgründe lauern, und die verborgene Verwandtschaft der braven Wörter mit den bösen ist ein Sinnbild der Beziehungen, wie sie Menschen pflegen.

„Was ist sechs und kann schon glücklich machen? Nur schnell, antworte!"

„Wer sechs Joch Acker besitzt, der hat ein gutes Einkommen und braucht nicht betteln zu gehen!"

Der Erbsenfinder, aus: Josef Haltrich, Deutsche Volksmärchen aus dem Sachsenlande in Siebenbürgen (1856)

Max, die Ross' schlagen an!

Der fünfjährige Max achtet auf das Weidevieh und hört dabei den älteren Nachbarsburschen Franz Stumvoll auf der Klarinette spielen, wenn dieser am Nachmittag ebenfalls seine Kühe hütet. Mit zwölf Jahren werden dem Max schon anspruchsvollere Aufgaben übertragen, er pflügt mit dem Pferdegespann. Um am Ende des Ackers die Schar aus der Furche zu heben, ist er darauf angewiesen, mit den Schultern die *Pflug-Raundln*, die Holme, hochzustemmen, damit der Pflug sich wenden lässt.

Von seinem sechzehnten bis zum neunzehnten Lebensjahr dient er seinem Vater als Rossknecht. Dem jungen Mann wird vorgeworfen, nicht immer bei der Sache gewesen zu sein. Seine Gedanken hat er meist woanders. Einmal spannt er die beiden Pferde Hans und Gretel ein, um auf das Feld zu fahren. Dort lässt er das Paar vor dem Wagen stehen und inspiziert die am Wiesenrain von ihm *bö'zten* [mit Edelreisern aufgepfropften, veredelten] Obstbaumschösslinge. Unterdessen wird den Rössern die Zeit zu lang, und sie werden unruhig. Als ihr Herr und Meister sich noch immer nicht um sie schert, beginnen sie zu grasen und bringen dabei die Fuhre am Hang zum Kippen. Der Wagen stürzt um. Was für eine Blamage, als er Hilfe holen muss, um den Wagen wieder aufzurichten!

Mit seinem Lohn als Knecht kauft er die Klarinette von einem Nachbarsburschen, der sein Interesse an der Musik verloren hat. Er spielt nach Gehör die ihm bekannten Kirchenlieder aus dem Messbuch und lernt auf diese Weise das Notenlesen. Sein Onkel Franz in Götzwang gibt ihm ersten Unterricht auf dem Instrument.

Nur in zufälligen Arbeitspausen kann er seinen musikalischen Neigungen nachgehen. Seine ältere Schwester, die als Stalldirn im Einsatz war, weiß zu erzählen: „Wann immer er ein paar Minuten hatte, während die Pferde fraßen, konnte man den Max schon wieder auf seiner Klarinette düdeln hören. Bis er gerufen wurde: 'Max, die Ross' schlagen an [klopfen mit den Hufen]. An die Arbeit! Nachfüttern!'"

Später geht der junge Mann zu Max Hazuka in die Lehre. Maximilian Hazuka, dereinst vor dem Krieg Kapellmeister der Katholischen Burschenvereinskapelle, ist jedoch selbst kein Klarinettist und schickt den Schüler zu einem alten Musikanten, Anton Zöchbauer in Marbach, der in der Arbeiterkapelle, die in der Zwischenkriegszeit von Johann Altenreiter geführt wurde, die Klarinette spielte. Anton Zöchbauer stammte aus Furth bei Wieselburg und kaufte im Jahr 1934 gemeinsam mit seiner Frau Maria, geb. Stöckl, ein heruntergekommenes Häuschen mit kleiner Landwirtschaft in Marbach. In den schlechten Dreißigerjahren lebte das Ehepaar vom Ertrag seiner Kühe. Anton Zöchbauer verdiente sich mit seiner Klarinette auf Hochzeiten und Bällen ein Zubrot. Knapp vor dem Ende des Zweiten Weltkrieges desertierte er nach einem Heimaturlaub und versteckte sich im Ewixengraben zwischen Wang und Reinsberg, wie die Marbacher Dorfchronik zu berichten weiß. Nach seiner Rückkehr aus dem Krieg arbeitete Anton Zöchbauer als Holzknecht. Dann fand er beim Baumeister Kernstock und später bei der Firma Schinner als Bauarbeiter Arbeit.

Nachdem der junge Mann den Musikerkollegen in Marbach aufgesucht hat, führt ihn am Abend der Heimweg durch einen Hohlweg, der das steile Ufer der Erlauf bei Bodensdorf durchschneidet, die *Loh'gassn.*

Bei Dunkelheit ist das ein unheimlicher Ort. Einmal, so erzählt er nach seiner Heimkehr, sei er dort überfallen worden, im finsteren Hohlweg. Eine Gestalt habe sich in bedrohlicher Absicht genähert, wollte ihn vom Rad zerren und schlagen. Er konnte jedoch entkommen.

Im Jahr 1947 formiert sich aus Schülern des Kapellmeisters die Hazuka-Jugendkapelle. Er ist achtzehn, als er mit der Kapelle im Gasthaus Lumper in Unternberg bei Purgstall zum ersten Mal zum Tanz aufspielt. Wenig später besteht er die Prüfung für den Motorradführerschein. Seine Motorisierung erlaubt es ihm, weiterhin an solchen Auftritten teilzunehmen, obwohl er inzwischen als Knecht zu seinen Firmpaten gezogen ist.

Als der junge Musikant sich zwischen 1948 und 1953 ein musikalisches Repertoire zulegt, notiert er die gängigen Stückchen in ein Notenheft. Die Vorlagen erhält er von Anton Zöchbauer und weiteren hilfsbereiten Kollegen.

In Purgstall finden sich ehemalige Hazuka-Schüler zur Jungbauernkapelle zusammen, aus der später der Musikverein Purgstall entstehen wird. 1950 schließt er sich mit zwei weiteren Musikanten zu einem Trio zusammen, das bei Hochzeiten, Drescher-, Buschen- und Lichttänzen auftritt. Lichttänze sind Tanzveranstaltungen im häuslichen Bereich aus Anlass der Elektrifizierung des Hauses.

Die beste Gelegenheit zum Tanzen boten aber die Hochzeiten. Der ritualisierte Ablauf einer Hochzeit in den späten Vierziger- und Fünfzigerjahren ist fortlaufend auf das Zuspiel der Musikanten angewiesen. Wenn nach Mitternacht das Kranzlabtanzen erledigt ist und die Brautleute die Hochzeit verlassen, begleitet die Musik sie noch heim.

Das musikalische Kleeblatt besteht aus seiner Klarinette, der Steirischen Harmonika von Hans Fußtaler (Kotbauern-Hans) und der Ventilposaune von Hans Fallmann (Weinberg-Hans), die gelegentlich durch das Flügelhorn von Willi Riemer ersetzt wird.

1953 wechselt der frisch Vermählte zur Ortsmusikkapelle Wieselburg. Deren Tanzpartie nennt sich „Die lustigen Erlauftaler". Mit ihr begleitet er bis zum Jahr meiner Geburt, als er sich von solchen Einsätzen zurückzieht, zahlreiche Tanzveranstaltungen. Als Bub hat ihn das Vorbild von Franz Stumvoll dazu gebracht, es mit der Klarinette zu versuchen. Zehn Jahre später wurde Franz ein Opfer des Krieges. Mit dessen Bruder Hans spielt er in den Sechzigerjahren bei der Stadtkapelle Wieselburg und bei den „Lustigen Erlauftalern".

Hochzeitsmusik

Welch zweifelhafte Reputation die Hochzeitsmusikanten genossen, geht aus den Liedern der Hochzeitsmänner hervor. Diese kannten ein eigenes Musikantenansingen. Dabei wurden die Musikanten ironisch (und sympathisierend) als Lumpen und Tagediebe tituliert.

Meini liabm Musikanten,
Was hol i für enk,
A Schilling is z'viel
Und a Groschn is zweng.

Meini liabm Musikanten,
I wir enk was sagn,
I gib enk 50 Groschen
Habts goar net z'schwer z'tragn.

D'Musikanten sand krank,
Sie war'n leicht zum Kuriern,
Mit'n Wein soll ma's waschn,
Mit die Schilling einschmiern.

D'Musikanten sand Lumpen,
Habnd koana koa Haus,
Mit'n Schafn tuans ackern,
Mit'n Gasbock fahrns aus.

Spielleut, ös Lumpen,
Seids meini Brüada,
Kloane Kinda, dicke Menscha
Habts eh a niada. [ein jeder]

Johann Nestelberger war einer dieser Hochzeitsmänner. Der Sägewerksarbeiter kaufte sich im Jahr 1935 mit seiner Frau Maria ein mäßig florierendes Gasthaus in Marbach an der Kleinen Erlauf, wo sie seit Anfang der Dreißigerjahre als Untermieter gelebt hatten. Bis zu seiner Einberufung und dem nachfolgenden Tod in Stalingrad betreibt er die Gastwirtschaft, die noch bis 1955 von seiner Tochter weitergeführt wird. Im Jahr 1937 trägt Johann Nestelberger zur Dokumentation von Franz Hurdes (*Die niederösterreichische Bauernhochzeit in Vierzeilern, Liedern und Sprüchen, mit einer Einführung in die niederösterreichischen Hochzeitsbräuche*, 1949) aus seinem Repertoire zahlreiche Gstanzln bei.

Hurdes vermerkt: „Meine Gewährsmänner zwischen 1930 und 1938 waren meist Hochzeitssänger, die ihre Lieder und Sprüche als einen von ihren Vorfahren erworbenen geistigen Besitz in Ehren hielten."

Die Landlergstanzl des Johann Nestelberger fordern auf, das Leben unbeschwert zu genießen und sich diese Wonnen nicht von Gewissensbissen verderben zu lassen.

Dirndl, spreiz di net a so,
Aus'n Troad wird ah a Stroh,
Aus de Bleamal wird ah a Heu,
Nur vier Wochn is Mai.

„Mädchen, zier dich nicht so, aus Getreide wird auch nur Stroh, aus Blumen wird auch nur Heu, bloß vier Wochen hat der Mai." – eine solche epikureische Botschaft vermittelte bereits der römische Dichter Quintus Horatius Flaccus, genannt Horaz (65–8 v.Chr.), mit seinem Gedicht An Thaliarchus (in der Übersetzung von Johann Gottfried von Herder).

Was morgen sein wird, frage du heute nicht;
Der Tage jeden, den dir das Schicksal gibt,
Zähl als Gewinn; und säume ja nicht,
Knabe, zu kosten die süße Liebe,

Den Reigentanz, solange du grünest, eh
Dein Haupt schneeweiß wird. Jetzo versäume nicht
Das Feld, die Plätze, das Geflüster,
Stille bei Nacht, zur gegebenen Stunde;

Das Mädchen, das im Winkel so tief versteckt
Verräterisch auflachte, das süße Pfand,
Das jetzt vom Arme, jetzt vom eigen-
Sinnigen Finger du doch eroberst.

Die Feldbauern-Nani

Als der Max und die Resl im Jahr 1949 zusammenfinden, lebt er bereits ein Jahr lang bei seinen Firmpaten. Über seine Zeit als junger Hochzeitsmusikant erzählt er: „Die Menscher war'n halt so viel hinter mir her. Es hätten mi gern oahr [einige nach dem Ende der Hochzeitsfeierlichkeiten] horm brohcht. Sie hab'm schon vorne [beim Haupteingang] auf mi 'passt. I bin aber hinten hinaus. I bin ja schon mit der Resl 'gangen." Weil aber jeder Alternativen sondiert, bleibt die voreheliche Beziehung der beiden vier Jahre lang recht unverbindlich. Es ist jeweils einer für den anderen nur die Sicherheitsleine. Er sieht sich nach erbenden Bauerntöchtern um, und sie ist unterdessen in Oberndorf – auf Einladung eines weiteren Verehrers, des Schmiedberg-Toni – sowie bei einem Interessenten aus dem Waldviertel *hausschauen*. Dieses informelle „Sich-Beschnuppern" darf wohl nicht mit jenem Häuserschauen gleichgesetzt werden, welches auch *Gwißmachen* genannt wurde und einer Verlobung gleichkam, weil es den ersten offiziellen Besuch der Braut mit ihren Eltern auf dem Hof der zukünftigen Schwiegereltern darstellte. Gleichzeitig melden sich bei meiner zukünftigen Mutter Bauernsöhne, die gewillt sind, einzuheiraten oder selbst einen Hof anzubieten haben. Der um einige Jahre ältere Siedl-Franz aus Grossa war von Karl Holzer bei den Dreschertänzen im Weilach eingeführt worden. Karl, der in Wieselburg später Messner wurde, ist als uneheliches Kind im selben Dorf wie Franz aufgewachsen. Seine Mutter wird danach auf einen Nachbarhof des Weilach heiraten. Der Hoferbe Franz bietet der jungen Frau die Heirat an, sollte sie ohne weiteren Aufschub bereit sein, mit ihm zu schlafen. Sie steigt auf das Angebot des Mannes nicht ein, der eben erst aus der Kriegsgefangenschaft heimgekehrt war. Zuletzt erwächst ihr noch in der Feldbauern-Nani eine veritable Rivalin. Dem Kotbauern-Hans ist zu Ohren gekommen, dass in der Reichersau beim Tatzreiter eine Hochzeitsfeier in

Vorbereitung sei. Der musikalische Kompagnon meines Vaters wittert ein profitables Engagement. Zur Erlangung des Auftrages, auf der Festlichkeit für d'Unterhaltung zu sorgen, muss strategisch interveniert werden. Dem Hans ist bekannt, dass seine Nachbarin, die Feldbauern-Nani, als Zubraut an der Entscheidung beteiligt und ihre Fürsprache der Geschäftsanbahnung förderlich sein könne. Hans schlägt seinem noch unverheirateten Kollegen Max vor, sich nächtlicherweise dem Kammerfenster der Nani zu nähern, wo er seinen männlichen Charme ausspielen soll. Als der junge Musikant diesem Vorschlag folgt, rechnet er nicht damit, dass sein Flirt, den er aus ökonomischen Motiven begonnen hat, einen unerwarteten Erfolg zeitigen würde. Denn die Feldbauern-Nani lässt sich von den Avancen spontan so entflammen, dass sie vors Haus tritt, um durch eine stärkere körperliche Präsenz das Einverständnis zu unterstreichen. Der Bauerntochter ist zwar bekannt, dass der Max eigentlich schon vergeben sei, was sie aber nicht weiter zu irritieren scheint. Sie legt ihren Wert dar, indem sie bekannt gibt, wie viel Geld sie von ihren Eltern in die Ehe mitbekommen würde: „Max, lass do'h de Resl sitzen, i bin a reiche Braut, i krirg 60 000 Schülling mit." Jetzt hat sich der Heuchler in eine heikle Situation manövriert. Schließlich will er seine bevorstehende Hochzeit nicht gefährden. Gleichzeitig soll die Feldbauern-Nani aber zumindest so lange hingehalten werden, bis die drei Musikanten die Zusage für die Tatzreiter-Hochzeit in der Tasche haben. Die Frau, die mittels Vorspiegelung falscher Tatsachen dazu gebracht wurde, sich in den Max zu verlieben, macht ihm während des Festes schöne Augen, obwohl von ihm auch ein zukünftiger Schwager, der mit seiner Familie in der Reichersau lebt, als Nachbar geladen ist. Die Feldbauern-Nani hat aber damit noch lange nicht alle Versuche aufgegeben, den Max für sich zu gewinnen. Sie fährt mit dem Fahrrad nach Holzhäuseln, wo sie den Max bei seinem Firmgöd anzutreffen hofft. Dort lässt sie vorsorglich die Luft aus den Reifen, um damit dem Max Gelegenheit zu bieten, ihr ritterlich beizustehen, indem er den Schlauch wieder aufpumpt. Leider ist der Adressat ihrer Begierde gerade nicht daheim, und der alte Mann muss sie an den Nachbarn verweisen, damit sie die Heimreise antreten kann, wenngleich unverrichteter Dinge.

In der Küche war ein Grand …

Die Landwirtschaft, welche der Max und seine Braut zusammen mit einer Keuschen von seinen Firmpaten auf Leibrente übertragen bekommen, besitzt das typische Ausmaß einer Häuslerwirtschaft. Das Flächenmaß wird im Mostviertel in Joch angegeben. Zum Haus gehören 6,5 Joch Grund, das entspricht 3,5 Hektar (das Waldgrundstück, das schon vorher von dem jungen Mann gekauft worden ist, nicht eingerechnet). Im Gegensatz zu den Inwohnern und Söldnern, deren Besitz nicht ausreichte, um ihre Inhaber aus der Landwirtschaft zu ernähren, und die gegen Arbeitsleistung einen Ackerstreifen von benachbarten Bauern pachten mussten, verfügten die Häusler über den dafür notwendigen Grundbesitz, um sich selbst ernähren zu können. Dieser wurde von den Frauen bestellt, während ihre Männer entweder ein Handwerk ausübten oder ins Tagwerk gingen, also Taglöhnerarbeit verrichteten. Auch der junge Mann geht bei den Bundesforsten ins Tagwerk – frischgepflanzte Bäumchen mit der Sense freimähen.

Mit neunzehn Jahren, im Jahr 1948, ist er zu seinen Gehn-Leut, den Hochholzers, übersiedelt. Vier Jahre lang führt er ihnen als Knecht die Wirtschaft – für fünfzig Schilling im Monat – und haust mit dem alten Ehepaar in der strohgedeckten Kate, in einer kleinen Kammer neben dem Schweinestall. Das alte Ehepaar hat drei Kühe im Stall stehen, der nur durch eine Tür von der Küche getrennt war: „Wenn die Tür offen war, schissen dir die Viecher in die Küche. In der Küche war ein Grand [gemauertes Wasserbecken], dort kam das Wasser hinein, das vom Dorfbrunnen heraufgetragen wurde. Hinter dem Haus gab's eine Lacken, um das Vieh zu tränken." Küche und Stall seien mit Gewölbedecken ausgemauert gewesen, weiß meine Mutter außerdem zu berichten. Der junge Mann, der sich hingehalten fühlt, will endlich klare Verhältnisse schaffen. Die Hochholzers haben sich immer noch nicht festgelegt, ob sie ihm oder nicht doch einem Verwandten aus Wang das Haus übertragen wollen. Im fünften Jahr stellt er ihnen ein Ultimatum. Innerhalb von zwei Wochen müssten sie sich entscheiden. Von meinem zukünftigen Vater unter Zugzwang gesetzt, fassen die alten Leute einen Entschluss. Dem jungen Mann teilen sie mit, dass sie ihm den Besitz überschreiben würden, falls er bis zum Herbst heirate. Er ist damals bereits das vierte Jahr mit einem Mädchen zusammen. Die Notwendigkeit zu heiraten, um die Bedingung des alten Ehepaares zu erfüllen, kommt für die beiden trotzdem überraschend. 60 000 Schilling verlangen die Vorbesitzer von meinen Eltern als Auszahlung und Ablöse, die sie an ihre Tochter weiterleiten, außerdem die Versorgung mit Lebensmitteln und das Wohnrecht. Von seinen Eltern bekommt der junge Mann 35 000 Schilling Heiratsgut, der zukünftige Schwiegervater bietet ihm 10 000, die er seiner Tochter in die Ehe mitgeben will. Er feilscht um ihr Heiratsgut und handelt meinen Großvater auf 15 000 hinauf. Im Dachboden des baufälligen Häuschens ist der Troadkasten untergebracht. Vor der Hochzeit richtet der Bräutigam den Raum unter dem Dach zu einem Schlafzimmer her, seine Brüder bauen im Giebeldreieck ein Fenster ein. Die Braut finanziert mit der Summe, die ihr Vater beim Verkauf von Stieren eingenommen hat, die von ihr gemästet wurden, den Kauf einer Schlafzimmereinrichtung. Dieser Raum direkt unter dem Strohdach ist jener Privatbereich, den das junge Paar für sich hat. Über ihnen, im übrig gebliebenen Winkel unter dem Dachfirst, lagern die Säcke mit dem Getreide. Dann heiraten sie am 16. November 1953. Die Summen, die der junge Mann und seine Frau mit ihrem jeweiligen Heiratsgut unterschiedlich und im Verhältnis von eins zu zwei zur Ablöse beigetragen haben, bleiben für ihn der Maßstab, an dem er seine Machtposition in der jungen Ehe misst. Sein Vater hat ihn ins Tagwerk gehen lassen, als er noch Pferdeknecht im Elternhaus war. Mit dem Geld, das er dabei und als Musikant verdiente, hat er sich einen Wald gekauft, der sein persönlicher Beitrag zur gemeinsamen materiellen Existenz ist. Der jungen Ehefrau steht das Schicksal ihrer ältesten Schwester vor Augen, die trotz eines Kindes leer ausgegangen ist, nachdem sie ihren Mann verloren hatte. Sie wird sich immer wieder auf die vertraglich vereinbarte Gütergemeinschaft berufen.

Wird er dir nicht durchgehen?

1953 ist das Jahr, in dem die englische Königin Elizabeth II. gekrönt wird und Stalin stirbt. Da heiraten im Spätherbst meine Eltern. Der kleine Bauernhof, den sie auf Leibrente übernommen haben, ist heruntergekommen, das Wohnhaus eine Keusche. Alle modernen landwirtschaftlichen Maschinen müssen erst angeschafft werden. Auf dem Hof ihrer Eltern ist die Jungbäuerin mit den Pferden gefahren, auf ihrem eigenen muss ihr eine Kuh als Zugtier genügen.

Das Getreide wird nach dem Schnitt auf *Boggerln* gebunden, damit die Körner noch nachreifen können. Die Garben lädt sie dann auf einen Wagen, den die stärkste Kuh, die große Scheck, in die Scheune zieht. Im Sommer 1955 kommt es häufig vor, dass sich über dem Wald Gewitterwolken aufbauen. Die Schwalben jagen durch die schwüle Luft und schnappen, flach über die Wiesen gleitend, nach Insekten. Das Feld steht voller Garben, die dringend eingebracht werden sollen. Sie schirrt gerade die Kuh an, da wird diese von einer Bremse gebissen und schlägt aus. Dabei bricht die Wagenstange ab. „Was jetzt? Vielleicht leiht mir der Nachbar sein Pferd mit einem Wagen?“, denkt die junge Bäuerin und läuft hinüber. Auf dem nächsten großen Hof hält ein Patriarch, der gleichzeitig als Bürgermeister die politischen Geschicke der Katastralgemeinde lenkt, die Zügel fest im Griff und will sie nicht aus der Hand geben. Der Bauer ist stolz auf seinen großen und starken Hengst und misst die schmächtige Gestalt seiner Nachbarin mit geringschätzigem Blick. Sie ist eine magere junge Frau und noch dazu klein gewachsen. „Wird'a da net durchgehen, du Dirndl?!“, zweifelt er und verweigert ihr das Pferd. Sie muss noch zu einem weiteren Nachbarn laufen und den um Ross und Wagen bitten. Dieser hilft auch gleich selbst mit. Jetzt kann sie die Ernte einfahren. An einem Herbsttag trifft die dampfbetriebene Dreschmaschine aus Steinakirchen dann auch auf ihrem Hof ein und drischt die Garben, die in der Scheune eingelagert wurden. Im Dezember des Jahres 1955 absolviert die Jungbäuerin die Führerscheinprüfung für Traktor und Motorrad; an den Besitz eines Autos ist für sie und ihren Mann vorläufig nicht zu denken. Noch vor Ende des Winters hält die Motorisierung Einzug auf ihrer Landwirtschaft. Jetzt muss sie nicht mehr um Hilfe betteln, jetzt ist sie es, die mit dem 15er Steyr-Traktor den Nachbarn hilft, die Ernte einzubringen. In jenem Winter, als sie aufs Neue schwanger geworden ist, verwendet der Besitzer des Hengstes, dessen Meisterung ihr nicht zugetraut worden war, diesen für die Holzarbeit. Sein Forst schließt an unsere Hauswiese an. An einem frostigen Nachmittag im Jänner sitzt die junge Frau in der Küche und strickt. In der Stube drüben schläft friedlich das Baby im Kinderwagen. Der Nebel kriecht über die Hügel. In der langsamen Winterdämmerung leuchtet der Schnee. Plötzlich wird sie aufmerksam, horcht und fragt sich, woher sie einen Ruf gehört haben könnte. Sie schaut nach dem Kind, klopft an die Kammertür und erkundigt sich nach dem Wohl der bettlägerigen Altenteilerin; doch die braucht auch nichts. Da wird ihr bewusst, dass aus dem Wald jemand um Hilfe schreit. Mit Hauspantoffeln an den Füßen läuft sie hinaus und findet den Nachbarn hilflos stöhnend und schwer verletzt am Rand der Rodung liegen. Sein Hengst hat unvermutet und heftig angezogen und das Bein des Bauern zwischen dem entästeten Bloch und dem Stamm eines noch stehenden Baumes eingeklemmt – was einen bös aussehenden Knochenbruch zur Folge hat. Es ist gut, dass sie den Verletzten gehört hat; wer weiß, wie lange er sonst noch bei frostigen Temperaturen hätte ausharren müssen. Sie hastet zu den Nachbarhäusern um Hilfe. Gemeinsam heben sie den Bauern auf eine Leiter, binden ihn darauf fest und tragen ihn aus dem Wald. Über einen

Telefonapparat, um damit die Rettung zu verständigen, verfügt erst die Gastwirtschaft im nächsten Dorf. Meine Mutter, immer noch in Hausschuhen, nimmt nicht den längeren Fahrweg, sondern hastet quer über die Felder und durch den Schnee nach Etzerstetten hinüber.

Licht und Schatten

Bei der Errichtung unseres Wirtschaftsgebäudes im Jahr 1955 werden meine Eltern von der gesamten Nachbarschaft tatkräftig unterstützt. Das Bauholz kommt aus dem Wald, den mein Vater als junger Mann gekauft hat. Einer der Nachbarn aus dem Dorf leitet als gelernter Zimmerer das Zuschneiden, Einpassen und Aufstellen der Balkenkonstruktion und des Dachstuhls an. Ein Foto zeigt die versammelte Arbeitsmannschaft, wie sie auf den Sparren sitzt. Diese Hilfe hat für meine Mutter keinen besonderen Stellenwert mehr. Die einzige Erinnerung, die für sie noch zählt, ist jene, wie sie allein all jene Dachplatten *geschlagen* hat, mit denen die Scheune eingedeckt wurde. Sie mischte Beton, füllte diesen in Formen, die vorher mit Sand bestreut wurden, strich den Überschuss mit einem Brettchen ab und klopfte die Masse damit fest. Um den Inhalt gleichmäßig zu verteilen, wird die Form hochgehoben und kräftig gegen die Unterlage gestoßen. Es hat meine Mutter gekränkt, als ihre in Handarbeit fabrizierten Dachplatten später einer Eterniteindeckung weichen mussten. Sie ist stolz darauf, dass ihre Platten noch immer beim Nachbarn auf dessen Schuppendach gute Dienste leisten.

Im Körnerkasten oberhalb des Stalles steht die Brechmüh'. Der Elektromotor der Schrotmühle wird abends zur Futterzeit angeworfen. Als meine Eltern 1959 dem Wohnhaus ein Stockwerk aufsetzten, hat einer der Brüder meines

Vaters geholfen, die Elektroleitungen zu verlegen. Immer wieder nehmen meine Eltern die Dienste meines Onkels in Anspruch. Die Stromkreise, die mein Onkel zusammengebastelt hat, erweisen sich aber diesen Ansprüchen nicht immer gewachsen. In solchen Fällen wird es im ganzen Haus wieder einmal schlagartig finster. Im Vorzimmer ist eine Nische in die Wand eingelassen – der Sicherungskasten, in dem der Stromzähler und die Niederspannungs-Sicherungen untergebracht sind. Diese weißen Keramikzylinder mit einem konischen und einem stumpfen Ende, deren jedes mit einer Blechhülse ummantelt ist, enthalten einen feinen Draht, der schmilzt, sobald zu viel Strom durch die Leitung fließt. Meine Mutter ist die Regentin über den Sicherungskasten. Sie flickt die Sicherungen mit einem gröberen Draht und setzt sie wieder ein. Danach erfüllen sie zwar nicht mehr ihren ursprünglichen Zweck, weil der dickere Draht weniger Widerstand leistet und eine höhere Stromstärke durchlässt, aber es wird zumindest wieder hell im Haus.

Einmal höre ich meine Mutter von der Tüchtigkeit meines Vaters sprechen, was mich mit Stolz erfüllt. Sein wirtschaftlicher Aufstieg in den Siebzigerjahren als Siloverkäufer ist anfänglich für sie auch ein Grund zur Freude gewesen. Später will sie ihm diese Erfolgserlebnisse nicht länger gönnen. Zu seinen Triumphen im Silogeschäft beginnt sie eine immer ambivalentere Haltung zu entwickeln, denn sie stellen den Wert ihrer Arbeit in der Landwirtschaft in den Schatten.

Frau Mock aus Euratsfeld

Nicht nur im Mostviertel werden Familien, mit denen man zwar nicht nachweisbar verwandt ist, aber trotzdem generationenlang verbunden bleibt, als *d'Freundschaft* bezeichnet. Die junge Frau nimmt einmal an einer Hochzeit der Mock-Freundschaft teil. Die Einladung ist eigentlich an das alte Ehepaar ergangen, von denen meine Eltern das Haus übernommen haben; die Hochholzer lassen sich jedoch von ihr vertreten. Sie fühlt sich verloren unter den ihr fremden Menschen. „Es waren propere Leut'", wird sie sich erinnern und meint damit das Selbstbewusstsein und den Wohlstand der Mock. Noch ein weiteres Mal wird sie an einem gesellschaftlichen Ereignis dieser Familie teilnehmen: Mit dem DKW fährt sie zum Begräbnis des Stiefvaters von Alois Mock. Der Politiker wuchs ohne seinen leiblichen Vater auf, den er durch einen Verkehrsunfall verloren hatte, der sich unmittelbar vor der Geburt von Alois ereignete. Die Mutter des späteren Außenministers, eine resche Südtirolerin, besucht einmal ihre Hochholzer-Verwandten, als meine Eltern schon deren Haus übernommen haben. Ohne sich zu kümmern, ob meine Mutter es hören kann, fragt Frau Mock gönnerhaft die Goh'n: „Na, wie tut sich die Junge, was taugt sie denn?"

Wo die Schlange im Brunnen ist

Bevor Holzhäuseln seinen Dorfbrunnen bekam, musste das Wasser von der Eschenreith geholt werden. Das Rinnsal, das dort zwischen den Bäumen hervortritt und durch die Wiesen dem Hummelbach zustrebt, wird von einer Quelle, die im Wald entspringt, gespeist. Als die Kaiserin Maria Theresia ihre Sommerfrische im Schloss Weinzierl verbrachte, kam sie an einem heißen Sommertag zu Pferd nach Holzhäuseln. Sie bat die armen Holzfällerfamilien, die dort wohnten, ihr ein Glas Wasser zu reichen. „Leider", wird ihr entgegnet, „müssen wir erst zur Wasserstelle laufen, denn wir haben keinen eigenen Brunnen." „Ihr Armen", bedauert die Kaiserin, „ihr sollt euren Brunnen bekommen." Und sie hielt Wort. Nicht lange, und die von ihr engagierten Brunnengraber nahmen die Arbeit auf.

Die Entstehungsgeschichte des Brunnens in Holzhäuseln ist in Form einer Sage überliefert, welche mit den historischen Fakten recht frei umgeht. Es war nämlich in Wahrheit die Kaiserin Maria Theresia niemals auf Sommerfrische im Erlauftal, schließlich wurden Schloss Weinzierl und die dazugehörige Grundherrschaft im Jahr 1795 von der Herrscherfamilie erworben. Erst ihr Enkel, Kaiser Franz I., unternahm in den frühen Zwanzigerjahren des 19. Jahrhunderts solche Landpartien und durchstreifte auf dem Pferderücken die angrenzenden Wälder auf der Suche nach jagdbarem Wild. In der Überlieferung verschmilzt die Person der Kaiserin mit ihrem Enkel; sein durchaus bescheidener Bekanntheitsgrad wird durch ihre weit größere Popularität überlagert und überstrahlt. Fest steht nur, dass der Weiler noch zu Zeiten der Grundherrschaft und somit bereits vor der Mitte des 19. Jahrhunderts zu einem Dorfbrunnen kam. Damit waren seine Bewohner gegenüber anderen Kleinhäuslern privilegiert, denn sonst verfügten bis zur Zwischenkriegszeit nur große Bauerngehöfte über einen eigenen Brunnen. Auch dem Teuschelhofhäusel bei Purgstall, das mein Großvater in den Jahren zwischen 1925 und 1929 mit seiner Schwester und seiner kleinen Tochter bewohnte, fehlte anfangs eine richtige Wasserversorgung. Erst mein Großvater ließ den Brunnen schlagen. Im Sommer wurde das Vieh an offenen Gewässern getränkt; im Winter konnten die Tiere nicht dorthin getrieben werden und es blieb nichts anderes übrig, als das Wasser zum Stall zu tragen – eine Arbeit, die von

Frauen erledigt wurde, aber auch von halbwüchsigen Kindern, die mittels eines Schulterjochs die vollen Kübel transportierten. Im Fall des Teuschelhofhäusels musste das Wasser aus einem 200 Meter weit entfernten Bach geholt werden. Die Größe des Viehbestandes in den Ställen war durch diese Voraussetzungen limitiert, da eine Milchkuh täglich mindestens 100 Liter Wasser trinkt. War der Tümpel neben dem Haus trockengefallen, sah sich meine Mutter gezwungen, das Wasser für alle drei Kühe vom Dorfbrunnen heraufzutragen. In Holzhäuseln errichteten die Dörfler im Frühjahr 1954 eine Wasserzuleitung zu jedem Haus. Danach können meine Eltern eine vierte Kuh einstellen, mehr Platz ist vorläufig nicht im Stall. Im Jahr 1955 liefern sie bereits täglich 70 Liter Milch an der Sammelstelle ab; ebenso viel stellt auch der größte Bauer in der Umgebung bereit. Dieser Wettstreit mit überlegenen Konkurrenten lässt sich langfristig nicht gewinnen, sobald die Mitbewerber erst einmal technisch nachgerüstet haben.

Zum Wirtschaften meiner Eltern gehört neben der Brunnengemeinschaft auch ihre Beteiligung an weiteren bäuerlichen Netzwerken. Außer bei Raiffeisen- und Molkereigenossenschaft sowie Zuchtverband sind meine Eltern des Weiteren noch Mitglieder der Kühlgemeinschaft des Nachbardorfes und einer Gemeinschaft zur gegenseitigen Hilfe bei Brandschaden. Außerdem nützen sie mit anderen Mitgliedern einer Gemeinschaft im nächstgelegenen Dorf eine Reisighackmaschine sowie mit jeweils einem Bauern aus den umliegenden Dörfern ein Häckselgebläse, ein Druckfass, eine Körnerschnecke und einen Viehanhänger. Die innovativen Wirtschaftsmethoden meiner Mutter strapazieren aber das nachbarschaftliche Verhältnis. Das kostenlose Wasser aus dem Dorfbrunnen leitet meine Mutter, sobald die Wasserleitung verlegt worden ist, außer in den Kuhstall auch in die Senkgrube weiter und erzeugt ein Gemisch aus Wasser und Jauche, das sie auf den Wiesen aufbringt. Es ist den Kleinhäuslern nicht recht, dass Ressourcen der dörflichen Gemeinschaft für individuelle Zwecke entfremdet werden. Diese Beanspruchung stößt bei den Mitbewohnern im Dorf auf Protest. Der Handwerksmeister, als der ökonomisch erfolgreichste Dorfgenosse, macht sich zum Wortführer der Dorfgemeinschaft gegenüber meinen Eltern – was zu jener Animosität führen wird, die über die Jahre hinweg von meiner Mutter gegenüber diesem Mann und seiner Familie gepflegt wurde. Es kommt zu einer Anzeige bei der Bezirkshauptmannschaft. Der Bezirkshauptmann muss persönlich im Dorf erscheinen, um den Streit zu schlichten. Als Resultat werden in den Haushalten Wasserzähler installiert, die den individuellen Wasserverbrauch dokumentieren. Im Zuge der Modernisierung der Wasserförderung aus dem Dorfbrunnen findet eine geschmiedete barocke Röhrenstütze in Form einer Schlange den Weg zu meinen Eltern. Der Bezirkshauptmann meint, als er des Stückes ansichtig wird, dass es ihn nicht verwundere, Zwist vorzufinden, „wo die Schlange im Brunnen" sei. In der Folge muss meine Mutter, wenn sie die Jauche verdünnen will, Wasser mit dem Druckfass aus der Erlauf holen.

Scharfe Schneiden

Das fröhlichste Geräusch meiner Kindheit wird durch das Klopfen eines Dengelhammers hervorgerufen. Der Hammer springt, nachdem er gegen das Blatt der Sense geprallt ist, auf den kleinen Amboss und erzeugt eine melodische Synkope. Es ist die heitere Musik eines unbeschwerten Sommermorgens, wenn mein Vater auf der Dengelbank sitzt und das Sensenblatt mit Präzision und Sorgfalt von der Basis bis zur Spitze durcharbeitet. Der Stiel der Sense, der *Sängstworb*, ragt quer davon ab. Dengeln ist kaltes Schmieden, es ist mit dem Treiben verwandt. Der Hammer mit stumpfer Spitze gleicht dem Werkzeug des Kupferschmieds. Alle männlichen Domänen in der Landwirtschaft hat meine Mutter erobert. Sie sät, mäht und pflügt; bloß an die Instandhaltung der Werkzeuge wagt sie sich nicht. Das Dengeln, Schleifen und Schärfen, das Befestigen eines roglerten Stiels bleibt Aufgabe meines Vaters. Solange liegt sie ihm in den Ohren, bis er sich das marode Gerät vornimmt. Dieses letzte männliche Rückzugsgebiet bleibt unangetastet.

Die Arbeitskraft des jungen Mannes wird von seinen Patenleuten bereits zu einem Zeitpunkt in Anspruch genommen, als er daheim noch als Rossknecht dient. In diesem Fall macht er sich mit dem Fahrrad seines Vaters auf den Weg. Die Sense geschultert, balanciert er das schwere Steyr-Waffenrad mit der anderen Hand. Jugendlicher Leichtsinn hält ihn davon ab, bei der Überquerung des Steges beim Wüster-Elektrizitätswerk aus dem Sattel zu steigen. Da bleibt die Spitze der Sense an den Verstrebungen des Steges hängen und zieht ihn vom Rad. Der junge Mann kommt zu Sturz. Zwar gelingt es ihm, der scharfen Schneide auszuweichen, aber durch den Aufprall zieht er sich eine Gehirnerschütterung zu. Diese bleibt unbehandelt, und daraus habe sich – erzählt meine Mutter – jene Migräne entwickelt, das regelmäßig wiederkehrende Kopfweh meines Vaters, welches mir aus meiner Kindheit so vertraut ist.

Der Transport von langstieligen Werkzeugen mit scharfen Schneiden auf dem Fahrrad, bei dem es immer wieder zu blutigen Verletzungen kam, dürfte durchaus üblich gewesen sein. Alois Brandstetter schildert in seinem Erzählband *Über den grünen Klee der Kindheit* (1982), wie die „Ölgraberin" sich beim Schmied ihre Haue nachschärfen ließ und das Werkzeug daraufhin auf ihrem Fahrrad montierte. Sie kam zu Sturz und schnitt sich dabei die Ferse ab: „Ihr Schreien und ihr 'Helfts mir, au weh, helfts mir' höre ich heute noch."

Das gehört sich nicht, uns so hintere-arbeiten!

In den ersten Jahren auf der Kleinlandwirtschaft mäht meine Mutter für einen anderen Bauern in dessen Wald Setzlinge aus. Das getrocknete Waldgras darf sie mit der Schubkarre heimführen und dient den Kühen als Unterstreu. Als Gegenleistung für den Bezug von Rübenblättern als Futtermittel hilft sie im Nachbardorf bei der Rübenernte aus. Weil sie zu spät gekommen ist, sind ihr die anderen Frauen bereits ein paar Reihen voraus. Meine Mutter holt rasch auf. Als alle sehen, wie schnell sie aufgeschlossen hat, erntet sie anstatt der vielleicht insgeheim erwarteten Anerkennung die gehässige Bemerkung: „Weißt, das gehört sich nicht, uns so hintere-arbeiten!" Gemeint war damit, es wäre nicht anständig von ihr, die anderen überflügeln zu wollen. Die Rübenblätter, die den Kühen nur frisch schmecken, werden in einem speziellen Verschlag in der Scheune gelagert, wo sie unter Luftabschluss ein bisschen länger haltbar bleiben. Sobald meine Mutter dazu übergegangen ist, auf dem eigenen Feld Futterrüben zu kultivieren, ist sie nicht länger auf das Entgegenkommen der Nachbarn angewiesen und auch nicht mehr darauf, die

Blätter zu konservieren. Von den Burgund'tern werden nämlich bereits vor der Ernte im Herbst laufend Blätter abgepflückt und gleich verfüttert. Es gehört zu den Pflichten meiner halbwüchsigen Brüder, täglich eine Ladung Blätter mit dem Schubkarren heimzubringen.

Im Städtchen verkauft sie die Erdäpfeln vom Anhänger herunter an die Hausfrauen. Den ganzen Nachmittag zuckelt sie mit dem Traktor durch die Gassen und hält ihre Feldfrüchte feil. Im Hof steht der Dämpfer, in dessen Kessel Erdäpfeln und Rüben weich kochen, bevor sie an die Schweine verfüttert werden. Am Fuß des zylinderförmigen Ofens brennt ein Feuer hinter einem Eisentürl, und unter dem Rand des großen Deckels quillt Dampf hervor. Für die Schweine müssen die arbeitsintensiven Hackfrüchte Rüben und Erdäpfeln einzeln auf den Äckern *gesetzt* werden. Ebenso der Markstammkohl, die *Brassica oleracea*, dessen saftige Stängel die Kühe im Spätherbst und bis in den Winter hinein zu fressen bekommen. Sogar den ersten Frost übersteht dieses Viehfutter. Die Pflänzchen werden zuerst im Gemüsegarten gezogen und dann auf die abgeernteten Felder, „in die Halm'", gesetzt, wo sie bis zu einem Meter hoch wachsen.

Der Anbau der für die Schweinezucht notwendigen Futterpflanzen erfordert intensive Feldarbeit, die weitgehend händisch verrichtet werden muss. Dafür haben die Frauen sich auch immer wieder zusammengetan, um gemeinsam zu jäten und den Boden mit der Haue zu bearbeiten. Dagegen kann das Futter für die Kühe von meiner Mutter maschinell und autonom geschnitten und aufgeladen werden, seit sich 1966 meine Eltern einen Selbstladewagen angeschafft haben. Zwischen 1965 und 1970 stellen meine Eltern von Schweinemast auf Milchwirtschaft um. Das Experiment mit der Hühnerfarm im

Schuppen gibt meine Mutter auch zur gleichen Zeit auf. Daraufhin verzichtet sie gleich ganz auf jede Geflügelhaltung. Statt der früheren Schweinekoben füllt der Stall sich nun mit den Ständen der Milchkühe. 1965 errichten meine Eltern den Silo, zwei Jahre später die Senkgrube. In den Silo wird zuerst hauptsächlich Gras, in den späteren Jahren immer mehr Kukuruz verhäckselt. Das Silofutter ist für die Kühe bestimmt. Damit auch im Winter eine konstante Milchleistung der Kühe zu erwarten ist, dürfen sie nicht mehr ausschließlich mit Heu durchgefüttert werden. Als kleines Kind überragte mich der hohe Rand des Futtertroges der Kühe, der *Boarn*, und ihr hörte ihren warmen Atem und das Schnauben beim Fressen, wenn ich daran vorbeiging. Achtzehn Jahre lang hat meine Mutter die Kühe händisch gemolken, bis zu hundert Liter am Tag. Während meiner Kindheit geht sie immer noch dreimal täglich in den Stall, davon einmal mittags, um zu füttern und zu melken. Erst 1971 wird eine pneumatische Melkanlage eingebaut, der Stall insgesamt erneuert und dabei der Futtergang zu einer Rampe aufgeschüttet. Als Schüttmaterial finden alte Dachziegel Verwendung, die vorher im Garten unter einem Apfelbaum aufgeschichtet waren. Als Vierjähriger beteilige ich mich daran, sie in den Stall zu tragen. Über dem Stall wird ein neuer Körnerkasten [Getreidespeicher] ausgebaut. Vorher stand ein großer Raum im ersten Stock des Wohngebäudes dafür in Verwendung, dessen Teilung erstmals den Einbau einer Toilette innerhalb der Wohnräume erlaubt.

Bis dahin war der *Abort* im Stall angesiedelt. Seit wir nicht mehr an der Brettertür, durch die man sich so gut mit den Wartenden unterhalten konnte, den Haken vorlegen, sondern uns mit einem Drehschloss absondern, gerät die Bezeichnung „Abort“ in Vergessenheit und wird durch das zeitgemäße „Klo“ ersetzt. An diesem Ort, für den bei meinen klassisch gebildeten Brüdern auch der Ausdruck *locus* in Gebrauch steht, sitze ich und lese in einem alten Wälzer, dem Telefonbuch von Niederösterreich, später Niederösterreich-Süd, das dort wie ein Abreißkalender in Verwendung steht. Auch alte Zeitungen dienen demselben hygienischen Zweck.

In den frühen Siebzigerjahren kommt außerdem das Fernsehgerät ins Haus. Das erste bewegte Bild, an das ich mich erinnere, ist schwarz-weiß und zeigt die Silhouetten von Flugzeugen, die steigen und steigen – immer neue Aeroplane kommen ins Bild und verschwinden wieder am oberen Rand. Dieses seltsame Bild, das ich gebannt beobachte, ohne es zu verstehen, bleibt immerdar in meinem Gedächtnis.

Benötigt meine Mutter Fleisch oder Gemüse aus der Gemeinschafts-Gefrieranlage im Nachbardorf, startet sie das Auto und fährt hinunter, um an unser Fach zu gelangen.

Im Jahr 1973 wird der Telefonapparat installiert. Ich nehme den ersten Anruf entgegen, in Unkenntnis, dass man nicht nur den Hörer abhebt und horcht, sondern gleich sich vorstellt, ohne noch zu wissen, wer einen angerufen hat. Es ist aber nur mein Vater in der Leitung, der seine eigene Nummer gewählt hat. Unser Telefonanschluss ist für ihn zur beruflichen Notwendigkeit geworden. Wird er gesucht, dann läuten bei uns die Türglocke oder das Telefon. Die Besucher stehen vor der Haustür und verlangen, ihn zu sprechen. Den Anrufern erkläre ich, dass er nicht zu Hause sei, aber sie könnten mit meiner Mutter reden. Es sind ungehaltene Bauern, auf deren Baustelle irgendeine Krise ausgebrochen ist, oder mit der Ausführung betraute Silomaurer, die Informationen oder Instruktionen benötigen. Er sucht die

Kunden auf, um sie zu werben, und die Kunden kommen zu uns, um sich zu beschweren.

In solchen Fällen springt meine Mutter ein. Entweder weiß sie, wo er zu erreichen ist, oder sie kann diplomatisch vermitteln. Ist mein Vater nicht aufzutreiben, so organisiert sie Abhilfe in der Not. Die häufigen Besucher, die sich auf dem Hof einstellen, sorgen für Abwechslung im Alltag. Gleichzeitig erfreut meine Mutter sich am Nutzen und der Wirkung ihrer Interventionen.

Ein alter Mann lebte mit seinem Sohn in einem verlassenen Fort auf einer Anhöhe. Eines Tages geschah es, dass er eins von seinen Pferden verlor. Da kamen die Nachbarn, um ihm zu diesem Verlust ihr Mitgefühl zu sagen, aber der Alte fragte sie: „Woher wisst ihr denn, dass es ein Unglück ist?" Einige Tage darauf kam das Pferd nach Hause zurück und brachte ein ganzes Rudel wilder Pferde mit, und die Nachbarn erschienen wiederum und wollten ihm zu solchem Glücksfall gratulieren, aber der Alte versetzte: „Woher wisst ihr denn, dass es ein Glücksfall ist?" Seit sie so viele Pferde besaßen, begann der Sohn des Alten eine Neigung zum Reiten zu fassen, und eines Tages brach er sich das Bein. Da erschienen die Nachbarn wieder und drückten ihre Anteilnahme aus, aber der Alte sprach zu ihnen „Woher wisst ihr denn, dass es ein Unglück ist?" Ein Jahr darauf gab es Krieg, aber der Sohn des Alten brauchte wegen seines Körperschadens nicht ins Feld zu ziehen.

Aus dem Buch *Huainan Zi* (Philosophen aus Huainan, Ende des 2. Jhds. v. Chr.), enthalten in dem Sammelband: Was ist ein Glücksfall? Übersetzt und herausgegeben von Konrad Herrmann (1978)

Traktorfahren

Die Felder werden während der Anfangszeit mit den Pferden vom Hof seiner Eltern bestellt. Mit dem Fahrrad fährt er vor Tagesanbruch auf die Hochrieß und schirrt die Pferde an. Als er die Rösser am Moosbauern vorbeilenkt, ist der alte Bauer gerade dabei, die Wiese zu mähen. Da läutet es um fünf Uhr morgens aus dem Nachbardorf zum Gebet. Der junge Mann sieht den Bauern sich auf den Stiel der Sense stützen und den *Engel des Herrn* beten. Wer ohne die Zugkraft eines Pferdes auskommen musste, dessen Hof war als Häuslerwirtschaft eingestuft. Erst mit dem Traktor rückten meine Eltern in die Riege der vollwertigen Landwirte auf. Von Anfang 1956 bis 1966 steht der 15er Steyr-Traktor in der Landwirtschaft meiner Eltern im Einsatz, dann bis in die zweite Hälfte der Siebzigerjahre sein Nachfolger, der 28er Steyr-Traktor. Meine Mutter hat auf ihrer Kleinlandwirtschaft bereits eine Zugmaschine zur Verfügung, als diese auf dem größeren Hof ihrer Eltern noch nahezu ein Jahrzehnt auf sich warten lässt. Steyr-Traktoren hatten damals keine Fahrerkabine. Spartanisch wie die ganze Zugmaschine sind auch ihre Sitzgelegenheiten; ihr Design begnügt sich mit einer minimalistischen Andeutung. Jene des Fahrers besteht aus einer fragilen Schale, die über der Längsachse des Fahrzeugs schwebt, und der Beifahrer nimmt direkt auf einem Kotflügel der großen Hinterreifen Platz. Gerade nur eine bügelförmige Verstrebung am Außenrand bietet ihm Halt, seinen Füßen ein kleinerer Bügel, der am vorderen Ende des Kotflügels quer angeschweißt ist. Weil eigentlich vorgesehen war, dass dort Erwachsene aufsitzen, reicht die Länge der Kinderbeine nicht aus, um sich abzustützen. Der Mähbalken wird an der rechten Seite hochgestellt und hinuntergeklappt, wo er knapp über Bodenhöhe zwischen Vorder- und Hinterreifen verankert ist. Wenn direkt unter dem Sitz die mörderischen Zähne schnattern und rattern und die Mahden fallen, dann ist mir bewusst, dass bei einem Absturz meine Gliedmaßen genauso zerstückelt würden, wie jene der Rehkitze, die zu übersehen meine Mutter nicht umhinkann, weil sie verborgen im hohen Gras liegen. Ich habe aber trotzdem meine Freude daran, ihr auf dem Traktor Gesellschaft zu leisten, während sie am Abend das Grasfutter für den nächsten Tag einholt. Zu einer echten Gefahr sollte sich erst meine Leidenschaft entwickeln, mich auf dem Fahrrad bei der Heimfahrt von der abendlichen Mäharbeit mitziehen zu lassen, indem ich mich mit einer Hand am hinteren Ende des Heuladeanhängers und mit der anderen am Lenker meines Fahrrades festhalte. Sobald meine Mutter die Geschwindigkeit drosselt und von der Landstraße ins Dorf einbiegt, löse ich mich und lasse mich vom Schwung nach vorne katapultieren, ohne einen Gedanken an die vielen Bauernkinder, denen das Sich-mitziehen-Lassen und Abspringen von Fahrzeugen schon das Leben gekostet hat.

Produktionsschlacht

1973, 1974, 1975, 1976 und 1977 – fünf bunte Plaketten des Verbandes der Fleckviehzüchter – jährliche Stallleistung von über 5000 Litern Milch mit mindestens 200 Kilogramm Fett – hängen noch immer an der Stalltür. In der Zeit zwischen meinem sechsten und zehnten Lebensjahr wirft sich meine Mutter mit ihrer ganzen Kraft in die Produktionsschlacht. In den Siebzigerjahren wird von den Bauern um jeden Liter Milch gerungen, der an die Molkereien geliefert werden durfte. Daran schließt eine Periode der Maststierhaltung an. Meine Eltern vertreten die Meinung, der gegenwärtige Wohlstand sei der Produktionssteigerung in der Landwirtschaft zu verdanken. Weil Arbeiter und Städter nicht mehr bis zur Hälfte ihres Einkommens für vergleichsweise teure Kalorien aufwenden müssten, stünde ihnen das ersparte Geld für den Konsum zur Verfügung. Dieser kurble die Produktion in der Industrie an, schaffe Arbeitsplätze und so weiter und so fort. Für die Bauern hat der Aufschwung eine Kehrseite. Meine Mutter erzählt, dass sie in den Fünfzigerjahren für den Verkaufserlös von einem Kilo Schweinefleisch Lebendgewicht, damals 13 Schilling, eine Handwerkerstunde vom Meister bekommen konnte. Heutzutage müsse der Bauer schon ein schweres Schwein verkaufen, um eine einzige Arbeitsstunde abzugelten. Der Wert der bäuerlichen Produkte sei somit auf ein Hundertstel geschrumpft. Nur durch die Steigerung der Produktion konnte der Preisverfall ausgeglichen werden. Meine Mutter vermochte es, die Bau- und Modernisierungsvorhaben der Anfangszeit mit Erträgen aus der Landwirtschaft zu finanzieren. Der magere Verdienst des männlichen Familienoberhauptes als Milchkontrolleur-Assistent erlaubte dagegen keine großen Sprünge. Erst, seit er dazu übergegangen ist, den Bauern auch Landmaschinen zu verkaufen, bringt er mehr Geld ins Haus. Und das Silogeschäft stellt sich schließlich überhaupt als Goldgrube heraus. Ob die Landwirtschaft sich dann noch rechnet, lässt sich mangels einer Buchhaltung niemals feststellen. Vielleicht nur, wenn man ihre Arbeitskraft nicht als Kostenfaktor ansieht. Meine Mutter will sich das nicht eingestehen. Sie ist mit dem Bauernhof verheiratet. Ihr Mann, dessen beruflicher Erfolg seiner Familie Wohlstand beschert, kann nicht nachvollziehen, warum sich seine Frau weiterhin abrackert. Die Handhabung der zentnerschweren Geräte, mit denen die Felder bebaut werden, geht oft über ihre Kräfte. Verzweifelt schuftet sie, um die Fräse oder den Pflug die wenigen Zentimeter zu bewegen, die fehlen, um die Antriebswelle an den Traktor anzuschließen. Um die Milch in die Kannen zu leeren, muss der volle Milchkessel durch den Stall getragen und dann angehoben werden. Die Stunden, die sie zwischen den Kühen kauert, um sie zuerst händisch, dann mit der Maschine zu melken, zählt keiner. Wer hat noch eine Ahnung davon, welcher Kraft es bedarf, ein Euter auszuquetschen? Die Handhabung der Melkmaschine erfordert, dass man sich zu jedem Tier hinkauert und alle Saugnäpfe gleichzeitig über die Zitzen stülpt. Bis jene vom einsetzenden Unterdruck angepresst werden, müssen sie mit viel Geschick gehalten werden. Wenn das Teil einer Maschine bricht, ein Selbsttränker versagt, die Melkanlage streikt oder der Abfluss für den Urin der Tiere verstopft ist, lässt sich der Schaden meist nicht so leicht beheben. Ihr Mann ist außer Haus und ebenso wenig zu erreichen wie die Reparaturbetriebe, die schon der feierabendlichen Ruhe pflegen. Mit dem Schrecken kommt sie davon, als im Herbst 1967 die Jauchegrube ausgeschalt wird. Der mit Beton voll beladene Mischerwagen sinkt auf einer Seite in den weichen Untergrund und droht auf das Haus zu kippen. Das schwere Fahrzeug neigt sich in Richtung des Zimmers, wo das Neugeborene schläft. Die Bohlen, die unter die Reifen geschoben werden, knicken und bersten unter der Last. Erst im letzten Moment gelingt es, den Laster zu stabilisieren.

Die Maststiere rasen, als würden sie den Stall einreißen wollen. Die Ketten lassen ihnen den Bewegungsspielraum, den sie brauchen, um mit ihren Nachbarn zu kämpfen. Diese Rempeleien sind zwar eindrucksvoll anzusehen, aber eigentlich harmlos. Die Lage spitzt sich erst dann zu, wenn die Stiere es schaffen, sich mit ihren Ketten zu verstricken. Eine ausweglose Situation entsteht, wenn ein Tier über ein anderes steigt, das auf dem Boden liegt und döst. Wenn dieser Stier sich dann erhebt, stranguliert er den anderen, dessen Ketten keine weitere Entfernung erlauben. Die Ketten müssen gelöst werden, um das Tier vor dem Erstickungstod zu retten. Auch wenn meine Mutter den Unfall rechtzeitig bemerkt, kann sie die Kette nicht einfach abhängen, da diese straff gespannt ist. Einmal schafft sie es, die Glieder der Kette rechtzeitig zu durchsägen. Doch ein weiterer Stier bringt sich auf diese Art zu Tode, während sie noch verzweifelt versucht, sein Leid zu lindern. Die Maststiere werden an den Fleischhauer verkauft. Dessen Gesellen verladen die starken und wilden Tiere, die Stiere werden über die Rampe hinaufgeprügelt und in den Viehtransporter gepfercht. Um diesem Anblick auszuweichen, verkriecht sich meine Mutter in einen Winkel, wo sie das verzweifelte Brüllen der verstörten Tiere nicht hören muss und keiner Zeuge ihrer Tränen wird.

An einem Morgen im Spätwinter stürzt die Mehrzahl der Bäume in unserem Obstgarten um. Der Boden ist nicht mehr gefroren, es hat davor lange geregnet, dann bläst der Sturmwind den ganzen Tag. Am Abend stürzen die ersten Bäume. Bei Morgengrauen kippt einer nach dem anderen. Die schönen alten Birnbäume gehen zu Boden. Meine Mutter gerät außer sich. Ihr Absturz ist bodenlos. Sie kennt keinen Trost. Am Nachbarhaus ist ein fallender Baum mit seinen Zweigen an dessen Eternitverkleidung angestreift und hat ein paar Schindeln heruntergerissen. Während sie mit versteinerter Miene die Schäden besichtigt, tritt auch die Nachbarin vors Haus. Wegen des Bagatellfalles für die Versicherung liefern sich die beiden Frauen ein Schreiduell.

Doch nicht nur meine Mutter fühlt sich alleingelassen mit den Herausforderungen des Lebens. Mein Vater betreibt neben seiner Arbeit einen lukrativen Zwischenhandel mit Polyesterharz, das benötigt wird, um die Innenwände der Silos vor den scharfen Gärsäuren zu schützen. Die Kübel mit dem Harz sind so schwer, dass er sie kaum heben kann. Tagsüber findet er leicht jemanden fürs Verladen. An einem Morgen hat er es aber schon recht eilig, ins Büro zu kommen. Ich solle ihm daher geschwind helfen, einige Eimer auf den Anhänger zu heben, drängt er. Ich lasse mich bitten. Um einige Minuten zu spät stelle ich mich am Lager ein. Er hat, von Hast getrieben, schon selbst versucht, die Kübel einzuladen. Ein Eimer ist gekippt und dabei seinem Griff entglitten. Das Gefäß ist aufgeschlagen, und ein Brei aus Polyester hat sich auf die Straße ergossen. Da sehe ich meinen Vater das einzige Mal weinen. Ein Wert von tausend Schilling klebt auf dem Asphalt. Ein blendend weißer Fleck bleibt dauerhaft zurück. Über viele Jahre zeichnet sich die Pfütze als Schandmal meiner unterlassenen Hilfe auf der Straße ab.

Nur von kurzer Dauer

Das Schwein wird an seinen beiden Ohren aus dem Stall gezogen und schreit dabei sosehr, dass es allen Umstehenden in den Ohren gellt. Als kleiner Bub lasse ich mir trotzdem kein Detail der Schlachtung entgehen. Erst das trockene Klacken aus dem Schlachtschussapparat setzt dem Lärm ein abruptes Ende. Wie das aus einer tiefen Halswunde schießende Blut in einer großen Schüssel aufgefangen wird, habe ich nur einmal bei einem Nachbarn beobachten können. Der dafür notwendige Stich wurde dem Tier mit einem großen Schlachtmesser zugefügt. Ehe man das Schwein köpft, der Länge nach zerteilt und aufhängt, wird sein Körper in einer hölzernen Wanne mit Saupech überstreut, mit kochendem Wasser übergossen und mit Ketten gestriegelt, bis die Borsten ausfallen. Sobald die beiden schweren Hälften wie der Körper eines Delinquenten an einem Schragen aufgebunden sind, haben sich alle eine Jause verdient. Nur ich kann mich nicht so schnell vom Anblick der sezierten Anatomie des Tieres lösen. Die Innereien sind entfernt, die Bauchhöhle glänzt geheimnisvoll, die durchtrennten Muskelstränge schimmern zart. Später holt man aus der Holzhütte einen Hackstock, der aus einem der Länge nach halbierten Baumstamm mit vier eingesetzten Beinen besteht. Dieser steht in den darauffolgenden Tagen im kühlen Vorhaus, und mein Vater zerteilt darauf das Schwein in handliche Portionen. Bald beginnt das ganze Haus nach dem Sud aus Salz und Knoblauch zu riechen, in dem das Fleisch liegt, bevor es in der Selch geräuchert wird. Eine Woche lang essen wir Beuschel und gebackene Leber, geschnetzelte Niere und Zunge, Sulz und Grammeln. Das Schwein nimmt in diesen Speisen eine so abstrakte Form an, dass die Assoziation zum lebendigen Tier blass bleibt. Erst die fertigen Speckseiten erinnern wieder deutlicher an ihren Ursprung, und es ist mir durchaus bewusst, von welchem Schwein das Schnitzel stammt, das vor mir auf dem Teller liegt. Auf der denkwürdigen Skiwoche auf der Stallburgalm schockiere ich die Freunde meiner Brüder damit, dass ich das Schwein, dessen Speck wir verschmausen, bei seinem Namen kenne. Mein Liebling hatte Murxi geheißen, bevor das anhängliche Tier aus dem Leben scheiden musste. Es ist ihnen unheimlich, wie ein Zwölfjähriger zuerst ungerührt erzählt, wie er das Tier gehätschelt und liebgehabt hat, und es nachher in aller Seelenruhe verzehrt.

Dem Jugendlichen bereitet es dann Freude, den Schweinestall auszumisten. Ich klettere über das Gatter und stehe, während ich mich bemühe, ihren Mist auf meine Gabel zu bekommen, zwischen den Schweinen. Im Schweinestall entsteht jedes Mal eine große Aufregung. Ich kann mich kaum der Zudringlichkeit erwehren, mit der sie an den Säumen meiner Hose zerren, meine Schuhe anknabbern und mich von hinten puffen. Sobald ich im gesäuberten Koben das frische Stroh eingestreut habe, geraten sie völlig aus dem Häuschen. Die Schweine stoßen ihre Schnauzen hinein, packen es, wirbeln herum, lassen sich auf den Rücken fallen und wälzen sich. Ihre Fröhlichkeit und Lebenslust wirken so ansteckend, dass ich es genieße, ihnen dabei zuzusehen. Ihr ekstatischer Übermut ist mir Lohn für die Mühe.

Bei der Heuernte

Unter dem Giebel der Scheune läuft auf einer Schiene eine eiserne Kralle, deren vier Finger auf jeder Seite sich öffnen und nach einer Last greifen. Wie eine überdimensionale Spinne lässt sich der Heugreifer an einem Drahtseil von der Höhe herab auf das frisch eingefahrene Heu in der Tenne. Zwei kräftige Burschen packen die spitzen Fänge von beiden Seiten, ziehen sie auseinander, kämpfen sich durch die zusammengepresste Heumasse und versenken die Greiferhand, sich dabei mit ihrem ganzen Körpergewicht dranhängend, im Heuberg. Der Heuballen, den der Greifer mit sich reißt, soll möglichst schwer sein, da erst die Zugbelastung die Greiferhand davon abhält, sich zur Unzeit zu öffnen, was manchmal trotzdem passiert. Um dem abzuhelfen, lässt man sich ein Stück weit mit der Last hochziehen und verstärkt mit seinem eigenen Körpergewicht das Gewicht der Fracht. Man darf nur dann den Absprung nicht verpassen. Diese spektakuläre Aktion ist lange meinen älteren Brüdern vorbehalten und kontrastiert mit meinem eigenen bescheidenen Beitrag. Meine Aufgabe besteht darin, dem Ablauf zu folgen und auf die Sekunde genau an einem Ring, der am Ende eines dünnen Drahtseiles von der Wand hängt, zu ziehen, womit ich eine Weiche für den Greiferarm betätige, damit der nicht in den falschen Flügel der Scheune abbiegt. Dabei kommt es nicht auf körperliche Leistung an, sondern lediglich darauf, sich auf den richtigen Moment zu konzentrieren. Wenn die Arbeit sich über Stunden hinzieht und meine Mutter immer neue Ladungen Heu mit dem Traktor in die Scheune fährt, wandern meine Gedanken gelegentlich weit weg, und ich verpasse den entscheidenden Zeitpunkt. Ich werde gescholten, wenn als Folge meiner Träumereien der Greifarm mit dem Heubündel unentschlossen unter dem Dach pendelt oder etwa gar an der falschen Stelle sich seiner Last entledigt! Damals handle ich mir auch einmal von meinem Vater Ohrfeigen ein, weil ich gekränkt bin und gänzlich meinen Dienst aufkündigen will. Ein schweres kastenförmiges Gehäuse ohne Boden hält einen Schacht frei, der inmitten des Heustocks von ganz oben bis hinunter zum Boden verläuft. Nach jeder frischen Lage Heu wird diese Kiste, die im Heu feststeckt, mit lautem Hauruck! hochgestemmt. Ein riesiger Ventilator bläst mehrere Tage durch den Schacht und trocknet das frische Heu. Dieser

Schacht bildet nach Abschluss der Heuernte eines meiner liebsten Verstecke.

Jene Tätigkeiten, bei denen man Geschicklichkeit und Kraft unter Beweis stellen kann, sind zuerst meinen älteren Brüdern vorbehalten. Ich erbringe daher die Hilfeleistungen, die mir in der Landwirtschaft abverlangt werden, nur unwillig und versuche, mich davor zu drücken, indem ich mich unauffindbar mache. Das ändert sich erst, als meine Eltern lediglich in Ausnahmefällen auf die Arbeitskraft meiner Brüder, die mittlerweile ihre eigenen Familien gegründet haben, zugreifen können. Für den regulären Betrieb sind sie von da an auf meine Mitarbeit angewiesen. Jetzt erst wird meine Leistung anerkannt, wenn ich Strohbinkel hoch auf den Wagen hieve oder die sieben Meter lange und am Ende gebogene Röhre aufrichte, durch die der gehäckselte Kukuruz in die Öffnung des Silos geblasen wird.

Tiere machen Kinder glücklich

Freilaufende Hühner sind meiner Mutter, die ihre Blumenbeete liebt, ein Gräuel. Solange wir Hühner halten, sind diese in einem staubigen und stickigen Verschlag eingesperrt, den ich nur mit Widerwillen betrete, wenn ich ihnen Eierschalen bringen soll. Eine matronenhafte Henne ist davon ausgenommen, weil dieses Tier eine große Anhänglichkeit an mich entwickelt hat und mir überallhin folgt. Einmal vernehme ich aus einem Winkel am Fuß des Heustocks das Piepsen frisch geschlüpfter Küken. Sein Gelege hat das Huhn schlau vor uns verborgen gehalten. Später versehe ich die verantwortungsvolle Aufgabe, die frei sich herumtreibenden Hühnerscharen der Nachbarn von unserem Obstgarten und den Wiesen rund um das Haus fernzuhalten. Gestikulierend und schreiend mache ich mich an die Verfolgungsjagd, die abrupt an der Grundstücksgrenze zu enden hat. Aber der Schrecken, den die Hühner von mir auszustehen haben, hält nicht lange vor. Diesen eigensinnigen Tieren ist nicht beizubringen, für sie unsichtbare Parzellengrenzen zu respektieren. Meine Wachsamkeit darf nicht erlahmen. Jederzeit können sich die Hühner sammeln, um ihre schändlichen Ziele zu verfolgen. Die kostbaren Momente, die sie damit verbringen, in den mistgedüngten Beeten meiner Mutter zu scharren, scheinen sie für das Risiko, erwischt zu werden, zu entschädigen. Schließlich entwickeln sie eine Strategie, unauffällig durch den Wald, der hinter unserem Grundstück anschließt, zu schleichen, um dann in einem unbewachten Moment auf das freie Feld vorzustoßen, wo sie vor mir sicher sind. Mein Amt sieht vor, rechtzeitig ihre Absichten zu durchkreuzen. Der Kampf wird von beiden Parteien mit Eifer, Einfallsreichtum und Ausdauer geführt. Beide Seiten tragen stellvertretend den Kalten Krieg aus, den meine Mutter mit ihren Nachbarn führt.

Zwei Kaninchen, von uns *Hasen* genannt, hocken verschüchtert in einem Käfig, der wie ein Hut über sie gestülpt ist. Sobald der Streifen Wiese abgegrast ist, soll das Gehege – vorsichtig! damit die Hasen nicht entwischen, hochgehoben und an einem Platz, wo das Gras noch saftig steht, abgestellt werden. Auch diese Aufgabe ist uns pflichtvergessenen Kindern aufgetragen. Fast immer müssen die Tiere auf der kahlgefressenen nackten Erde sitzen. In ihrer Not versuchen sie unterhalb des Drahtgeflechts einen Fluchtweg zu graben. Die Wahrheit ist möglicherweise, dass sie irgendwann einmal verhungert sind. Tiere, die nicht für sich selbst sorgen können und auf uns angewiesen sind, stehen nicht in meiner Gunst. Ich weiß mit Lebewesen, die immerzu nur damit beschäftigt sind, zu grasen, zu scharren und zu wühlen, nicht viel anzufangen. Es lässt halt nur eine jägerische Lebensweise Zeit für edlen Müßiggang. Während echte Raubtiere, wie etwa die Greifvögel, sich bloß aus der Ferne bewundern lassen, oder ich sie wie die Füchse überhaupt nie zu Gesicht bekomme, sind Katzen immer verfügbar.

In einem stillen Winkel zieht die Katze ihre Jungen auf. Dieses Glück wird nicht dadurch getrübt, dass ich bangen muss, die Kätzchen würden getötet. Zumindest in diesem Punkt haben sich meine Eltern von der traditionellen Weise, Katzen zu halten, entfernt. Ein Bauernhof stellt für kleine Kätzchen ohnedies ein gefährliches Terrain dar. Insgesamt wird den erwachsenen Katzen so wenig Hilfe und Unterstützung bei ihrem Lebenskampf gewährt wie ihrem Nachwuchs. Sie sind nahezu auf sich allein gestellt, ohne Futter, ohne Tierarzt. Die Abhängigkeit, die sich beim Füttern einstellt, ist der Würde der Katzen als freie und unabhängige Jäger abträglich. Der edle Status schließt den Empfang von Almosen aus. Diese Tiere – so glauben wir – kommen gut zurecht, ohne dass wir für sie Verantwortung übernehmen müssten. Für die halbwüchsigen Jungen einen geeigneten Platz zu suchen, kommt uns daher nicht in den Sinn.

Ein prachtvoller Kater, dessen Muskeln durch ein glattes, fast rein weißes Fell spielen, ist der Herrscher auf dem Hof, bis ihm aus einem neuen Wurf ein junger Konkurrent erwächst, den er verdrängen will. Wir ergreifen die Partei des Schwächeren und schlagen uns auf die Seite des unterliegenden jungen Katers gegen den Tyrannen. Als der kleinere Kater sich nicht einmal mehr zur Milchschüssel wagt, wird über den dominanten

Kater im Familienrat ein Todesurteil verhängt, das mein Vater mit dem Flobertgewehr exekutieren soll. Als Augenzeuge wohne ich der Hinrichtung bei. Dem Kater wird direkt in den Kopf geschossen. Sein Todeskampf dauert trotzdem eine Viertelstunde. Ich sehe zuerst den Blick, dann die Kraft und schließlich den Lebenswillen dieses prächtigen Tieres erlöschen. Als ich den großen und schönen Kater in seinem Blut liegen sehe, trauere ich. Da ist die Scham, versagt zu haben. Da ist Reue über meine Mitschuld am Ende dieses herrlichen Lebewesens.

Als schließlich einer meiner besonderen Lieblinge, der Kater Teddybär, mit einer Schussverletzung nach Hause kommt, darf er endlich auf ein wenig Hilfe hoffen. Das Geschoss ist ihm durch den Unterkiefer gedrungen und hat ihm die Hälfte der Kinnlade weggerissen. Das Mitgefühl reicht zwar nicht aus, um die Verletzung beim Tierarzt versorgen zu lassen, aber zumindest bringen wir ihm regelmäßig in Milch aufgeweichte Semmeln zu seinem Lager, von dem er sich lange nicht erheben kann. Nach der Genesung bleibt ein schiefes, halb offen stehendes Maul zurück.

Das Jahr der Ölkrise

Die Ölkrise machte im Winter 1973 eine Verordnung des Handelsministers notwendig, wonach jeder Autolenker einen Tag pro Woche auf die Benutzung seines Fahrzeuges zu verzichten und diesen durch einen Aufkleber auf der Windschutzscheibe kundzutun habe. Als unkompliziert galt nur „DO“, da am Donnerstagnachmittag ohnehin alle Geschäfte geschlossen hatten.

Ich wachse in dem Bewusstsein auf, dass Rohstoffe knapp und ihre Vorkommen begrenzt sind. Die Jahre der Not in ihrer Jugend haben meine Eltern gelehrt, Verknappung und Teuerung zu fürchten. Sie haben erlebt, wie jene Hunger und Entbehrung litten, die kein Land hatten, aus dem sie sich ernähren konnten. An die eigenen Kinder ergeht daher die Mahnung, einen Garten oder Acker zu bestellen, um sich für kommende Krisenzeiten zu wappnen. Bei mir entwickelte sich daraus das politische Ideal einer Agrargesellschaft mit Tauschhandel. Zwar war mir Jean-Jacques Rousseau damals noch ganz unbekannt, aber seine Sichtweise, wonach die städtische Lebensweise, das Geldwesen, die Industrie und überhaupt jede Arbeitsteilung abzulehnen seien, wird trotzdem für mich gültig, und schließlich beginne ich von einer anarchisch-friedlichen Urgesellschaft edler Wilder zu träumen. Da ich einsehe, dass meine Zeitgenossen dafür wohl eher nicht zu gewinnen wären, entsteht der Traum von einer autarken Existenz außerhalb jeder Zivilisation. Schließlich kommt es sogar zu einem konkreten Entwurf meiner rückwärtsgewandten Utopie. Viel Zeit wende ich für eine detailreiche kolorierte Zeichnung auf, die sogar heimlich während des Unterrichts noch weiter ausgeschmückt wird. Meine Schulkollegen bewundern die feine Ausführung und die Kühnheit des Entwurfs. Ein See, von hohen Bergen umgeben, ist darauf zu erkennen. Die Wälder an seinen Ufern sind wildreich. Die Natur spendet dem Fallensteller all ihre Gaben. In der ruhigen Wasserfläche spiegelt sich ein Pfahlbau, die Wohnstatt des Zivilisationsmüden. Die Natur ist im Übrigen intakt, keine weiteren Spuren menschlicher Anwesenheit sind zu erkennen. Kein Kahlschlag soll mein Glück stören. Als Nachbarn am See habe ich nur die Biber, die ebenfalls in einer Wasserburg leben. Ein Fischadler kreist über dem See, und Reiher waten durchs Schilf. Immer noch fällt mir ein Tier ein, bis ich wie in einer Arche alle für das Ökotop passenden Arten untergebracht habe. Nur vom Menschen ist kein weiteres Exemplar vorgesehen. Als echter Hagestolz will ich in der Wildnis hausen.

Auf einer Anhöhe im Wald hinter unserem Dorf erhebt sich eine mehrhundertjährige Buche, um die sich allerlei Geschichten ranken. Sie sei bei einem Waldbrand als einziger Baum der Vernichtung entgangen, weil sich ihre Krone schon so weit ausgebreitet hatte, dass darunter kein anderer Bewuchs fortkommen konnte. Für meine Familie besitzt der Baum allerdings noch eine besondere Bedeutung. Er stellt das Ziel unserer gemeinsamen Ausflüge in den Wald dar. In die Rinde der Großen Buche, wie sie von uns genannt wird, sind alle unsere Namen eingeschnitten, die vom Wachstum zu wulstigen Runen verzerrt wurden. Ich ziehe nie in Betracht, dass dieser Baum, der schon so lange existiert, vielleicht einmal nicht mehr an seinem Platz stehen könnte. Ich halte ihn für so ewigwährend, unverrückbar und unbesiegbar wie die Gestirne, die Jahreszeiten oder die Elemente. Wer sollte ihm denn Schaden zufügen wollen? Auf die Idee, für die Buche um den Rang und Status eines Naturdenkmales anzusuchen, kommen wir nie. Als wir wenige Tage vor dem geplanten Termin erfahren, dass sie gefällt werden soll, ist es dafür schon zu spät. Unser Heiligtum wird zerstört. Tatenlos sehen wir dem Baumfrevel zu. Nichts wird diesen von der Natur gefügten ehrwürdigen Tempel wieder aufrichten können.

Glück im Unglück

Bei einem Ausflug seiner Schule ins nördliche Burgenland wird mein Bruder von einem Auto überfahren, als er hinter dem Bus, mit dem sie unterwegs waren, die Straße überqueren will, ohne dabei auf den Gegenverkehr zu achten. Der Siebzehnjährige erleidet bei diesem Verkehrsunfall im Sommer 1973 schwere innere Verletzungen, außerdem stecken zahlreiche Glassplitter in seinem Gesicht. Seine Leber ist gequetscht, und die Rippen auf der rechten Seite sind alle angeknackst. Sein Blutverlust wird im Krankenhaus von Wiener Neustadt durch eine Transfusion ausgeglichen.

Unsere Mutter hat zwei kleine Kinder zu versorgen – mich und meine damals eineinhalbjährige Schwester; dazu kommt die Heuernte. Die Fahrt mit dem Mercedes nach Wiener Neustadt an das Krankenbett ihres Sohnes ist für sie wie eine Expedition in ein fremdes Land. Diese Reise ist eines jener großen Abenteuer in ihrem Leben, von denen sie oft und gerne erzählen wird. Mit dem Auto zurückgelegte Kilometer waren damals noch eine kostbare Ressource, mit der sparsam umgegangen wurde. In den neun Jahren, seit sie einen Kfz-Führerschein besitzt, ist sie niemals zuvor mit dem Auto so weit gereist. Mit dem Mut der Verzweiflung vollführt sie eine Tat, die sie sonst nicht gewagt hätte, so ganz auf sich allein gestellt. Seit ihrer Jugend ist sie nicht mehr dazu gekommen, Zeit außerhalb ihrer Familie zu verbringen, oder – im Vertrauen auf die eigene Fortune – sich auf den Weg zu einem fernen Ziel zu machen. Mit der Abenteuergeschichte hat sie ein Erzählformat gefunden, das es ihr ermöglicht, das Entsetzen über den Zustand, in dem sie ihren Sohn vorfand, und die Angst um sein Überleben zu verarbeiten.

Dort lag David, flach ausgestreckt auf einem niederen Bett. Sein Gesicht war unnatürlich mager und bleich, die Haut spannte sich fast durchscheinend über die Knochen. Glänzende, fiebrige Augen waren voll auf sie gerichtet. Diese großen glänzenden Augen, die Magerkeit und die Blässe verliehen ihm ein kindliches, unschuldiges Aussehen.

Käthe Recheis, Red Boy (1967)

Der Führerschein, um Gottes willen, wo ist der Führerschein?

Bis zum Jahr 1950 hat sich der junge Mann im Tagwerk und als Musikant auf den Hochzeiten fünftausend Schilling verdient. Damit will er sich ein Motorrad kaufen. Ein solches Fahrzeug ist nur auf Vorbestellung erhältlich, mit einem Jahr Wartezeit. Als es jedoch soweit ist, dass ihm das Motorrad geliefert würde, storniert er den Kauf. Sein Vater hat Einwände gegen die unsolide Ausgabe vorgebracht. Mein Großvater macht seinen ältesten Sohn darauf aufmerksam, dass die Schröfel-Rosel um eben jenen Betrag, den mein Vater sich erspart hat, ein Waldgrundstück zu veräußern gedenke. Der Wald hat zum Meßlatz-Grund gehört und ist der Schröfel-Rosel als eine Art Abfindung zugefallen. Eine Heirat, die den Anspruch aufgefangen hätte, ist nicht zustande gekommen. Vater und Sohn durchschreiten den zum Verkauf stehenden Wald und finden heraus, dass sein Wert den Verkaufspreis weit übersteigt. Also stellt er seine Pläne einer Motorisierung zurück und leistet sich 1951 den Wald um den Kaufpreis von 4 500 Schilling. Anschließend fällen sie einige der schönen Eichen und Tannen und vermarkten deren Holz. Daraus geht sich das Motorrad dann doch noch aus. Er hat jetzt beides: Wald und Motorrad – eine Puch 125. Damit ist auch sein Vater versöhnt. An dem Gefährt wird er sich aber nur für zwei Jahre erfreuen. Er opfert das Vehikel für den Ausbau der Schlafmansarde, die sich das junge Paar als Voraussetzung ihrer Verehelichung im Dachboden des Häuschens seiner Firmpaten einrichtet. Für den Stadlbau im Jahr 1955 liefert dann der Wald das Bauholz. Im selben Jahr beginnt er mit der Milchkontrolleur-Lehre beim Fleckvieh-Zuchtverband. Er begleitet seinen

Ausbildner bis ins obere Ybbstal, zuerst auf einem Fahrrad, welches nach einiger Zeit durch ein zweisitziges Moped ersetzt wird. Weil sowohl am Abend als auch am darauffolgenden Morgen gleich nach dem Melken der Fettgehalt der Milch zu messen ist, muss er dort übernachten. Zwar lernt er auf diese Weise viele seiner späteren Kunden kennen, aber seine Frau ist unterdessen mit den Kindern allein. Sogar bis ins oberösterreichische Machland verschlägt es ihn damals. Die dortigen Bauernhöfe werden immer wieder von den Fluten der Donau bedroht. Eines Nachts wird er in seiner Schlafkammer im Obergeschoß von einem unheimlichen rhythmischen Klopfen geweckt. Er fragt sich, was das sein mag, und will Nachschau halten. Er muss feststellen, dass – während er ruhig geschlafen hat –, das Erdgeschoß komplett überflutet worden ist. Der schwere Küchentisch treibt auf der Wasseroberfläche und ruckelt am Plafond.

Das Fahrrad hat ausgedient und wird auf den Dachboden des Brennholzschuppens verbannt. Schließlich zerlegen die Knaben es irgendwann heimlich. Ein neues Gefährt möchten sie aus den Teilen zusammensetzen. Doch die Mittel und Kenntnisse reichen nicht für das mutige Vorhaben. Als ihrem Vater das Ergebnis unter die Augen kommt, folgt für den, der als Rädelsführer angesehen wird, ein entsetzliches Strafgericht. 1960 errichten meine Eltern eine zweiteilige Garage für Traktor und Auto. Mein Vater unterzieht sich in diesem Jahr erfolgreich der Führerscheinprüfung. Als erstes Auto schaffen sich meine Eltern im Jahr 1961 einen DKW junior an, ein kleines Fahrzeug mit einem Zweitaktmotor, der mit Öl-Benzingemisch läuft. Als einmal im Winter die Straße stark mit Schnee verweht ist, will mein Vater, der den DKW steuert, mit dem meine Eltern am Sonntagmorgen zur Messe unterwegs sind, durch die Schneemassen pflügen. Der Schwung schleudert das Auto gegen das Milchbankerl beim Moosbauern, und sogleich ist die Tür des DKW eingedrückt. Nachfolgende Fahrzeuglenker halten an, steigen aus, packen an und heben das leichte Auto aus dem Graben heraus. 1964 erwirbt auch meine Mutter den Führerschein. Sie gehört zur ersten Generation von Frauen auf dem Lande, die dieses Recht für sich in Anspruch nehmen können. Entsprechend stolz wird sie darauf sein, und umso bedeutsamer gestaltet sich die Erinnerung an die Prüfungssituation – an das Lob des Prüfers für ihre Routine, nachdem sie ihre Fahrkünste unter Beweis gestellt hat: „Na, so steig'n's halt schon aus, Sie alte Schwarzfahrerin!" Für den Fall einer Verkehrskontrolle vertraut sie auf ihren Charme. Einen Führerschein oder Wagenpapiere führt sie ebenso wenig mit sich, wie sie je daran denkt, den Sicherheitsgurt anzulegen. Die Kfz-Steuer wurde damals entrichtet, indem die Autobesitzer monatlich Marken in ein Heftchen klebten, das mitgeführt werden musste. Meine Mutter ist damit ständig im Rückstand. Anstatt jeden Monat eine Marke zu kleben, wie es vorgeschrieben wäre, pickt sie vor dem Abgabetermin das gesamte Heft mit dutzenden Marken voll.

Sie ist gerade allein unterwegs, als ausgerechnet in Wolfpassing, wo ihre Schwägerin lebt, ein anderes Fahrzeug den Vorrang ignoriert und mit ihrem zusammenstößt. Sie hat Angst, die Polizei könne ihr zur Last legen, dass sie regelwidrig keine Dokumente mit sich führt. Auch der Schock trägt dazu bei, dass sie nur noch einen Gedanken fassen kann: „Wie komme ich bloß schnell zu meinem Führerschein?" Sie läuft zum Mann ihrer Schwägerin, der als Bub Knecht auf dem Nachbarhof der Eltern meiner Mutter war und daher mit ihr aufgewachsen ist, und bittet ihn, sie rasch heim zu bringen, damit sie vor dem Eintreffen der Gendarmen wieder zur Stelle sei. Ich weiß noch, wie plötzlich meine Mutter und mein Onkel hereinstürmen und rufen: „Der Führerschein, um Gottes willen, wo ist der Führerschein?!" Meine völlig aufgelöste Mutter hat vor Aufregung rote Flecken im Gesicht. In rasender Eile fischt sie nach dem Dokument in der Lade und ist gleich wieder weg. Der Spuk dauert nur ein paar Minuten.

Das Geld liegt auf der Straße

Für die Hochzeitsmusikanten ist keine feste Gage vorgesehen, ihr Verdienst kommt zustande, indem ein Körbchen die Runde macht; *Absammeln* oder *Weisaten* wird das genannt. Auf der Heimfahrt mit dem Motorrad, jener legendären Puch 125, geht dem Klarinettisten einmal der *Knopf* am Binkerl auf, in dem sein Anteil an der Tageslosung verstaut ist, und die Münzen werden ausgestreut. In der Finsternis tastet er herum und sucht sein Salär zusammen. Diese Geschichte von dem Geld, das auf der Straße herumliegt, steht sinnbildlich für seine damalige Lebenssituation. Sein bäuerliches Milieu hielt bestimmte Möglichkeiten für junge und unverheiratete Männer bereit, die sich einen Geldbetrag zur Seite legen wollten. Sein Vater ist in der gleichen Lebensphase Fuhrwerker gewesen. Im Gegensatz zu heute, wo ich das Haus nicht verlassen kann, ohne meine Geldbörse einzustecken, war bares Geld damals nur in bestimmten Situationen verfügbar. Wo Waren und Güter verhandelt wurden und damit auch transportiert werden mussten, war Geld im Spiel – davon fiel auch immer etwas für die Fuhrwerker ab. Wo Menschen sich zu Festen und Feiern in Gasthäusern versammelten, wurde Geld umgesetzt, wobei kein Beteiligter ganz leer ausging. Diese Art, am Warenverkehr oder am Amüsement der Menschen zu partizipieren und damit zu schnellem Geld zu kommen, galt nicht als so respektabel wie der solide und behäbige Verdienst des Landwirtes. Es war auch nicht vorauszusehen, wie viel man verdienen würde. Ohne klare Absprache oder ausgemachtes Fixum hing alles von Lust und Laune der Spender ab. Trinkgelder können reichlich fließen, müssen es aber nicht. Auch das Verhältnis von Aufwand und Einkommen ist nicht unmittelbar bestimmbar. Ob die ganze Mühe sich tatsächlich rechnet, wird nicht erhoben. Da ja gewissermaßen alles ein Vergnügen ist, kommt es darauf auch nicht an. Die Musikanten dürfen nicht den Eindruck erwecken, als ob es für sie eine Schwerarbeit wäre, den ganzen Abend lang aufzuspielen. Die Begleitumstände eines solchen Gelderwerbs bringen es mit sich, dass er der unverheirateten Jugend vorbehalten bleibt. Es sind die Arbeitszeiten der Musikanten und überhaupt das Riskante und Ungeregelte dieser Art des Verdienstes. Trotzdem war der Gebrauch solcher Einkommensquellen die Voraussetzung dafür, dass man sich einen Betrag auf die Seite legen konnte, der es einem ermöglichen sollte, einen Hausstand zu gründen. Auch als solches erreicht ist, verzichtet mein Vater, anstatt fürderhin sich brav von der Scholle zu ernähren, nicht darauf, dem Geld nachzulaufen, das auf der Straße zu liegen scheint. Der rasche Gewinn, hier lockt er.

Ist ja doch alles zu teuer!

Als jung Verheirateter beginnt er seine berufliche Laufbahn mit der anstrengenden Tätigkeit des *Kihr'schnortens* [Kühe schnaiteln]. Mit einem Reifmesser werden dabei die Klauen der Kühe abgehobelt, die sich bei den Tieren, die im Stall angekettet sind, nicht abnützen können. Einmal sehe ich ihn bei unseren Kühen diese Form der Fußpflege praktizieren, die erheblichen Krafteinsatz erfordert. Auf einem Foto begegnet mir mein Vater als stattlicher junger Mann, der sich mit Gleichaltrigen zum Abschluss eines Melkerkurses ablichten lässt. Solche Kurse wurden in der Nachkriegszeit von der Landarbeiterkammer angeboten. Die Gruppenaufnahme ist entstanden, bevor er 1955 als Milchkontrolleur-Assistent beim Fleckvieh-Zuchtverband begann, eine Tätigkeit, die ihn bis 1977 beschäftigen wird. Daneben verkauft er Landwirtschaftsmaschinen und Heubelüftungen. Sein Cousin Gebhard erlebt zu dieser Zeit einmal sein offenkundiges Vergnügen am Feilschen, als gleichzeitig mit meinem Vater auch ein Verkäufer für Melkanlagen und Melkmaschinen zu Gebhard auf Besuch kommt. Mein Vater spiegelt dem Mann Interesse an dessen Waren vor und beginnt zum Schein mit ihm zu verhandeln. Und zwar mit einer Hingabe, die den Verkäufer zu weitreichenden Nachlässen bewegt. Mein Vater drückt den Preis immer weiter hinunter, ohne sich mit einer ernsthaften Kaufabsicht zu tragen. Es geschieht nur aus Freude an der Sache; es ist ihm bloß eine Fingerübung. Der Melkmaschinenvertreter glaubt einen Fang zu machen, dabei ist er es, der sich an der Nase herumführen lässt. Jedes Mal wenn der Vertreter sich im Glauben wiegt, jetzt würde sein Interessent bald den Kaufvertrag unterschreiben, wiegelt dieser ab. „Ist ja doch alles zu teuer“, behauptet er solange, bis sein Verhandlungspartner zu den nächsten Zugeständnissen bereit ist. Schließlich will der Hausherr dem Katz-und-Maus-Spiel nicht länger zusehen und wirft seinen Cousin hinaus.

Als meine Eltern 1965 einen Silo errichten lassen, wundert sich mein Vater, dass sie dafür auf eine Firma aus Deutschland angewiesen sind. „Wofür brauchen wir dazu die Ausländer?", fragt er sich. Genauestens verfolgt er die Bauweise, prägt sich die eingesetzten Mittel und Vorkehrungen ein und entwickelt eine Vorstellung, wie das alles zu replizieren wäre. Zur lokalen Baufirma Ing. Herbert Schinner bestehen alte Verbindungen, da der kinderlose Firmengründer in den ersten Nachkriegsjahren einstmals versucht hat, einen der jüngeren Brüder meines Vaters zu adoptieren. Dann wurde die Firma von einem St. Pöltner Baumeister gekauft, der mit meinem Onkel, dem Kolping-Präses, befreundet ist, wodurch es meinem Vater noch leichter fällt, dort ein geneigtes Ohr für seinen Geschäftsplan zu finden. Er bietet der Firma an, für sie ein neues Geschäftsfeld zu erschließen. Er bestellt bei einer Spezialfirma Schalungsplatten und lässt eine Werkstatt Verschlüsse schmieden, mit denen sich die Schalungsplatten verbinden lassen. Er rekrutiert eine Partie von Arbeitern, die Silomaurer, deren Aufgabe darin besteht, die Verschalung innerhalb eines Tages auf einem Fundament aufzustellen, und er baut ein Netzwerk für den Vertrieb auf. Mit der Zeit wird das Geschäftsmodell auf Senkgruben und Keller ausgeweitet. Unser Silo dient als Blaupause für die vielen Silos, die im Anschluss daran überall im Mostviertel gebaut werden. Die Firma Schinner stellt ihm einen VW-Käfer als Dienstauto zur Verfügung, den er gleichzeitig für seine Arbeit als Milchkontrolleur nützt. Das Wrack dieses Autos, mit dem mein Vater auf der Heimfahrt im Straßengraben gelandet ist, steht geraume Zeit zwischen den Obstbäumen hinter dem Haus abgestellt. In den Jahren 1973 und 1974 verdient mein Vater im Silogeschäft als freiberuflicher Mitarbeiter schon derart ansehnliche Summen, dass der Geschäftsführer der Firma, Herr Ingenieur Mandl, persönlich erscheint, um meiner Mutter die Tausender hinzublättern: „Sie kaufen sich von dem Geld jetzt bestimmt einen Pelzmantel!“, weiß er eine sinnvolle Verwendung.

In seinen letzten Dienstjahren kommt er den Pflichten als Milchmesser nur noch recht lax nach. Meine Mutter füllt die Erhebungsbögen für ihn aus, meinen Bruder lässt er mit den allwöchentlich abzuliefernden Aufzeichnungen nach Oberndorf radeln. Proben, die ihm schlecht geworden sind, fälscht er, indem er sie durch Milch von unseren Kühen ersetzt. Seine Entlassung im Jahr 1977 resultiert aus solchen Versäumnissen. Erst in diesem Jahr bekommt er bei der Firma Ing. Herbert Schinner einen regulären Dienstvertrag. Damals gerate ich, wenn ich von anderen Kindern danach befragt werde, regelmäßig in Verlegenheit, wie die berufliche Tätigkeit meines Vaters zu benennen sei. Keine gängige Bezeichnung trifft es, seine Funktion und Verantwortung sind zu individuell. Er ist weitgehend sein eigener Chef. Sein persönlicher Spielraum erlaubt die freie Einteilung der Arbeitszeit. Hauptsache, das Ergebnis stimmt. Später wird zumindest eine fixe Bürostunde am Tag vereinbart, die er morgens zwischen sieben und acht Uhr in der Niederlassung der Baufirma in Steinakirchen verbringt. Mein Vater hat nicht nur seinen eigenen Arbeitsplatz geschaffen, sondern weitere noch dazu – schlussendlich hängt der ganze Betrieb vom Silogeschäft ab.

Der Mercedes

1973 beschreibt Käthe Recheis in ihrem Buch *Professor, Du siehst Gespenster* folgende Merkmale sozialer Distinktion auf dem Lande: „Der Pfarrer hat einen alten Volkswagen, der Doktor einen Fiat, der Besitzer des Supermarktes einen Mercedes." In den Siebzigerjahren fahren sonst nur die Großbauern aus den Getreide- und Gemüseanbaugebieten im Weinviertel und Tullnerfeld einen Mercedes. Mir ist dieses Auto selbstverständlicher Bestandteil des familiären Alltags, und ich hinterfrage nicht, was sein Besitz und Gebrauch für meine Eltern, und da vor allem für meine Mutter, bedeutet. Mit einem solchen Wagen unterwegs zu sein, spricht eine klare Sprache. Natürlich kenne ich sonst niemand, der ein ähnliches Luxusgefährt sein Eigen nennen würde, natürlich ist mir klar, dass alle unsere Nachbarn, auch jene mit umfangreichem Grundbesitz, nur bescheidene und betagte Fahrzeuge benützen, die in keiner Weise das repräsentieren, was ihre Eigentümer darstellen. Ich denke nie darüber nach, inwiefern die andauernden Hänseleien, Rempeleien und Prügeleien, denen ich an der Bushaltestelle ausgesetzt bin, nicht nur der Tatsache, weit und breit der einzige zu sein, der ins Gymnasium fährt, sondern auch dem Mercedes geschuldet sind. Dem Auto als Symbol, als Bedeutungsträger, stehe ich völlig ignorant und desinteressiert gegenüber. Dabei drückt ein Statussymbol immer Anmaßung und Appell aus. Ich verbinde mit dem Mercedes aber nicht Großmannssucht und Angeberei. Für mich ist er lediglich ein Transportmittel. Obwohl meine Eltern sich zuerst ein sündteures Auto und dann einen leerstehenden Neubau leisten, will sich meine Mutter für die vereisten Landstraßen keine Winterreifen anschaffen und liegt uns ständig mit der Klage in den Ohren, wie viel Einkäufe und Anschaffungen, insbesondere jene für uns Kinder, kosten würden. Irgendwie höre ich in meiner Kindheit nie etwas anderes als das ewige Lamento, dass wir kein Geld hätten.

Im Takt der Zeit

An Dinge knüpfen sich Erinnerungen. Gegenstände, die uns einmal ans Herz gewachsen sind, im Gedächtnis zu behalten, fällt leichter, als den tatsächlichen Ablauf der Handlungen und Gedanken zu memorieren. Unsere Geschichten lagern sich an Objekte an, die den Alltag strukturieren. Wie Regentropfen einen Kondensationskern benötigen, ein Staubkorn oder ein anderes Partikel, um sich aus Wasserdampf zu bilden, so benötigt der Dunst der Rückbesinnung Gegenstände, um den sich Erinnerungen gruppieren können. Unsere Beziehungen, unsere Ideen, unsere Wünsche, unsere Gefühle sind flüchtig, das ganze Leben ist im Rückblick schwer zu fassen, weil es so vieles sein kann – und tatsächlich mannigfaltig und widersprüchlich ist. Doch mit den Dingen gewinnen wir jenen festen Grund, den uns unsere fragwürdige Identität nicht bieten kann. Ohne die Objekte wüssten wir nicht, ob wir unser Leben nicht vielleicht geträumt haben. Die Gegenstände sind das Unterpfand der Wirklichkeit unserer Existenz.

Die Abfolge der Autos und Autotypen, die meine Eltern besaßen und benützten, ergibt ein zeitliches Gerüst, in das sich Ereignisse einordnen lassen. Diese Chronologie der Autos sorgt für den roten Faden im Nach- und Durcheinander des Geschehens. Mit dem ersten Auto, dem DKW, verbindet meine Mutter ambivalente Gefühle. Bald nach ihrer Führerscheinprüfung fährt sie mit diesem Fahrzeug nach St. Pölten, um im Krankenhaus ihren Mann zu besuchen. Er erholt sich dort von einer lebensgefährlichen Blinddarmentzündung, die im Spital von Scheibbs unerkannt geblieben ist. Das war Ende Mai 1964, als mein zweitältester Bruder gerade zu seiner Erstkommunion ging. Damals hatte sie noch die Hühnerfarm im Schuppen und fuhr mit dem DKW die Eier aus. Einmal hat sie einen Korb mit hundert Stück im Auto verstaut, als sie im Nachbardorf für eine Passantin bremsen muss. Dabei fallen ihr einige Eier aus dem Korb auf den Boden und zerbrechen dort. Den Geruch sollte sie nie mehr aus dem Auto herausbekommen. Meine Eltern kaufen noch vor meiner Geburt den ersten – gebrauchten – Mercedes. Dieses Auto war sogar mit Ledersitzen ausgestattet. Mit dem Audi, den sie danach fahren, sind sie nicht zufrieden. Bald danach legen sie sich den grünen Mercedes zu, den ich aus meiner Kindheit kenne. Nach Wiener Neustadt, wo 1973 mein Bruder nach seinem Verkehrsunfall im Krankenhaus liegt, fährt meine Mutter bereits mit dem Mercedes.

Das Auto meiner Familie ist jedoch niemals dazu da, um damit in den Urlaub zu fahren. Für meine Eltern besteht keine Veranlassung, ihr Zuhause provisorisch und periodisch aufzugeben und sich mit Sack und Pack, Kind und Kegel für ein paar Wochen den Gefahren und Ungewissheiten im Ausland auszusetzen. Jedenfalls können sie keinen besonderen Vorteil daran erkennen. Wenn meine Schulkameraden im Unterricht mit ihren Kenntnissen reüssieren, die sie auf Reisen mit ihren Eltern in ferne Urlaubsländer erworben haben, dann sehe ich darin so etwas wie unlauteren Wettbewerb. Ich finde es nicht fair, dass Wissen zugelassen sein soll, das außerhalb der Schule erworben wurde und aus Zusammenhängen stammt, zu denen ich keinen Zugang habe. Meine Vorstellung von Gerechtigkeit ist, dass keiner über einen Wissensvorsprung verfügen soll. Dieses Erfahrungsdefizit lässt sich von mir nur durch Bücherwissen kompensieren.

Es ist die Zeit einer unbeschwerten Pädagogik. Da gibt es so viele Dinge, über die sich meine Eltern keine

Gedanken machen. Sie kümmern sich nicht darum, wie die Zensuren ausfallen, ob die Zähne geputzt und die Hausaufgaben erledigt werden, was die Schultaschen enthalten und wann ihre Kinder auf dem Schulweg in Raufhändel geraten. So wie die Idee des Verreisens ist ihnen auch die Vorstellung fremd, all dies planen, beeinflussen oder steuern zu können. Wie auf den Urlaub können sie auch darauf leichten Herzens verzichten. Meine Eltern fühlen sich nicht in jeder Hinsicht verantwortlich, weder für ihr eigenes Lebensglück noch jenes ihrer Kinder. Die Erwartungen sind geringer, die allgemeine Jagd nach den Glückseligkeiten des Lebens hat noch nicht begonnen.

Ich glaub', da ist was geschehen auf der Straße!

Irgendwann in den ersten Ehejahren gerät sie beim Aufwischen in den Stromkreis einer schadhaften Nachttischlampe. Der Strom packt sie an wie ein Hund, der sich in seine Beute verbeißt. Die Lampe hängt an ihrer Hand fest und will sich nicht abschütteln lassen. Erst als sie kollabiert und dadurch den Stecker aus der Steckdose reißt, wird der Stromkreis unterbrochen. Weil in den Tagen danach der Arm wie eine blaue Wurst bis zum Ellbogen anschwillt und ihr die verletzten Nerven den Dienst versagen, sucht sie das Spital auf. Dort spricht der Arzt bei der Erstaufnahme die aufmunternden Worte: „Also, diese Hand wird wohl nimmer!“ Zorngeladen geht sie sich beim Primar beschweren. Im Mai 1964 – ihr zweiter Sohn feiert gerade seine Erstkommunion – klagt der Mann über Bauchschmerzen. Der Hausarzt meint beschwichtigend: „S'wird eine Kolik sein. Trinkst halt ein Achterl Glyzerinöl!“ In den nächsten Tagen wachsen sich die Schmerzen zu Krämpfen aus. Er beschließt, das lokale Krankenhaus aufzusuchen. Am Steuer seines Autos wird ihm auf den letzten Kilometern bereits schwarz vor den Augen, vor dem Eingang bringt er sein Fahrzeug zum Stehen, steigt aus und bricht zusammen. Im Krankenhaus therapieren die Ärzte erfolglos zwei Wochen lang an ihm herum. Absurde Hypothesen werden unverifiziert in den Raum gestellt: Ein Bandwurm, eine ansteckende Viehkrankheit. Währenddessen steigt sein Fieber auf zweiundvierzig, seine Frau findet ihn bei ihren Besuchen bewusstlos vor, Blut fließt aus dem Mund, sein Bauch ist aufgetrieben. Die Ärzte haben den Patienten schon aufgegeben. Aber einer seiner Brüder, der gerade an einer St. Pöltner Pfarre Kaplan geworden ist, organisiert einen Platz im dortigen Krankenhaus, und er und die Gattin packen den Todgeweihten zusammen und verfrachten ihn in das andere Spital. In St. Pölten diagnostizieren die Spezialisten einen Blinddarmdurchbruch, im akuten Zustand nicht mehr operierbar. Es dauert Wochen, bis sein Fieber sinkt.

Im Juni 1973 liegt mein zweitältester Bruder im Spital von Wiener Neustadt. Mit dem Bus ist seine Schulklasse in die Obstgegend im nördlichen Burgenland gefahren. Da es damals bei uns noch keine Erdbeerfelder gab und Erdbeeren noch kaum in die Geschäfte kamen, kann man sich vorstellen, welcher Verlockung er und die anderen seiner Klasse ausgesetzt waren. Durch die Fenster des Fahrzeugs sehen sie die süßen roten Früchte aus den Verkaufsständen auf der anderen Straßenseite herüberwinken. Als der Bus durch einen Stau kurz zum Stehen kommt, stürzen die Vorwitzigsten hinaus und hinter dem Bus vorbei – auch mein Bruder – ohne sich vorzusehen. Noch aus dem Augenwinkel erblickt er das herankommende Auto, hebt den Arm schützend vors Gesicht, wird erfasst, über die Kühlerhaube in die Windschutzscheibe geschleudert, durch die Wucht des Aufpralls weiter auf ein nachfolgendes Auto, in dessen Blech sich sein geschundener Körper gräbt. Seine Mitschüler werden nachher berichten, wie sie das menschengestaltige Bündel leblos auf der Straße liegen sahen und überall das vergossene Blut. Auf der Unfallstation werden mit einer Transfusion nicht nur die verspritzten Liter Blut ersetzt, sondern auch die größeren Glassplitter aus Gesicht und Augenhöhlen geholt. Die Leber ist gequetscht, Rippen sind reihenweise angeknackst.

Als mein Bruder verunglückt, steht gerade die Heuernte an. Vor Arbeit weiß sie nicht, wo ihr der Kopf steht. Die beiden Kleinsten im Haus. Der Mann weg. Der Stall voll mit Kühen. Die Verstörung, als sie der Anruf aus der Schule ihres zweitältesten Sohnes erreicht. Diese hilflose Sorge, das Bangen und Beten am Krankenlager, diese Angst, als sie der Siebzehnjährige kaum noch erkennt, so viel Blut hat er bei dem Unfall verloren. Die lange Fahrt in das weitentfernte Krankenhaus, wo ihr Sohn sie mit dem glasigen Blick empfängt, der, wie sie es später ausdrücken wird, „bereits durch einen hindurchgeht“. Wie ein Kind sieht er wieder aus, die Stirn stärker hervorgewölbt, die Augen eingefallen, blutleer die Wangen. Sein mageres Gesicht verschwindet zwischen dem Wust aus Decken und Polstern. Die Heimfahrt, als sie ihn zurücklassen muss, ohne zu wissen, ob und wie sie ihn wiedersehen wird.

Im Jahr darauf zieht sie das Bein nicht rechtzeitig weg, und der von ihrem Mann ins Heu gestoßene Zinken des Heugreifers dringt ihr durch den Unterschenkel, bis die Spitze auf der anderen Seite des Beines herauskommt.

Der Hausarzt klammert die Wunde, ohne ihr eine Narkose zu verabreichen; kniend melkt sie die Kuh, die Milchfieber hat und nicht mehr hochkommt. Jeden Tag öffnet, reinigt und verbindet der Arzt die Wunde, bis er sie ins Krankenhaus schicken muss, weil es nach einer Blutvergiftung aussieht. Trotz aller Bemühungen verendet die Kuh schließlich doch, weil der junge und noch unerfahrene Viehdoktor das geschwächte Tier zu Tode gespritzt habe, wie sie meint. Zur gleichen Zeit der Autounfall ihres Mannes auf der Heimfahrt; die Nachbarin kommt herauf: „Du, ich glaub', da ist was geschehen auf der Straße!" Vom Begräbnis der Schwiegermutter im Juli 1974 wird sie weggeholt, weil die zweieinhalbjährige Tochter mit Röteln hoch fiebert und die Nachbarin, der sie das Kind zur Beaufsichtigung überlassen hat, sich nicht mehr zu helfen weiß.

Einmal versteckt sich ihr Kleinster in den Strohhaufen, die vor der Scheune darauf warten, von seinen älteren Brüdern mit der Gabel in den Rachen des Häckslergebläses verfüttert zu werden. Während den Burschen in der Hitze der Schweiß von der Stirn läuft, wühlt und gräbt sich der Kleine tief in das schummrige Strohdunkel hinein. Plötzlich greller Tag, mit der Gabel wird sein Versteck auseinandergezerrt, die Spitze schrammt seine Stirn – diesmal nur eine harmlose Verletzung. Zwanzig Jahre später wird sie wieder an einem Krankenbett sitzen, auf das ihren jüngsten Sohn ein Schlaganfall hingestreckt hat. Der junge Mann – lallend, gelähmt, hilflos und ausgeliefert. Die Fenster der vierzehnten Etage des Spitals werden nie geöffnet. Die Scheiben schneiden den Verkehrslärm glatt ab. Nur wenn ein Hubschrauber aus der Grünanlage hochsteigt und hart am Gebäude vorbeizieht, macht sich die Außenwelt bemerkbar. Windböen treiben patzigen Schnee gegen die Scheiben. Spätwinter in der Stadt.

Auf dem Volksfest

Wann immer Ende Juni zehntausende Besucher auf die *Wieselburger Messe* strömen, hat an zentraler Stelle neben der Brücke über die Kleine Erlauf die Firma Ing. Herbert Schinner eine komplette Siloverschalung und in deren Schatten den Informationskiosk aufgebaut. Dort treffen sich den ganzen Tag und bis zum Abend hin Kunden und Mitarbeiter, die alle von meinem Vater bewirtet werden. Das wichtigste Möbelstück im Raum ist ein mit Zweiliterbouteillen vollgeräumter Kühlschrank. Laufend kommt Nachschub. Wein trinkt man noch nicht aus vornehmen Stielgläsern, sondern aus unscheinbaren Achtelgläsern, die wie kleine Wasserbecher aussehen. Deren Winzigkeit schlägt sich mit der Größe der Bouteillen, aus denen eingeschenkt wird. Unterdessen sorgt mein Vater für zahlreiche Geschäftsabschlüsse.

In den Siebzigerjahren benötigt jeder Bauer im Voralpenland entweder einen Silo oder eine Senkgrube oder gleich beides. Das Geschäft läuft wie geschmiert, und durch die Umsatzbeteiligung macht sich jede Anstrengung direkt bezahlt. Niemals wieder wird es eine Zeit geben, in der er so mühelos zu Geld kommt. Der Erfolg macht übermütig, der leichte Gewinn verleitet zur Selbstüberschätzung. Es gab, wie ich den Andeutungen meiner Mutter entnehme, gewisse Frauen mit zweifelhaftem Ruf, die bereit waren, mit den Siloverkäufern deren Erfolge in angeregter und durch Alkohol gelöster Stimmung zu feiern. Sein Körper will bei solchen Eskapaden nicht mithalten. Ich sehe ihn häufig ins Hängekastel greifen, wo er die Kopfwehtabletten aufbewahrt. Gegen die migräneartigen Anfälle von Kopfschmerzen helfen nur die *Pulverln*, wie jedes Arzneimittel in fester Form genannt wird.

Geschätzte fünfzig Jahre lang nimmt er regelmäßig ein universelles Schmerzmittel ein, das unter dem Namen Adolorin rezeptfrei erhältlich ist. Als er sich 1973 auf einer vom Fleckvieh-Zuchtverband organisierten Gruppenreise in Dänemark befindet, landet sein zweiter Sohn als lebensgefährlich verletztes Unfallopfer im Spital. Unklar ist, ob das passierte, als mein Vater schon fort war oder bereits davor, wie meine Mutter behauptet. Nach seiner Rückkehr von der Reise erzählt er von den Kühen, die im milden atlantischen Klima keinen Stall brauchen, und packt seine Mitbringsel aus: Für mich ein Säckchen Cornflakes, die ich zum ersten Mal in meinem Leben zu essen bekomme. Auf der Verpackung klebt ein schillerndes Vexierbildchen, das je nach dem Winkel, aus dem es betrachtet wird, immer etwas anderes zeigt. Niemand erklärt mir, dass Cornflakes mit Milch und Zucker angerührt werden. Also nasche ich sie trocken, wie Chips, und wundere mich über den etwas faden Geschmack. Außerdem hat er am Nordseestrand für mich Schalen der Miesmuschel mit blau glänzender Innenseite aufgehoben.

Meine Mutter wird mir später empört erzählen, wie ihr Mann nach der Reise auch über einen Besuch in einer Striptease-Revue berichtet und als Beleg ein Pornoheftchen mitgebracht habe. Er soll, als er ihr erzählte, was es in der dänischen Revue zu sehen gab, vorgeschlagen haben, ähnliche Praktiken auch in ihrer Ehe einzuführen. Ihm schwebte ein lustvoller ehelicher Vollzug vor. Für sie war alles indiskutabel, was über eine rein reproduktive Funktion hinausreichte – und fünf Kinder waren ihr genug. Sie schockiert mich einmal, als ich gerade erst erwachsen geworden bin, mit der Anklage, ihr Mann würde sich ihr seit Jahren schon verweigern. „Was das für eine Frau bedeutet …!“, meint meine in Tränen aufgelöste Mutter. Wer da in Wahrheit sich wem verweigerte?

Der dreißigjährige Krieg

Die Streitigkeiten zwischen den Ehegatten, die sich über Tage, Wochen und Jahre erstrecken und mit Einsatz und Ausdauer geführt werden, wurzeln in einer Tiefe, die ihren Kindern nicht zugänglich ist. Bewusst habe ich Hader und Zwist ungefähr seit meinem zehnten Lebensjahr mitbekommen, doch berichten meine älteren Geschwister, dass unsere Eltern bereits davor häufig gestritten hätten. Zeitweise kommt mein Vater nur noch zum Schlafen nach Hause. Ich bin froh darüber, denn das erspart uns die Schreiduelle. So sehr unsere Mutter bemüht ist, uns zu ihren Verbündeten zu machen, so wenig weiht sie uns je ein, was der Streit eigentlich bezweckt. Irgendwie verstehen wir den Grund und das Ziel nie so ganz. Es steht nur fest, dass von uns erwartet wird, ihr Schützenhilfe zu leisten. Sie hält uns in emotionaler Geiselhaft. Häufiger Anlass und Auslöser für den Streit sind die Finanzen, also die Frage, wer was mit dem verdienten Geld machen darf. Auch lässt er es an Loyalität mangeln, wenn seine Frau wieder einmal gegen die Nachbarn vom Leder zieht. Überhaupt ist der soziale Umgang, den er pflegt, ihr ein Dorn im Auge. Wann immer sie die Freunde ihres Mannes pejorativ als „G'sellschaft" charakterisiert, meint sie damit, dass diese in ihren Augen nur liederliche und nichtsnutzige „G'sellen" seien. In ihrer Sprache kommt es immer wieder zur typischen und generalisierenden Beschwerde über das Leben, die gelegentlich bloß ironisch, häufiger jedoch verbittert formuliert wird: „Da musst'd was mitmachen!" Mit „mitmachen" ist hier „erleiden", „zu Schaden kommen" und „erdulden" gemeint.

Worum es in jenem Krieg eigentlich geht, wird uns aber immer verborgen bleiben. Trotz der häufigen, laut und gehässig geführten Auseinandersetzungen hüten sich unsere Eltern, ihren Kindern Einblick zu gewähren, woran es ihrer ehelichen Gemeinschaft gebricht: an einem elementaren Konsens, wie sie miteinander als Mann und Frau umgehen sollen. Hier kann es keinen Sieger geben. Während unsere Eltern darum kämpfen, wer über die Ressourcen der Familie verfügen darf, wem die Kinder zu gehorchen haben und wer befugt ist, welche Entscheidungen zu treffen, entfernen sie sich immer weiter von einer Antwort auf jenes Problem. Für mich sind meine Eltern seltsam asexuelle Wesen. Diese beiden Menschen liefern mir keinen Hinweis darauf, dass sie einander jemals begehrt hätten, und ständig klagen sie die vom anderen verletzten Rechte und Pflichten ein. Und doch müssen sie früher einmal Gefallen aneinander gefunden haben.

Mittagsruhe

Jeden Sonntagmorgen poliert mein Vater zwischen Frühstück und Kirchgang seine Schuhe mit schwarzer Wichse, die aus einer flachen Dose mit einem Fetzchen auf das Leder gerieben wird. Der Deckel dieses Döschens ist mit einem Drehknebel, einem Reiberl, befestigt. Sobald der Inhalt aufgebraucht ist, sind solche Blechdosen ein beliebtes Spielzeug.

Nach dem Mittagsmahl pflegt er, wenn es sich denn ausgeht, der Ruhe auf der Bettbank {Chaiselongue}. Einmal hingegen legt er sich nach dem Essen in den Schatten eines Baumes hinter dem Haus. Zu jener Zeit helfen alle zusammen, um das Heu einzufahren. Aber noch muss es an diesem heißen Tag auf der Wiese trocknen, wo es von meiner Mutter gewendet wird, noch werden mein Vater und meine Brüder nicht gebraucht. Weil ich ihn nie zuvor so etwas tun gesehen habe, erkundige ich mich, warum mein Vater auf dem Rücken in der Wiese liege. Um nach den Wolken und damit nach dem kommenden Wetter Ausschau zu halten, gibt jemand vor, ich weiß nicht mehr wer. Ich nehme es für bare Münze.

Das Matador

An einem Nachmittag im Herbst kommen die Futterrüben, die Burgund'ter, vom Feld und werden durch ein Loch in der Hauswand in den Erdäpfelkeller gerollt. Zwischen Wagen und Kellerloch ist eine Goss, ein trichterförmiges Holzgerüst, aufgebaut. Durch die Goss poltern die Rüben, die meine Brüder vom Anhänger rollen. Meine Aufgabe ist es, danebenfallende Rüben aufzuheben und wieder auf die Bahn zu bringen. Weil der Sechsjährige sich nützlich macht, oder für den Fall, dass ich mich als hilfreich erweisen möge, verspricht mir mein Vater eine Belohnung. Mein erstes Matadorspiel will er mir mitbringen. Über diese Aussicht freue ich mich sehr. Der nebelige Nachmittag im November wird von einem wärmenden Licht überstrahlt, das von innen kommt. Seltsam, dass ich das noch so genau weiß. Vermutlich habe ich dann das Holzspielzeug bekommen. Das sollte für mich nicht mehr jene Bedeutung haben wie vorher das Lob.

Advent

Der Heilige Abend ist in meiner Kindheit so eingeteilt, dass nach der abendlichen Stallarbeit gleich auch das Ausräuchern erfolgt. Mein Vater durchschreitet die ganze Liegenschaft und schwingt das Räuchergefäß, wobei ihm einer seiner Söhne assistiert, der die Räume mit Weihwasser segnet. Sobald alle Räumlichkeiten, auch jene des Wirtschaftstraktes, ihren Anteil am Weihrauchdampf und am Weihwasser abbekommen haben, versammeln wir uns in der Küche um das am Boden stehende Räuchergefäß und beten stehend ein Rosenkranz-Gesätzl.

Dann erst geht meine Mutter daran, sich für den weiteren Abend zu rüsten, indem sie sich wäscht, umzieht und fein macht. Eine Stunde später wird in der Stube ein kompletter Rosenkranz gebetet, und danach erst kommen die Bescherung und die üppige Weihnachtsjause. Schließlich stellt meine Mutter, bevor sie sich zur Christmette aufmacht, einen Kerzenständer mit einer schlanken weißen Kerze auf den abgeräumten Küchentisch, entzündet den Docht und lässt sie bis zum Morgen des Christtages brennen.

Solange ich noch klein bin, wird dieser Plan auch weitgehend eingehalten. Damals geht mein Vater noch selbst mit einem glutgefüllten Häfen durch Haus und Stall und lässt sich von einem meiner Brüder mit dem Weihwasser begleiten. Einmal darf sogar ich den Wedel schwingen. Damals vermag er es noch durchzusetzen, dass bereits in der Adventzeit gelegentlich ein Rosenkranz gebetet wird. Am Weihnachtsabend ist dieser auf keinen Fall verzichtbar. Auf dem Hof meines Großvaters, erzählt mein Vater, wurde dem Gesinde im Advent und in der Fasten[zeit] am Samstag für einige Stunden am Nachmittag die Arbeit erlassen, um mit der Familie der Bauersleute gemeinsam den Rosenkranz zu beten.

Als er zum *Ausrauka* immer öfter nicht rechtzeitig daheim ist, gerät der Ablauf durcheinander. Kehrt er angeheitert von Besuchen bei Kollegen, Kunden und

Silomaurern zurück, denen er ein Frohes Fest gewünscht hat, so ist es um den Weihnachtsfrieden geschehen. Für meinen Vater ist das gemeinsame Beten Ausdruck einer intakten Familie und einer harmonischen Gesellschaftsordnung. Der polyphone Sprechgesang des Rosenkranzes ist auf einen Vorbeter angewiesen, der das Tempo und den regelmäßig wiederkehrenden Wechsel der Gebete vorgibt. Wichtig ist, dass alle mitmachen und sich dem Rhythmus unterwerfen. Durch das Einfügen und Einordnen entsteht Gemeinschaft. Mich stört ein solches intimes Beisammensein, weil ich den Widerstand spüre, der dem Anspruch meines Vaters, das Gebet anzuleiten und anzuführen, seitens meiner Mutter entgegengebracht wird. Sie gesteht ihm diese traditionelle Führungsrolle nicht mehr länger zu. Schließlich fällt die Regie ganz in ihre Hände, und die alten Gebräuche werden immer mehr vernachlässigt.

Im Silo

Zur Winterzeit schaufle ich jeden Abend das Futter für die Kühe aus dem Silo. Es ist ein akrobatischer Akt. Mit einem Fuß mich am ersten Lukengesims abstützend, schwinge ich den anderen auf das untere Ende des Gestänges, welches in Kopfhöhe beginnt. Von dort verläuft es entlang der Außenseite des Silos bis zur Plattform. In der einen Hand halte ich den Stiel der Gabel und einen Hammer, während ich mit der anderen die – häufig vereiste – Leiter hinaufklettere. Die Drehhebel des eisernen Lukendeckels schlage ich mit dem Hammer auf und zwänge mich hinein. Abhängig vom aktuellen Pegelstand im Silo krieche ich durch eine tunnelartige Öffnung oder springe ins Stockdunkle hinunter auf die

Ebene des Siloinhalts. Bevor in meiner Hand aus einem Zündholz die Flamme emporwächst, die mir meine Umgebung zurückbringt, stehe ich in vollkommener Finsternis: Ein leeres Gemach und ein reines Gefäß für mein Ich. Wo das Gemisch aus gehäckseltem Kukuruz und Gras an der Oberfläche und an der Wand gefroren ist, muss es erst einmal mühevoll losgepickt werden. Darunter ist es warm und weich. Die Gabelladungen werden so durch die Öffnung geleert, dass sie möglichst genau in die Scheibtruhe fallen, die darunter aufgestellt ist und die meine Mutter in den Stall fährt. Der flackernde Lichtschein einer Kerze, der meinen Schatten geheimnisvoll verzerrt an die Innenwand des Silos wirft, leuchtet mir. Ich liebe den Aufenthalt an diesem Ort. Hier bin ich ganz bei mir. Das Rund des Silos umschließt mich vollkommen. Ich fühle mich geborgen und geschützt wie im Mutterschoß. Mit Freude und Hingabe mache ich mich an die Arbeit. Die Leere in diesem Raum füllt mich ganz aus.

Platero, mein silbergrauer Esel, ist klein, haarig, weich, so sanft fühlt er sich an, dass man sagen möchte, er sei ganz aus Watte und habe keine Knochen. Nur die Jettspiegel seiner Augen sind hart, wie zwei Skarabäen aus schwarzem Kristall.

Juan Ramón Jiménez, Platero y yo (1917, dt. „Platero und ich“, übersetzt von Doris Deinhard)

Den Namen von Jugoslawien verbinde ich mit einer Landkarte, die fünf Republiken und zwei autonome Gebiete zeigt. In Form eines fächerübergreifenden Schulprojektes beschäftigen uns während der zweiten Klasse im Gymnasium ein Semester lang Bräuche und Sitten, Lieder und Geschichten aus den sieben territorialen Einheiten Jugoslawiens. Deren Verschiedenheiten und ihre jeweilige Herkunft aus dem osmanischen, ungarischen, österreichischen und venetianischen Machtbereich werden mir bewusst. Mit Hingabe vertiefe ich mich in das Studium der bunten Karten des ethnisch-religiösen Mosaiks. Dabei vermittelt sich mir ein heiteres und friedvolles Bild vom Leben in diesem Vielvölkerstaat. Wichtig wird das Jugoslawien-Projekt für mich außerdem durch einen Zeichenwettbewerb, dessen Thema „Urlaub" lautet. Da ich diesen nicht wie viele meiner Alterskollegen mit Seeigeln, Sonnenöl und Čevapčiči in Verbindung bringe, stelle ich auf meiner Tuschfederzeichnung zwei Buben dar, die auf einem Bauernhof Fußball spielen, wobei sich im Hintergrund waldbedeckte und von Burgen gekrönte Hügel erheben. Gemeint ist damit mein Ferienaufenthalt im Mühlviertel bei der Familie eines Siloverkäufers, dem Achleitner – ein Freund und Kollege meines Vaters, welcher einen mir ungefähr gleichaltrigen Sohn hat. Mit dieser Zeichnung erringe ich in meiner Altersgruppe einen zweiten Preis.

Das tatsächliche Jugoslawien sollte ich erst gegen Ende der Achtzigerjahre betreten, kurz bevor es im Bürgerkrieg unterging. Der spätere Verteidigungsminister und Ministerpräsident von Slowenien, Janez Janša, war vorläufig noch ein pazifistischer Dissident, der in einer häretischen

Jugendzeitschrift schrieb. Als Mythos ist mir Jugoslawien mit seinen Trachten, Traditionen und Stämmen immer lieb gewesen. Das wirkliche Jugoslawien konnte nie in diesen Rang eintreten. Es gab aber auch anderswo noch reale Orte, die sich niemals mit ihrem ideellen Vorbild messen konnten. Der spanische Nobelpreisträger Juan Ramón Jiménez hat mit der Geschichte des Esels Platero seinem Geburtsort Moguer zu immerwährendem Ruhm verholfen. Seine andalusische Elegie, wie ihr Untertitel lautet, ist das lyrisch verdichtete Panorama einer vergangenen Welt, ein tragischer Kosmos aus Trauer und Mitleid mit aller Kreatur, gezeichnet in den melancholischen Farben eines kurzen Regenschauers im Frühling und der Herbstsonne in den Weinbergen. Der kleine Esel ist in die Weltliteratur eingegangen. Bei unserem Besuch präsentierte sich Moguer als belangloses Städtchen in Südspanien. Doch schon Jiménez schreibt, dass Plateros Moguer nicht mehr existiere. Auch Johannes Bobrowski hat nie ein Hehl daraus gemacht, dass sein Sarmatien ein fiktiver Kontinent sei, verlorengegangen am Rand der Geschichte im Niemandsland der Länder, die der Fluss Memel in seinem Lauf berührt. Wie der einstige Sehnsuchtsort durch die Begegnung mit dem real existierenden Jugoslawien verlorenging, so existieren ideelle Landschaften allein noch in der Geschichte oder in einer Geschichte. Traumorte, mögen ihre Namen auch auf einer Landkarte verzeichnet sein, bleiben für immer unauffindbar.

Eine kleine Geschichte der Dunkelheit

Ich sehe mich auf der flechtenüberwachsenen Abdeckung des Dorfbrunnens sitzen, während die Dämmerung sich breitmacht. Das ganze Dorf scheint wie ausgestorben. Unser Haus steht leer, niemand ist daheim, und aus keinem der Fenster strahlt Licht in den Abend. Diese dunklen Fensterhöhlen machen mir Angst, und ich erwarte sorgenvoll die Wiederkehr meiner Mutter. Wie lange es tatsächlich dauert, bis sie dann auftaucht, und wo sie gewesen sein mag, weiß ich nicht mehr. Irgendwann biegt dann ein Scheinwerferpaar von der Landstraße in die Dorfzufahrt ein, und ich erkenne das gewohnte Geräusch unseres Autos. Die Dunkelheit im Dorf, das auf zwei Seiten von einem großen und schweigsamen Wald eingeschlossen wird, verliert erst ihren Schrecken, als ich etwas älter geworden bin. Meine Brüder nehmen mich immer wieder zu Nachtwanderungen und nächtlichen Radtouren mit, auf denen ich mich mit der Finsternis vertraut machen kann. Keine Straßenbeleuchtung zerstört die Nacht, kein Widerschein von Flutlicht hängt wie eine Dunstglocke über den Siedlungen, keine Disco-Spots bohren sich in den Nachthimmel. Die Dunkelheit ist tief und vollkommen. In ihrer perfekten und bedrohlichen Schönheit fühle ich mich geborgen. Als Jugendlicher genieße ich den Nervenkitzel, mich allein durch die Nacht zu bewegen und dabei meine Sinne zu schärfen. Um mich im Wald zurechtzufinden, bin ich nicht auf Tageslicht angewiesen. Meine innere Landkarte ermöglicht es mir, meinen Weg anhand von graduellen Abstufungen der Dunkelheit über mir zu finden. Die Nuancen weisen auf eine Lücke zwischen den Baumkronen hin und lassen sich mehr ahnen als sehen. Die Dunkelheit wird meine leidenschaftlich geliebte Freundin. Der Zwang zur künstlichen Beleuchtung und Ausleuchtung hat das alles zerstört: die Schönheit der Vollmondnächte, das Eintauchen in die Finsternis und die Reinheit der Nacht. Seit das Licht der Aufklärung alle dunklen Winkel erreicht, sind die Refugien verloren.

Rund um das Feuer

In der frühen Märzendämmerung glost es unter einer Schicht aus winterklammen Blättern und morschen Ästen, die meine Mutter zusammengetragen hat. Spätabends kommt es noch vor, dass solche Haufen plötzlich auflodern, weil die Glut sich durchgefressen hat. Sobald der neue Palmbuschen geweiht ist, werden die verdorrten Weidenschösslinge des vorjährigen Palmbuschens am Karfreitag oder Karsamstag im Hof verbrannt. Im Mostviertel nimmt das Osterfeuer die Form eines solchen Karfreitagsfeuers an, wie das von Helmut Paul Fielhauer dokumentiert wurde. Einmal veranstalten meine Eltern für die Nachbarn eine *Sunnawenden*. An der Spitze des großen Reisighaufens geht ein Sunnawend-Hansl, ein vogelscheuchenartiges Gebilde, zur allgemeinen Begeisterung in Flammen auf. Über die Glut des abgebrannten Feuers halten wir zu Fledermäusen aufgeschnittene Knackwürste.

1959 haben meine Eltern den Tisch, der ihnen aus dem Erbe des Herrn Onkel zugefallen ist, um neue Küchenmöbel ergänzt. Sie lassen in der Küche auch einen Herd setzen, der gleichzeitig die Stube wärmen soll. Weil das zur Warmwasserbereitung in die Wand eingebaute Druckschiff die gesamte überschüssige Wärme verbraucht, klappt das aber nicht. Also bauen sie in den frühen Sechzigerjahren Ölbrenner und Zentralheizung ein. Eine betriebstüchtige Feuerstelle gibt es dann nicht mehr im Haushalt. Werden für das Ausräuchern am Weihnachtsabend Glutstücke benötigt, muss ein offenes Feuerchen im Hof entzündet werden, sei es bei Regen oder Schnee. Darum kümmere ich mich. Der Brand in der Winternacht wärmt mich und meine Schwester, und wir genießen das Lichtspiel der Flammen. Mein Vater ist zu diesem Zeitpunkt noch bei seinen Kumpanen, den Silomaurern und Vertretern. An diesen Lagerfeuern entsteht eine neue Gemeinschaft, eine, der er nicht zugehörig ist.

Flammen funktionieren am besten bei Dunkelheit. Damit ihr Licht uns erleuchten kann, muss es nur finster genug sein. So sind Herbst und Winter die besten Zeiten für spontane Lagerfeuer, die auf der Wiese eine Brandstatt hinterlassen. Das Brennholz wird am nahen Waldrand aufgesammelt. In der kalten Jahreszeit hat meine Mutter auch leichter Zeit, sich zu beteiligen. Eine Begebenheit, die sie mit schwankhaftem Grundton gerne zum Besten gibt, ist jene, wie sie an einem solchen Winterfeuer ihren Rücken wärmte, bis die Flammen ihre Mantelschöße ansengten. Der intime Kreis um das Feuer entwickelt sich zu einem Ritual, mit dem meine Mutter den Ausschluss ihres Mannes aus dem Familiengeschehen bekräftigt. Von seiner Frau ist er in seiner Position als Erzieher so gründlich herabgesetzt worden, dass die beiden Kleinsten ihren Vater nur noch als einen unwillig gelittenen Schlafgast in seinem Zuhause kennen, den sie weitgehend ignorieren können. Als mein Vater ein Kind war, konnte niemand sich in einen privaten Bereich zurückziehen; erst die warmen Heizkörper in allen Zimmern haben dies möglich gemacht. Solange es nur einen beheizbaren Raum im Haus gab, verbrachten die Bewohner dort neben der Arbeits- auch ihre Freizeit. Wenn er jetzt am Abend heimkommt und überall nach seinen Familienangehörigen sucht, findet er sie in eigenbrötlerische Belange vertieft – Lesen, Musik hören, Fernsehen. Resignierend nimmt er zur Kenntnis, dass seine beiden jüngsten Kinder ihn nicht mehr als zuständig empfinden und er ihnen nichts mehr zu sagen hat. Wann immer sie eine Erlaubnis, Geld oder eine Unterschrift benötigen, wenden sie sich an die Mutter. Sie gilt es, bei Laune zu halten, und ihren Stimmungen ist man ausgeliefert. Immer wieder muss rund um das Feuer der Bund erneuert werden, so brüchig ist der Pakt, der dort gegen meinen Vater geschmiedet wird.

Unter freiem Himmel

Solange meine Mutter mit der abendlichen Arbeit im Stall beschäftigt ist, amüsiere ich mich zur Sommerzeit im Hof, am Dorfanger und im weitläufigen Obstgarten rund um das Haus. Ich renne den Katzen nach und tobe in der Dämmerung herum, die immer tiefer und vollkommener wird, bis am Himmel der letzte Rest von Helligkeit versickert und die leere Finsternis sich zu einem überwältigenden Sternenhimmel auswächst. Wenn sich das Ende des Sommers ankündigt, höre ich aus dem Wald Käuzchen rufen. Ich liebe die Dunkelheit und berausche mich an der Vorstellung, frei und unauffindbar zu sein. Dabei ist klar, dass ich mich ebenfalls ins Haus zurückziehen werde, sobald meine Mutter im Stall das Licht abgedreht hat. Sie sitzt dann schon bei *Zeit im Bild*, und ich maule, weil ich den darauf folgenden Film nicht sehen darf. Schließlich werde ich weggeschickt und verdrücke mich ins Bett.

Zu Fuß unterwegs

Seit ich als Sechsjähriger fünf Kilometer von der Schule nach Hause gegangen bin, sind mir sämtliche Raine und Rieden abseits der Straße vertraut. Ich kenne jeden Abschneider durch den Wald, der in Wahrheit die

Dauer des Weges verlängert, und alle Plätzchen am Waldrand, wo sich Erdbeeren im Gras verstecken. Ich erforsche das Bächlein, das an jener Stelle, die Eschenreith genannt wird, aus dem Wald austritt und in den Wiesen verschwindet. Ich lasse keine Leiter aus, die zu einem Ansitz in einer Astgabelung führt.

Während meiner Volksschulzeit besuche ich einen Klassenkollegen, der in einem der etwas entfernteren Dörfer wohnt, regelmäßig am Samstagnachmittag zum Spielen. Wir haben zwar auch an diesem Tag Unterricht, bekommen aber zumindest keine Hausarbeiten aufgetragen. Wir bauen Baumhäuser und durchstreifen gemeinsam den Wald. Auch dorthin bin ich zu Fuß unterwegs. Im Winter mache ich mich nicht eher auf den Heimweg, als die Dämmerung sich bemerkbar macht und Wälder und Hügel in Nebel und Nacht versinken lässt. Für das Stück des Weges, das durch den großen Wald führt, reicht der Rest an Licht dann nicht mehr hin. Tapfer marschiere ich durch den düsteren Forst, allein mit meinen Gedanken und Fantasien. Manchmal ist auch eine Portion Angst dabei.

Für alle, die noch nicht zwölf sind, sei es verboten, mit dem Rad auf der Straße zu fahren, höre ich, und früher würde es auch keinen Zweck haben, es mir beizubringen. Als ich mit zehn Jahren Ministrant werde, bin ich daher immer noch zu Fuß unterwegs. Im Sommer mache ich mich bei Sonnenaufgang auf den Weg, um dann viel zu früh auf dem fünf Kilometer entfernten Kirchberg einzutreffen. Im Winter wecke ich meinen Vater, der mich mit dem Auto zur Morgenmesse bringt. Wird nach einem der Begräbnisse, die am Nachmittag abgehalten werden, die *Zehrung*, das Leichenmahl, zu dem die Angehörigen auch die Ministranten laden, nicht direkt im Städtchen, sondern in einer Bauernwirtschaft auf den Dörfern wie dem Terp in Bodensdorf angesetzt, dann lässt mich entweder einer meiner Kollegen auf dem Gepäckträger mitfahren, oder ich muss die ganze Strecke rennen. Besonders der Februar ist ein Monat, der zum Sterben beliebt ist und in dem wir immer wieder in den Genuss von Würsteln und Limonade kommen.

Bauernschnapsen

Das Fahrrad ermöglicht es mir schließlich, den Dienst am Altar, den ich als Ministrant verrichte, anzutreten, bevor noch meine Eltern nachkommen und sich auf die Männer- und Frauenseite der Kirche verteilen. Ich begegne ihnen erst im Wirtshaus wieder. Das Gasthaus Terp ist eine echte Bauernwirtschaft, deren Inhaber dazu eine Landwirtschaft und den Schulbus der ländlichen Gemeinde betreibt. In der Gaststube verläuft entlang der Wand eine durchgehende Sitzbank. Dazwischen wenige große Tische, von denen meist zwei von Gruppen besetzt sind, die dem Kartenspiel zusprechen, während am dritten eine Runde in lebhafter Unterhaltung begriffen ist. Mein Vater ist zuverlässig bei den Kartenspielern anzutreffen, wo nicht viel geredet wird; das Spiel geht bedächtig an, die Karten werden überlegt ausgespielt, dann beschleunigt sich die Abfolge der Spielzüge, schließlich geht es Schlag auf Schlag, um endlich in ein befreites Auflachen zu münden, sobald alle Karten in der Mitte liegen. Er ist ein gerngesehener Teilnehmer dieser Runde, die sich sonst aus respektablen Bauern zusammensetzt. Dagegen ist der Tisch, wo es laut zugeht, der einzige, an dem auch Frauen zugelassen sind. Meine Mutter führt hier das große Wort und zieht alle Register der Rhetorik. Sie misst sich im edlen

Wettstreit der Worte. Ob sie mit Leidenschaft politisiert und Plädoyers für eine gerechte Sache hält oder in die Rolle des *advocatus diaboli* schlüpft und ihre Gesprächspartner mit Sophismen nervt, sie versteht es, ihre Mitstreiter in die Schranken zu weisen. Nie begnügt sie sich mit einer Statistenrolle, sondern weiß sich meist in Szene zu setzen. Vor keinem Mann gibt sie klein bei. Obwohl meine Mutter genauso mit den Karten gut umzugehen wüsste, scheint es aber nicht infrage zu kommen, dass sie bei den Kartenspielern Aufnahme findet. Dem leidenschaftlichen Vierer-Schnapsen gibt sie sich nur im Kreis der Familie hin. Mit meinem Vater und meinen älteren Brüdern verwandelt sie den Stuben- oder Küchentisch an winterlichen Nachmittagen in einen Spieltisch. Mich beeindrucken lediglich die Allegorien der Jahreszeiten auf den Assen der deutschen Spielkarten mit ihrer Symbolkraft. Mit den Figuren, die im Spiel Damen und Buam darstellen, baue ich mir meine eigenen Geschichten. Wem ein Hermann Geßler, Kuoni der Hirt, Stüssi der Flurschütz, ein Itell Reding, ein Ulrich Rudenz, ein Walter Fürst und ein Rudolf Harras ihr Erscheinen auf den Karten zu verdanken haben, fragte ich mich damals nicht – sie stammen aus Schillers *Wilhelm Tell*. Ich habe diese Bilder und Namen geliebt, weil ich damit machen konnte, was ich wollte.

Das Alletag-G'wand

Komme ich von der Schule heim, so läute ich an der Haustür und warte ungeduldig darauf, dass die Mutter Zeit finden wird, mich einzulassen, weil sie gerade dabei ist, das Essen auf den Tisch zu stellen. Der Vordereingang wird sonst wenig frequentiert, da sich davor lediglich ein Blumengarten erstreckt. Es ist der hofseitige Eingang jener, welcher häufiger verwendet wird. Man gelangt zuerst in den Kuhstall, und von dort führt eine weitere Tür in das Wohngebäude. Der Stall ist ein integraler Teil unseres Haushaltes und seine Durchquerung ganz selbstverständlich. Vorbei am Schweinestall und durch die Scheune gibt es jeweils einen Durchgang zur Vorderseite des Hauses, der aber oft zugehängt ist und einen dann zwingt, um das Haus herumzulaufen. Überhaupt sind alle drei Eingänge an der Frontseite tendenziell versperrter als jene an der Rückseite. Die Haustüre ist in erster Linie für jene Besucher in offizieller Mission bestimmt, die zeremoniell in die Stube geleitet werden. Im Winter kündigen die Funktionäre der Vereine, die um Spenden heischen, oder ein Arzt, der gerufen wurde, sich durch das scharrende Geräusch an, mit dem sie den Schnee an dem im Boden eingelassenen Gitter von den Schuhsohlen streifen. Bevor ich mich nach der Schule zum verspäteten Mittagsmahl setzen kann, hält die Mutter mich dazu an, in das Alletag-G'wand zu wechseln. Jene Kleidung, in die ich am Morgen schlüpfe, ist nicht dafür gedacht, unter nachmittäglichen Beanspruchungen zu leiden. Streng wird zwischen dem peinlich sauberen und etwas unbequemen Gewand für die Öffentlichkeit und dem Spielgewand geschieden, das ruhig ausgebessert und abgenutzt sein darf. Meine Mutter macht sich an den ruhigen Winternachmittagen die Mühe, meine zerrissenen und durch häufiges Waschen ausgebleichten Kleidungsstücke mit großen und oft ungeduldig angesetzten Flicken zu reparieren. Diese alten Sachen ziehe ich viel lieber an und denke auch nie darüber nach, wie ich wohl darin aussehen mag. Kein Bauernkind schämt sich dafür, am Nachmittag mit geflickten Hosen herumzulaufen. Für wilde Spiele, das

Feierlhorzen und das stundenlange Strawanzen im Wald sind sie viel geeigneter. In ausgebeulten Hosen und einem abgewetzten Pulli bewegt sich ein Kind wesentlich ungezwungener als in der adretten Kleidung, mit der man in die Schule geschickt wird. Deutlich voneinander getrennt sind eine Zeit, wo man erdig oder rußig sein darf, ohne dass die Mutter auch nur mit der Wimper zuckt, und eine, wo sie das nicht duldet. Wann man schmutzig werden und Spaß haben kann und wann man durch den Vordereingang eintritt, ist nicht zu verwechseln. Mit dem schönen Gewand entledige ich mich auch der Zwänge. Nur im Alletag-G'wand bin ich ein freier Mensch.

Kümmelkörner

Das Brot meiner Kindheit ist mit Kümmel gewürzt; ob vielleicht doch eher mit Koriander, Fenchel oder Anis, lässt sich nicht mehr genau bestimmen, dazu sind die gelegentlich auftauchenden grob verschrotenen Körner einander zu ähnlich. Kümmel ist nichts Besonderes. Ob zu Marmelade oder Geselchtem, ob süß oder pikant, Kümmel konveniert immer. Da es keine weitere Brotsorte gibt, ist sein Geschmack im Begriff Brot mitgebacken. Mit Kümmel gewürztes Brot ist etwas Selbstverständliches, etwas, das sich von selbst versteht ... Es ist schwierig, bei der Beschreibung der Vergangenheit auf die Aufzählung dessen zu verzichten, was es damals noch nicht gegeben hat: das Dinkelbrot, das Olivenbrot, das Zwiebelbrot, das Karottenbrot, das Nussbrot und so weiter und so fort. Aber die Gegenwart der Vergangenheit musste sich vor dem, was die Zukunft bringen würde, niemals rechtfertigen. Wann immer wir darüber nachdenken, was früher einmal gefehlt hat, kommen wir durcheinander. Weil dieses Nicht nicht von Bedeutung war. Was man nicht kennt, kann man auch nicht vermissen. Es gibt also keine Geschichte darüber zu erzählen, dass mich Fenchel, Kümmel und Koriander im Brot glücklich machen können. Ich bin mir nicht sicher, ob wir diese Gewürze im Brot überhaupt wahrgenommen haben. Es steht jedenfalls fest, dass uns dieser Geschmack eine liebe Gewohnheit war. So wie man das Salz im Brot nur registriert, wenn es fehlt. Ich merke erst dann, dass mir Kümmel abgegangen ist, als ich wieder einmal Gelegenheit finde, in Brot zu beißen, welches damit gewürzt ist. Sobald etwas erneut auftaucht, komme ich drauf, dass ich es zwischenzeitlich verloren habe. Das Bewusstsein der verlorenen Heimat stellt sich ein, wenn der bekannte Geschmack aufs Neue auf der Zunge liegt. Gleichzeitig ungewohnt und sensationell, weil so lange nicht erlebt, und trotzdem tief vertraut. Im Wahrheit bestand zum gewöhnlichen Brot eigentlich doch eine Alternative: der kleine Weißbrotwecken, den meine Mutter beim ambulanten Bäcker erstand und der dem sonntäglichen Frühstück vor dem Aufbruch zur Messe vorbehalten blieb. An hohen Feiertagen wurde es meist sogar ein Milchbrotstriezel mit Rosinen. Davon genossen wir, als wäre es Manna, das vom Himmel gefallen ist – so köstlich und ausgefallen erschien uns diese Speise.

Der Geruch meines Vaters

Mein Vater riecht nicht nach Rosen. Während langer Autofahrten in sommerlicher Hitze schwitzt er seine Hemden durch, und Bier und Wein, die ihm Kunden und Mitarbeiter verabreichen, verursachen außer einem säuerlichen Mund-, auch einen signifikanten Körpergeruch. Dazu sein Übergewicht. Außerdem hält mein Vater sich oft in der Gesellschaft von Rauchern auf. Da er nicht von einem übertriebenen Hygienebedürfnis geplagt wird und allenfalls am Wochenende ein Bad nimmt, ergeben diese Komponenten eine strenge Duftnote, die ich mit der Welt der Erwachsenen in Zusammenhang bringe, mit der Gesellschaft draußen, mit ihren Belangen und Geschäften.

Ich delektiere mich dagegen am unschuldigen Duft von regennassen Wiesen, am berauschenden Parfum von blühendem Holunder, an den scharfen ätherischen Ausdünstungen von Brennnesseln und am Bouquet von ausgereiftem Kompost; ja sogar den herben Geschmacksvarianten von Dung auf dem Feld, gärendem Fallobst und moosüberzogenem Totholz im Wald kann ich etwas abgewinnen. In der Sprache meiner Heimat wird übrigens jede angenehme Geruchsempfindung als *schmecken* bezeichnet. Da wird etwa von frischem Heu behauptet: „Das Heu schmeckt." Als wäre seine Qualität mit der Zunge zu verkosten. Auch die Engländer sehen das so, wenn sie den Ausdruck „to taste a smell" verwenden. Wie ein Connaisseur stecke ich meine Nase tief zwischen die Buchseiten und lasse deren Aroma auf mich wirken. Meine Faszination für die vielfältigen Gerüche, die bedrucktes Papier zu verströmen imstande ist, hat auch mit meiner Kurzsichtigkeit zu tun, die mich dazu bringt, Texte nahe an meine Augen und damit an meine Nase heranzuführen. Eine unerklärliche Vorliebe hege ich für den milden Geruch nach Essig, der den Versteinerungen eigentümlich ist, die mein Bruder gesammelt hat. Deren Fluidum lässt sich weder beschreiben noch vergleichen, aber es ist wahrhaft himmlisch. An das reichen für mich höchstens noch die Würze von Trebern und das Flair von abgemähten Grashalmen heran.

Dickhornschafe

Auf der Küchenbank und in der Stube, überall liegen zerfledderte Kalender mit Geschichten, alte Jahrbücher oder zerlesene Romane herum. Oft fehlen aber der Umschlag, der Einband, das Titelblatt und sogar mehrere Seiten. Wenngleich mir das damals egal ist, weil es mir nur auf den Inhalt ankommt, wird es später schwierig sein, diese Druckwerke, denen ich intensive frühe Leseerlebnisse verdanke, nachträglich zu identifizieren. Hartnäckige Bemühungen erlaubten es mir, endlich doch herauszufinden, dass sich darunter auch *Tapferer kleiner Inyo* befunden hat, ein Kinderroman der Amerikanerin Mabel O'Moran, dessen deutschsprachige Ausgabe knapp vor 1960 verlegt wurde. Die Autorin lässt einen Indianerjungen durch die wüstenhafte Landschaft des amerikanischen Südwestens irren, weil er bei einer Missionsstation Hilfe für seine Familie holen möchte. Bevor noch die eigentliche Handlung sich zu entwickeln beginnt, singt er eine Ode auf die Dickhornschafe, welche seine Heimat und damit das Buch bevölkern. Sie sind nicht nur für das Überleben des Pajute-Volkes wichtig, sie werden es auch für mich. Ihre Erwähnung hinterlässt bei mir einen unauslöschlichen Eindruck. Es ist nicht viel, was von dieser frühen Lektüre im Gedächtnis geblieben ist, aber wie ein Anker sitzt das Wort „Dickhornschafe" in mir fest. Dieses marginale Bruchstück hat nicht aufgehört, mich zu beschäftigen.

Du bist flink, Dickhornschaf,
Du springst von Feld zu Fels
Und tanzest wie der tapfere Pajute.
Ich ziele nach deinem dicken Hals
Mit meiner Obsidianspitze
Und sehe dich fallen
Mit dem Pfeil in der Kehle.

Auch das Buch von Käthe Recheis *Der kleine Biber und seine Freunde* hat durch starken Gebrauch seinen Einbanddeckel eingebüßt und besteht nur noch aus einem nackten Buchblock. Deswegen beginnt es für mich erst auf Seite 19 mit den Sätzen: „Der Kleinste der Biber blieb allein zurück. Er saß in der Höhle, die sich immer mehr mit Wasser füllte, und wartete auf seine Mutter…" Wenn der Text so unvermittelt einsetzt und der Leser richtiggehend in die Geschichte hineingestoßen wird, ergibt das einen speziellen dramaturgischen Effekt. In den Jahrbüchern des Buchklubs der Jugend, die meine Brüder heimgebracht haben, ist immer nur ein Ausschnitt aus den vorgestellten Büchern enthalten. Das erste Kapitel aus Käthe Recheis' *Kleiner Adler und Silberstern* findet für mich vorläufig keine Fortsetzung, da das Buch zu diesem Zeitpunkt nicht mehr im regulären Programm des Buchklubs oder eines Verlages geführt wird. Und der Auszug aus Gina Ruck-Pauquèts Buch *Joschko*, den ich ebenfalls in einem Jahrbuch zu lesen bekomme, bleibt wohl gerade deshalb in Erinnerung, weil darin so viele Fragen offenbleiben und Möglichkeiten angedeutet sind. Der Fantasie des Lesers bleibt es überlassen, die fehlenden Teile zu ergänzen und die Geschichte in jede Richtung fortzuspinnen. Auch die faszinierende Ästhetik der zerbrochenen und abgeschlagenen Dinge aus der Antike kommt eigentlich erst durch deren Unvollständigkeit zustande. Die Torsi bleiben auf immerdar unvollendet und ewig interpretierbar. An den Bruchstellen setzt die jeweils aktuelle Beifügung an und verwandelt sie in zeitgenössische Artefakte.

Ein Akt der Bezirkshauptmannschaft Scheibbs

In Scheibbs ist die Bezirkshauptmannschaft wie schon früher die Grundherrschaft im Schloss des Ortes untergebracht. Als mein Vater aufgrund einer anonymen Anzeige, wodurch die Behörde von seinen illegal errichteten Fischteichen Kenntnis erlangt hat, dort vorstellig werden muss, stibitzt er, während der Beamte gerade aus einer anderen Abteilung weitere Unterlagen holt, den vor ihm auf dem Schreibtisch liegenden Akt und verlässt das Amt, ohne sich zu verabschieden. Die Obrigkeit kommt nie auf den Fall zurück und stellt auch keinen Bescheid aus. Meine Mutter wird das Ereignis, als ich sie Jahre später daraufhin anspreche, komplett verdrängt haben. Mich, der immer noch zu wissen glaubt, dass sie es übernommen habe, sich des Schriftstückes zu entledigen, dessen Besitz meinen Vater des Diebstahls belastet, wird das sehr irritieren. Doch beim Leichenmahl nach seinem Begräbnis bestätigt mir am 6. März 2014 sein jüngerer Bruder, dass der Verstorbene sich mit diesem frechen Diebstahl sogar gebrüstet habe. Es sind nur wenige Dinge, auf deren Verfügbarkeit mein Vater bis zuletzt Wert gelegt hat. Als ich nach seinem Tod seine private Habe sichte, bin ich erstaunt über die geringe Menge an persönlichen Dingen, die er dieser Welt hinterlassen hat. Er ist nie ein Sammler gewesen; was er benötigte, musste immer griffbereit liegen. Was nicht griffbereit war, hat er nicht benötigt. Das Gebetbuch, aus dem er beim Rosenkranzbeten die Lauretanische Litanei vorgetragen hat, liegt immer noch in der Küchenlade. Es stammt, wie an der Bundeshymne des Ständestaates zu erkennen ist – „Sei gesegnet ohne Ende“ –, aus seiner Volksschulzeit. Dieses Gebetbuch ist jenes Objekt, das er am längsten verwahrt hat. Ein weiteres Dokument entdecke ich mit großer Ergriffenheit in jenem Hängekasten, den er als einzigen bis zum Schluss für seine persönlichen Sachen in Anspruch genommen hat: einen Akt der Bezirkshauptmannschaft Scheibbs. Diesen Akt habe ich lange für eine Mystifikation gehalten. Viele Jahre war ich mir unsicher, ob ich meiner Erinnerung Glauben schenken soll. Aber der Akt existiert, weil er mit bemerkenswerter Hartnäckigkeit aufgehoben wurde. Dieses Schriftstück muss ihm wirklich etwas bedeutet haben. Er dürfte damals sehr spontan und unüberlegt gehandelt haben, als er es an sich nahm. Das erste Blatt nennt als Datum den 29. Juli 1982, als ein anonymer Anrufer der Behörde bekannt gibt, dass mein Vater auf seinem Waldgrundstück zwei Fischteiche habe errichten lassen, ohne dafür um Bewilligung einzukommen. Außerdem würden die Teiche ihre Wasserzufuhr aus einem Gerinne erhalten, das öffentliches Gut sei. Da der Anrufer als potentiellen Missetäter auch meinen Onkel nennt, der neben seinem Fremdenverkehrsbetrieb schon einige Jahre früher Fischteiche angelegt hat, beschäftigt das Amt sich zunächst damit, abzuklären, ob zumindest dessen Teichanlagen konzessioniert und durch die Gewerbeberechtigung meines Onkels abgedeckt seien. Der Geschäftsgang der Überprüfung zieht sich, wie die Aktenvermerke zeigen, die nächsten Monate hin. Die Beamten sind damit beschäftigt, Unterlagen zusammenzutragen und Informationen einzuholen. Es dauert den Rest des Jahres, bis für das Amt die Sachlage weitgehend klar ist. Am 28. September 1982 wird eine örtliche Erhebung durchgeführt. Mein Onkel ist damit weitgehend entlastet, und das Amt konzentriert sich auf meinen Vater. Am 18. Mai 1983 wird neuerlich der Amtssachverständige für Angelegenheiten des Wasserrechts ausgeschickt, um sich die Sachlage vor Ort anzusehen. Am 26. Mai 1983 wird der Bezirkshauptmannschaft vom NÖ Gebietsbauamt III in St. Pölten mitgeteilt, dass „... die wasserrechtliche Bewilligungspflicht gegeben [ist und mein Vater] aufzufordern wäre, mit einem entsprechenden Projekt um wasserrechtliche Bewilligung anzusuchen oder die konsenslose Neuerung zu entfernen." Als letztes Blatt enthält der Akt im schönsten Beamtendeutsch die vom 31. August 1983 datierte Aufforderung des Sachbearbeiters an meinen Vater, „an einem der nächsten Parteiensprechtage bei der Bezirkshauptmannschaft Scheibbs zur Abklärung der rechtlichen Probleme vorzusprechen, gegebenenfalls unter Vorlage von ausreichend verhandlungsfähigen Unterlagen in 4-facher Ausfertigung[, und damit] um die nachträgliche wasserrechtliche Bewilligung für die gegenständliche Fischteichanlage einzukommen." Er tritt also irgendwann gegen Ende des Jahres 1983 den Canossagang auf die Bezirkshauptmannschaft an. Aufregung und Angst meiner Mutter nach seiner unvorhersehbaren Reaktion werden sich mir einprägen. Ich erwarte mir wochenlang, dass plötzlich Gendarmen vor der Tür stehen und ihn verhaften. Hat er irgendwie von seiner Vorgangsweise profitiert? Ich sehe keinen besonderen Nutzen, denn ich weiß, dass meine Eltern einige Jahre später in aller Ruhe um die Bewilligung der Teiche ansuchen werden, diesmal mit einer schönen Planzeichnung versehen, die ich für sie anfertige. Kaum sind die

Fischteiche legalisiert, schon setzt mein Vater es sich in den Kopf, anbei – natürlich wieder ungenehmigt – ein Gartenhäuschen zu errichten. Prompt hagelt es neuerlich die Anzeige eines erbosten Anrainers. Nachträglich und *pro forma* wird dem wohnlichen Stübchen zur Erlangung der amtlichen Akzeptanz die Funktion eines Geräte- und Werkzeugschuppens zugeschrieben. Das von ihm als Fischerhütte apostrophierte *reclusium* dient meinem Vater immer wieder für Feste, zu denen er Kollegen, Freunde und Bekannte einlädt. Er liebt diesen Ort und hält sich dort auch gern allein auf. Es ist für ihn ein Stück Heimat, eine Verbindung mit dem Ort seiner Kindheit.

Eine b'soffene G'schicht

Anders als bei den übrigen Häusern des Nachbardorfes, die sich mit Vorgärten den Staub von der Schwelle fernhalten oder überhaupt zwischen den Bäumen verschwinden, ist der Eingang zur Greißlerei nur durch einige hinunter- statt hinaufführende Stufen von der Fahrbahn getrennt. Nachdem das Scheppern der Schellen, die von der Tür in Schwingung versetzt wurden, verklungen ist, schlagen dem Eintretenden Wellen aufregender Gerüche entgehen: Das Bohnerwachs der ausgetretenen Fußbodenbretter verbindet sich elegant mit einer Brise Waschpulver, dem erlesenen Aroma gemahlener Kaffeebohnen, dem Duft frischer Brotwecken, dem Mief von Sauerkraut im offenen Bottich und dem fruchtigen Hauch von in Staubzucker gerollten Himbeerdrops zu einer Komposition, deren Partitur einzig noch im Archiv meiner Erinnerung ruht.

Ich erlebe, wie diese Filiale durch Lehrmädchen weitgehend eigenständig betreut wird, auch wenn das von ihnen erfordert, ihre Aufmerksamkeit zwischen dem eigentlichen Geschäft und dem angrenzenden Gastraum aufzuteilen, aus dem die ewig selben Sitzenbleiber nach Bedienung rufen. Wie die verschiedenen Schulkinder, so kommen und gehen auch immer neue Lehrmädchen. Während das eine Kind sein Glück in den bunten Zuckerschleckern zu finden hofft, verzehrt ein anderes sich nach dem Genuss der Schokoladen, die in einer Vitrine der Anbetung harren. Im Hauptgeschäft am Marktplatz des nahen Städtchens hält die Geschäftsfrau die Stellung, wohingegen ihr Mann – an den ich mich gar nicht mehr erinnern kann – in früheren Jahren die Filiale im Dorf betreute, wo auch eine Wirtsstube angeschlossen ist. Meine Mutter kauft ohnedies lieber im Hauptgeschäft ein, weil sie dem Gatten zutraut, sie übervorteilen zu wollen. Oft spricht er gemeinsam mit seinen Kunden dem Alkohol zu und ergibt sich dem Suff. Ein Bauer aus dem Nachbardorf hat beschlossen, daraus einen Vorteil zu schlagen und will im Tausch gegen eine Wohnung im Städtchen dem Geschäftsinhaber im Vollrausch sein Häuschen im Dorf samt der Konzession für Ausschank und Tabakwarenverschleiß abluchsen. Als meine Mutter wieder einmal an einem Sonntag nach der Messe im Städtchen einkaufen ist, findet sie die Krämerin in Tränen aufgelöst vor. Der Bauer ist vorstellig geworden und hat erklärt, ihr Mann habe ihm vor Zeugen den Tausch in die Hand versprochen und der Transfer wäre somit rechtsgültig. Meine Mutter wurmt das. Sie überlegt, wie sie der Frau helfen könnte. Im Wirtshaus in Bodensdorf, in das am Sonntagvormittag eingekehrt wird, trifft sie die Saufkumpane vollzählig an, setzt sich zu ihnen und bringt scheinbar ganz absichtslos das Gespräch auf den Tauschhandel. Sie gibt vor, gehört zu haben, die Runde habe sich einen echt guten Jux erlaubt, und lobt den abgefeimten Scherz. Den Rädelsführer und Nutznießer freut das: „Ja, das war schon ein besonderer Spaß. Er war sturzbesoffen und hat nicht mehr gewusst, wo oben und unten ist!“

Da fällt ihm meine Mutter ins Wort und lässt unvermittelt die Rolle der Schmeichlerin fallen: „Ah, so ist das! Jetzt ist mir alles klar. Vor allen Zeugen hast du hier zugegeben, dass er zu betrunken war, um ein Rechtsgeschäft abzuschließen. Ich will nie wieder etwas davon hören. Wehe, du kommst noch einmal darauf zurück!“

Der geplagten Gattin kann meine Mutter triumphierend die Erfolgsnachricht überbringen, wie sie dem Bauern das Geständnis entlockt hat, dass es eine „b’soffene G’schicht“ gewesen sei. Sie ist stolz darauf, die schäbige List erfolgreich mit einer Gegenlist pariert zu haben.

Inzwischen ist die Filiale im Dorf längst geschlossen, die Tür zur Straße zugemauert, das Häuschen wurde verkauft, die Kundschaft hat sich verlaufen, und die Gaststubenhocker sind vertrieben worden. Den alten Frauen bleibt nur noch, den Einkauf mühsam an der Lenkstange ihres Fahrrades zu bündeln, während sie sich bemühen, das Kopftuch zu binden, an dem der raue Wind der Landstraße zerrt.

Über viele Jahre habe ich dieser Frau Geld hingetragen…

Käse, Schlagobers, Topfen und Butter liegen in einer Milchkanne, die von der Molkerei zurückkehrt, und werden mit dem Milchgeld abgerechnet. Zunächst erledigt meine Mutter die übrigen Besorgungen am Vormittag, nachdem sie in der Brauerei Treber geladen hat, die dort um diese Zeit günstig abgegeben wird. Zum

Einkaufen parkt sie den Traktor mit dem Anhänger an der Ecke, wo die Grestner Straße von der Hauptstraße abzweigt. Die Treber auf dem Anhänger dampft wie ein Meiler. Dem Haufen entströmt ein würziger und erdiger Duft nach vergorener Gerste, der sich an solchen Tagen über das Städtchen legt. Sobald sie mit ihrer Fracht zurückgekehrt ist, gönne ich mir das Vergnügen, die Faust durch die ausgekühlte Kruste zu bohren und den Arm bis zum Ellbogen im heißen und in meiner Vorstellung lavaartigen Inneren zu versenken. Im daneben verstauten Korb, dessen Inhalt der Grund ist, warum ich den Anhänger erklommen habe, verstecken sich die Bensdorp-Schokoladen, welche meine Mutter heimgebracht hat. Seit meine Mutter am Nachmittag mit dem Auto einkaufen fährt, ist es auch mir möglich geworden, sie dabei zu begleiten. Die Wartezeiten in der Gemischtwarenhandlung am Marktplatz erlebe ich als quälend und nehme sie nur deshalb in Kauf, um meine speziellen Bedürfnisse erfüllt zu sehen. Da es dort keine Selbstbedienung gibt, wartet jeder Kunde, bis er an der Reihe ist. Die Chefin selbst bewegt sich hinter dem abgewetzten Pult und schafft alles herbei. Abschließend wird jeder Artikel in die Registrierkasse eingegeben. Zuerst die Grundnahrungsmittel wie Mehl, Zucker, Kokosfett und was meine Mutter sonst noch zum Kochen benötigt. Fruchtjoghurt, Wurstaufschnitt, Fischkonserven und weitere Genussmittel werden nur deswegen gekauft, weil ihre Kinder danach verlangen. Als Luxus, der allein für sie bestimmt ist, behält sie sich zwei Flaschen Orangensaft vor.

Mit der Zeit stehe ich mit dem Geschäft und seiner Inhaberin auf immer vertrauterem Fuß. So ergibt es sich, dass ich in der Zeit vor meinem Musikunterricht oder einem Begräbnis, bei dem ich am Nachmittag ministriere, im Hinterzimmer des Geschäftslokals meine Schulaufgaben schreibe. Die Frau Chefin zeigt mir einmal, wie sie die schweren und tiefen Laden, die mühsam in die Kommode zurückzubewegen sind, mit dem Steiß zuschiebt. Sie ist eine resolute und humorvolle Frau, die gelernt hat, bei welcher Eitelkeit sie ihre jeweiligen Kunden zu packen hat. Der gescheiten und schlagfertigen Frau fällt es leicht, die Sympathie meiner Mutter zu gewinnen, die in ihr eine verwandte Seele sieht und ihre Zuneigung nicht anders ausdrücken kann als durch die regelmäßigen Einkäufe. Als es mittlerweile so weit gekommen ist, dass meine Mutter auch noch meine Schwester in der Obhut der Geschäftsfrau am Nachmittag gut aufgehoben weiß, hat sich längst eine Art des bargeldlosen Zahlungsverkehrs etabliert. Diese sieht die Begleichung all dessen, was wir konsumieren, beim nächsten Besuch meiner Mutter vor. Das ist dann gelegentlich schon mehr als bloß eine Wurstsemmel, denn das Geschäft führt neben Lebensmitteln auch Haushaltswaren und Textilien. Doch auch diese Frau geht zuletzt in Pension. Dabei kommt es zur Geschäftsauflösung, und die Inhaberin stößt nach langer Zeit wieder einmal bis auf den Grund ihrer Sammlung von Belegen und Rechnungen vor. Wie ein Neuntöter seine Beute, die er später zu verschlingen beabsichtigt, hat sie unbezahlte Kassazettel auf einen Nagel gespießt. Unter diesen taucht auch eine Rechnung für eine Jeanshose auf, die meine Schwester im Auftrag und in Absprache mit unserer Mutter gekauft hat. Meine Mutter hasst nichts mehr, als in der Schuld zu stehen, und begleicht solche Beträge normalerweise prompt. Da sie immer an diesem Prinzip festhält, meint sie, auch diese Summe bezahlt zu haben. Es ist wohl nicht die Höhe des Betrages, die meine Mutter, die recht stur sein kann, bewegt, die Forderung zu bestreiten. Es sind vielmehr die persönliche Zurückweisung und der Vertrauensbruch, die sie in ihrem Glauben an die Menschheit enttäuschen. Sie beklagt das Unrecht, das ihr angetan wird: „Über so viele Jahre habe ich dieser Frau Geld hingetragen, und jetzt kommt sie mir so!“ Meine Mutter beharrt auf dem Standpunkt: Ob die Hose bezahlt sei oder nicht, würde angesichts des Umsatzes, den das Geschäft mit ihren Einkäufen gemacht habe, nicht ins Gewicht fallen. Genauso gut könne die Geschäftsinhaberin auch vergessen haben, die bezahlte Rechnung beiseite zu legen. Da meine Mutter nicht zum Einlenken bereit ist, kommt es zur Gerichtsverhandlung. Mir wird berichtet, sie habe sich dort furchtbar danebenbenommen und ihre Kontrahentin mit wüsten Schimpfworten bedacht. Damit verliert sie den Prozess und muss nicht nur die Hose bezahlen, sondern auch die Gerichtskosten tragen.

Als dann der Krieg kam und unser Peter sein Leben lassen mußte in Rußland, gab es eine große Trauer in unserer Familie. Aber wir haben dieses Leid ertragen müssen. Ja und im Jahr 1946 ist der Tini ihr erster Mann verunglückt, das war auch wieder ein großes Unglück für unsere Familie. Im Jahr 1948 hat die Tini zum zweiten Mal geheiratet, auch der Willibald hat geheiratet in diesem Jahr. Und 1953 hat auch die Resl schon geheiratet. So wurde unsere Familie schon viel kleiner. Ja man kann sagen, unsere Eltern haben alles gemeistert! Dann hat jemand unserem schönen Familienleben ein furchtbares Ende gemacht!!!....

Eine undatierte Notiz meiner Tante

Das Haus hätt' passt, die Kirche auch, nur der Heilige nicht!

Als meine Urgroßmutter Barbara 1882 zehn Jahre alt ist, stirbt ihre Mutter Theresia, eine geborene Ressl. Diese war bereits die zweite Frau des Witwers Johann Brandl gewesen. Noch im Todesjahr seiner Frau heiratet mein Ururgroßvater Johann Brandl ein drittes Mal. Seine Tochter Barbara arbeitete noch auf dem Hof ihres Vaters als Magd, als dessen Enkelin Christine im Jahr 1895 geboren wurde. Meine Großmutter, deren Leben erst nach siebenundneunzig Jahren enden sollte, war ein uneheliches Kind. Ihre Mutter heiratete später einen anderen Mann als den, mit dem sie das Kind gezeugt hatte. Der leibliche Vater meiner Großmutter steht nicht mit völliger Sicherheit fest. In einer Urkunde scheint ein Michael Dollfuß aus Zimmerau auf, der sehr *weitschichtig*, also entfernt, mit Engelbert Dollfuß verwandt ist. 1899 stirbt Barbaras Vater, und seine Witwe Anna, eine geborene Deweis, ehelicht den Leopold Waigl. Der Bauernhof, der Barbaras leiblichen Eltern gehört hatte, ihre *Hoamat*, war dann in der Hand von blutsfremden Menschen. Im niederösterreichischen Voralpenland wurde von Ehepartnern aus der bäuerlichen Bevölkerung, die oft unterschiedlichen Alters waren, bei der Heirat üblicherweise Gütergemeinschaft vereinbart. In Verbindung mit dem Anerbrecht hatte das zur Folge, dass Bauernhöfe im Todesfall regelmäßig an Ehepartner und nicht an eines der leiblichen Kinder des Erblassers fielen. Nur bei einer regulären Übergabe noch zu Lebzeiten der Bauersleute, die dies nach Möglichkeit aufzuschieben trachteten, hatte der jüngste Sohn eine Chance auf das Erbe. Unter der „Heimat" wurde in der bäuerlichen Sprache meiner Vorfahren lediglich das

Haus verstanden, wo man seine Kindheit verbracht hat. Bis zu ihrer Heirat lebt Barbara Brandl mit ihrer Tochter Christine noch im Haus ihrer Stiefeltern, dann übersiedelt die Mutter mit dem Mädchen nach Oberndorf. Der Stiefvater meiner Großmutter bringt auch ein Mädchen in die Ehe ein, welches sechs oder sieben Jahre älter ist. Die Stiefschwester drangsaliert Christine. Auf dem Schulweg passt das größere Mädchen sie ab und nimmt ihr das Brot weg, das sie von daheim mitbekommen hat. Man muss die Untat daran messen, dass die Brotlade versperrt war und den Kindern die Rationen karg zugemessen wurden. Die Mutter schnitt ihren Kindern die Brotscheiben ab und begünstigte nach Gutdünken ihre Favoriten. Der Anteil am Essen war der Gradmesser der Position jedes Einzelnen in der Hierarchie auf dem Bauernhof.

Mit der älteren Halbschwester teilt sie auch das Bett. Wenn diese ihren Freund empfängt, soll das kleinere Mädchen sich ans Fußende des Bettes zurückziehen und z'samm'hockerln, damit das Paar den Rest der Bettstatt für sich hat – wobei nicht mehr vorfällt, als dass die beiden angekleidet beisammen liegen und sich unterhalten, was damals *Bettfreien* genannt wurde. Meine Großmutter wächst als die Halbschwester von mehreren Geschwistern auf, die dann in der neuen Heimstatt ihrer Mutter in Oberndorf an der Melk geboren werden. Sie ist die einzige in der Familie mit dem Namen Brandl, dem Namen ihres Großvaters. Die junge Familie führt ein hartes und entbehrungsreiches Leben. Bares Geld kommt wenig ins Haus. Christine Brandl kann geschickt mit Nadel und Faden umgehen und näht bis spätnachts noch die Kleider ihrer Geschwister. Trotz der harten Arbeit wächst meine Großmutter zu einem bildschönen und begehrenswerten Mädchen heran. Mit sechzehn holt die Vergangenheit ihrer Mutter sie ein. Deren Stiefeltern sind mittlerweile alt geworden und suchen jemanden, dem sie den Hof übergeben können. Zwar leben Stiefsöhne auf dem Hof, die jedoch für eine Nachfolge nicht infrage kommen, da sie unverheiratet geblieben sind. Als Knechte verrichten sie die Arbeit auf dem Bauernhof ihrer Eltern, die sich die Stiefenkelin auf das Haus holen. Noch ist sie bloß eine Magd, doch bald soll sie zur Hoferbin werden. Als die Sechzehnjährige ihre Stiefgroßmutter einmal um Erklärung und Anleitung bittet, erwidert diese: „Stüh' [Stiehl] dir was und lass dabei jedem das Seine!" Für die bäuerliche Bevölkerung war das Lernen nicht an die Erklärung oder das Verständnis, sondern ganz an die praktische Tätigkeit geknüpft. Der Beobachtung und der Nachahmung wurde eine zentrale Funktion für das Lernen zugewiesen. Auf einem Rad zu fahren lernt man ja auch nicht, indem man es theoretisch begreift, sondern dadurch, dass man sich auf das Fahrrad setzt und losfährt.

Es fehlten nur noch zwei Dinge: Die junge Frau sollte erstens in den Stand der Ehe eintreten, und zweitens sollte der Bräutigam aus der Verwandtschaft der Stiefeltern meiner Urgroßmutter stammen, da nach dieser Seite hin weitere Erbschaftsansprüche bestanden. Ein junger Mann aus dieser Linie wird als idealer Partner für meine Großmutter gefunden. Er hieß Johann Deweis und war auf dem benachbarten Schweinzl-Hof daheim. „Das Haus hätt' passt, die Kirche auch, nur der Heilige war nicht der rechte!" – mit diesem Sprichwort umschreibt meine Mutter die Situation, in der sich ihre Mutter damals befand. Wenn die junge Frau ihre Arbeit im Stall beendet hat und die Küche betritt, sitzt dort am Tisch jener Mann, der ihr von der Verwandtschaft zugedacht worden ist. Sobald die übrigen Mitglieder der Familie ihre jeweilige Bettstatt aufgesucht haben und der Besucher immer noch da ist, kann sich meine Großmutter schon denken, was es damit auf sich hat. Sie soll ihn in ihre Schlafkammer mitnehmen. Doch immer wieder muss der junge Mann unverrichteter Dinge spätnachts den Heimweg antreten. Schließlich sieht die Familie ein, dass sie auf derart zartbesaitete Weise bei einer so eigensinnigen jungen Frau nicht weiterkommt. Nach dem Schlafengehen wird ihr kurzerhand der Bursche in die Kammer geschoben und dann von außen die Tür hinter ihm versperrt. Doch meine Großmutter weiß sich einen Ausweg. Das Gelass hat ein kleines Fenster. Die Öffnung ermöglicht dem eheunwilligen Mädchen die Flucht. Meine Großmutter schlüpft durch die Luke und entkommt so dem Schicksal ihrer Mutter. Christine heiratet stattdessen den Peter vom benachbarten Weiler Malberg. Im Jahr der Hochzeit, 1919, werden die Ersparnisse und das Heiratsgut meiner Großmutter, das sie vom Elternhaus in Oberndorf mitbekommen hat, von der Inflation aufgefressen. Sie kann davon gerade noch eine Plüschjacke für die Hochzeit kaufen. Sie und mein Großvater müssen außerdem noch dafür bezahlen, dass sie die Pläne der Verwandtschaft durchkreuzt haben. Deren Erbschaftsansprüche sollen abgegolten werden. Meine Großeltern zahlen in zwei Tranchen die anderen aus. Da dem Mann, der bei meiner Großmutter nicht zum Zug gekommen ist, der Betrag durch die Geldentwertung nach dem Ersten Weltkrieg verfällt, verlangt er nachträglich auch noch eine Jungkuh von ihnen, um seinen Verlust zu kompensieren.

Sie wird ihm halt gefallen haben …

Im Elternhaus meiner Mutter werden wir mit Tee bewirtet, der in bemalten, dickwandigen und Pokalen gleichenden Teegläsern serviert wird, die noch aus der *Ausstattung* meiner Großmutter stammen. Die Erwachsenen trinken russischen Tee mit Rum, die Kinder starken Pfefferminztee. Ohne die Gäste vorher gefragt zu haben, werden in jedes Glas drei Löffel Zucker getan. Der Zucker setzt sich in einer dicken Schicht am Boden ab. Jedes Mal, wenn der aus Salzburg eingeheiratete Onkel das Gespräch auf die Politik lenkt, schweigt die Runde verlegen und wechselt das Thema. Als Jugendlicher verspüre ich den Drang, meine politische Bildung unter Beweis zu stellen, und biete ihm bei einer solchen Gelegenheit heftig Paroli. Da sind wiederum alle unangenehm berührt, weil ich, der noch nicht trocken hinter den Ohren bin, es wage, dem Onkel zu widersprechen, der allein schon aufgrund seiner Lebenserfahrung Respekt verdiene. Onkel und Tante verfügen über einen schönen, mit Gewölbe ausgemauerten Keller, in dem alte Mostfässer aufbewahrt werden. Werde ich mit dem Krug um Most geschickt, so führt mein Weg über die Gred'n, ein gezimmertes Podest, das sich im Hof längs der Mauer des Wohntraktes zieht. Als mein Cousin den Bauernhof modernisiert, zerschlägt man die Gewölbe. Ein neuer und luftiger Stall für viele Kühe wird an ihrer Stelle errichtet. Während mein Cousin seinem Verdienst nachgeht, bewältigt seine Frau mit ihrer Schwiegermutter die Arbeit auf dem Hof. Einige Jahre später lässt er sich von seiner Frau scheiden und zieht zu einer jüngeren Arbeitskollegin. Ohne ihren Mann ergibt die Mühsal in der Landwirtschaft für die erste Frau keinen Sinn mehr. Sie lebt jetzt allein mit ihrer Schwiegermutter auf dem Hof mit den überdimensionierten und leerstehenden Stallungen. Also sind die Gewölbe ganz unnötig zerstört worden. Einer schrulligen und unverheiratet gebliebenen Tante ging dieses Fiasko auf ihrem und meiner Mutter Elternhaus so zu Herzen, dass sie einmal im Familienkreis jammerte: „Wie konnte er sein Elternhaus für eine neue Frau aufgeben, wie konnte er das nur machen?!" Mein Vater erwiderte daraufhin trocken: „Sie wird ihm halt gefallen haben ..." Mit dieser spöttischen Antwort handelte er sich einen befremdeten und strafenden Blick der Tante ein.

Dann muss etwas Furchtbares mit mir geschehen sein!
(23. 5. 1922 – 12. 12. 2003)

Hannis korrekter Dutt würde einer Gouvernante aus dem vorletzten Jahrhundert zur Ehre gereichen. Nie erkennt man bei ihr ein Anzeichen jener Unförmigkeit und Schwammigkeit, von denen viele Frauen in den Wohlstandsjahren heimgesucht werden. Sie lässt sich nicht gehen. Ihr Aufzug signalisiert ihr Desinteresse, sich gefällig darzustellen.

Wann immer die Rede auf einen Krieg um Inseln im Südatlantik, einen Putsch in Russland oder ähnliche Themen der Weltpolitik kommt, über die sich die Leute ereifern, wiegelt sie ab: „Ich kenne mich dort nicht aus, ich weiß nicht Bescheid, ich kann dazu nichts sagen", und erweist unseren Kenntnissen und Standpunkten ihre Anerkennung. Für Urlaubsgeschichten hat sie nur ein freundliches und verwundertes Lächeln übrig, ein Lächeln, das ihr Unverständnis verbirgt, warum ihren Neffen diese Kapricen so viel bedeuten. Urlaub heißt für sie, in ihrer eigenen Wohnung sein zu können. Sie, die seit 1967 als Küchengehilfin in einem Vorarlberger Kurhotel arbeitet, kann nur außerhalb der Saison ihre Eigentumswohnung in Steinakirchen bewohnen, die sie 1983, mit einundsechzig Jahren erst, bezogen hat. Dort lebt sie in einem gesichtslosen Neubau am Ortsrand zwischen unpersönlichen Einrichtungsgegenständen ein unauffälliges, bescheidenes Leben. Für die Eskapaden der Jugend, die sich verwirklichen will, hat sie nicht mehr als ein Schulterzucken oder Stirnrunzeln übrig. Sie legt keinen Wert auf die Anstrengungen einer emanzipierten Existenz. Zuvorkommend und diensteifrig verrichtet sie ihre Arbeit. Hanni fährt mit dem frühesten Zug von Steinakirchen nach Wieselburg, steigt dort in den Zug nach Purgstall und geht vom Bahnhof eine Stunde bis zu ihrem Elternhaus, das von ihrer jüngeren Schwester und deren Mann bewirtschaftet wird. Die Reise, die man mit dem Auto leicht in zwanzig Minuten bewältigt, kostet sie einen Vormittag. Sie wartet ihrer Mutter auf, die dort in der Ausgedingestube lebt. Auch diese habe ich als eine kleine traurige Frau in Erinnerung. Der Schmerz um den Verlust ihres erstgeborenen Sohnes im Krieg, um Hannis jüngeren Bruder Peter, ließ sich nie verwinden. Noch die Neunzigjährige wird von ihren Töchtern gefragt: „Hat die Mutter noch einen Wunsch?" Die grammatikalische Höflichkeitsform dient der Vermeidung des gegenüber den Eltern als respektlos angesehenen Du-Wortes.

Ich bin ungefähr zwölf Jahre alt, als uns Hanni an einem Nachmittag besuchen kommt. Sie hat sich nicht angemeldet, da sie in ihrer Wohnung kein Telefon hat. Meine Mutter ist gerade nicht daheim. Während Hanni auf ihre Schwester wartet, sorge ich zwei Stunden lang für ihre Unterhaltung. Mit Eifer kläre ich sie auf, dass die Wikinger Amerika entdeckt hätten. Sie ist verwundert und interessiert. Das sei ihr neu. Erst vor Kurzem stand ein Artikel in der Wochenzeitung *präsent* über die Ausgrabungen von L'Anse aux Meadows, wo die Anwesenheit der Normannen in Neufundland archäologisch dokumentiert ist. Ich lese Hanni die isländische Saga vor, die von der Entdeckung Vinlands durch Leif Erikson berichtet. Der Name des neuen Landes sei so euphemistisch gewählt worden wie jener Grönlands, der, wie ich Hanni ausführe, Grünland bedeute. Sie ist für den Zwölfjährigen die ideale Zuhörerin. Ihr aufrichtiges Interesse feuert mich an. Ich schleppe Bücher über Wikinger herbei. Wir landen mit Wilhelm in England, wir schlagen die Schlacht von Hastings. Wir stehen bewundernd vor dem Teppich von Bayeux. Wer sonst bewegte zur ersten Jahrtausendwende das Schicksal Europas als die Wikinger? Wer gründete Russland? Wer war in der Garde der byzantinischen Kaiser? Wer kämpfte in Sizilien gegen die Araber? Endlich kommen die wahren Hintergründe an den Tag. Für Hanni schreibe ich die Geschichte neu. Hanni ist mein erstes und bestes Publikum. Erhitzt und atemlos tauchen wir aus unserer Zeitreise wieder auf. Wir haben gemeinsam Jahrhunderte und Kontinente durchmessen, und dabei ist ihre eigene dramatische Geschichte noch gar nicht zur Sprache gekommen.

Meine Mutter hat sechs Geschwister. Ihre älteste Schwester Tini wurde im Jahr 1921 geboren und trägt den Namen der Mutter. Als nächstes Kind bekommen meinen Großeltern 1922 eine weitere Tochter: Hanni. Der erste Sohn, Peter, wird 1923 geboren und erhält den Namen des Vaters. Er ist im Alter von erst zwanzig Jahren dem Krieg zum Opfer gefallen. Danach kamen 1926 Willibald, 1928 Lilli, 1931 meine Mutter und 1939 ihr jüngster Bruder. Hanni und Lilli waren beide ältere Schwestern meiner Mutter, die von insgesamt sieben Kindern die Zweitjüngste war. Außer diesen beiden Schwestern verließen alle übrigen Kinder das Elternhaus. Auch meine Mutter, die bereits mit zweiundzwanzig Jahren heiratete, und der jüngste Bruder, dem von einer Krankheit mit vier Jahren eine Herzschwäche geblieben war. „Wenn du den Hof übernimmst“, meinte der Arzt, „bist du mit vierzig am Ende.“ Also wurde er aufs Franzisco-Josephinum geschickt. Nur Hanni und Lilli blieben ihren Eltern übrig. Hanni ist die Ältere von den beiden. Sie ist ihren Eltern gehorsam. Sie schuftet bis zur völligen Erschöpfung. Ihr ist keine Arbeit zu schwer. Sie fragt nie nach dem Lohn ihrer Anstrengung. Meine Großmutter schreibt in ihrem Lebens- und Erlebnisbericht, den sie 1972 in ihrem siebenundsiebzigstem Lebensjahr verfasst hat: „Mit all diesen Sorgen war die Hanni mit uns allein am Hof, sie sah alle und jede Arbeit und wußte oft nicht, was sie zuerst machen sollte.“ Lilli war dagegen die Kränkliche und Schwächliche. „Die Lilli war fünfmal im Spital – es hat alles sehr viel Geld gekostet – es musste eben da sein“, erinnert sich meine Großmutter. Lilli trägt ihrer Mutter die Härte nach, die aus diesen Worten spricht. „Der Vater hat uns öfters geherzt, die Mutter nie“, beschwert sie sich. Lilli leitet dieses Gefühlsdefizit aus der schweren Kindheit meiner Großmutter ab. Doch auch Hanni verfügte nicht über unerschöpfliche Kräfte. Während des Zweiten Weltkrieges gab es die Frau Grill in Ruprechtshofen, die von meiner Großmutter aufgesucht wurde, weil sie Hilfe für ihre Tochter Hanni suchte. Meine Tante hatte aufgrund von Überanstrengung einen völligen Zusammenbruch erlitten und war nicht weiter imstande, Nahrung zu sich zu nehmen. Ob und wie ihr die Spruchheilerin helfen konnte, kann meine Mutter sich nicht mehr erinnern.

Hannis jüngerer Bruder Willibald blieb nach seiner Rückkehr aus der Kriegsgefangenschaft im Jahr 1946 nur noch zwei Jahre bei seinen Eltern. Er war ein lebenslustiger Bursche, der gern in fröhlicher Runde seine Parodien und Lieder zum Besten gab. Auf selbstgebauten Schiern fuhr er im Winter am Abend zu seiner Liebe in die Reichersau und war dann nicht rechtzeitig zurück, um seinen Pflichten bei der morgendlichen Stallarbeit zu genügen. Der akzeptierte Freiraum für die Jugend war aber mit diesem Zeitpunkt begrenzt. Seine jüngere Schwester musste für ihren Bruder einspringen, während ihm der Vater für seine Verspätung eine Standpauke hielt. Als sich dazu noch ein voreheliches Kind einstellte, ein Sohn, verbrachte er immer mehr Zeit bei seiner neuen Familie. Die junge Frau war schon mit dem zweiten Kind schwanger, einem Mädchen, als sie von meinem Onkel Willibald im Jahr 1948 geheiratet wurde. Er übersiedelte endgültig zu den Schwiegereltern und trat mit dreiundzwanzig Jahren eine Lehre als Maurer an. Hanni verletzte sich beim Laubräumen im Frühjahr 1948 – kurz bevor ihre ältere Schwester zum zweiten Mal heiratete; Tinis erster Mann war mit dem Traktor von einer zusammenbrechenden alten Holzbrücke in den Erlauffluss gestürzt. Hannis Bänderriss wurde diesmal vom Beinbruchheiler August Distelberger (1904–1988) in Pyhrafeld versorgt, der für solche Fälle im ganzen Erlauftal gefragt war. Meine Mutter erzählt, dass daraufhin auch Lilli sich ins Bett gelegt habe, einen Schwächeanfall erleidend, und ihr, dem sechzehnjährigen Mädel, sowie den Eltern die ganze Arbeit überließ. Lilli wachte eifersüchtig darüber, dass keiner ihr den Status als bemitleidenswertes und der Pflege bedürftiges Wesen streitig machte. „Aber bei der Hochzeit ihrer Schwester", behauptet meine Mutter, „konnte sie wieder tanzen, drehte sich wie ein Kreisel!" Vielleicht war es aber doch die im gleichen Jahr stattfindende Hochzeit des Bruders Willibald, bei der sich Lilli amüsierte, wie meine Mutter es in einer anderen Version erzählt. Hanni, eine bildschöne junge Frau, kümmerte sich dagegen nicht um die Männer. Alle ihre früheren Männerbekanntschaften waren im Krieg gefallen. Sie betäubte ihre Trauer mit Arbeit. Manchmal überspannte sie den Bogen: „So ging das weiter, bis die Hanni schwer erkrankte. Sie hätte doch einmal sagen sollen, ich kann nicht mehr arbeiten, aber sie arbeitete, bis sie fast umfiel, denn sie war stets ein Mensch von Pflichterfüllung und Genauigkeit", lobt meine Großmutter ihre zweitälteste Tochter.

Um diese Zeit herum dürfte meine Tante Lilli das Verhältnis mit dem Hauer-Naz aus Oberndorf angefangen haben. „Alle [aus ihrer Familie] waren dagegen [gegen die Beziehung]", behauptet Lilli im Nachhinein. Da Lilli in ihrer Anfangszeit mit dem Hauer-Naz zu verstehen gab, dass dieser – und damit auch das Paar insgesamt – am Hof der Eltern nicht interessiert seien, galt möglicherweise eine Zeitlang meine Mutter als logische Kandidatin. Obwohl meine Mutter mit ihren Eltern nie darüber sprach, wurde sie – nach eigener Aussage – in der Umgebung als geeignete Hoferbin angesehen.

Irgendwann zwischen 1948 und 1952 änderte Lilli ihre Meinung, vielleicht weil meine Mutter ab 1949 verlobt war. Deren Auserwählter war schließlich schon bei seinen Firmpaten als präsumtiver Erbe in Stellung gebracht. Lilli und ihr Freund scheinen damals bei meinen Großeltern offiziell ihren Wunsch nach Nachfolge und Übernahme deponiert zu haben. Ihre Schwestern legten dagegen Protest ein, ohne sich aber als Gegenkandidatinnen in Position zu bringen. Meiner Mutter genügte und schmeichelte es, dass meine Großmutter zu ihr sagte: „Um dich müssen wir uns niemals Sorgen machen, du bringst dich in jeder Lage gut fort!" Lilli, die erstmals um 1950 herum versucht hatte, gemeinsam mit ihrem damaligen Freund das Weilach von meinen Großeltern übertragen zu bekommen, musste fast fünfzehn Jahre darauf warten. Denn meine Großeltern hielten Lilli und ihren Freund, den Hauer-Naz, solange hin, bis er sich von meiner Tante abwandte, eine andere Frau suchte und diese, noch vor der Hochzeit meiner Eltern im Jahr 1953, ehelichte. Nach der Trennung von ihrem Freund stand Lilli wieder ohne eine Zukunft da. Für das Scheitern ihrer damaligen Beziehung machte sie die Hinhaltetaktik der Eltern verantwortlich. Sie fühlte sich erniedrigt und verletzt durch die lange Wartezeit. Die mittlerweile Dreißigjährige gab der ungeklärten Nachfolgesituation in ihrem Elternhaus die Schuld an ihrer Einsamkeit.

Meine Großeltern hatten es geschafft, mit unklaren Signalen, die sie an ihre Kinder aussandten, alle vor den Kopf zu stoßen. Jedes fühlte sich ungeliebt und benachteiligt, ohne dieses Gefühl artikulieren zu können. Hanni wäre mit der Vorstellung, die familiäre Situation könne sich verändern, nicht zurechtgekommen: „Wir brauchen keinen Mann, wir schaffen's auch so!", sei die Ansicht der älteren Schwester gewesen. Meine Mutter erinnert sich, wie Lilli in einer Nacht davonrannte und sich vom Vater suchen ließ. Sie verdächtigte ihre Eltern und ihre Schwester, ihre Aussichten bei den Burschen der Umgebung zu hintertreiben. Und dann verkündete Lilli plötzlich im Familienkreis, der Vater habe ihr das Haus versprochen. Mein Großvater dementierte heftig. Aber meine Großmutter setzte ihm mit Vorwürfen zu: „Wie kannst du das machen? Die Lilli eignet sich doch nicht zur Bäuerin!" Lilli setzte ihre Eltern unter Druck. Wenn ihre Fähigkeiten in Abrede gestellt wurden, griff sie sich an den Brustansatz und seufzte: „Mein Herz, mein schwaches Herz macht das nimmer lang mit!"

Ungefähr im Jahr 1960 bekamen meine Eltern Besuch von den Eltern meiner Mutter. Lilli war wieder einmal verschwunden. Sie war nach St. Pölten ins Krankenhaus geflüchtet, ohne ihre Eltern davon in Kenntnis zu setzen. Meine Großeltern baten meine Eltern, das Weilach zu übernehmen und dafür der Lilli das Haus in Holzhäuseln zu überlassen oder für sie ein anderes zu errichten. Nicht nur mein Vater lehnte das ab, sondern auch meine Mutter erklärte ihnen, dass sie mit diesem Angebot zu spät gekommen seien. Meine Eltern spielten bei dieser Rochade nicht mit. Für meinen Vater war die Aussicht, sich in der Landwirtschaft abzurackern, wenig verlockend. Er habe damals schon mit dem Landmaschinenhandel angefangen, berichtet meine Mutter.

1961 eskaliert der Streit. In der Nacht des zehnten September geht das Haus in Flammen auf. Feuer ist gelegt worden. Der Dachstuhl, der Wirtschaftstrakt und die Scheunen brennen nieder; alle Vorräte, das ganze Heu, Stroh und Getreide gehen verloren. Auch ein Familienmitglied ist seit dieser Nacht abgängig: Hanni. Da die Feuerwehr befürchten muss, dass sie vielleicht beim Brand ums Leben gekommen sei, wird sie überall gesucht. Hanni wird erst nach zwei oder drei Tagen im Wald, im Pyhragraben, gefunden, verwirrt und hilflos. Ihre Flucht macht sie zur Hauptverdächtigen für die Brandstiftung. Hanni liegt danach lange Zeit krank danieder und dürfte – nach Lillis Erinnerung – auch in die Psychiatrische Landesanstalt in Mauer bei Öhling verbracht worden sein. Ihr Körper weigert sich, Nahrung anzunehmen. Sie kann sich nicht überzeugend gegen den Verdacht verteidigen, das Feuer gelegt zu haben. Ihre Erinnerung an die schreckliche Nacht ist gelöscht. In der Öffentlichkeit steht sie als Brandstifterin da. Hannis geschockte Eltern widersprechen dem nicht. Meine Mutter eilt ihnen zu Hilfe. Sie beginnt sogleich die Wohnräume aufzuwischen, die durch den Ruß, das Löschwasser und die Fußspuren der Feuerwehrleute verwüstet sind. Lilli ekelt sie gleich wieder hinaus: „Glaub ja nicht, du könntest dich hier als die Besitzerin aufspielen!" Und zu Hanni sei Lilli der Satz eingefallen: „Meine Grube füllt es nicht, aber es wäre besser, es gäbe sie nicht mehr."

Oder in einer anderen Version: „Meine Lucka füllt es nicht, aber besser, die Hanni wär' erlöst."

Hanni kann den Verdacht, den Brand gelegt zu haben, auch nach ihrer Genesung und Heimkehr nicht ausräumen. Auch von ihren Eltern erhält sie dabei keine Unterstützung. Meiner Mutter erzählt sie Widersprüchliches von der Brandnacht, in der sie glaube, von jemandem den Hang zum Nachbarhof Malberg hinaufgeführt worden zu sein.

Von allen in Stich gelassen kapituliert sie vor ihrer Schwester. Diese hat sich mittlerweile über ein Zeitungsinserat einen Mann organisiert, einen Holzknecht aus dem Salzburgischen. Die beiden übernehmen den Hof. „Die Hanni war bei der Lilli im Dienst – und bekam im Monat nur hundert Schillinge", erinnert sich meine Großmutter im Jahr 1972. Erst 1964 verlässt Hanni ihre Heimat. 1987 verfasst meine Großmutter ein Testament. In diesem verfügt sie,

... dafür zu sorgen, daß nach meinem Tod Ämter und Behörden erfahren, daß meine Tochter Lilli in der Nacht des 10. September 1961 unser Haus angezündet hat. Zuvor hat sie noch versucht, meine Tochter Hanni aus dem Weg zu räumen, damit sie freie Hand hat. Dies ist die Wahrheit, doch wir – mein Mann und ich – konnten zu Lebzeiten nicht darüber reden.

Es gibt eine lange Debatte darüber, wer denn damals die Schulden aufgehäuft habe, die auf dem Hof Weilach zu lasten begannen. Lilli sieht ihre Eltern in dieser Verantwortung, doch meine Mutter schiebt alles auf Lilli, die in diesen Jahren schon das Heft in der Hand gehabt habe. Durch das Abbrennen erhöhten sich die Hypotheken, und der Mann, den Lilli schließlich auftrieb, fühlte sich getäuscht, als er erfuhr, dass seine zweihunderttausend Schilling für den Schuldendienst draufgehen würden. Lilli schickte ihre Mutter zu ihm, um die Gefahr eines Rückziehers abzuwenden. In dem vierzehn Jahre währenden Familienkrieg trat Hanni nie als ernsthafte Konkurrentin ihrer Schwester auf. Zugunsten des Familienfriedens war sie zu jeder finanziellen Unterordnung und Nachreihung bereit. Das schloss nicht aus, dass sie nicht gelegentlich als Sprachrohr der Eltern, die mit Lilli unzufrieden waren, zur Verfügung stand. Hannis Zusammenbrüche – soweit mir bekannt – verweisen durch zeitliche Nähe auf Krisensituationen der Familie. Während des Zweiten Weltkrieges, als der geliebte Bruder Peter fiel, kollabierte Hanni zum ersten Mal, dann 1948, als ihre ältere Schwester sich neu verheiratete und der Bruder Willibald mit seiner Heirat einen endgültigen Trennstrich zum Elternhaus zog, 1961, als das Haus brannte, und schließlich 2003, als ihr jüngster Bruder, dem sie vertraute, sie dem Pflegeheim auslieferte. Die Chronologie von Hannis Zusammenbrüchen liefert Eckdaten der Familiengeschichte. Ihre Koinzidenz mit dramatischen Einbrüchen in die Normalität und den geregelten Ablauf des Alltags wurde Hanni zur Last gelegt, der Überbringer der schlechten Nachricht wurde bestraft.

Für Hanni ist der um siebzehn Jahre jüngere Bruder Ersatz für das Kind, das sie nie hatte. Sie vertraut ihm blind. Er sieht in ihr die Schwester, die zu unbeholfen ist, um ihr Leben zu meistern. Die er zuerst ins Gasthaus Kraus nach Ruprechtshofen, dann ins Kolpinghaus zum Präses und schließlich in den Kurbetrieb Felbermayer im vorarlbergischen Gaschurns vermittelt. Er fädelt den Wohnungskauf ein. Sie glaubt ihm auf diese Weise einen Gefallen zu tun; sie meint ihm so eine Heimstatt und einen Zufluchtsort zu schaffen, wenn ihn wieder einmal eine seiner Frauen hinausgeworfen hat.

Zum Brand des Elternhauses gibt er bereitwillig Auskunft. Alle Aussagen sollen aber nur eine ganz bestimmte Schuldhypothese belegen. Wie oben auf dem Aspelberg ein Besucher des Wirtshauses, der sich mitternächtlich im Freien Erleichterung verschaffte, das Feuer am abseitigen Stadeleck auflodern sah. Wie er, der damals schon im Franzisco-Josephinum war, seiner Schwester mit Fragen nach der Brandnacht zusetzte. Bis sie, die unter totalem Gedächtnisverlust litt, ihm die gewünschte Information gab, sie sei von Lilli des Nachts über die Treppe zum Getreidespeicher hinauf auf die *Auslag* [wie ein hölzerner Balkon, der an der Innenseite des Hauses verläuft, genannt wurde] geführt worden, von wo sie jedoch entfliehen konnte, bevor jene Gelegenheit hatte, sie hinunterzustoßen. Wie sie, als sie den Gegenhang hinaufrannte, bereits gesehen habe, wie das Feuer aufflammte. Zwei Tage war sie damals abgängig. Bis man sie weit entfernt in einem Graben fand, in das niedere Unterholz verkrochen. Für ihn ist höchst verdächtig, dass Lilli die erste war, die Alarm schlug und die Pferde schon beim Nachbarn in Sicherheit gebracht hatte, bevor noch die Eltern aus ihrer Schockstarre erwacht waren.

Wer jetzt wem was bezahlt hat und wer wen mit welchen Beträgen unterstützen musste, bleibt im Dunkel dieser verworrenen Beziehung und spielt nur noch im buchhalterischen Denken des Bruders eine Rolle. Nachdem sie entmündigt und das Türschloss ihrer Eigentumswohnung ausgetauscht worden ist, gibt er sie im Heim ab. Weil sie ihrer Schwester einen Dämpfer und eine Kreissäge sowie ihrer Nichte ein Abonnement von Readers-Digest bezahlt hat, ohne dafür auf Gegenleistung zu hoffen. Weil sie auf ihrer eigenen Art beharrte, unvernünftig zu sein. Weil sie sich nicht für die Rituale ländlicher Geselligkeit verwenden ließ. Und weil ihr, als sie einmal zur Nachbarin ging, die Wohnungstür zugefallen ist und sie sich ausgesperrt hatte, währenddessen die Herdplatte unter dem Kochtopf eingeschaltet war. Als es soweit ist, dass nur noch er Zutritt zur Wohnung seiner Schwester hat, führt er darin eine Inventur durch. Er vergleicht die aufgefundenen Belege und Rechnungen mit den vorhandenen Gegenständen und verdächtigt die übrige Verwandtschaft bei jedem Kleidungsstück, das nicht auffindbar ist, es sich unrechtmäßig angeeignet zu haben. In einem bitterbösen Brief an seine Geschwister listet er penibel die Fehlstücke auf. Den Betrag für die Kreissäge droht er von seiner Schwester einzuklagen. Im Gegenzug interveniert sie bei der zuständigen Richterin in Scheibbs, den Sachwalterbescheid zurückzunehmen. Er schlägt zurück, indem er seinen Geschwistern per Brief vom Rechtsanwalt verbieten lässt, ihre gemeinsame Schwester zu besuchen. Hanni wehrt sich nur ganz selten gegen diese Bevormundung. Als ihr der Bruder Psychopharmaka verschreiben lässt, versteckt und vernichtet er die Beipackzettel. Er wird mir dies nicht ohne Stolz über seine damals bewiesene Umsicht erzählen. Sie erkundigt sich nach den Nebenwirkungen. Er beschwichtigt sie. Wenn er sie zum Psychiater bringt, fragt sie ihn, ob das wirklich notwendig sei.

An die Schwester lässt er niemand heran. Er beschwert sich über die Belastung, ist aber nicht zu einer Aussprache oder Vereinbarung mit seinen Geschwistern bereit. Weil er keinem über den Weg traut, behandelt er die Schwester Hanni wie ein Eigentum. Als sie bei ihrem letzten Spitalsaufenthalt sich außerstande sieht, Nahrung zu akzeptieren, wird er um seine Einwilligung gebeten, ihr operativ eine Magensonde einsetzen zu dürfen. Kurz vor dem für den Eingriff vorgesehenen Termin stirbt sie. Nur mit ihrem Tod kann sie diese letzte, ultimative Herabwürdigung von sich weisen. Hanni nimmt ein trauriges und einsames Ende. Als ihr Körper sich wieder einmal weigert, Nahrung zu behalten, stirbt sie den grausamen Hungertod. Zu spät fällt meiner Mutter ein, dass ihre ältere Schwester schon als junge Frau magersüchtig gewesen sei. Mit der Liquidation ihres Haushalts ist sie dem Tod geweiht.

Unter all den Belegen und Kassazetteln findet ihr Bruder nach ihrem Tod auch persönliche Notizen, die auf lose Zettel im Format A5 gemalt sind, in etwas schreibungewohnter Handschrift, da ihre erste Gebrauchsschrift Kurrent war. Hannis vermutlich einzige authentische Äußerung zum Brand ihres Elternhauses ist dabei:

Ich war am Abend oft sehr müde von so viel Arbeit. Der Vater, meine Schwester Lilli und ich machten am Abend zuerst immer die Stallarbeit, nachher fütterte ich noch die Schweine. Ich kann mich noch gut erinnern, einmal als wir mit der Stallarbeit fertig waren, ging ich in die Küche und setzte mich nieder, weil ich so sehr müde war. Mir kam der Schlaf. Die Mutter sagte zu mir

Und wenn ich so zurückdenke, dann muß etwas Furchtbares mit mir geschehen sein, ~~denn kann ich konnt Mein~~

[Der Beistrich vor den durchgestrichenen Wörtern nachträglich zu einem Punkt verändert!]

Es ist die Geschichte einer Frau, die aus ihrem Kindheitsparadies vertrieben wurde. In den Dokumenten, Fotos und Erinnerungen wollte sie das Verlorene retten, es wieder auferstehen lassen, das Zerbrochene wieder ganz machen. Hanni bewahrte den letzten Brief des am 27. März 1943 gefallenen Bruders als einen Familienschatz. Als Hanni ihren Bruder und ihren Freundeskreis im Krieg verloren hatte, war aus dem Leben ein prekäres Schlittern auf dünnem Eis geworden, durch das sie ständig zu brechen drohte. Für sich selbst zu raffen und zu schaffen und sich etwas aufzubauen, bedeutete ihr nichts mehr. Lieber gab sie hin, ohne dafür etwas zu erheischen. Sie machte Geschenke, ohne dafür Gegengeschenke zu erwarten. Ihr Schenken war so frei von Erwartungen, dass sie dafür weder Dankbarkeit noch die Freude des Beschenkten benötigte. Ihr Handeln war wahrhaft altruistisch. Meine Mutter beschwor regelmäßig ihre Schwester, sie solle doch endlich auch einmal an sich selber denken. Verzweifelt versuchte sie meine Tante von den Grundsätzen eines g'sunden Egoismus zu überzeugen. Vergeblich. Hanni weigerte sich, ihren eigenen Nutzen vor den anderer zu stellen. Als ihr letztes Geschenk empfange ich das Vorbild eines einzigartigen und besonderen Lebens.

Marie und Konrad in Ober-Weilach

Der Aspelberg ist eine gleichermaßen mächtige wie sanfthügelige Erhebung am Übergang des Alpenvorlandes zu den Voralpen. An seine östliche Flanke schmiegen sich zwei Höfe, das Ober-Weilach und das Unter-Weilach, wo meine Mutter aufgewachsen ist. Die Familien, denen diese Häuser als Wohnstätten dienen, haben eine gemeinsame Geschichte. Das Schicksal zweier Kinder, von Marie und Konrad, dient als Leitfaden durch diese Geschichte, deren Fäden einerseits verworren und zerrissen, gleichzeitig aber auch untrennbar verfilzt sind. Ich muss mir das, was sich ereignet haben könnte, aus widersprüchlichen Fragmenten zusammensetzen und werde wohl kaum alles richtig verstanden haben. Daher bleibt vieles offen und ungeklärt.

Die Geschichte hat lange vor 1919 begonnen, dem Jahr, als mein Großvater, der auf dem Hof Malberg aufgewachsen ist, meine Großmutter heiratete, und sie gemeinsam den Hof Unter-Weilach von ihren Stiefgroßeltern übernahmen. Auf dem Nachbarhof, dem Ober-Weilach, war es schon zu einem früheren Zeitpunkt zu einer Familientragödie gekommen, als der damalige Besitzer, der mit einer jüngeren Frau verheiratet war, sich wegen ihrer Untreue erhängte. Die junge Bäuerin hatte nämlich ihren Mann lächerlich gemacht und damit ihre Fehltritte überspielt. Die Witwe heiratete einen der Knechte auf ihrem Hof und gebar diesem zwei Töchter. In den frühen Zwanzigerjahren diente dort auch der um zwei Jahre ältere Bruder meines Großvaters, mein Großonkel Josef, als Knecht. Mein Großonkel hat auf seiner Dienststelle im Ober-Weilach seine uneheliche Tochter Marie bei sich. Marie ist die Nichte meiner Großeltern und um einige Jahre älter als deren Kinder. Solange das Kind nur krabbeln und noch nicht gehen kann, wird es auf dem Arbeitsplatz seines Vaters in eine Brennholzkiste gesetzt, in der es gefangen bleibt. Später muss ihm ein rupfener Sack als Kleidung reichen. Das Spielzeug der Haustöchter darf es nicht anfassen. Dem Mann, der die Nichte seines unmittelbaren Nachbarn im Unter-Weilach bzw. die Enkelin des Bauern auf dem Malberg auf eine solche Weise behandelt, wird dieses Verhalten aber keinen Segen bringen.

Die Beziehung zwischen den beiden benachbarten Höfen wird außerdem durch die Schweine belastet, die im Ober-Weilach frei herumlaufen und in den angrenzenden Feldern des Unter-Weilach Schäden verursachen. Bis er aus Anlass seiner Verheiratung einen Ackerstreifen vom Elternhaus in Malberg bekommt und als Schuldiener von Purgstall einen eigenen Hausstand gründen kann, muss Josef dankbar sein, dass sein Dienstgeber Maries Anwesenheit duldet. Auch nach seiner Verehelichung ist er darauf angewiesen, dass er sich für sein kleines *Wirtschaftl* mit dem Rucksack Obst und Getreide vom Hof seines Bruders holen kann. Marie ist Ende der Dreißigerjahre kaum erst erwachsen geworden, da lebt sie schon in Wien, wo sie eigenständig für ihren Unterhalt sorgt und bald Mutter wird. Gegen Ende des Zweiten Weltkrieges findet sie mit ihren beiden kleinen Kindern Zuflucht im Malberg, auf dem Hof ihres Großvaters. Als in den letzten Kriegswochen russische Tiefflieger die Gehöfte und Landstraßen überfliegen, erlebt meine Mutter die panische Reaktion der Kinder ihrer Cousine mit, die in Wien, von wo sie geflohen sind, Bombenangriffe erlebt haben.

Jener Mann, dem Marie als Kleinkind die Diskriminierung zu verdanken hatte, verlor nach der Geburt zweier Töchter das Interesse an seiner Frau, wandte sich einer jungen Magd auf dem Hof zu und schwängerte diese. Die Mutter des unehelichen Kindes muss ihren Arbeitsplatz verlassen, der Sohn verbleibt dem Vater und dessen Frau, die zu seiner Stiefmutter wird. Konrad, wie der Bub heißt, ist gleichen Alters wie mein Onkel Willibald, der mit seinen Geschwistern auf dem Nachbarhof Unter-Weilach aufwächst; und damit fünf Jahre älter als meine Mutter bzw. vier Jahre jünger als ihre Schwester Hanni. Das Kind Konrad wird von seinem Vater, dem ehemaligen Knecht, und seiner Stiefmutter in einem Ausmaß vernachlässigt, wie es sogar im bäuerlichen Umfeld negativ auffällt. Der Bub ist immer hungrig. Für Lebensmitteldiebstähle wird er daheim schwer geschlagen. Auf dem Nachbarhof weist er einmal seine mit dem Hammer malträtierten Finger vor – Strafe für den unerlaubten Besuch der Speisekammer. Ein anderes Mal schlägt ihn der Vater mit dem Kopf gegen den Boden. Immer wieder ist der Bub von daheim abgängig. Sobald er aufgegriffen wird, landet er in einer Besserungsanstalt, wo er während des Krieges einen Teil seiner Jugend verbringt. Auch von dort reißt er aus, treibt sich herum und bricht in sein Elternhaus ein, um sich zu versorgen. Nach dem Krieg gerät der Bub endgültig auf die schiefe Bahn und wird als Dieb straffällig. Im Gefängnis soll er sich an einer Maschine in der Druckerei vorsätzlich und gleichzeitig beide Hände schwer verletzt haben, geben meine Mutter und mein Onkel ein Gerücht wieder, in welchem den Händen ein Eigensinn zugestanden wird, wodurch sie den Unglücklichen zum Stehlen verleitet hätten. Um diese ihres unheilvollen Einflusses zu berauben, habe der Häftling die Hände absichtlich abgetrennt. Das Schicksal des Buben Konrad nimmt im Gedächtnis seiner Umwelt weitere sagenhafte Elemente auf: Der zweite Mann der Bäuerin und Vater des unglücklichen Jungen litt und starb an Kehlkopfkrebs. Ein hungerleidender Bettler, dem er aus Mitleidlosigkeit die Gabe verweigert habe, soll ihm prophezeit haben, er werde eines Tages an Hunger sterben. Durch die Krankheit des Bauern soll sich diese dunkle Ankündigung erfüllt haben. Meine Mutter sieht noch die abgezehrte und eingefallene Gestalt des Bauern auf seinem Totenbett vor sich. Die anfangs unverständliche, später jedoch auf unvermutete Weise sich erfüllende Prognose des abgewiesenen Bettlers ist ein häufiges Motiv traditioneller Sagen. Von Konrads Stiefmutter wurde behauptet, das Unglück, sich mit dem kochenden Brei aus dem Dämpfer im Gesicht verbrüht zu haben, wäre eine Strafe Gottes an der Frau gewesen. Die Heilerin Frau Grill aus Ruprechtshofen war für ihre scharfsichtigen Diagnosen bekannt. Den Kehlkopfkrebs erkannte sie sofort als unheilbar. Die Sicherheit ihrer Urteile wird als geradezu unheimlich beschrieben. Für Warzen und Überbeine hätte sie dieser Hellsichtigkeit nicht bedurft. Die Prägnanz und Relevanz ihrer Aussagen lässt auf große seherische und heilende Kraft schließen. Frau Grill, die meine Mutter als ein kleines verhutzeltes Weiblein in Erinnerung hat, muss ihre Zeitgenossen mit diesem Kontrast beeindruckt haben. Die Person der Heilerin ist in der Geschichte mit dem tragischen Schicksal ihrer Patienten verwoben. Der Tod des Bauern im Ober-Weilach durch Kehlkopfkrebs bestätigt die Diagnose der Heilerin, deren Ruf sogar noch dadurch gefestigt wird, dass sie dem Bauern, der sie um Hilfe ersucht, nicht beistehen kann oder will. Mit dem Tod des (negativen) Helden wird es erst möglich, jene Fäden der Erzählung, die vorher vielleicht lose und unorganisiert zwischen gegensätzlichen Deutungen pendelten, wieder miteinander zu verknüpfen und ihnen einen eindeutigen Drall zu geben. Die Sozialkritik der Geschichte besteht zum einen Teil darin, zu zeigen, wie unpassend und unangemessen der Aufstieg eines ehemaligen Knechtes sich vollzogen hat. Außerdem verdammt sie die (sexuelle) Emanzipation der Bäuerin. Auf der Basis moralischer und religiöser Verfehlungen (Ehebruch, Selbstmord) kann sich ja nichts Gutes entwickeln. Alles Unglück, das in der Folge eintreten wird (Straffälligkeit und Selbstverstümmelung des illegitimen Sohnes, Tod des Vaters an Kehlkopfkrebs, Verunstaltung der Frau im Gesicht durch einen Arbeitsunfall) ist in der Logik der Erzählung die Konsequenz des primären Sündenfalls der Bäuerin.

Eiche und Schöllkraut

In einer Heilungsgeschichte, die meine Mutter erzählt, ist es ihr Vater, dem es gelingt, die Krise abzuwenden. Als junge Frau bekommt sie von ihm den Eichenbaum gezeigt, von dem er den Bast abschälte, als sie noch ein Kleinkind war. Ihre Unterarme waren mit Abszessen (Eitergeschwulsten) bedeckt. Da kochten meine Großeltern die frische Eichenrinde aus und ließen ihre Tochter in dem Sud ein Bad nehmen. Es half. Als bei ihrem ersten Sohn der Säuglingsschorf auf dem Kopf hartnäckig zurückbleibt, fällt meiner Mutter das Rezept wieder ein. Ein *Vierziger* wird eine solche Hautflechte genannt, eine Anspielung auf die durchschnittliche Dauer. Doch bezieht sie die Eichenrinde dann schon aus der Apotheke. Und es hilft wieder.

Als mir meine Mutter vom Warzenkraut erzählt, werde ich hellhörig. Das Schöllkraut, das *Chelidonium majus*, spielte aufgrund seines rotgelben Saftes in der Vergangenheit eine Rolle als Heilmittel von Augen- und Lebererkrankungen. Seinen Ausgang nahm dies von der *Historia Naturalis*, deren Autor Plinius der Ältere erzählt, wie die Schwalben damit die Augen ihrer im Nest sitzenden Jungen heilen würden, nachdem diesen jene ausgestochen worden seien. Die prominente Kräuterfrau Maria Treben äußerte die Vermutung, dass aus Schöllkraut ein Heilmittel gegen Krebs gewonnen werden könne. Im Jahr 2012 wurde Wassil Nowicky verhaftet, der jahrelang ein solches Medikament gewerbsmäßig hergestellt und ohne Zulassung in Österreich vertrieben hatte.

Ich habe das Schöllkraut früher nie wahrgenommen. Heute frage ich mich, wie ich diese allgegenwärtige Pflanze so lange übersehen konnte. Ich hatte aber bloß nicht gelernt, sie zu sehen. In meiner Wirklichkeit konnte das Schöllkraut erst ankommen, als es an Bedeutung und damit an Wert für mich gewonnen hatte. Ich musste erst eine Beziehung aufbauen, um es wahrnehmen zu können. Meine Mutter kann im Herbst ihr Versprechen, mir das Warzenkraut zu zeigen, nicht gleich einlösen. Ich stelle mir eine geheimnisvolle Wunderpflanze vor, ein besonderes und einmaliges Kraut. Im nächsten Frühling fällt es mir wie Schuppen von den Augen. Wohin ich auch schaue, überall blüht Schöllkraut.

Wisse, mein Freund, dass die Liebe eine wirksame Macht über die Menschen besitzt und eine starke Herrschaft über sie ausübt, dass sie ihnen Befehle erteilt, denen man nicht widersprechen kann, und ihnen ein Gebot auferlegt, dem man sich nicht zu widersetzen vermag, dass sie eine Machtvollkommenheit über sie besitzt, über die man nicht hinweggeht, dass sie unumgänglich von ihnen Gehorsam heischt und einen tiefgehenden, unabwendbaren Einfluss auf sie ausübt. Wahrlich, sie löst starke Geflechte, trennt auf, was fest geknüpft, bringt Hartes zum Schmelzen und macht Festes wanken, sie lässt sich im Herzen nieder und erlaubt, was verboten ist.

Ibn Hazm al-Andalusi (994–1064), Das Halsband der Taube (aus dem spanischen Arabisch übersetzt von Max Weisweiler)

Mostviertler Liebesgeschichte (9. 8. 1930 – 26. 10. 2003)

Ich erinnere mich an die Erdbeeren. An einem windigen und regnerischen Novembertag wurde mein Onkel auf dem Friedhof von Purgstall begraben. Der Winter ist noch nicht vorbei, als ich in St. Pölten das Kolpingheim auf der Hermannshöhe aufsuche, um in seiner Dienstwohnung an der Aufteilung seines Nachlasses teilzunehmen. An diesem Freitagnachmittag hat sich das Heim schon weitgehend ins Wochenende entleert, nur wenige Bewohner begegnen mir noch mit ihren wäschegefüllten Reisetaschen, und der Portier ist nicht zugange. Meine Tante, die Nachlassverwalterin, lotst mich hinauf. Dort ist man gerade am Einpacken von Teegläsern, die für den Kaffee und die Obsttorte, welche auf dem Tisch stehen, bereits entbehrlich sind. Weshalb nur werden mir ausgerechnet die Erdbeeren, mit denen diese Torte belegt war, so klar in Erinnerung bleiben?

Die übrigen Anwesenden schenken der Torte inzwischen nur mehr wenig Aufmerksamkeit; sie sind bereits dazu übergegangen, mit Eifer Schranktüren zu öffnen, Bilder abzuhängen, Regale zu durchforschen, Kästen zu leeren, Gerätschaften zu überprüfen und Dokumente zu überfliegen. Lediglich mein Bruder, der auch gekommen ist, hält sich in dem Trubel noch zurück. Schließlich kommt zwischen den ungeordneten Fotos, mit denen die Schreibtischlade angefüllt ist, auch eines zum Vorschein, auf dem mein Onkel gemeinsam mit einem bekannten Bauunternehmer im Kreise lokaler Honoratioren zu sehen ist und wovon endlich auch das Interesse meines Bruders geweckt wird. Nun ist sogar er bereit, sich von seinem Platz hinter dem wuchtigen Tisch zu erheben, damit die Cousins den darunter liegenden Teppich zusammenrollen können. Den Tisch will keiner. Die berufliche Position meines Onkels brachte es mit sich, dass er bei offiziellen Anlässen mit Geschenken bedacht wurde, mit denen er seine Dienstwohnung möblierte. Auf diese Stücke hat sich wenig von seinem Charakter und persönlichen Gefühlen und Wünschen übertragen. Einiges hat der Beschenkte eingepackt oder die Bücher unter ihnen ungelesen gelassen. Hier ist kein Zusammenhang zu spüren, nicht die Kohärenz, mit der eine Person jene Gegenstände auswählt, von denen sie in ihrem privaten Reich umgeben sein möchte. Abgesehen von ein paar veralteten Fachbüchern ist im Bücherschrank nichts zu finden, was auf die bevorzugte Lektüre oder zumindest auf seinen Beruf schließen lassen würde. Die Spuren seiner Leidenschaften konnten also, uns zuvorkommend, von jener Tante, der solche Schwächen peinlich waren, getilgt werden. So wie es dann auch meiner Mutter nicht gelingen sollte, der skandalösen und kompromittierenden Aufnahme habhaft zu werden, weil sie ihr von der gleichermaßen um die Ehre der Familie als auch der Kirche besorgten Schwester des Toten entzogen wurde. Auf dem Bild sollen nicht nur der Schwager meiner Mutter mit seinem Vorgesetzten, dem Diözesanbischof, sondern angeblich auch etliche geleerte Flaschen unter dem Tisch zu sehen gewesen sein. Die Urlaubsfotos meines Onkels zeigen ein normales Leben und nicht jenes eines Priesters. Schnappschüsse aus den Sechziger- und Siebzigerjahren, auf denen sich eine Frau auf das Geländer der Glockner-Hochalpenstraße stützt, aus dem Schilift winkt oder über die Schulter ihres Tanzpartners in die Kamera strahlt. Erst ganz am Ende und weit unten im Stapel kommt noch ein unscheinbares Bildchen zum Vorschein, auf dem ich mich selbst wiederfinde. Mein Onkel veranstaltete in drei Sommern der frühen Siebzigerjahre für seine Neffen und Nichten Lagerwochen bei seinem Elternhaus auf der Hochrieß. Beim Zeltlager haben meine beiden ältesten Brüder fotografiert und dem Onkel einige Abzüge spendiert. Dieser winzige Ausschnitt aus unserer gemeinsamen Vergangenheit zeigt mich als sechsjährigen Knaben im Vordergrund einer in zwei Reihen sitzenden Kinderschar. Streng nach Geschlecht, Größe und Alter sind wir geordnet, die Buben vorne, die Mädchen dahinter. Weil ich damals der jüngste auf dem Zeltlager war, sitze ich im Vordergrund am linken Rand der Reihe. Mein Lachen mag das hellste und fröhlichste gewesen sein, wollte man darauf von der Aufnahme schließen. Mir wurden die drei besten Methoden beigebracht, wie man Holz zu einem Lagerfeuer stapelt. Ich bin bei der Lagerolympiade und einer Nachtwanderung durch das taunasse Gras dabei; meine Brüder verüben nachts einen Überfall, und unsere Cousins verhelfen ihnen dabei zu einem unfreiwilligen Bad im Fischteich – meine Enttäuschung ist nachher groß, weil ich den ganzen Radau verschlafen habe. Einige seiner Neffen waren damals bereits zu alt für solche Späße; er lud sie stattdessen zu Skiurlauben am Arlberg ein, anderen hinwiederum bot er die Möglichkeit, als Erzieher im Kolpingheim angestellt zu werden. Sogar auf noch weitere Formen der Unterstützung konnten sie rechnen. Bei jenem meiner Brüder, der die HTL besuchte und daher im Kolpingheim wohnte, sah er stillschweigend über die regelmäßigen Besuche von dessen Freundin auf dem Heimzimmer hinweg. Seine schützende Hand hielt er über die Burschen und deckte ihre Streiche, die den Eltern nicht zu Ohren hätten kommen dürfen. Und sogar seinen Geschwistern selbst erwies er sich oft als hilfreich. Er war es, der im Frühjahr 1964 meinen Vater in das Spital von St. Pölten überführte, nachdem dieser im Scheibbser Krankenhaus an einer falsch diagnostizierten Blinddarmentzündung fast gestorben wäre. Wann immer er konnte, setzte er sich für die Verwandten ein, vermittelte Aufträge, Kontakte, Jobs und ließ seine Beziehungen spielen.

Kurier (Dezember 1990): *Eine wilde Verfolgungsjagd lieferte {in der Nacht vom 3. auf 4. Dezember} der Pfarrer von Loiben in der Wachau (NÖ), Professor Adolf Distelberger, der Gendarmerie: Der 59-jährige Priester stieg derart aufs Gas, daß die Besatzungen zweier Funkstreifen gegen den Fahrstil Hochwürdens chancenlos waren. Erst 30 Kilometer weiter, in St. Pölten, konnte er gestoppt werden. Spätabends verließ Distelberger die Pfarre in Unterloiben und raste auf der B 3, der Wachauer Bundesstraße, Richtung Krems. Kurz vor der Stadtgrenze überholte er mit hohem Tempo einen Gendarmeriewagen. Die beiden Beamten waren so verdutzt, daß sie einige Zeit brauchten, um die Situation zu erfassen. Mit Blaulicht verfolgten sie dann den Mercedes des Pfarrers über die Donaubrücke nach Mautern. Doch alle Versuche, den Autorowdy zu stoppen, mißlangen. Im Gegenteil: Hochwürden machte keine Anstalten, langsamer zu werden und gab noch mehr Gas. Zeitweise zeigte die Tachometernadel auf 170 und 180 km/h, obwohl die Straße stellenweise so schmal ist, daß lediglich ein Fahrzeug Platz hat. Die Beamten alarmierten über Funk ihre Kollegen in Herzogenburg. Doch auch sie konnten Distelberger nicht aufhalten! Einmal wurde es brenzlig: Der Mercedes streifte kurz eine Böschung, doch der Geistliche verlor nicht die Herrschaft über sein Auto. Beim Bahnhof in St. Pölten hatte die Amokfahrt ein Ende. Distelberger wurde von der Polizei gestoppt. Er verweigerte einen Alkotest, was einem Geständnis gleichkommt. Die Polizisten nahmen dem Pfarrer wegen Verdachtes der Trunkenheit am Steuer den Führerschein ab. Übrigens bereits zum zweiten Mal.*

Kurier, 29. Jänner 1991: *Jetzt wurde Adolf Distelberger (60) aus St. Pölten ohne Führerschein erwischt. P-PPPP-1 – mit diesem Kennzeichen auf dem dunkelblauen Mercedes 190 war Adolf Distelberger unterwegs. Freunde hatten ihm das Kennzeichen mit den vier P geschenkt – für Priester, Professor, Präses und Promille... Mit seinem Fahrzeug war der Geistliche, Leiter des Kolpingheimes St. Pölten, auf der Kremser Schnellstraße einer Funkstreife davongefahren und erst später angehalten worden. Der Alko-Test verlief positiv. Trotzdem hatte er wenige Tage später seinen Führerschein wieder. Er wurde Adolf Distelberger aber für acht Monate abgenommen, als er neuerlich betrunken der Gendarmerie davonraste. Doch der Priester setzte sich weiterhin ans Steuer. Um keinen Verdacht zu erregen, hatte er das unauffällige Kennzeichen P-8904-D montiert. Als er jetzt ertappt wurde, half auch die Ausrede vom „vergessenen" Führerschein nichts – es läuft ein Verfahren. Der Priester zu alledem: „Ich bin nur ein kleiner Mann und verletze keine Gesetze."*

In seiner Wachauer Pfarre verhilft die Verfolgungsjagd meinem Onkel zum Ansehen eines Helden. Die endgültige Führerscheinabnahme verläuft unspektakulär in der Mödlinger Fußgängerzone, die er mit dem Auto durchqueren will. Nach seinem Tod kursiert an allen Wirtshaustischen des Mostviertels die Geschichte, ein maßgeblicher Funktionär unseres Staatswesens, der im Mostviertel aufgewachsen ist, wäre sein leiblicher Sohn. Die Mutter des hochrangigen Politikers sei sogar auf dem Begräbnis gesehen worden, wird mir kolportiert. Jeder, der meinen Onkel kannte, hat von diesem Gerücht gehört. Alle, bis auf seine Brüder, halten die Fama für glaubwürdig. Es wird argumentiert, dass mein Onkel Kaplan in Amstetten gewesen sei, als die spätere Mutter eines Sohnes, der es bis in die höchsten Kreise der Republik schaffen würde, als junge und noch unverheiratete Frau dort lebte. Das Gerücht wurde meinem Vater im Gasthaus brühwarm serviert. Die Sage bemüht sich immer wieder, einem Prominenten, dessen Geburt im Dunkel zu liegen scheint, einen ebenso Prominenten als Vater zur Seite zu stellen. Es gibt überdies keinen populären Priester, dem nicht die eine oder andere Vaterschaft zugeschrieben wird. Ab 1957 wirkte er als Kaplan zuerst in Gaming und Gars, dann erst kam er nach Amstetten, von wo er im Sommer 1959 überstürzt nach Schrems versetzt wurde, als Gerüchte über die Schwängerung einer Frau die Runde machten. Als sein jüngerer Bruder im Jahr 1962 Primiz feierte, war er schon Kaplan in Eggenburg, wo ihm abermals ein Verhältnis mit einer Frau nachgesagt wurde. Noch während seiner Amstettner Zeit machte er einen Bruder, der schon länger auf eine Gelegenheit wartete, Bauer zu werden, mit einer Hoferbin bekannt, die in der Jugendgruppe der Pfarre aktiv war. Fotos aus seiner Zeit als frisch geweihter Priester zeigen einen attraktiven jungen Mann, der für die Weiblichkeit seiner Pfarren eine große Gefahr gewesen sein muss. Egal wie oft er beteuerte, keines Kindes Erzeuger zu sein – niemand glaubte ihm. Eine Mitarbeiterin des Hauses lebte mit ihrer bereits erwachsenen Tochter in einer Dienstwohnung im Kolpingheim. Diese beiden Frauen, die mit meinem Onkel unter demselben Dach wohnten, und insbesondere die jüngere, pflegte er mit seiner Anwesenheit zu beglücken, worüber, vom Portier angefangen, alle im Haus Bescheid wussten. Dem Kontakt wäre eine Tochter entsprungen, die um 1975 herum geboren wurde und mittlerweile studiert habe, wird mir versichert. Ein Vertrauter meines Onkels erzählt, wie mein Onkel bei einer Party spätnachts die junge Frau am Arm nahm und sie in die obere Wohnung, seine oder ihre, das ist unbekannt, entführte. An genau jenem Abend soll das Kind gezeugt worden sein.

Gleichzeitig wird berichtet, dass er anderen weiblichen Wesen eher geringschätzig begegnet sei. Mitarbeiterinnen behandelte er herablassend und beleidigend; auf gleichwertige Gesprächspartnerinnen war er hier nicht aus. Er taxierte Frauen grundsätzlich nach ihrer Attraktivität. Erzählt wird, wie er in Krems, wo er als der Pfarrer der Nachbargemeinde bekannt war, auf der Straße einmal einer Nonne begegnet sei. Unbekümmert darüber, ob die von ihm gemeinte Person oder weitere Anwesende es hören konnten, sei er in den Ausruf verfallen: „Du mein Gott, so ein schiaches Weib!“ Frauen, die nicht begehrenswert waren, oder denen er Prüderie oder Sprödigkeit unterstellte, standen nicht in seiner Gunst. Diese ließ er seine Verachtung spüren. Ignorierte eine Untergebene seine Avancen und Anzüglichkeiten, so erging er sich in spöttischen und missgünstigen Bemerkungen. Er stellte sie in der Öffentlichkeit bloß und gab sie vor anderen Männern der Lächerlichkeit preis. Sein Verständnis von Humor war für die Betroffenen seiner Späße oft schwer nachvollziehbar. So erging es auch seiner langjährigen Sekretärin. Einen Burschen aus dem Heim forderte er auf: „Wenn du über die Frau … drübergehst, zahl ich dir was!“, woraufhin die Angestellte sich regelmäßig die Frage anhören musste: „Frau …, wann darf ich denn über sie drübergehn? – Der Herr Präses zahlt mir dann was.“ Noch heute, Jahre nach ihrer Pensionierung, verfolgen Albträume die Frau, die zum Opfer eines grausamen Scherzes ihres Vorgesetzten wurde.

Als unser Vater Anfang der Neunzigerjahre im Spital von Krems in Behandlung war, stattete ihm meine

Schwester einen Besuch ab. Am Krankenbett traf sie auch dessen Bruder an. Gemeinsam suchten alle drei ein nahegelegenes Lokal auf. Mein Onkel legte meiner Schwester lässig den Arm über die Schulter und erklärte ihr, die er länger nicht gesehen hatte, wie überrascht er sei, dass er nicht geahnt habe, was für eine fesche Frau sie in der Zwischenzeit geworden sei, „... so ein süaßes Pupperl!" Meine Schwester war von den plumpen Komplimenten unangenehm berührt. „Wer ist dieser Mann, der sich mir so dreist nähert? Ist das wirklich mein sechzigjähriger Onkel?", fragte sie sich.

Mein Großvater berichtet in seiner Lebensgeschichte von seinem zweiten Sohn: „Adolf hat ihn der h[och] w[ürdige] Herr Bruder getauft." Es war also der Herr Onkel, wie er in der Familie immer genannt wurde, der für den neugeborenen Neffen einen Namen erwählte und ihn mit dieser Namenswahl prädestinierte. Die Idee, das 1930 geborene Kind seines Bruders auf den Namen von Adolph Kolping (1813–1865) zu taufen, steht wohl in Zusammenhang mit der Funktion als Kolping-Präses, die mein Großonkel Michael Distelberger damals innehatte. Als mein Onkel im Jahr 1941 ins Gymnasium sollte, hatten die Nationalsozialisten das Internat und die Schule der Patres in Seitenstetten geschlossen. Sein Onkel Michael war zu diesem Zeitpunkt schon im St. Pöltner Ordinariat tätig und nahm den Buben bei sich auf. Bis 1945 besuchte mein Onkel das Gymnasium in St. Pölten und wechselte für die weiteren Jahre bis zur Matura nach Seitenstetten. Nach fünf Jahren Studium wurde der Seminarist 1954 zum Priester geweiht. Der Bub wurde sicher nicht weniger streng gehalten als seine um fünf Jahre jüngere Cousine Edeltraud, die beim Herrn Onkel einzog, als Adi schon im Alumnat war. Sie litt unter der strikten Ordnung im Haushalt, der von der Tante Christine geführt wurde. Edeltraud besuchte von 1952 bis 1954 die Haushaltsschule der Englischen Fräulein in St. Pölten. Das Mädchen wurde außerhalb der Schulzeit in der Wohnung eingeschlossen, regelmäßig hochnotpeinlich in Glaubensdingen befragt und bei der Verrichtung von Hausarbeit beaufsichtigt. Edeltraud durfte das Haus nur verlassen, um zweimal täglich die Messe zu besuchen. „Wenn ich mir in den Kaffee oder Tee Zucker nehmen wollte, wurde ich von der Tini-Tant so geschimpft, bis ich es schließlich bleiben ließ und seitdem keinen Zucker mehr brauche", erinnert sich Edeltraud an die Maßregelungen. Später entschuldigte sich die Tante für das rigide Regiment, dem sie das Mädchen unterworfen hatte.

Der junge Priester erwarb sich bald den Ruf, im Umgang mit Jugendlichen, die aus kirchenfernen Familien stammten, eine gute Hand zu haben. Er spielte Fußball mit ihnen und erwartete sonst keine gesteigerte Religiosität. Der Sportklub Schrems hält in seiner Vereinsgeschichte der Jahre 1962 bis 1964 über seine Damenmannschaft fest: „Der Initiator, der damalige Kaplan Adolf Distelberger, selbst ein glühender Sportfan, der das Training übernahm und oft mit wehender Kutte durch die Halle stürmte, motivierte und unterstützte die Mannschaft. Egal ob beim Ausräumen der Halle oder fallweise beim Ausborgen von einem Bus für ein Auswärtsspiel, er half überall mit. Als Gegenleistung sollten die Mädchen nur regelmäßig in die Kirche kommen."

Damit qualifizierte er sich 1964 für den Job als Präses der Kolpingfamilie in St. Pölten. Nach außen hin bedeutete es zunächst nicht viel mehr als die Leitung eines Wohnheimes für Lehrlinge und HTL-Schüler in der Kremser Gasse 20 (das ehemalige Hotel Böck), das von seinem Vorgänger Ferdinand Wimmer als Ersatz für das nach dem Krieg nur noch eingeschränkt bewohnbare Haus am Schulring angekauft worden war. Aber das Potential dieser Stellung als Karrieresprungbrett war wohl bekannt. Michael Distelberger hatte bereits, bevor er 1933 Ordinariatskanzler und neun Jahre später Generalvikar der Diözese St. Pölten wurde, als Kolping-Präses und Bauherr in den Jahren 1929/30 für die Errichtung des Vorgängerbaues am Schulring verantwortlich gezeichnet. Dieser wurde von den Nazis enteignet und dann im Krieg durch Bomben schwer beschädigt. Auch Michael Distelbergers Nachfolger als Generalvikar in den Jahren 1959 bis 1970, Ferdinand Wimmer, war davor Kolping-Präses gewesen. Bereits in Wimmers Funktionsperiode waren der An- und Ausbau des Kolpingheimes in direkter Nachbarschaft mit dem Vorgängerbau beschlossen und die weitere Expansion auf der Hermannshöhe in die Wege geleitet worden.

Zur Umsetzung holte man sich ein gleichermaßen unverbrauchtes wie ehrgeiziges Nachwuchstalent, dem zugetraut wurde, Jugendliche, die der Arbeiterschicht entstammten, für die Kirche und den Glauben gewinnen zu können. Die katholische Kirche hatte beim II. Vatikanischen Konzil die strategische Entscheidung getroffen, sich der neuen Zeit zu öffnen. Dafür benötigte sie ein modernes und dynamisches Auftreten. Was mit dem Start zur Errichtung eines topmodernen Wohnheimes an der Dr.-Karl-Renner-Promenade im Jahr 1966 begonnen hatte, würde sich bis 1975, als das zweite Wohnheim auf der Hermannshöhe fertig wurde, zu einem Monsterprojekt mit insgesamt 600 Betten und einem Gesamtbudget von 100 Millionen entwickeln. Zur Verwaltung dieses Betriebes waren 30 ständige Mitarbeiter nötig. Schon 1967 konnten die ersten 300 Heimbewohner an der Rennerpromenade aufgenommen werden, wenngleich der offizielle Eröffnungsakt erst am 27. September 1968 erfolgen sollte.

In einer aus diesem Anlass herausgegebenen Festschrift entscheidet sich mein Onkel für „Energie“ als Schlüsselbegriff seines Selbstverständnisses. „Energie, die schon seinem Onkel, dem unvergeßlichen Präses und Generalvikar M. Distelberger, eigen war, ließ ihn den gegebenen Schwierigkeiten trotzen und mit Humor und dem Sinn für das konkret Erforderliche seine Arbeit tun“, so schreibt er von sich in der dritten Person. Damals mag der Umstand, dass Onkel und Neffe – wenngleich nicht unmittelbar aufeinanderfolgend – dasselbe Amt als Präses ausübten, bei einigen noch einen bitteren Beigeschmack hinterlassen haben; inzwischen ist es in Vergessenheit geraten. Im Jahr der Eröffnungsfeier der ersten Bettenburg, als er an einem vorläufigen Zenit seiner aufsehenerregenden Karriere vom kleinen Kaplan zum Regenten über das Reich Kolpings in St. Pölten angelangt ist, sieht er sich noch veranlasst, jedem diesbezüglichen Verdacht entgegenzutreten: „Nicht illustre Verwandtschaft bewirkte die Berufung auf verantwortungsvollen Posten, sondern die Befähigung, die sich Präses Distelberger als Kaplan in verschiedenen Pfarren im Umgang mit jungen Menschen angeeignet hatte.“

Den millionenschweren Bau der beiden Kolpingheime ließ er von einem Architekten und Bauunternehmer vollführen, der sein Busenfreund war. Hätte der Neffe nach dem Paukenschlag, mit dem seine Karriere eingesetzt hatte, nicht dem Beispiel des Herrn Onkel nacheifern und von der Position des Präses ausgehend weitere Ämter und Würden erringen können? Daraus wurde aber – abgesehen von der sehr attraktiven Funktion als Inhaber einer Wachauer Pfarre – leider nichts. Die erratischen Charakterzüge meines Onkels, die mit den Jahren immer deutlicher zum Vorschein traten, mögen dazu beigetragen haben, dass seine Laufbahn versackte. Als er 1969 bei der Bewerbung um das Amt des Bundespräses im Zentralrat des Österreichischen Kolpingwerkes seinem um vier Jahre jüngeren Mitbewerber Ludwig Zack (1934–2015) aus der Nachbardiözese Wien um nur eine Stimme unterlag, führte das zum Bruch: Der wutschnaubende Verlierer verließ mit dem Kolpingwerk der Diözese St. Pölten den gesamtösterreichischen Verband.

Auf die Frage, warum er denn Priester geworden sei, antwortete er einmal, es sei ihm von den Eltern und vom Herrn Onkel so bestimmt worden. Als er damals vor seiner Berufswahl stand, habe er einen befreundeten Priester um Rat gefragt. „So viel lieber würde ich Schauspieler werden, aber dafür gibt mir der Vater doch nie ein Geld", gestand er. „Dann werde doch Priester", riet ihm der Beichtvater, „der geistliche Beruf ist eigentlich eh eine Schauspielerei!" Das Theatralische am Gottesdienst hat mein Onkel immer genossen. Die Gesten der Wandlung und Segnung vollzog er mit dramatischem Akzent. Mit erhobenen und weit ausgestreckten Armen leitete er den Segen Gottes auf die andächtigen und beeindruckten Teilnehmer der Messe herab. Manche verglichen ihn mit einem Vodoo-Zauberer, der am Altar seine Beschwörungen abhält. Das Sinnlich-Konkrete der Messfeierlichkeit hat meinem Onkel immer Spaß gemacht. Aber mit Theologie und ernsten Glaubensfragen setzte er sich nicht so gern auseinander. Er war mehr ein Mann der Tat. Für seine Predigten schickte er seine Sekretärin in die Hippolyt-Buchhandlung um religiöse Meditationsbücher. Nachdem er sie daraus kopieren hatte lassen, trug sie die Bücher wieder in die Buchhandlung zurück, denn kaufen wollte er sie nicht. Er konnte ein bezaubernder Charmeur und Unterhalter sein. In jeder Gesprächsrunde musste er im Mittelpunkt stehen. Er gab Anekdoten und pikante Histörchen zum Besten und unterhielt damit die Runde. Über jeden Abwesenden wusste er Klatsch- und Tratschgeschichten. Er hörte das Gras wachsen. Ob es wo im Gebälk einer Beziehung krachte, konnte er wahrnehmen, bevor noch die Betroffenen es merkten. Wer mit wem und wo, wusste mein Onkel genau zu berichten. Das Menschliche war ihm vertraut. Zwei Fotos, die im Dorotheum unter den Hammer kamen, zeigen ihn mit dem Schauspieler Oskar Werner (1922–1984). Wie aus der mit Filzstift geschmierten Widmung auf den beiden Bildern einer Sofortbildkamera hervorgeht, schworen sie zu Ostern 1983, also nur ein Jahr vor Werners Tod, einander ewige Freundschaft. Die Bilder könnten in Werners Sommerhaus in Thallern in der Wachau entstanden sein.

Er ist ein Priester der Society. Allen Prominenten und Adabeis eine vertraute Gestalt. Es ist ihm sehr daran gelegen, von ihnen als gleichrangig angenommen zu werden. Er muss dabei sein, bei den Partys und Vernissagen, bei Jubiläen und Einweihungen, bei Familienfesten und Ehrungen. Für einen Geistlichen gibt es schließlich immer irgendwas zu weihen und zu segnen. Die oberen Zehntausend im (Bundes)Land schätzen ihn als kirchliches Aushängeschild. Seine sozialverträgliche Botschaft an eine Gesellschaft, die es sich gutgehen lässt, lautet: „Ob du säufst oder hurst, ob du die Steuer hinterziehst oder deine Frau betrügst, Gott liebt dich!“ Eine solche freudige Nachricht überbringt er ihnen. Beim Christentum handle es sich um eine Froh- und keine Drohbotschaft, ist die Auffassung meines Onkels. Wirklich schenkt er vielen Sündern wieder neue Hoffnung, die an den strengen Maßstäben der Kirche zu scheitern drohten. Mein Onkel segnet Geschiedene neu ein. Er taufte Kinder, von denen ein Elternteil aus der Kirche ausgetreten war, als dies noch nicht selbstverständlich ist. Das Kind wurde in die Gemeinschaft der Christen aufgenommen und damit Ende. Mein Onkel nahm es auf seine Kappe. Hauptsache, es wird nicht an die große Glocke gehängt. Eine Cousine erzählte mir einmal, wie der Onkel für ihren Cousin von mütterlicher Seite die Trauung vollzogen habe. Der Psychiater und Schriftsteller feierte Hochzeit mit einer Frau, die bereits einmal verheiratet gewesen war. Die Messe fand in Dürnstein statt und war nur für Eingeweihte von der offiziellen kirchlichen Zeremonie für Brautpaare zu unterscheiden. Verwandtschaft, Brautkleid, Blumen, Orgelspiel, Ringe, Trauzeugen, Glocken und alles, was sonst noch alles zu einer richtigen Hochzeit gehört, waren vorhanden. Nur der Segen wurde vom Priester unmerklich abgeändert.

In Ratzersdorf, dessen Filialkirche zur Pfarre Pottenbrunn gehört, übernimmt er immer wieder einmal die Sonntagsmesse. Bis heute schwärmen die Ratzersdorfer von seinen hinreißenden Predigten. Lebhaften Schrittes bewegt er sich während der Ansprache in dem kleinen und schlichten Kirchenraum und schlägt alle Gemeindemitglieder in seinen Bann. Mit seiner ausdrucksstarken Stimme in rauchig-tiefer Tonlage ist ihm die Aufmerksamkeit des Publikums gewiss. Er agiert wie ein Schauspieler, der von der Bühne steigt und sich in seinem grandiosen Kostüm unter die Zuschauer mischt. Seine unorthodoxen Interpretationen der Heilsbotschaft kamen beim Kirchenvolk des Dorfes, das erst seit 1972 ein Ortsteil von St. Pölten ist, gut an. Im persönlichen Gespräch nach der Messe offerierte er ohne falsche Scham eine „schlampige Hochzeit“ für alle wiederverheirateten Paare.

Mein Onkel führte als Pfarrer von Dürnstein ohnedies schon überdurchschnittlich viele Trauungen durch, da die dortige Stiftskirche bis heute eine beliebte Hochzeitskirche ist. Zur Erklärung der seit einer Renovierung im Jahr 1986 auffällig blauen Einfärbung des markanten Turms der Kirche verrieten seine Pfarrkinder einer Redakteurin der deutschen Zeitschrift Die Welt den inoffiziellen Wahlspruch ihres volksnahen Pfarrers: „Die Donau ist blau. Der Himmel ist blau. Und der Pfarrer ist blau, wenn er vom Heurigen kommt. Da darf der Kirchturm doch auch blau sein.“

Durch die Abspaltung vom gesamtösterreichischen Kolping-Verband war er zum absolutistischen Regenten seines eigenen kleinen Fürstentums geworden, in dem er niemand mehr Rechenschaft schuldig ist. Geschickt weiß er Geldquellen zum Sprudeln zu bringen. Beim Heurigen trifft er sich mit dem Raiffeisengeneral Christian Konrad. „Ich bräuchte halt wieder ein Geld für das Kolpingheim!“, gibt er bekannt. „Zweihunderttausend kann'st gleich haben“, lautet die gleichmütige Antwort. Mit der Kirchenhierarchie gerät er nie in ernsthafte Schwierigkeiten. Sein Fundraising ist unersetzlich, sein Bekanntheitsgrad in der Seitenblicke-Gesellschaft verschafft ihm Immunität gegen zaghafte Zurechtweisungen wohlmeinender Vorgesetzter. Bischof Žak wagt es einmal, auf den Busch zu klopfen. Mit den Worten: „Es wird erzählt, dass sie in Dürnstein immer nur in die Keller hinabfinden, aber nicht mehr herauf!“, verleiht er seiner Besorgnis Ausdruck. Daraufhin wird ihm von meinem Onkel die patzige und schlagfertige Antwort zuteil: „Exzellenz, wie Sie vielleicht wissen, gibt es in Dürnstein nur Keller, bei denen es in den Berg hinauf oder zumindest ebenerdig hineingeht." Die Vorgeschichte dieser rotzigen Erwiderung war, dass der damalige Leiter des Hippolyt-Bildungshauses über den Alkoholismus seines Freundes zunehmend beunruhigt war und er diese Sorge mit dem Bischof teilen wollte. Als der Bischof meinen Onkel gradheraus auf das Problem ansprach, glaubte dieser sich von seinem langjährigen Kumpel angeschwärzt. Ein Motto meines Onkels, das mir von meiner Schwägerin überliefert wurde: „Ich bin ja kein anonymer Alkoholiker, sondern ein stadtbekannter Trinker!" Und die Auskunft eines ehemaligen Bewohners des Kolpingheimes: „Wir haben alle von ihm trinken gelernt!" Noch ein Kolpingschüler: „Wenn ein besonderer Anlass war, kleschte der Präses einen Tausender [in Schillingen] auf den Tisch und rief: 'Meine Burschen sollen sich bestellen, was sie trinken wollen!'" In seiner Pfarre ist er am häufigsten beim Heurigen anzutreffen. Zur Rechtfertigung erklärt er: „Hier gehen die Leute so wenig in die Kirche, da muss der Pfarrer halt dorthin gehen, wo auch die Leute sind." Sein Cousin Gebhard erlebt ihn einmal an einem Festtag in Dürnstein. Für einen Umzug der Blasmusik ist die Innenstadt für den Autoverkehr abgeriegelt. Nur Hochwürden fährt mit seinem Mercedes durch die Absperrungen, kurbelt, als er auf die marschierende Musikkapelle stößt, das Fenster herunter und reicht einen Hunderter hinaus.

Am meisten stört es seine Mitarbeiter, dass mein Onkel zu Geburtstagen und sonstigen Jubiläen die gesamte Verwandtschaft auf Kosten von Kolping freihalten lässt. Das ist der Tropfen, der das (Wein)Fass zum Überlaufen bringt. Das kostet ihn die letzten Sympathien in seiner eigenen Hausmacht. Auch wenn er glaubt, alles aus alleiniger Kraft und Anstrengung aufgebaut zu haben – er hat doch einen Vorstand über sich und Angestellte unter sich. Vieles wird ihm zugestanden: das Penthouse im Dachgeschoß, der neueste Mercedes, ein Motorboot auf der Donau, die Willkür bei Anstellungen und Entlassungen und die totale Macht. Selbst sein Verwalter, jener Mann, der die Verantwortung für den alltäglichen Geschäftslauf trägt, muss ihn um Urlaub ersuchen, wenn er einen Tag freibekommen möchte. Mein Onkel regiert sein Reich ohne Kontrolle und ohne Konkurrenz. Er gesteht sich ein üppiges Managergehalt zu, dazu kostenlose Logis und Verpflegung im Kolpinghaus, und er muss keine Familie unterhalten. Mein Onkel hilft seinen Patenkindern unter den Nichten und Neffen gerne mit größeren Summen als billige Kredite aus. Er ist die Bank seiner Verwandtschaft. Die Geschwister jedoch, die nach seinem Tod eine reiche Erbschaft erwarten, werden enttäuscht, weil er noch rechtzeitig das Geld mit großzügigen Spenden durchgebracht hat.

Nach seinem Sechziger beginnen sich die körperlichen Ausfälle zu häufen. Sein exzessiver Lebenswandel macht sich bemerkbar. Einen Kuraufenthalt im Moorbad Harbach im Waldviertel weiß er aber zu genießen. Am Abend tanzt er nach dem Essen mit den weiblichen Kurgästen, trinkt und schäkert mit den Damen, schmust und flirtet mit ihnen. Durch nichts, auch nicht durch seine Kleidung, ist er als Geistlicher erkennbar. Plötzlich ereilt ihn der Auftrag, in der Kuranstalt eine Messe zu lesen. Angesichts seines bisherigen und unpriesterlichen Verhaltens gerät er spätnachts ob dieser Aufgabe kurz in Panik. „Was erzähle ich denen?“, seufzt er. „Was nehmen die mir noch ab? Wo ist da überhaupt eine Glaubwürdigkeit?“ Schließlich stellt er sich am nächsten Morgen vor die Gläubigen und spricht: „Gott liebt alle, die es sich gutgehen lassen, singen und fröhlich sind!“

Als im Jahr 1990 eine geschiedene ehemalige Juweliersgattin aus Baden einen neuen Freund gefunden hat, einen Brigadier, der bereits bei ihr wohnt, will sie aufs Neue um den Segen der Kirche ansuchen. Sie entsinnt sich eines Priesters, dem nachgesagt wird, für spezielle Bedürfnisse und Defizite der zukünftigen Eheleute ein geneigtes Ohr zu haben. Sie hat diesen Pfarrer schon früher bei Freunden kennengelernt, im Schlosshotel in Krems. Sie fährt nach Dürnstein und verbringt mit dem Geistlichen einen vergnügten Nachmittag in der Konditorei. Gleich erklärt er sich bereit, die beschwingte und sportliche Dreiundfünfzigjährige mit den beiden Söhnen aus erster Ehe zum zweiten Mal unter das Ehejoch zu geleiten. Ob er sie besuchen dürfe, fragt er. Sie erlaubt es ihm gerne. Tatsächlich steht er wenige Tage später vor ihrer Tür. Sie verlieben sich ineinander. Er stellt ihr das Ultimatum, sie müsse sich von ihrem bisherigen Verlobten trennen. Dieser solle ihre Wohnung verlassen haben, bis er in einer Woche wiederkomme. „Der Brigadier muss raus!“, verkündet er. So beginnt eine *amour fou*, die von seinem sechzigsten Lebensjahr die letzten dreizehn Jahre bis zu seinem Tod fortdauert. Sie teilt seinen aufwändigen Lebensstil, seine Urlaube und seinen Alkoholkonsum. Sie klettern in den Dolomiten. Sie fliegen nach Zentralafrika, an den Nil, nach St. Petersburg, nach London. Bei Schiurlauben am Arlberg steht er der ehemaligen Schilehrerin nicht nach, wenn es darum geht, über die Pisten zu flitzen. Sie wird seine Chauffeuse und Krankenschwester, seine Geliebte und Managerin, seine Messnerin und Ministrantin. Als Pate führt er ihren jüngeren Sohn zur Firmung. Sie führt ihn dafür in die Welt der Oper und des Theaters ein. Den Besuch einer Aufführung von Paulus Mankers *Alma* verknüpfen sie mit einem Ausflug nach Venedig. Von

Johannes Paul II. werden sie für ein gemeinsames Frühstück in „Anima", der offiziellen Unterkunft des Vatikans für Gäste aus dem deutschsprachigen Raum, empfangen. Von Kardinal König bis Krenn und Groër kennt und respektiert die gesamte Kirchenspitze sie als Paar. „Das war meine Sonntagsbeschäftigung", erinnert sie sich: „Ich fuhr mit ihm in eine Pfarre, wo er gerade aushalf, und bereitete den Altar vor. Ich sorgte für den Blumenschmuck, ich half ihm in das Pluviale, legte ihm die Stola um. Ich stellte die Hostien auf den Altar."

Täglich rief er sie an, acht-, zehnmal und öfter: „Welches Hemd soll ich anziehen? Passt diese Krawatte?"

Sie gibt zu, davon geträumt zu haben, offiziell an seiner Seite stehen zu dürfen: „Ich habe mir schon öfter in Gedanken vorgestellt, wie es wäre, ihn heiraten zu können, aber er hätte nie auf seine Stellung verzichten wollen", sagt sie. In Südtirol, ihrer Heimat, lassen sie einen befreundeten Priester den Segnungsgottesdienst halten. Das muss als ihre Hochzeit genügen. Immer wieder will sie von ihm wissen, ob es vor ihr schon Frauen in seinem Leben gegeben habe. Er zeigt ihr Liebesbriefe, die ihm als Kaplan in Eggenburg von einer Kärntnerin geschrieben wurden.

Zwei Triebkräfte wohnen in seiner Brust. Da gibt es einerseits den lustigen und unbeschwerten Adi. Einmal besucht er mit seiner Freundin eine Maiandacht in einer kleinen Kirche in Baden, wo die alten Damen sich versammeln, die mit Hut und Schleier in der Bank knien. Dort setzen die beiden sich in die letzte Reihe. Die Ehrwürdigkeit und Steifheit der Damen der guten Gesellschaft reizt ihn zu einem Streich. Der Reihe nach schnippt er mit dem Finger von hinten gegen den Hutrand der vor ihm sitzenden Damen, sodass ihnen die Kopfbedeckung in die Stirn rutscht. Erbost drehen sie sich der Reihe nach um und halten nach dem Missetäter Ausschau. Der Protest bleibt ihnen in der Kehle stecken, als sie ihn erkennen.

Und dann gibt es auch noch den Dämon, der in ihm rast und dabei weder Freund noch Feind kennt. Unterschiedslos werden alle mit unflätigen Schimpfworten bedacht. Alle hasst und verabscheut er. Dieser Ausbruch endet erst mit seinem völligen Zusammenbruch. In betrunkenem Zustand ist er nicht mehr zurechnungsfähig. Wenn er spätnachts mit zerrauftem Haar und lallend ins Bett gebracht wird, gleicht er einem Wrack, das Abscheu und Mitleid erregt. Bei einem Pfarrheurigen einer Gemeinde im Waldviertel schöpft er sich das Maß wieder voll. Seine Begleiterin sieht den Moment kommen, wo seine Stimmung umzukippen droht. Der schwere Zungenschlag ist nicht mehr zu überhören. Allen Frauen tatscht er an den Hintern. Die Männer werden provoziert, mit Schmähungen und Spitzfindigkeiten gereizt. In einer solchen Verfassung kann er sich in eine Raserei hineinsteigern, die bis zur Tätlichkeit reicht. Vorher hat er den Vereinsfrauen, die für den guten Zweck gebacken haben, eine ganze Lade Mehlspeisen abgekauft. Dieses Tablett hat er, um eine Hand frei zu haben, seiner Begleiterin zum Halten gegeben. Als sie ihn auffordert, mit ihr das Fest zu verlassen, wird er so wütend, dass er ihr das Blech aus der Hand reißt und es vor allen Leuten in die Büsche schleudert: „Ihr bösen Weiber, lasst's mich in Frieden!" Aber am nächsten Morgen erscheint er pünktlich um sieben am Frühstückstisch, ausgeruht und ausgeglichen, geduscht und rasiert, im frischen Hemd, das Licht der Morgensonne im Gesicht. Erholt wie ein junger Gott.

Besonders bei Bischof Krenn macht er sich dann Liebkind. Zu Beginn des neuen Episkopats unternimmt mein Onkel den Versuch, von Krenn zum Finanzkammerdirektor der Diözese befördert zu werden, und schmeichelt sich bei ihm ein. Zwei verwandte Seelen haben sich gefunden, zwei Alkoholkranke unter sich. Der Bischof, der die reine Lehre verkünden wollte, bechert mit ihm um die Wette. Auch gegen Damenbegleitung hat der beleibte Mühlviertler nichts einzuwenden. Mein Onkel verkündet: „Zölibat heißt ja nur, dass ein Priester nicht heiraten soll!" Weil aus dem erhofften Karrieresprung unter Krenn nichts wird, dämpft das auch die Sympathien des Präses für den neuen Bischof. Bei jeder Gelegenheit macht er sich nun über ihn lustig. Als der Bischof Krenn die Fotos sieht, die den Verstorbenen im Urlaub mit seiner Freundin zeigen, wiegt er bedächtig und anteilnehmend den schweren Kopf: „Ja, ja, ein schönes Leben hatte er schon, unser Adi!"

Priester wie mein Onkel, die nie offen die Legalisierung ihres weltlichen Lebenswandels einfordern und trotz ihrer persönlichen Betroffenheit den Zölibat nicht infrage stellen, sind für ihre Vorgesetzten grundsätzlich brauchbarer als die lauteren Moralapostel. Einer, der es sich gerichtet hat, jemand, der Dreck am Stecken hat, wird das Maul halten und sich nicht weit aus dem Fenster hängen. Aber mit der Familie, die über Jahrzehnte hinweg so viel auf ihn gehalten, sich in seinem Glanz gesonnt und immer wieder von seiner Position profitiert hat, gibt es nun Schwierigkeiten. Kommen die Brüder zusammen, so bricht garantiert Streit aus. Wann immer sie Karten spielen, endet das mit Beschimpfungen und Vorwürfen, sich gegenseitig betrügen zu wollen. Es macht Spaß, die strenggläubigen Brüder herauszufordern, indem man an der Tafel Witze über Bischof Krenn erzählt. Sie bleiben ihm ihrerseits nichts schuldig und setzen ihm zu, sich endlich eines frömmeren Verhaltens zu befleißigen. Die Vorhaltungen der Familie machen ihm zu schaffen. Insbesondere die jüngste Schwester redet ihm ins Gewissen. Wenn sie aber geglaubt haben, sie könnten ihn bekehren, gerieten sie bei ihm an den Falschen. Dem Bruder Missionar entgegnet er auf dessen Vorwürfe: „Ich frag'dich ja auch nicht, wie viele Frauen du in Afrika hast!", und: „Ich will gar nicht wissen, wie viele Klosterfrauen deine Priester bereits verlustiert haben." Einem anderen Bruder erwidert er: „Du hast eine Frau totg'führt, erzähl mir nichts von einem gottgefälligen Leben!" Wann immer er von einem Familientreffen zu seiner Freundin heimkehrte und sie ihn fragte: „Wie war's?", meinte er: „Gstritten hamma wie die Fechter!"

Die Frau, die meinem Onkel in dessen gesundheitlichen Krisen beisteht und ihn auch in seiner letzten Stunde nicht verlassen wird, erfährt Missachtung und Ablehnung durch seine leiblichen Brüder und Schwestern, die sich ihr gegenüber gar nicht wie Brüder *in Christo* benehmen. Die Versuche meines Onkels, sie in die Familie einzuführen, scheitern an der Engstirnigkeit und Halsstarrigkeit seiner Geschwister.

Mein Onkel war großzügig, wenn die Öffentlichkeit es zu sehen bekam. Seine Lebensgefährtin ist dabei, als er um sechstausend Schilling zu karitativen Zwecken eine Torte ersteigert, die er dann den Ministranten schenkt. Da bot kein anderer mehr mit. Für die Orgel der Basilika am Sonntagberg lässt er noch im Jahr vor seinem Tod sechshunderttausend Schilling springen, für jene in Stift Herzogenburg vierhunderttausend. Bei persönlichen Ausgaben hingegen war er sparsam, manchmal geradezu knausrig. Beim Heurigen will er seiner Freundin, die ihre Geldbörse vergessen hat, keine weitere Schnitte Brot vergönnen. in Venedig, wo alles teuer ist, leisten die beiden sich nur ein Bier und trinken es dann gemeinsam. Knapp vierzig Jahre lang nahm er das Servitut auf freien Bezug von Wein und Zigaretten in Anspruch. Niemals vergisst er darauf, sich unter den Beständen an seinem Dienstort zu bedienen. Nie hätte er für den Eigenbedarf Zigaretten oder eine Flasche Wein gekauft. Es mag bei einem so starken Raucher und Trinker verwundern – aber mein Onkel hat seine Süchte und Räusche nie selbst bezahlt. In seiner Pfarre ist er Namensgeber und Taufpate für einen Wein und lässt sich die Ehre abgelten.

Als mein Onkel zur Jahrtausendwende seinen Siebziger groß feiern will, reitet ihn der Ehrgeiz, zu dieser Festivität alle drei damals lebenden Landeshauptleute von Niederösterreich begrüßen zu wollen: Pröll, den Amtsinhaber, Maurer, dessen Vorvorgänger, und Ludwig, der Maurer nachfolgte. Dieses Projekt scheitert, da der Stern meines Onkels schon im Sinken ist. Die Mächtigen im Lande halten ihm zwar noch die Stange, aber nur noch mit Widerwillen. Von Pröll wird berichtet, er habe, als mein Onkel auf der Bildfläche erschien, seine Begleiter angefleht: „Haltet's mir den Präses vom Leib!" Vergeblich, denn mein Onkel hängt sich wie eine Klette an ihn. Den Verantwortlichen in der Landesregierung will er es nicht durchgehen lassen, dass er zur Segnung der Landhauskapelle im Regierungsviertel von St. Pölten durch Bischof Kurt Krenn am 15. November 1996 nicht eingeladen worden ist. Er drängt sich ins Foyer, und als er den Landeshauptmann erblickt, nimmt er ihn ins Schlepptau und zieht diesen mit sich an jenen Ort, an dem meinem Onkel die Anwesenheit hätte verwehrt bleiben sollen.

Doch daheim hat mein Onkel mit einer Palastrevolte zu kämpfen. Mitarbeiter und Vereinsvorstand sind übereingekommen, ihn ehrenvoll zu seinem Siebziger in

Pension zu schicken, weil er als Leiter untragbar geworden ist. Seine Auftritte überbieten sich an Peinlichkeit. Da wird mein Onkel noch einmal so richtig böse und zeigt es seinen Widersachern. Er läuft Amok. Wer nicht klein beigibt, muss gehen. Treue Weggefährten, die er selbst aufgebaut und denen er vor fünfundzwanzig Jahren aus kleinen Anfängen hochgeholfen hat, werden des Verrats geziehen und vor das berufliche Nichts gestellt. Nein, mein Onkel ging nie in Pension. Auch der Versuch, durch informelle Treffen mit seinem ewigen Konkurrenten Ludwig Zack den Bruch mit dem gesamtösterreichischen Kolping-Verband zu kitten, um im Jahr 2002 das hundertjährige Jubiläum der Gründung des Kolpingwerkes gemeinsam feiern zu können, führt nicht mehr zum gewünschten Ergebnis. Die Auswahl der Heurigen, bei denen die beiden alten Alpha-Männer im Beisein von Mediatoren aufeinandertreffen, wird der Freundin überlassen.

Damals erlebe ich noch einmal einen Auftritt meines Onkels. Er hat sich von einem Chauffeur zu meinen Eltern bringen lassen, sitzt jetzt in der Küche und stänkert herum. Es ist ihm kein vernünftiges Wort zu entlocken. Alles wird ins Lächerliche und Absurde gezogen. Aber er führt das große Wort. Mir und Gerda unterstellt er ein „schlampiges Verhältnis", obwohl wir da schon längst verheiratet sind. Meine Mutter weist ihn zurecht: „Du schau nur auf dein schlampiges Verhältnis!"

Der Präses war gewiss immer überzeugt davon, der eigenmächtigste Mensch westlich des Wienerwaldes zu sein. Von keinem ließ er sich etwas vorschreiben. Er tat, was er wollte. Der Zölibat konnte seinem Leben so wenig anhaben wie der Alkohol seiner Leber. Obwohl ihm das Doppelleben und die Doppelmoral in Fleisch und Blut übergegangen waren, hielt er sich für einen ausnehmend freien Menschen. Dabei legte er das Gehabe eines Kirchenfürsten an den Tag, der es ablehnt, an den Maßstäben gemessen zu werden, die für all jene gelten, welche aus dem Durchschnitt nicht herausragen.

Selbst seinen Körper hatte er sich unterworfen und untertan gemacht. Dieser musste parieren und folgen wie ein jeder von den Menschen, in deren Leben er Spuren hinterlassen hat. Nach einer Darmoperation wird meinem Onkel eine Zeitlang ein künstlicher Darmausgang gelegt. Das hindert ihn nicht daran, damit Tennis spielen zu gehen. Beim Heurigen scherzen seine Freunde: „Trinkst das Achterl noch, oder schüttest's gleich ins Sackerl?"

Aber das sich weich verformende und langschmale Behältnis für seine Exkremente selbst zu wechseln, das hat er sich nie beigebracht. „Liesl, mach's du!", ruft er die Freundin her. Für solche Dienstleistungen benötigt er das Personal.

Bei einem Krankenbesuch nach der Herzoperation ihres Schwagers begegnet meine Mutter erstmals seiner Freundin und erlebt, wie diese, die aufopferungsvoll an seinem Krankenbett wacht, sich „Trampel, Gurken!" schimpfen lassen muss, um gleich darauf mit der zärtlichen Versicherung: „Du bist meine Liesl, meine einzige, liebste Liesl!", um Hilfe angerufen zu werden.

Die Menschen seiner Umgebung müssen funktionieren und dürfen ihrerseits nie krank sein. Da ist er ungeduldig und zu keiner Rücksichtnahme bereit. Die Freundin seiner letzten Jahre leidet an Asthma. Für sie, die er heiß liebt, ist er nicht bereit, auch nur auf eine einzige Zigarette zu verzichten. Oft hält sie es im Auto mit dem starken Raucher nicht mehr aus. Darüber kommt es zum Streit zwischen ihnen. Als sie ihm zusetzt mit Bitten, öffnet er die Tür und stellt ihr frei, das Fahrzeug zu verlassen. Einmal steigt sie wirklich aus, und er fährt davon. Eine Stunde lang lässt sie der Sturkopf die Landstraße entlangwandern. Wenn sie bei Bergwanderungen über Atembeschwerden klagt, fertigt er sie mit den Worten ab: „Nimmst halt an Spray!“, und dreht sich kaum zu ihr um.

Das Spital will den aussichtslos an Leukämie Erkrankten nicht entlassen. Sie bestellen noch einen Psychologen, um den geistigen Zustand des Patienten prüfen zu lassen. Der Psychologe lässt ihn im Kopf von hundertfünfzig zwölf abziehen, und dann wieder zwölf, bis zum Ende. Mein Onkel leiert die mathematische Reihe herunter.

„Dem hab ich's aber gezeigt“, erklärt er, befriedigt über seine intellektuelle Leistung so knapp vor dem Sterben.

An seinem letzten Abend hat er sich noch ein Glasl Wein gegönnt. Dabei ist das Foto entstanden, auf dem er zu sehen ist mit der verglimmenden Zigarette zwischen den Fingern und den Beatmungsschläuchen in der Nase, im Hintergrund die Sauerstoffflaschen. Am nächsten Tag liegt er nur mehr ruhig im Bett, hinüberdämmernd in den Tod. Als es mit ihm zu Ende geht, fragt ihn seine Freundin: „Adi, willst du mir noch etwas sagen?“ Da schlägt er die Augen auf, sieht sie an, öffnet – wie weiland beim Gottesdienst – weit die Arme und deklamiert mit klarer Stimme: „Dass ich dich liebe!“, sackt zusammen und verscheidet in ihrer Umarmung.

Zweites Buch

Die Rätsel der Zukunft

Ein halbes Jahr nach dem Tod meines Onkels wird meine Tochter geboren, drei Jahre später mein Sohn. Von dem kleinen Bildchen, das im Erbe des Onkels aufgetaucht ist und mich als Sechsjährigen zeigt, nimmt dann, während meine Kinder gerade ihre ersten Schritte tun, eine wundersame Reise in die Familiengeschichte ihren Ausgang. Mein Forschungsvorhaben war ähnlich von Rückschlägen und Misserfolgen begleitet wie die Anstrengungen eines Kleinkindes, das seinen Bereich erobert. Und genauso wenig konnte ich damit aufhören. Anfänglich war ich bestürzt und erstaunt, welch unbekannte Räume sich aufgetan haben, sobald ich erst einmal begonnen hatte, an der Oberfläche meiner bisherigen Kenntnisse zu kratzen. Und immer hat mich die Frage begleitet: Wie konntest du dich so lange nicht darum kümmern? Warum ist das in deinem bisherigen Leben nicht wichtig gewesen? Zuerst habe ich geglaubt, es meinen Kindern schuldig zu sein, die Mysterien ihrer Herkunft aufzudecken und zu dokumentieren. Erst später verstand ich, dass es eigentlich mir zum Nutzen und die Geburt meiner Kinder nur ein Anstoß und Anlass war. Auch wenn es manchmal so scheinen mag, als ob die Geschichte sich wiederholte, so tut sie das bei genauerer Betrachtung keineswegs. Was sich sehr wohl und immer wieder ereignen mag, ist das Geborenwerden, das Aufwachsen und die Erwartung großer Taten, auch das Scheitern und die Katastrophe. Und doch ist jedes Hoffen auf den Sieg und Hinausgehen in die Welt und jedes neuerliche Kapitulieren vor der Welt einzigartig und einmalig. Warum lässt man also die Geheimnisse der Vergangenheit nicht besser auf sich beruhen? Was bewegt einen, an deren Rätsel ausgerechnet dann wieder zu rühren, wenn sie endgültig vergessen werden könnten? Irgendwann muss für die Verdrängung mehr Aufwand betrieben werden, irgendwann kostet das Ausweichen mehr Energie, als es erforderte, die Dämonen der Vergangenheit zu beschwören und zu bannen. Und die Vergangenheit holt einen ausgerechnet dann ein, wenn die Zukunft in Form der eigenen Kinder beginnt. Erst meine Kinder haben mir zu dem Mut, der Zuversicht und dem Selbstbewusstsein verholfen, die erforderlich waren, um sich den Herausforderungen dieser Abstammung zu stellen. Bis ich imstande war, sogar jene Geschichten aufzuschreiben, von denen ich wusste, dass sie nicht nur die reine Wahrheit enthalten, und bereit, mich auch auf quälende Fragen einzulassen, habe ich lange gebraucht. Schließlich begriff ich, dass mir eigentlich nie etwas verschwiegen worden ist. Ich hätte lediglich aktiver diesem Wissen nachfragen müssen. Jenen, die darüber verfügten, hätte ich bloß zuhören müssen, um das alles schon viel früher in Erfahrung zu bringen. Stattdessen habe ich mich mit Ignoranz geschützt. Als junger Mensch will man unbeschwert von der Last der Vergangenheit seinen eigenen Weg finden. Ganz ahnungslos habe ich meiner kleinen Heimat den Rücken gekehrt und mich in die große Welt hinaus aufgemacht. Meine Naivität und Gutgläubigkeit haben mir immer wieder Missverständnisse eingetragen und mich nicht davor bewahrt, den Ideologen auf den Leim zu gehen. Während ich irgendwelchen verrückten Idealen nachgelaufen bin, war ich taumelnd und stolpernd zu einem ganz anderen Ziel unterwegs. Diese Umwege mögen mir jetzt, da ich auf sie zurückschaue, lächerlich oder unnötig erscheinen. Damals jedoch war alles Neuland, bei dessen Erforschung ich mich nicht an das offene Gelände halten wollte und an die ausgetreten Pfaden, auf denen ich zwar schneller vorwärts gekommen wäre, aber gerade dadurch noch weiter meinen eigentlichen

Bestimmungsort verfehlt hätte. Ich möchte zurückkehren zu diesem ganz besonderen Sechsjährigen, der auf dem Foto aus der Verlassenschaft meines Onkels zu sehen ist. Seinen Aufbruch will ich beobachten, seinen zaghaften Schritten folgen, bis zu jenem Punkt, wo die verschiedenen Geschichten ineinanderfließen. Dieser Punkt, so stellte sich nachträglich heraus, war das Ziel, zu dem es ihn unwissentlich hinführte.

Wir haben an der Natur nichts als Turbatverse und disiecti membra poetae zu unserem Gebrauch übrig. Diese zu sammeln ist des Gelehrten; sie auszulegen, des Philosophen; sie nachzuahmen – oder noch kühner! – sie in Geschick zu bringen, des Poeten bescheiden Teil. Reden ist übersetzen – aus einer Engelsprache in eine Menschensprache, das heißt, Gedanken in Worte, – Sachen in Namen, – Bilder in Zeichen.

Johann Georg Hamann, Aesthetica in nuce (1760)

Die Witwe von Stefan Denk

In der Haydn-Schule verfügen wir über ein großes Klassenzimmer, in dem die Tischreihen nur eine Hälfte des Raumes einnehmen, die andere steht uns zum Turnen und Herumtollen in der Pause zur Verfügung. In der Frühe eilen wir der Lehrerin entgegen, die am Fuß des Hügels, auf dem vor mehr als zwei Jahrhunderten das Gebäude errichtet wurde, von ihrem Fahrrad steigt, und bereiten ihr einen freudigen Empfang, bevor sie uns die Schule aufschließt.

Unsere Lehrerin hat ein Faible für die Heimatkunde und schlägt damit einen Ton an, der bei mir auf Resonanz stößt. Sobald sie im Sachunterricht auf Regionalgeschichte zu sprechen kommt, besitzt sie meine Aufmerksamkeit. Von ihr höre ich auch zum ersten Mal den Namen Stefan Denk (1898–1958). Dieser Heimatforscher ist zwar bereits vor beinahe zwanzig Jahren verstorben, aber seine Sammlung archäologischer Funde verstaubt noch immer in Vitrinen, die in den Gängen des Rathauses aufgestellt sind. Immer wieder stehe ich fasziniert vor den Steinbeilen und Bronzeäxten, vor dem Armreifen aus der Bronzezeit und dem keltischen Eisenschwert, dem römischen Mercator-Becher und den slawischen Ohrringen, die alle im Erlauftal aufgefunden wurden. Nach einigen Jahren fasse ich den Mut und steige zu seiner betagten Witwe hinauf, die im Dachgeschoß des Rathauses ihr Altenteil bewohnt, um mir von ihr das letzte Exemplar des posthum erschienenen historisch-archäologischen Hauptwerkes ihres Mannes zu holen.

Transzendenz

Als ich vor einigen Jahren meiner ehemaligen Volksschullehrerin begegne, kommt sie auf meine damalige Begeisterung für ein Buch zur Heimatgeschichte zu sprechen, das sie im Unterricht eingesetzt hat. Sie erwähnt, ich hätte ihr damals angeboten, viel Geld dafür zu bezahlen, falls sie mir es überlassen würde. Das viele Geld, das sie ausschlagen musste, ist ihr, die inzwischen zahlreiche Schülergenerationen gesehen hat, zu diesem Kind im Gedächtnis geblieben. Anekdoten sind ja nicht Geschichten, an die man sich selbst erinnert, sondern Schwänke, die man über die eigene Person erzählt bekommt. Das eigene Ich tritt einem in solchen Erzählungen als eine fremde Person entgegen, die auf eine Weise handelt oder sich äußert, wie man es nie erwartet hätte. Woran ich mich aber tatsächlich erinnern kann, das ist ein heimatkundliches Lesebuch mit dem Titel *Unser schönes Buch – Niederösterreich*, aus dem unsere Volkschullehrerin eine Geschichte vorlas, die davon erzählt, wie Kolonisatoren der Babenbergerzeit ein leeres und unbesiedeltes Land in Besitz nehmen und dabei auf Ruinen älterer Ansiedlungen aus der Römerzeit stoßen. Ich habe lange den Grund nicht angeben können, warum ich schon so früh mein Leben der Archäologie weihen wollte. Heute glaube ich, dass es die Suche nach Transzendenz war. Wissenschaft erfüllt dieses Bedürfnis ebenso gut wie Religion. Transzendenz ist das Bewusstsein, dass hinter der Oberfläche unseres alltäglichen Daseins noch eine weitere Dimension vorhanden sei. Diese könne nur durch einen besonderen Blick sichtbar gemacht werden. Die historische Tiefe unserer Landschaft ist nicht offenkundig. Es bedarf des Eingeweihten und Wissenden, dem bekannt ist, wo die früheren Bewohner ihre Siedlungen angelegt haben. Ein urgeschichtlicher Fundort ist, im Unterschied zu den Städten und Stätten der Griechen und Römer, für den Laien nicht mehr erkennbar. Als Priester einer rationalen Religion hätte ich mir gefallen. Gemessen an den Geheimnissen der Vergangenheit kam mir die Gegenwart banal und oberflächlich vor.

Haydn-Schule

Hausübungen haben für mich in der Volksschule keinen hohen Stellenwert, und auch sonst beteilige ich mich wenig am Unterricht. Lieber hänge ich meinen Tagträumen nach und bin ganze Nachmittage im Wald strawanzen. Bildungsinhalte wie das Einmaleins und Rechtschreiben, die für die Primarstufe vorgesehen sind, eigne ich mir erst im Gymnasium an. Fast meine gesamte Volksschulzeit verbringe ich in der Haydn-Schule. Das alte Haus steht inmitten von Feldern und Wiesen; dahinter im überwachsenen Hang ein verfallener Steinbruch, wo die Buben sich vor Unterrichtsbeginn herumtreiben. Ein großer Garten lädt zum Spielen ein. Gerade richtig für die Kinder aus der Landgemeinde, die vorher nicht aus ihren Dörfern herausgekommen sind.

Der barocke Schüttkasten gehörte ehedem zu Schloss und Herrschaft Weinzierl. Seinen Namen hat er dem Umstand zu verdanken, dass der junge Joseph Haydn zwischen 1750 und 1759 einige Sommer als Gast seines damaligen Förderers und Dienstgebers, Karl Joseph Weber von Fürnberg, im Schloss verbrachte. Weil wir den Namen des Gebäudes, das außerdem die Sonderschule beherbergt, zum Wort *Heiden-Schule* verballhornen, beziehen wir diese Bezeichnung direkt auf uns. Mit den „Heiden“ können ja wohl nur wir Landkinder gemeint sein. So denken wir, ohne dass wir uns des etymologischen Zusammenhangs zwischen diesen beiden Bedeutungen bewusst wären, der sich in der Ableitung des englischen Wortes „pagan“, der Heide, von „paganus“, dem antiken Landbewohner, noch deutlicher darstellt. Ich identifiziere mich mit diesem Status als „Heide“, der für das Stigma von Randständigkeit und Außenseitertum sowie die bukolische Umgebung und die familiären Umgangsformen der Haydn-Schule steht. Als wir zu Beginn der zweiten Klasse für einige Monate mit den übrigen Kindern im Hauptgebäude der Volksschule zusammengelegt werden, ist das für mich ein traumatisches Erlebnis. Ich gehe in der Menge unter, finde mich im Gewirr der Garderoben im Keller nicht zurecht und verliere ganz die Orientierung. Schon in der Volksschule taucht im Zeugnis einmal ein Dreier auf – ein Rätsel, wie ich mit solchen Noten überhaupt ins Gymnasium gelangen konnte. Dort gewöhne ich mich an das Genügend, und schließlich lässt auch das Nichtgenügend nicht länger auf sich warten. Meine Arbeitshaltung will sich den neuen Verhältnissen nicht anpassen. Ich führe keine sauberen Hefte und bereite mich nicht auf Prüfungen und Schularbeiten vor. Ich wehre mich gegen den Druck und zeige mich nach außen hin gleichgültig gegenüber den Anforderungen. Der Deutschlehrer ringt sich am Ende der zweiten Klasse noch einmal dazu durch, mir eine positive Note zu schenken. Eine Nachprüfung in Englisch zu Beginn der vierten Klasse bestehe ich auf ähnlich unverdiente Weise. Weil ich mich aber durch meine mangelhafte Leistung doch endlich beschämt fühle, bin ich es leid und beschließe, der Sache eine radikale Wendung zu geben.

Ich versuche nicht länger, dem heidnisch-heroischen Grundsatz einer Leistungs- und Bildungsverweigerung treu zu bleiben. Ich gebe meine Prinzipien auf. Ich wähle den leichteren Weg der Anpassung.

Totes Wissen gibt es nicht!

Meine Mutter geht jeden Morgen zum Melken in den Stall, fährt die vollen Milchkannen zur Straße, hievt sie über die Stufen auf das Podest, von wo sie täglich der Lastwagen der Molkerei abholt, und mäht das Futter für den Tag, bevor sie sich in Ruhe an den Küchentisch setzt und in ihren Kaffee Stücke einer altbackenen Semmel oder Brotscheibe schnippelt. Ehe sie einen Brotlaib anschneidet, zeichnet sie mit der Hand, die das Messer hält, drei Kreuze über den Laib. Dann drückt sie ihn gegen die Brust, setzt das Messer an der Außenseite an und zieht es mit einer runden und fließenden Bewegung zu sich.

Mein Vater tut sich leichter, handgeschriebene Noten zu entziffern als gedruckten Text. Seiner Schulzeit während des Krieges hat er nur die grundlegendsten Fertigkeiten im Lesen und Schreiben zu verdanken. Liest er die Zeitung, so artikuliert er jedes Wort halblaut wie ein funktionaler Analphabet – und doch ist er es, der aus mir einen Leser macht. Als mir in der ersten Volksschulklasse das Buchstabieren schwer fällt, sitzen wir jeden Abend eine Stunde am Küchentisch, und ich plage mich mit dem Lesebuch. Seine Nachhilfe ist so wirkungsvoll, dass ich bald zum besten Leser der Klasse werde. Bei den Lesetests bin ich in der halben Zeit fertig und habe alle Fragen immer richtig beantwortet.

In einer Nische des Klassenraums in der Haydn-Schule wurde eine kleine Bibliothek eingerichtet. Ein

Büchlein, das frühere Schülergenerationen dort zurückgelassen haben, ist Josef Pazelts *Lambert Löffelmann und Silvester Aaser*. Der in eine märchenhafte Rahmenerzählung eingebettete Führer zu Niederösterreichs Landschaften enthält folgende Schlüsselszene: Die beiden Titelfiguren, zwei Pulkauer Schulbuben, verwandeln sich während des Unterrichts in einen Hasen und einen Raben. Der Hase springt über den Katheder zum offenen Fenster hinaus und streift dabei eine Schreibfeder, die im Tintenglas steckt. Die Schreibfeder schnellt heraus und heftet sich mit der metallenen Spitze in den Holzboden. Die übrigen Kinder starren gebannt auf das Nachwippen der Feder.

In meiner allerersten Musikstunde im Gymnasium erzählt uns der Musiklehrer von Zoltán Kodály (1882–1967) und Belá Bartók (1881–1945), die unter den Bauern und Hirten ihrer Heimat ungarische Volkslieder sammelten. Der fremdartige Klang und die Poesie der beiden Namen – ßol-tan-ko-da-ii und be-la-bar-tok! bleiben mir unvergesslich. Bis in alle Ewigkeit klingen mir ihre Namen im Ohr!

Jeden Sonntag suche ich die Pfarrbücherei auf. Bevor noch die Menge der Messbesucher durch das Tor ins Freie fließen kann, habe ich mir schon gegen den Strom den Zugang in den Raum gegenüber der Sakristei erkämpft. Ich finde hier Klassiker der Abenteuer- und Reiseliteratur vor, die in den Siebzigerjahren nicht mehr zeitgemäß sind. Thor Heyerdahls *Kon-Tiki* von 1949 ist eigentlich nur ein spannender Roman, ich jedoch nehme ihm den wissenschaftlichen Anspruch ab. Ich beginne Heyerdahls Interesse für die Fragen der Besiedlungsgeschichte zu teilen. Meinem Geschichtslehrer gegenüber, der sich auf „den Zöllner" beruft, einen dicken Wälzer über Österreichs Geschichte, bestehe ich darauf, dass die Slawen bereits vor den Bayern in das Land an der mittleren Donau eingewandert wären. Ich habe kein vergleichbar schwerwiegendes Argument zur Hand, um meine These zu untermauern, aber die Sicherheit meines Kontrahenten ist eine trügerische: Der Zöllner ist zu Beginn der Achtzigerjahre auch nicht mehr auf dem aktuellen Stand der Wissenschaft gewesen. Erst auf der Universität lerne ich, dass kaum eine wissenschaftliche Erkenntnis oder auch nur Terminologie den Wechsel von einer Forschergeneration zur nächsten unbeschadet überlebt. Im Paläolithikum-Proseminar findet die Assistentin den warmherzigen Stil bemerkenswert, in dem ein Studienkollege seinen Aufsatz über die Höhlen des Kremstales verfasst hat, und sie will wissen, ob er einen besonderen Grund für seine blumige Wortwahl habe. Dieser stockt, reibt zwanghaft seine vor Aufregung schwitzenden Handflächen an den Hosenbeinen und stößt schließlich inbrünstig hervor: „Weil ich diese Landschaft liebe!"

Welchen Stellenwert haben Glauben und Vertrauen in der Wissenschaft? Eine renommierte Sozialhistorikerin hörte ich in ihrer Vorlesung den Grund erläutern, warum die Arbeiter dazu übergegangen wären, zum Frühstück statt saurer Suppe ein Marmeladebrot zu verzehren und dazu eine Tasse mit gesüßtem Kaffee zu trinken. Das läge daran, dass auf diese Weise der Blutzuckerspiegel im Körper ansteige und dieser damit schon zu früher Stunde eine Arbeitsleistung erbringen könne, vermutete sie. Obwohl das für mich vorläufig plausibel und logisch geklungen hat, muss mich unbewusst etwas an ihrer Behauptung gestört haben, jedoch ohne dass ich den Denkfehler gleich bemerken konnte. Viel zu selten bietet sich uns die Möglichkeit, sofort alles zu hinterfragen und auf seinen Wahrheitsgehalt zu überprüfen. Es kommt also vor, dass einem die Hinfälligkeit einer wissenschaftlichen Erklärung selbst dann nicht auffällt, wen sie der eigenen Erfahrung entgegensteht. Das Beispiel meiner Mutter hat mich schließlich stutzig gemacht. Die Bauern konnten nämlich in der Frühe sehr wohl zu arbeiten beginnen, ohne vorher etwas in den Magen bekommen zu haben.

Volksetymologie

Marmorkuchen reduziert sich im Verständnis des Kindes auf Mamakuchen, und beim Stoßseufzer „Menschmeia“ denke ich lange an ein Mädchen mit dem Namen Maja. Naiv und gutgläubig, wie ich bin, bleibt mir der eigentliche Sinn der Worte verborgen. Ich assoziiere das Nächstliegende. Doppeldeutigkeit und Sarkasmus verwirren mich nur. Wenn ich einen Bauern inbrünstig „Verdammtige Hurerei und Sakrament!“ fluchen höre, dann bringe ich die frevlerische Anrufung ausgerechnet mit den Hornissen in Verbindung. *Hurnlauser*, wie die Hornissen im Volksmund genannt werden, sind die Plage meiner Kindheitssommer. Die Stille eines sommerlichen Nachmittags kann jederzeit von ihrem grollenden Brummen gestört werden, das die gleiche Panik auslöst, wie der Überfall eines Geschwaders von Kampfhubschraubern. Gegen die Hornissen wird Krieg geführt. Mit List und Tücke, Pulver und Schwefel, des Nachts und aus dem Hinterhalt rückt man gegen die Kobel, ihre Bauten und Nester vor. Jedes Mittel ist recht. Nur wenn der gottlose Staat sofort lichterloh in Flammen aufgeht, ist die Armee ausgeschaltet. Die leblosen Kriegerinnen strecken noch im Todeskrampf den gefährlichen Stachel heraus und sind in den glänzenden Brünnen schrecklich schön anzuschauen. Oft werde ich davor gewarnt, dem Flugloch im hohlen Baum, vor dem ein reger Verkehr herrscht, nahezukommen. Bei den Buben gilt es als Mutprobe, sich dort anzuschleichen. Schauderhafte Geschichten von Hornissenschwärmen, die Mäher über die ganze Wiese verfolgt haben, werden erzählt. Wie Kampfmaschinen stürzen sich die geklonten Soldatinnen ohne Rücksicht auf Verluste in die Schlacht. Ein Hornissenstich gilt als die größte Gefahr, die uns Kindern in Wald und Flur droht. Die Hornissen stehen im Ruf, räuberisch, gefräßig, unberechenbar und stark zu sein. Diese Eigenschaften machen sie den Menschen ähnlich. Alles, was wir nicht sein wollen, und alle Übel können auf sie abgeladen werden. Damit erscheint es ganz logisch, aus ihrem Gattungsnamen die zornigsten und übelsten Flüche zu konstruieren.

Einem Altphilologen verdanke ich die Anekdote von seinem Fund auf einer ländlichen Orgelempore. Von den Buben, die den Blasebalg der Orgel traten, war das mysteriöse Vokabel „Hurnbeil" in die Wandvertäfelung eingeschnitten worden. Erst nach einigem Grübeln über den sozialen Kontext ist für den Wissenschaftler der „Hurenbeutel" erkennbar. Ähnlich erstaunt war ich, als ich von meinen Gleichaltrigen erstmals mit dem Synonym für das Gemächte, seine Teile und überhaupt alles Unanständige und Unaussprechliche konfrontiert werde. Wenn der *Bei'el* zur Sprache kommt, spielt ein Grinsen um den Mund der Dorfbuben.

Die einzige Möglichkeit, eine nackte Frau zu sehen, besteht darin, sich vor dem Schaukasten, in dem Standfotos aus den aktuell im Kino des Städtchens laufenden Streifen ausgestellt sind, auf die Zehen zu stellen. Allwöchentlich finden sich dort Titel wie *Verbotene Spiele auf der Schulbank* und *Feuchte Französinnen*. Bei den Sexklamotten, die das Kino regelmäßig spielt, sind die Fotos mit schwarzen Streifen auf den unzüchtigen Stellen zensuriert. Diese Balken machen es erst richtig spannend. Aus dem Kontext muss der Betrachter extrapolieren und die Fehlstellen im Geiste ergänzen. Eine ganz eigenwillige Ästhetik kommt zustande. So verliere ich meine semiotische Unschuld. Ich lerne mich verschiedener Sprachen zu bedienen. Mit meinen Alterskollegen verkehre ich in anderen Sätzen als mit den Respektspersonen. Dort verschweige ich schamvoll die Neuerwerbungen meines Vokabelschatzes. Ich werde bigott und lerne zu heucheln. Ich gewöhne mir an, das eine zu denken und das andere zu sagen.

Ministrantenlager

Unser Kaplan gehört der Fokolarebewegung an und schickt die Ministranten nach Osttirol auf ein Ferienlager, das sich Mariapoli nennt. Die Zeltstadt verteilt sich über ein hügeliges und von kleinen Wäldern durchsetztes Plateau oberhalb der Drau. Die Hochebene fällt in ein flaches Seitental ab, bevor sich ein steiler Berghang in den Wald hinaufzieht. Eines Tages nimmt ein Räuber-und-Gendarmspiel seinen Ausgang in diesem Bachtal. Ich schlage mich auf die Seite der Geächteten und nehme Reißaus. Mein Ehrgeiz bringt mich dazu, mich weit aus dem Gebiet zu entfernen, in dem sich die Suche der Gesetzeshüter abspielt. Mich sollen sie auf keinen Fall erwischen. Also steige ich im Wald bergan, wo ich mir einen großen und überhängenden Stein suche, unter dessen Dach ich mich verberge. Die Stimmen meiner Verfolger habe ich schon lange hinter mir gelassen. Die Nachmittagssonne legt sich an den Hang und wärmt meinen Zufluchtsort. Aus dem Versteck sehe ich durch die Kronen der Bäume in die dunstige Ferne über dem Tal. Ein Falke wiegt sich im Sommerwind. Über mir leuchten die Rispen vertrockneter Gräser im Gegenlicht. Nach einer Stunde wird mir meine Einsamkeit bewusst. Ich beginne mich zu fragen, ob ich mich als Sieger nicht vielleicht schon aus meinem Versteck wagen könne. Nach einer weiteren halben Stunde entschließe ich mich, das Risiko einzugehen, und mache mich an den Abstieg. Vorsichtig halte ich Ausschau nach meinen Mitspielern, um nicht einem Gendarmen in die Hände zu fallen. Ganz erstaunt bin ich, als ich unten keinen mehr vorfinde. Ich suche meine Spielgefährten, die schon längst das Spiel und damit auch die Suche aufgegeben haben. Meine Altersgenossen sind in der Zwischenzeit dazu übergegangen, Fußball zu spielen. Niemand hat mich vermisst.

Im darauffolgenden Jahr fährt mich meine Mutter zu einem Ministranten- und Jungscharlager im Mühlviertel. Wir kommen erst nach Stunden an und müssen mehrmals nach dem Weg fragen. In dem Ort, der als Treffpunkt angegeben wurde, läuten wir am Pfarramt und lassen uns vom Pfarrer zum eigentlichen Standort des Zeltlagers weisen. Bei einem Bauernhof, der wie eine Insel mit seinen Wiesen ganz von Wald umgeben ist, sind die Zelte rund um eine mächtige Feuerstelle aufgerichtet. Dieses Ministrantenlager untersteht einem neuen Kaplan, der vorher beim Militär Seelsorger gewesen ist. Das Lagerleben ist straff organisiert. Wir werden zum Morgensport geweckt. Der Kaplan jagt die verschlafene Schar über die Wiese. Ich verstehe die Teilnahmeverpflichtung am Programm, das den Tag über ansteht, fälschlich als unverbindlich. Eines Morgens breche ich nach dem Frühstück zu einer ausgedehnten

Wanderung auf, die ich als großen Bogen durch die Wälder konzipiert habe, und die mich am frühen Nachmittag hungrig und müde wieder zurück zum Lager führt. Allein habe ich einen glücklichen Tag im Wald verbracht und verwunschene Seen, braun glitzernde Bäche, mystische Steine und von Moos ausgefüllte Senken entdeckt. Erfüllt von der Einsamkeit des Waldes und zufrieden mit meiner tüchtigen Wanderung kehre ich ins Lager zurück. Der unfreundliche Empfang, den man mir bei meiner Heimkehr bereitet, verwirrt mich. Man nimmt es mir übel, dass ich im Vorhinein niemand von meiner Absicht verständigt habe. Solch eigenmächtiges Entfernen von der Gruppe wird gar nicht gerne gesehen.

Für den letzten Tag ist ein Detektivspiel vorgesehen, bei dem die Kinder versteckten Hinweisen nachjagen sollen. Die Organisatoren haben einen Überfall auf einen von ihnen inszeniert, um den Ablauf möglichst real und nicht als Spiel erscheinen zu lassen. Die Altersgenossen verfolgen auch alle enthusiastisch die vermeintlichen Räuber. Nur ich will der Geschichte, die uns da aufgetischt wird, keinen Glauben schenken. Ich bin entrüstet über die Leichtgläubigkeit der Beteiligten und bearbeite sie mit missionarischem Ernst, auf den Unsinn nicht hereinzufallen. Ich gebe erst Ruhe, als ich von den Erwachsenen beiseite genommen werde und Aufnahme in den Kreis der Eingeweihten finde. Den Rest des Tages amüsiere ich mich über den Eifer, mit dem die übrigen Kinder die Verbrecherjagd betreiben. Die anderen sind enttäuscht, als sie am Abend erkennen müssen, dass sie einer Illusion erlegen sind. Schwer ist es für sie, ihren Traum zu begraben. Sie wehren sich dagegen, dass ihnen eine liebgewonnene Einbildung zerstört wird. Widerwillig sehen sie ein, dass sie gar nicht raffiniert getäuscht werden mussten. Es war ihre Erwartungshaltung, die ihnen einen Streich gespielt hat, ihr Bedürfnis, sich ähnlich wie die *Fünf Freunde* Verbrechern auf die Spur zu heften.

Auf dem Traunstein

Als ich dreizehn bin, unternehmen meine Brüder mit mir eine Bergtour auf den Traunstein. Gewitzt durch frühere Erfahrungen haben sie die Tour auf zwei Tage angesetzt – den ersten Tag für Anfahrt und Aufstieg, dann Übernachtung auf der Hütte und den zweiten Tag für Gipfel und Abstieg. Schon die beiden pittoresken Tunnel am Fuß des Berges begeistern mich; auch der steile Zustieg, der an zahlreichen ausgesetzten Passagen mit Stahlseilen gesichert ist, findet meinen Gefallen. Erst spät in der Dämmerung erreichen wir die Berghütte, in der wir übernachten wollen. Zuletzt lassen wir uns von ihrem freundlichen Licht leiten, das weit in die Dunkelheit hinausstrahlt. Es gefällt mir, bei hereinbrechender Nacht in Wildnis und Einsamkeit auf dieses gastliche Haus zu stoßen und darin Aufnahme zu finden. So spät noch auf dem Berg unterwegs zu sein, ist mir dann doch nicht mehr ganz geheuer gewesen. Die Gaststube ist an diesem Abend gut mit Bergsteigern gefüllt. Angesteckt von der ausgelassenen Stimmung auf der Hütte und euphorisiert von meiner Leistung verlebe ich diesen Abend in der Gesellschaft der Alpinisten wie in einem Traum. Die Wände der Stube sind mit Aufnahmen kühner Felskletterer geschmückt. Ich bin hingerissen von deren Ästhetik. Ich male mir ein Leben aus, wie es von edlen Abenteurern nur noch oberhalb der Waldgrenze geführt werden kann; den Bergvagabunden, in deren Seilschaften einer für den anderen mit dem Leben einsteht. Ich berausche mich einen Abend lang an den Verheißungen von Bergromantik und Alpensehnsucht. Der Traunstein gehört zu jenen Kalkschrofen, deren Felsabbrüche von einem sanfthügeligen Plateau gekrönt werden. Die letzten Meter bis zum Gipfel sind daher am nächsten Morgen für mich wie ein Spaziergang. Es ist schon erstaunlich, wie leichtfüßig Kinder einen Abstieg bewältigen können, wenn sie einen Gipfelsieg vorzuweisen haben. Beschwingt hüpfe ich die Serpentinen hinunter. Mit der gleichen tänzerischen Sicherheit wie viele Jahre später meine neunjährige Tochter, nachdem wir im Sommer 2013 den Naturfreunde-Klettersteig in fünfeinhalb Stunden geschafft haben. Einen Muskelkater in den Oberschenkeln, wie er ihren Vater am nächsten Tag nachhaltig an die Eile des Abstieges erinnern wird, verspürt sie nicht.

Die Kelten im Habachtal

Die Präsenz einer Sache entscheidet darüber, ob wir sie als selbstverständlich hinnehmen oder für absonderlich halten. Was gerade da ist, muss sich in keinem Fall für sein Dasein rechtfertigen. Sobald es nicht mehr da ist, kommt uns die Tatsache, dass es je existieren konnte, skurril und grotesk vor. In dem Moment, wo wir sie erleben, dünkt uns die Gegenwart immer als die einzig mögliche und damit auch ihr Inventar. Gerade jetzt glauben wir, dass alle diese Objekte für unser Dasein und Tun notwendig seien. Dabei muss gar nicht viel Zeit vergehen, bis uns die neuen Gegenstände, die an die Stelle der älteren getreten sind, genauso unverzichtbar erscheinen. Mit unseren Meinungen verfahren wir nicht viel anders. Wenn Standpunkte wechseln und Menschen ihre Einstellungen, Interpretationen und Ansichten ändern, dann habe ich damit kein Problem. Schließlich wollen wir alle dazulernen. Was ich aber nicht nachvollziehen kann, ist die Amnesie, die sich daraufhin einstellt: Alle tun so, als ob sie niemals anders gedacht, gemeint und gesagt hätten. Vor noch gar nicht so langer Zeit gaben sie einer anderen Argumentation den Vorzug, kamen zu anderen Ergebnissen, folgten einer anderen Logik. Jetzt erscheinen ihnen diese Gedankengänge nur noch abwegig; und sie weisen empört jeden Versuch zurück, damit in Verbindung gebracht zu werden. Bis 1997 druckte und veröffentlichte das Verlagshaus Tyrolia eine Wochenzeitung mit dem Namen *präsent*. Die *präsent* ist bei ihrem Zielpublikum, den katholischen Haushalten auf dem Land, tatsächlich präsent und vermittelt ein stimmiges Weltbild. Diese Zeitung bietet die ganze Woche hindurch anspruchsvollen Lesestoff. Ich schneide Artikel aus, die von der Entdeckung Amerikas durch Seefahrer aus Island und linguistischen Forschungen in der cimbrischen Sprachinseln in Italien handeln, und tapeziere damit die Schranktür. Im Jahr 1980 findet sich in der *präsent* ein ganzseitiger Artikel über die Kelten-Ausstellung in Hallein. Ich bin dreizehn Jahre alt und entdecke gerade die Welt der archäologischen Großausstellungen. Diese bieten eine Fülle an Eindrücken und Informationen. Der Schülerausweis verhilft mir um wenig Geld zum Eintritt. An den Erwerb der Katalogbücher ist nicht zu denken. Ich begnüge mich mit dem, was ich an Foldern und Prospekten gratis mitnehmen darf, und kaufe gelegentlich eine Postkarte. 1980 zeigt das Naturhistorische Museum *Die Welt im Eiszeitalter* und daselbst die Mumie eines Mammutbabys aus Sibirien. 1981 verbinde ich eine Radtour zum Lunzer See mit dem Besuch einer Schau über *Kulturwandel in der Südsee*, die vom Wiener Völkerkundemuseum in der Kartause Gaming ausgerichtet wurde. Für *Die Daker* in der Hofburg fahre ich 1981 mit dem Zug nach Wien. 1982 ist *Matthias Corvinus* auf der Schallaburg wieder gut mit dem Rad zu erreichen. Der Wunsch, die Kelten in Hallein sehen zu können, wäre mir unerfüllt geblieben, wenn mein geologisch interessierter Bruder sich nicht wieder einmal mit der Absicht getragen hätte, in einem Seitental der Hohen Tauern nach Smaragden zu schürfen. Dieses Mal nimmt er in seinem VW-Käfer auch seine beiden jüngeren Brüdern mit. Das Habachtal ist ein hochalpines Trogtal, das während der Eiszeit vom Gletscher durchflossen wurde. Nur ein paar Almhütten und den Gasthof zur Alpenrose, die Basisstation der Steinesammler, gibt es in diesem Tal, aber keine ganzjährige menschliche Ansiedlung. Die Edelsteine in der Vitrine neben dem Eingang zum Gasthaus werden von mir bewundert. Wir klettern am Wasserfall und in dem Kar herum, wo sich die eigentliche Fundstelle der Smaragde befindet. Wir wandern bis zum Gletscher am Talschluss. Unsere Jause holen meine Brüder aus Alu-Proviantdosen mit abgerundeten Ecken und durchbrochenen Mustern auf dem Deckel. Auf der Heimfahrt bettle ich darum, dass wir in Hallein Halt machen. Ich bin hingerissen von den Schätzen, die es in der Keltenausstellung zu sehen gibt. Diese wurden um den originalen Silberkessel aus dem dänischen Moor von Gundestrup als dem zentralen Prunkstück gruppiert. So kommt es, dass ich die Zeit übersehe und meine Brüder am Ausgang warten lasse, die mich ausrufen lassen müssen. Sie verstehen meine schwärmerische Begeisterung nicht und sind recht ungehalten über den Dreizehnjährigen, dem die Kelten eine dramatische Identifikations- und Projektionsfläche bieten. Mit ihrem Schicksal sind sie für mich die Verlierer der Weltgeschichte. Ich liebe die Romantiker und Idealisten, die eher Schiffbruch erleiden, als dass sie bereit wären, Abstriche von ihrem Kurs zu machen. Auch ich will mich einmal einer Utopie verschreiben, einer verlorenen Mission anschließen. Mit wehenden Fahnen unterzugehen, erscheint mir erstrebenswerter, als faule und billige Kompromisse zu schließen. Doch wann war die Geschichte damit je zu Ende? Auch nach der Krise, dem Zusammenbruch, dem Desaster wachen die Menschen am Morgen auf und machen weiter ... gehen einkaufen, waschen die Wäsche, füttern die Hühner ... erledigen unspektakuläre, sinnlose Dinge. Gänzlich unbeeindruckt vom Scheitern der Heroen.

Sichtung eines Fundes

Ein Knabe hat eine transparente Plastikhülle im Format A6 mit Dokumenten als Lesezeichen in ein Buch gesteckt und bei dessen Rückgabe in der Gemeindebücherei vergessen. Die Mitarbeiterin der Bücherei bewahrt das Konvolut auf, in der Erwartung seiner Wiederkehr. Erst dreißig Jahre später wird mir das Verlorene zurückerstattet werden. Der Ausweis des Bundesrealgymnasiums zeigt, dass der Schüler das Ende der vierten Klasse erreicht hat und damit jenen Punkt am Ende der Unterstufe, an dem sich der weitere Bildungsweg entscheiden wird. Der Ausweis wurde am letzten Tag des Schuljahres ausgestellt, am 31. Juni 1981. Seine Gültigkeit bezog sich daher lediglich auf das Schuljahr 1980/81. Er würde also schon zwei Monate später ablaufen und nur in den Ferien seine Funktion erfüllen. Auf dem Foto trägt der Knabe eine abweisende Miene zur Schau. Seine ernsthaften Augen verstecken sich hinter großen Brillengläsern. Seine wenig schwungvolle Unterschrift lässt auf ein schüchternes und zurückhaltendes Auftreten schließen. Die Mitgliedskarte des Österreichischen Buchklubs der Jugend steuert keine darüber hinausgehenden Informationen über Interessen und Gewohnheiten bei, als der Kontext des Fundes nicht bereits deutlich gemacht hätte. Doch fallen zwischen den beiden Ausweisen außerdem vier längliche und unterschiedlich große Kartonstreifchen heraus: ein gelbes, das mit blauer Tinte bedruckt ist – eine Zugfahrkarte nach „Wien Westbf.“, die zusätzlich RF gestempelt ist und somit auch zur Rückfahrt berechtigt. Dieser Fahrschein verrät uns nicht nur, dass im Jahr 1981 die einfache Fahrt nach Wien 50 Schilling kostete, sondern auch, dass er genau am vierzehnten Geburtstag des Jungen gekauft wurde, an jenem Tag, als er seine Fahrt auch angetreten hat. Zwei weitere rosa und ein beiges Kärtchen sind jeweils mit Nummern gestempelt: Zweimal eine Zählkarte Naturhistorisches Museum, einmal eine Eintrittskarte in die Ausstellung *Die Daker – archäologische Funde aus Rumänien* im Museum für Völkerkunde.

Wie sein Bruder …

An einem Regentag sitze ich mit meiner dreijährigen Nichte in der Küche. Wir sehen durch das Fenster hinaus und beobachten meinen Bruder, der sich mit Regenschirm und Gießkanne den Blumen nähert, die unter dem Vordach knapp dem Regen entgehen. „Was macht denn der Papa da?“, fragt Teresa nachdenklich; um sich gleich darauf selbst die Antwort zu geben: „Ach so, er gießt seine Fleißigen Lieschen!“ Eine Nachbarin hat ihr erst unlängst ausgeführt, wie diese Blumen, zu denen die Mutter Wasserfuchserln sagt, hierorts genannt würden.

Als Unterstützung beschäftigt meine Schwägerin eine Praktikantin aus der Haushaltsschule. Wenn ich mich nach drei Stunden Fahrt mit dem Rad vor dem Haus meines Bruders aus dem Sattel schwinge, weiß meine Schwägerin schon, dass ich hungrig bin. Sie trägt eine Jause auf und setzt sich mit dem Mädchen zu mir, um mir beim Essen Gesellschaft zu leisten. Ich lasse mich nicht lange bitten und greife zu. Plötzlich ernte ich das schallende Gelächter der beiden Frauen. Von einem Moment auf den nächsten unterhalten sie sich prächtig auf meine Kosten, ohne dass ich weiß, womit ich das verursacht haben könnte. Das herzhafte Gelächter will nicht abreißen. Ich bin ratlos, bis meine Schwägerin sich fasst und der Praktikantin zuzwinkert: „Wie sein Bruder nimmt er beim Essen das Messer in den Mund!“

Als ich sechzehn bin, unternimmt mein Bruder mit mir eine Radtour, die uns von Herzogenburg über das Kamptal in den Gföhler Wald, dann rund ums Horner Becken, nach Eggenburg und über Tulln wieder nach Hause führt. Unsere täglichen Zwischenstationen unterscheiden sich. Ich beabsichtige, keine archäologische Fundstelle und kein Museum auszulassen, doch mein Bruder will hauptsächlich Freunde besuchen. Darum trennen sich tagsüber unsere Wege, um sich am Abend wieder dort zu vereinen, wo wir bei Bekannten meines Bruders übernachten, die sich mit ihren Familien im Waldviertel niedergelassen haben. In Gars am Kamp sind wir mit einem Mitstreiter meines Bruders aus der

Ökologiebewegung verabredet, der dort die Sommerfrische in seinem Gartenhäuschen verbringt. Wir essen mit ihm zu Mittag, und das Gespräch kreist um die Möglichkeit einer Kandidatur für die Gemeinderatswahlen. Mein Bruder äußert sich skeptisch und meint, es wäre dann wohl nicht mehr möglich, ökologische Anliegen auch über andere Parteien zu transportieren. Die Etablierung als wahlwerbende Partei ist in der Umweltschutzbewegung im Jahr 1983 noch keineswegs unumstritten.

Bin ich tagsüber allein unterwegs, so suche ich nach frühgeschichtlichen Hügelgräbern und Wallburgen. Ich frage mich bei Bauern und Forstarbeitern durch, und als ich endlich die einsamen Orte hoch über dem Tal der Krems oder mitten im Nordwald gefunden habe, ergreift mich ein starkes Gefühl für die Historizität der Plätze. Am Schanzriedl gefällt es mir besonders gut. Die sanft geneigte Wiese in Spornlage liegt hoch über dem Tal der Krems und wird von einem tiefen Halsgraben abgetrennt. Sie ist locker mit Bäumen bestanden. Ich wandere durch das hohe Gras und fotografiere die Anlage von allen Seiten.

In Eggenburg kehren wir bei einem Pärchen ein, mit dem mein Bruder befreundet ist. Im Garten unter einem Baum sitzend horchen wir auf das allmähliche Verklingen des Abends. „Es ist schon im August zu spüren, wie die Tage kürzer werden. Das Jahr geht bald zu Ende!“ seufzt unsere Gastgeberin. Ich wundere mich über diesen Weltschmerz.

Die Koralle

Nur in Shorts und mit nacktem Oberkörper bin ich an Sommernachmittagen auf meinem klapprigen Dreigang-Fahrrad durch die Hügel unterwegs. Auf einem Fahrrad, das bei einer Überprüfung auf Verkehrstauglichkeit sofort konfisziert würde, angesichts des Zustandes der Bremsen und der Beleuchtung. Ich belaste mich auf diesen Ausritten, die ich ohne Routenplanung oder ein Ziel unternehme, wirklich mit nichts Entbehrlichem. Im Falle einer Krise ginge ich einfach zum nächsten Haus und bäte, mich telefonieren zu lassen. Ein Glas Wasser kann man überall bekommen, wo man darum bittet. Mir widerfährt auf diesen Touren trotzdem niemals etwas Schlimmes. Ich vergesse, mich darüber zu wundern. So verschlägt es mich auch einmal in das Städtchen an der Donau, wo mein Bruder lebt. Vom Indischen Ozean hat er als Souvenir für mich einen ausgekochten Korallenast mitgebracht. Diesen Korallenstrunk klemme ich mir ohne jede weitere Sicherungsmaßnahmen, so wie er ist, auf den Paketträger. Bei einer der fragilen zweigähnlichen Korallenarten wäre das nicht möglich, wohingegen der Brocken die Reise unbeschadet übersteht. Das Korallenstück landet auf dem Fernseher, wo es in Ruhe Staub ansetzen kann.

Der Wieselburger Lions-Flohmarkt zu Frühlingsbeginn ist in meiner Kindheit ein wichtiger Termin. Der Beginn der warmen Jahreszeit ist für mich untrennbar mit dem fröhlichen Treiben in den Hallen verbunden und dem *Döb* [„Odem“ / „Odeur“] aus Zigarettenrauch, alten Gebrauchsgegenständen und den Körperausdünstungen der biertrinkenden und an den Ständen sich drängenden Besuchern. In einer Auswahl der Schriften des Königsbergers Johann Georg Hamann (1730–1788), die ich dort erstehe, begegnen mir Gedanken, die ich nie wieder ganz vergessen werde. Hamann schreibt, wir hätten zu unserem Gebrauch an der Natur nichts als „Turbatverse“ und „zerstreute Glieder des Dichters“ übrig. Unter den „Turbatversen“ sind wahllos durcheinandergeworfene Wörter eines Verses zu verstehen. Die *disiecti membra poetae* hat Hamann von Ovid, der damit Orpheus meint, welcher von rasenden Bacchantinnen zerstückelt wurde. Ohne dass sich mir vorläufig der Sinn erschließen würde, geht mir die dunkle Schönheit dieser Sätze nicht mehr aus dem Sinn: „Reden ist übersetzen – aus einer Engelsprache in eine Menschensprache, das heißt, Gedanken in Worte, – Sachen in Namen, – Bilder in Zeichen." Wenn ich den Verästelungen meiner Lebensgeschichte wie denen einer Koralle folge, erstaunen mich die Erfolge, die mir, ohne sie auch wertzuschätzen, mit leichter Hand gelungen sind. Jedes echte Wunder ist so unscheinbar wie das einer Koralle, die ganz bleibt. Nur die harmlosen und unbedeutenden Mirakel sind die wirklichen Wunder.

Meine erste lebende Fremdsprache

In der Schule ist Hochdeutsch meine erste lebende Fremdsprache. Davor gab es für mich keine andere Sprache als das Idiom meiner Heimat. Von dem Angebot, ihre Kinder in den Kindergarten zu schicken, das damals schon besteht, will meine Mutter keinen Gebrauch machen. Der Aufwand des zweimal täglichen Weges steht für sie in keiner vernünftigen Relation zur gewonnenen Zeit. Fernseher besitzen wir auch noch keinen. Mein Zusammenprall mit der herrschenden und offiziellen Sprache wird dadurch nur verzögert, nicht aber gemildert. Viele Jahre hindurch empfinde ich den Gebrauch von Hochdeutsch und Schriftsprache als aufgezwungen und unnatürlich. Wo immer ich den Institutionen ausgeliefert bin, kann ich der Standardsprache nicht entgehen.

Mit elf Jahren droht mein Bildungsweg am Hindernis einer Satzanalyse zu scheitern. Als wir in der zweiten

Klasse einen alten Studienrat, der knapp vor der Pensionierung steht, als Deutschlehrer zugeteilt bekommen, müssen wir uns nicht nur an ein neues Gesicht, jovial und umrahmt von einer weißen Künstlermähne, gewöhnen, sondern auch an einen neuen Stil. Der Professor liebt grammatikalische Satzanalysen und lässt jede Stunde mehrere Prüflinge jeweils einen schönen Schachtelsatz auf die Tafel zeichnen. Dazu schlägt er das Lesebuch an einer beliebigen Stelle auf, wählt einen Satz aus, und schon quält ein Schüler sich über Nominativgruppen und Relativsätze, die er wie eine mathematische Formel grafisch darstellen soll. Ich kann ihm nicht folgen. Ich bin der Meinung, Sprache werde gesprochen, aber nicht zerlegt! Und für mich ist das nicht einmal meine eigene Sprache! Für den theaterbegeisterten Studienrat, der wöchentlich zu den Aufführungen in die Hauptstadt pilgert, sieht das anders aus. Bei ihm steht außer Diskussion, dass es nur diese eine Sprache gibt, seine Eliten-, Literatur- und Hochsprache. Also lege ich die Ohren an, ducke mich, kassiere einige Nichtgenügend und hoffe, der Wahn würde in ein paar Wochen vernünftigeren Inhalten weichen. Doch falsch gedacht! Der gütige Onkel vorne am Pult reitet das ganze Jahr darauf herum, und ich schlittere dann gar noch in einen negativen Jahresabschluss hinein. Ich gehe komplett unvorbereitet in diese Prüfung. Da ich noch immer nicht die Notwendigkeit der Grammatik anerkennen will, werde ich als Versager abgekanzelt. Meine hilflosen Versuche, eine Verteidigungsposition einzunehmen, stoßen auf die gezielten Hiebe des Prüfers, die mich rasch in die Enge drängen. Ich gebe auf und flüchte mich auf den Gang hinaus. Dorthin folgt mir der Professor nach. Er muss wohl so etwas wie eine plötzliche Regung des Mitleids verspürt haben, denn er erklärt mir, er wolle

Gnade vor Recht ergehen und mich durchkommen lassen.

Im nächsten Jahr bekommen wir wieder einen anderen Lehrer zugeteilt, der sich nicht für Satzanalysen erwärmt. Für mich ist das ein Geschenk des Himmels, und ich lerne nichts daraus. Ich verabsäume auch nicht die nächste Gelegenheit, mich bei besagtem Lehrer zu blamieren, dessen Steckenpferd die methodische Berufsentscheidung ist. Ich melde mich bei ihm für einen Begabungstest im damals modernen Multiple-Choiceverfahren an. In einem leeren Klassenzimmer teilt er uns die Testbögen aus. Vermutlich habe ich eine Anweisung überhört, denn nachher ist er nicht bereit, meinen ausgefüllten Bogen anzunehmen. Er habe uns doch erklärt, dass unsere Entscheidungen auf ein eigenes Blatt zu notieren gewesen seien, behauptet er. Ich hätte mit meiner Begriffsstutzigkeit einen Prüfungsbogen verdorben. Damit bin ich gewissermaßen beim Intelligenztest durchgefallen. Mit der langfristigen Validität solcher Prognosen der Fachpädagogen scheint es nicht weit her zu sein – es dauert nur zwei Schuljahre, bis ich mich an einem Vorzugszeugnis erfreuen kann.

Knapp vor der Matura ist eine Mathematikschularbeit für die Klasse so schlecht ausgefallen, dass eine Wiederholung notwendig wird. Nur für mich ist sie erfolgreich gewesen. Ich habe besser abgeschnitten, als ich es gewohnt bin. Darum kann ich mir auch beim zweiten Mal keine Steigerung erwarten, und ich beschließe, stattdessen für einen anderen Gegenstand zu lernen. Als die Hefte ausgeteilt werden und ich meines dem Lehrer, der gleichzeitig unser Klassenvorstand ist, sofort wieder zurückgeben möchte, ist er nicht bereit, dies zur Kenntnis zu nehmen. Er droht mir, sollte ich verweigern, eine disziplinarische Strafe an. Diese folgt auch tatsächlich in Form einer Klassenbucheintragung und einer offiziellen Verwarnung. Ich hatte mir eigentlich nichts dabei gedacht, als ich die Schularbeit nicht schreiben wollte, ich war einfach nur zu bequem und wollte mich nicht unnötig anstrengen. Ich rechnete nicht damit, dass eine solche kühle Kalkulation meinen Mathematiker in Rage bringen würde. Ohne es zu wollen, komme ich in den Ruf eines Rebellen, der die Mächtigen herausfordert. Missverständnisse entstehen daraus, dass andere unseren Handlungen und Äußerungen einen Sinn unterlegen, der uns fremd ist. Es ist die gemeinsame Sprache, die uns trennt, weil man dadurch zum Glauben verführt wird, sein Gegenüber verstanden zu haben.

Auf der Heimfahrt von einer Exkursion mit den Studenten der Völkerkunde, mit denen ich in das Waldbauernmuseum in Gutenstein im Piestingtal besucht habe, erzählt mir eine Universitätslehrerin von einem Erlebnis, das eine Sprachstudentin in Kalifornien hatte: Am Strand habe diese einen wohlgeformten Hünen auffordern wollen, mit ihr Frisbee zu spielen, und fragte irrtümlich: „Do you want to play frisky with me?“ Da schlingt der athletische Mann entzückt seine Arme um sie, schaut ihr tief in die Augen und sagt gefühlvoll: „Yeah!“, denn das umgangssprachliche Verb „to frisk“ meint, jemandes Körper abzutasten, und „to play a frisky game“ damit so viel wie *petting*. Als die Ethnologin diese Anekdote zum Besten gibt, denke ich, dass ich mir auf ähnliche Weise nie der Regeln gewiss bin, die in der großen und weiten Welt gelten.

Zeiten, Völker und Kulturen

Der Grafiker Adalbert Pilch (1917–2004) gestaltete außer Schulwandtafeln, Sagenbüchern und Briefmarken auch das Schulbuch *Zeiten, Völker und Kulturen,* das für den Geschichtsunterricht zahlreicher Schülergenerationen Verwendung fand. Von der ersten Auflage um 1960 bis zu jener aus den Achtzigerjahren überlebten seine Illustrationen alle Adaptierungen und Modernisierungen. Ich begegne ihnen schon in den Schulbüchern meiner älteren Brüder und dann wieder in meinem eigenen.

Die erste Darstellung zeigt eine Rückkehr der Jäger. Die drei Männer sind vermutlich gemeinsam auf der Jagd gewesen, auf der sie einen Hirsch erbeutet haben. Auch wenn nicht zu ersehen ist, wie der Jüngste beigetragen hat. Er ist ganz ohne Jagdwaffen, wie sie nur die beiden älteren Männer mit sich führen. Von denen hält der Kräftigere, der einen Bogen und einen mit Pfeilen gefüllten Köcher auf dem Rücken trägt, den Hirsch mit beiden Fäusten an einer Geweihstange gepackt. Ein weiterer Jäger, der eine Axt im Gürtel und ein Bündel Speere in der rechten Hand hat, wendet dem Betrachter den Rücken zu. Als Einziger der drei teilt er seine Aufmerksamkeit zwischen dem kapitalen Tier und den Familienangehörigen. Zwei Knaben begleiten den Einzug erwartungsvoll, ein alter Mann, der mit einem geschäfteten Steinbeil Holz hackt, das er hinter einem zum Trocknen aufgespannten Tierfell aufstapelt, blickt skeptisch, ein weiterer Bub klettert von einem zum Ausguck hergerichteten Baumstamm herunter, von wo er nach den Jägern Ausschau gehalten hat. Der freie Raum vor der Behausung wird von den insgesamt sieben männlichen Figuren ausgefüllt. Die beiden weiblichen Gestalten hocken passiv im Höhleneingang.

War das erste Bildnis dem Nahrungserwerb einer kleinen isolierten Gruppe gewidmet, so steht auf dem folgenden Panorama das Bauwerk im Zentrum, das seinen

Bewohnern Heimstatt ist und sich über dem Wasser erhebt, auf einer von Stämmen gestützten Plattform. Die Existenz der Dorfbewohner ruht, so wie auf den zahlreichen Pfählen, auf mehreren Schultern und ist nicht mehr auf die Leistung und das Jagdglück des Einzelnen angewiesen. Die Männlichkeit äußert sich weniger wild und ungebärdig, die schulterlangen Zotteln sind einer manierlichen Haartracht gewichen. Der Kraftakt ist durch ruhiges und planvolles Handeln ersetzt worden, wie es die beiden Handwerker am Ufer an den Tag legen, die mit einer Axt und Feuer einen Einbaum auszuhöhlen und einen weiteren bereitliegenden Stamm zu spalten unternommen haben. Die Domestikation der Männlichkeit stärkt den Stellenwert der Frauen, denen zwar noch immer der aktive Bereich am Ufer und auf dem freien Wasser vorenthalten bleibt, deren eigener Raum aber in den Mittelpunkt gerückt ist. Im Vordergrund dominiert männliche Aktivität, im Zentrum weibliche Reproduktionsarbeit, in der Ferne den Männern zuordenbare Mobilität. Ruderer blicken Zugvögeln nach, die im Dunst der Ferne verschwinden.

Die dritte Zeichnung von Adalbert Pilch zeigt die Begegnung zwischen einem Mann und einer Frau. Zwei Individuen treten aufeinander zu und fixieren sich mit ihren Blicken. Eine erotische Spannung liegt in der Luft, auch wenn nicht eindeutig feststeht, ob wir Zeugen einer aggressiven Auseinandersetzung oder einer sich anbahnenden Liaison werden. Die beiden Personen sind durch weitere Figuren flankiert, von denen einige Anteil an der Sache des Paares zu nehmen scheinen. Ein Hund dürfte als Begleiter dem Mann zuzuordnen sein, zumindest aus Gründen der Symmetrie, eindeutiger das Kind der Frau, an deren Rockzipfel es Schutz sucht. Ein alter

Mann, der mit seiner geschulterten Dechsel rüstig wirkt, könnte der ob ihres vornehmen Ranges selbstbewussten Frau zur Seite stehen, hält sich aber im Hintergrund, als wäre er nicht sicher, ob sie seiner Hilfe auch bedürfen werde. Ein eleganter Umhang und das an der Seite getragene kostbare Schwert mit dem Dolch, der in einer Scheide am Gürtel hängt, geben den hochgewachsenen jungen Mann der Frau als ebenbürtig zu erkennen. Den Hintergrund füllt ein Ochsenkarren aus, dessen Zugtiere von ihrem Lenker durch eine lange Rute dirigiert werden. Die Dramatik der vordergründigen Konfrontation entgeht den in Belangen des Alltags sich erschöpfenden Zeitgenossen.

Frau aus Afrika

Aus einem spannenlangen Aststück, dessen gemasertes Holz von Natur aus dunkelbraun gefärbt oder so gebeizt worden ist, hat man die Figur einer Afrikanerin geschnitzt. Die Frau trägt ein schulterfreies Wickelkleid, aus dessen Lagen am Rücken ein Kleinkind seinen Kopf erhebt. Ihre Frisur ist am Hinterkopf kunstvoll zu zwei dicken Wülsten geflochten, die im Nacken verknotet sind. Das Holz wurde beim Gesicht, den bloßen Schultern, Armen und Unterschenkeln fein geglättet und poliert, bis es wie die Haut einer Afrikanerin glänzte. Diese ist an ihrer hohen Stirn, dem Profil und grazilen Körperbau als eine junge Frau zu erkennen, die mit ihrer Miene gleichzeitig Trotz, Zurückweisung und Protest zum Ausdruck bringt. Ihre langen und schmalen Arme hängen nach unten, die Finger sind nur angedeutet. Als Kind faszinierte mich ihre geheimnisvolle Schönheit. Oft nehme ich sie von der Anrichte, wo sie unter den übrigen Nippesfiguren steht, und lasse die Fingerkuppen über ihre glattgeschliffenen Partien gleiten. Die Figur kam mir immer sehr realistisch vor, Stilisierungen fallen mir erst bei genauerem Hinsehen auf. So eindrucksvoll die Gestalt auch dastehen mag, so schematisch sind einige anatomische Details ausgeführt. Dieses kleine Meisterwerk afrikanischer Schnitzkunst entstand vermutlich in Burundi, wo mein Onkel zwischen 1966 und 1974 Missionar war, bevor er seinen Tätigkeitsbereich zuerst nach Kamerun und dann nach Kenia verlagerte. Über die Jahre hinweg hat sich in allen Familien der Geschwister meines Onkels eine Reihe von ähnlichen Gegenständen angesammelt, die überall in Ehren gehalten werden. Die fremdartige Ästhetik dieser Kunstwerke und ihr exotischer Reiz stehen im Kontrast zum sonstigen Inventar der Heime. Es sind rätselhafte Objekte.

Mit Darwin um die Welt

Die Bibliothek im Stiftsgymnasium Seitenstetten verfügt über eine wohlsortierte Sammlung von Märtyrergeschichten – schmale Bändchen, in denen detailreich ausgeführt wird, welchen Martern und Folterungen diejenigen unterzogen wurden, die für ihren Glauben Zeugnis ablegten. Mein jüngster Bruder vertieft sich als Zehnjähriger in die Beschreibungen des Aufspießens, des Köpfens, des Zwickens mit glühenden Zangen, des Ausreißens von Gliedmaßen, des Ersäufens mit einem Mühlstein um den Hals, des Verbrennens, des Kreuzigens und was der menschliche Geist sonst noch an Methoden ersonnen hat, um jemanden auf möglichst umständliche Weise vom Leben zum Tode zu bringen.

Später beginnt er sich mehr für die lückenlose Serie von Karl May-Bänden zu interessieren. Im Stiftsgymnasium war es üblich, pädagogisch wertvolle Bücher als Preise für besondere Leistungen auszuschreiben. Bei einem Zeichenwettbewerb wurde auch meinem Bruder einmal eine solche Belohnung zuteil. Das Buch heißt *1 Grad Süd – 90 West* und behandelt Darwins Reise mit dem Forschungsschiff *Beagle*. Dieses reich ausgestattete und flott erzählte Buch des Autors Hermann Falk ist im Jahr 1971 erschienen. Auf den Vorsatzblättern sind grafisch opulente Karten von Darwins Weltreise abgedruckt, im Inneren farbige Fotos von den Stationen, an denen die Beagle Halt machte. Schon das Thema des Buches, die Umsegelung der Welt in den Jahren 1831–1836 und die Abenteuer eines jungen Forschers, der auf dem Galapagos-Archipel vor der Küste Südamerikas seine zentrale wissenschaftliche Inspiration findet, spricht auch mich an. Doch mehr noch interessiert mich eine der ethnografischen Aufnahmen. Die Bildlegende des Fotos lautet: „Frauen aus Nordwestaustralien mit Schmucknarben". Es dürfte sich um eine historische Aufnahme handeln, eine jener Fotografien, wie sie von Forschern in den ersten Jahrzehnten des 20. Jahrhunderts angefertigt wurden. Die drei jungen Frauen stehen nebeneinander und sind nackt bis auf eine Kordel um die Hüften, deren Quaste ihr Genital verdeckt. Das Bild steht in der Tradition des europäischen Blicks auf die exotische Nacktheit der Eingeborenen der südlichen Hemisphäre. Eben diese Nacktheit war für die Pioniere der Seefahrt ein starkes Indiz für eine naturnahe und damit paradiesische Lebensform der Bewohner dieser Regionen. Die biblische Schöpfungsgeschichte lässt Nacktheit nur zu Beginn der Menschwerdung zu. Von Menschen, die unbekleidet gingen, erwarteten die europäischen Entdecker, dass sie sich dessen nicht genierten. Dabei saßen sie einem kulturellen Missverständnis auf. Die Möglichkeit der Scham ist auch denen gegeben, die nach europäischen Maßstäben unzureichend bedeckt sind. Auf dem Foto ist zu erkennen, wie die drei jungen Frauen sich schämen: Sie senken den Kopf, lassen die Haare vors Gesicht fallen, und nur eine der Frauen wagt aus dem Augenwinkel einen verstohlenen Blickkontakt. Der voyeuristische Blick des europäischen Betrachters bringt die Frauen dazu, sich zu schämen.

Unter dem Titel *Das Urteil des Paris* kommen in der europäischen Kunstgeschichte nackte Frauentrios immer wieder vor. Sandro Botticelli war der letzte, der Hera, Athene und Aphrodite bekleidet darstellte; von Lucas Cranach bis Renoir präsentieren die drei Göttinnen sich unbekleidet auf dem Laufsteg. Erst das Spiel mit Blöße und Scham macht den nackten Körper erotisch.

Es war zwischen Morgendämmerung und Nacht, da lag der Ritter halb wachend, halb schlafend auf seinem Lager. Wenn er vollends einschlummern wollte, war es, als stände ihm ein Schrecken entgegen und scheuchte ihn zurück, weil es Gespenster gäbe im Schlaf. Dachte er aber sich alles Ernstes zu ermuntern, so wehte es um ihn her, wie mit Schwanenfittigen und mit schmeichelndem Wogenklang, davon er allemal wieder in den zweifelhaften Zustand, angenehm bethört, zurücktaumelte.

Friedrich Baron de la Motte Fouqué, Undine – eine Erzählung (1811)

In den Jahrbüchern des Buchklubs der Jugend, welche von meinen Brüdern Ende der Sechzigerjahre durch ihre Mitgliedschaft bezogen wurden, kommen mir zwei Geschichten unter, die eine nachhaltige Wirkung auf mich ausüben. Käthe Recheis ist Sekretärin einer katholischen Auswandererberatungsstelle, als ein Bruder, der Religion unterrichtet, bei ihr eine Indianergeschichte zum Vorlesen bestellt. Sie schreibt für ihn jene Episode, mit der schließlich der Kinderroman *Kleiner Adler und Silberstern* (1961) beginnen wird, nachdem ein Verlag eine Fortsetzung bei der Autorin bestellt hat. Käthe Recheis hat ihren Vater verloren, als sie siebzehn war. Der Gemeindearzt von Hörsching wurde im Sommer 1945 bei der Pflege früherer KZ-Häftlinge mit Flecktyphus angesteckt. Ihre erste Geschichte kreist nicht zufällig um eine Vaterfigur. Der französische Pater Lorraine rettet das Leben eines Indianerjungen, den er verletzt und bewusstlos in der Prairie gefunden hat, und verbringt die Zeit seiner Genesung allein mit ihm in einer einsamen Hütte. Diese innige Gemeinschaft zwischen dem Buben und seinem Ersatzvater entsprang den Träumen einer vaterlos aufwachsenden Kriegsgeneration. Der leibliche Vater des Knaben tritt gegenüber jenem Mann zurück, der zur richtigen Zeit am richtigen Ort ist, um den Jungen nicht sterben zu lassen. Es fällt mir nicht unangenehm auf, dass der Pater die Zeit mit seinem Schützling auch dazu benutzt, um ihn zum christlichen Glauben zu bekehren. Die Autorin gesteht zumindest jedem ihrer beiden Protagonisten das gleiche Recht zu, den anderen zu missionieren, wenn auch der indianische Knabe es aus Bescheidenheit unterlässt:

Sonst aber gab es manche Dinge, die er besser wußte, als sein weißer Freund. Aber er war viel zu höflich, ihm zu widersprechen. Wußte nicht jedes Kind der Dakota zum Beispiel, daß der Große Geist die Erde in Gestalt einer Schildkröte erschaffen hatte und die ersten Menschen auf den Zweigen eines Baumes wuchsen, der auf dem Rücken der Schildkröte entstanden war? Sein Freund aber erzählte es ganz anders.

Das Schöne an der Geschichte ist, dass sich die Autorin noch ganz unkontrolliert dem Erzählen überlässt. Die Freundschaft zwischen dem Buben und dem Missionar beruht einerseits auf gegenseitiger Achtung und ist gleichzeitig auch eine Notgemeinschaft. Der Europäer zwingt dem Indianerjungen seine Hilfe nicht auf. Es ist ein freiwilliger Entschluss des Jüngeren und Schwächeren und zugleich eine Verantwortung, der sich der Ältere stellt. Dieser sorgt für ihrer beider Fortkommen und Überleben. Der Hilfsbedürftige akzeptiert aus freiem Willen, wenn auch dabei der physischen Not gehorchend, dass sein Beschützer und Retter mehr zu ihrem gemeinsamen Haushalt beiträgt. Doch nie wird der Erwachsene daraus das Recht ableiten, das ihm anvertraute Kind zu bevormunden und zu lenken. Die Partnerschaftlichkeit dieser Vater-Sohn-Beziehung ist für mich die schönste und fernste Utopie meiner Kindheit. Die Erzählung hat für mich eine zarte, verletzliche Botschaft der Liebe, der auch ihr lyrischer Grundton entspricht. Als Liebesgeschichte gilt mir – entgegen der einseitig erotischen Auffassung von der Liebe – jede Erzählung von Taten der Liebe und der liebevollen Begegnung zwischen Menschen, die der Liebe bedürfen. Wunderbar sind für mich die Beschreibungen des Zusammenlebens dieser unterschiedlichen Menschen, die behutsam aufeinander eingehen. Ihren jeweiligen

Erfahrungen erweisen sie wechselseitigen Respekt.

Nun hob der Mann seine Hand und strich freundlich über sein schwarzes Haar. Er sprach beruhigende Worte in der Sprache der Dakota. Da vergaß Oheya-chica, daß er in einer fremden Hütte lag. Er schloss die Augen und seine Träume trugen ihn weit fort von aller Gefahr und Not.

Es war gut, dass die Autorin von dem Verlag, an den ihr Bruder, der Religionslehrer, die Geschichte ohne ihr Wissen geschickt hatte, zu einer Fortsetzung ermuntert wurde – denn ansonsten hätte es keinen Staatspreis gegeben und keine Berufsautorin Recheis. Mein Indianerbild wird durch solche Geschichten recht idealistisch geprägt, und als ich später in einem Sachbuch allerlei über mir obszön, blutig und schmutzig erscheinende Rituale der wirklichen Indianervölker lese, kollidiert das mit meinen Vorstellungen von der Reinheit und dem Edelmut der Ureinwohner Nordamerikas.

Auch die Erzählung *Die Nachtigall vom Langkofel* stammt aus einem Jahrbuch des Buchklubs der Jugend. Sie handelt von einer Königstochter aus einem Schloss in den Dolomiten, deren gestaltwandlerische Fähigkeit sie in ein selbstverschuldetes Unglück stürzt. Auguste Lechner hat in ihrem Buch *Dolomitensagen – Neue Folge* von 1964 die Vorlage von Karl Felix Wolff ohne nennenswerte Änderungen abgekupfert und darauf verzichtet, seine geistige Urheberschaft zu würdigen. Eine junge Frau erhält die Fähigkeit verliehen, sich in ein Tier zu verwandeln, doch nützt sie dies nicht in weiser Selbstbeschränkung, sondern bloß zum Amüsement. In Gestalt einer Nachtigall bezaubert sie mit ihrem Gesang einen einsamen jungen Ritter, dessen Gefühle sie verwirrt. Sie genießt die erotische Wirkung der Laute aus ihrer Vogelkehle, die sich das Objekt ihres Leichtsinnes nicht erklären kann. Es schmeichelt ihrer Eitelkeit, dass sie mit dem Zauber ihrer Stimme den zurückgezogen lebenden jungen Mann zu fesseln imstande ist. Während sie ihn jedoch bald wieder vergisst, kann er sich nicht mehr aus dem Netz der Leidenschaft befreien. Der Bann hält auch ohne ihr tägliches Erscheinen weiter an. Der Ritter will nicht leben, ohne ihrem Gesang lauschen zu können. An dem ungestillten Verlangen, das die Stimme der Prinzessin in ihrem Bewunderer wachgerufen hat, geht er zugrunde. Die Sehnsucht des Mannes musste unbestimmt bleiben und konnte keine Richtung bekommen. Die Nachtigall hatte mit ihm ja nur gespielt. Er ist ihr dabei hilflos ausgeliefert, da er die Frau, in die er sich verliebt hat, nie in ihrer eigentlichen Gestalt zu Gesicht bekommen kann. Nachdem der Ritter sich aus Liebeskummer und Verzweiflung vom Turm seiner Burg gestürzt hat, begreift die Nachtigall zu spät, dass ihr damit auch die Fähigkeit, wieder menschliche Gestalt anzunehmen, verloren gegangen ist. Es ist eine Geschichte von der verhängnisvollen Kraft der Liebe mit fatalem Ausgang. Ganz schuldlos muss der junge Ritter sterben. Er verfällt der Stimme der unnahbaren Geliebten und verfällt in Folge ganz und gar. Auch die Königstochter ist eine unschuldige Mörderin. Wie konnte sie ahnen, dass sich der Rittersmann den Klang ihrer Stimme so sehr zu Herzen nehmen würde? Die Liebe wird zum Unglück zweier junger Menschen. Der junge ladinische Ritter verharrt zuerst in einer selbstgewählten Isolation. Als aber die Außenwelt sich ungefragt Zutritt verschafft, hat er keine Widerstandskraft gegen die Invasion seiner Gefühlswelt.

Der Kinderroman *Der Spatz in der Hand und die Taube auf dem Dach* von Christine Nöstlinger aus dem Jahr 1974 wird den Schülern der dritten Klasse des Wieselburger Gymnasiums im Schuljahr 1979/80 von ihrem fortschrittlichen Deutschlehrer ans Herz gelegt. Dieser organisiert eine Lesung der Schriftstellerin im Unterricht und veranlasst anschließend eine Sammelbestellung. Der Roman beginnt damit, dass die Hauptperson, die pubertäre Lotte Prihoda, um drei Milchkaramellen ein Klo-am-Gang als persönlichen Rückzugsort mietet. Die Lotte ist ein manipulatives Früchtchen. Es befriedigt sie, den ihr in Treue ergebenen Nachbarbuben Mundi zu demütigen, seine Eltern reinzulegen und überhaupt alle gegeneinander auszuspielen. Die Darstellung der halbnackten Lotte mit deutlich erkennbarem Busen auf Seite zwanzig wirkt auf mich gleichzeitig abstoßend und aufreizend. Ich schäme mich dafür, diese Seite aufzuschlagen und die Zeichnung zu betrachten. Lotte Prihoda lässt ihren Frust über die kleinbürgerliche Enge ihrer Umwelt an dem harmlosen Mundi aus. Mit sadistischen Erniedrigungsritualen macht sie den Burschen fertig, der sich nicht aus der Abhängigkeit lösen kann. Für mich ist es eine Erleichterung, als ich mich endlich von dem Buch trennen kann, das mich gleichermaßen anwidert wie fasziniert. Der Mundi im Buch schafft übrigens seine Emanzipation von der tyrannischen Lotte nicht. Die Lotte Prihoda verachtet, ja hasst den Mundi dafür, dass er vor ihr im Staube kriecht. Mit dieser verzweifelten Wut endet das Buch.

Schulbibliothek

Das Gymnasium in Wieselburg ist im Schuljahr 1964/65 mit einer provisorisch untergebrachten Klasse als Expositur der Amstettner Schule entstanden. Im ältesten Teil des Schulgebäudes sind am Ende verwinkelter schmaler Treppen mit ausgetretenen Steinstufen die Kustodiate untergebracht. Der jüngere Teil wurde um 1900 errichtet und stand vorher als Haupt- und Volksschule in Verwendung. Dort befinden sich die Klassenzimmer. Unsere Lehrer träumen von modernen, hellen Räumlichkeiten, in denen sich ihre pädagogischen Ideale verwirklichen lassen würden. Die Schüler lieben den alten Trakt. Von dort holen vor Unterrichtsbeginn die Klassenordner die Schulmilch. In dem Kämmerchen, wo die Ausgabe stattfindet, ist auch die Schulbibliothek untergebracht. Das Zimmer ist so beengt, dass die Bücher am Vormittag für die Schüler nicht zugänglich gemacht werden können. Außerdem finden sich ohnedies keine neuen Anschaffungen; und die Schulverwaltung schämt sich wegen des Zustandes der Bibliothek. Dort wird für die Lehrer auch der Kaffee gekocht, und die Luft im Zimmer ist vom Aroma gemahlener Kaffeebohnen geschwängert. Die Schulbibliothek ist nur einmal pro Woche an einem Nachmittag geöffnet, wenn das Schulhaus leer ist. Der diensthabende Kustode sitzt mit seinen Heften, die zu korrigieren er sich vorgenommen hat, am Schreibtisch des Bibliothekszimmers und nimmt die Entlehnwünsche entgegen. Ein ganzes Schuljahr bin ich der einzige Schüler, der die Mühe auf sich nimmt, für den Besuch der Schulbibliothek eigens am Nachmittag anzureisen. Genussvoll stöbere und schmökere ich mich durch die Buchreihen, auf der Leiter stehend; während der Lehrer, über seine Hefte gebeugt, mir den Rücken zukehrt und die Kaffeemaschine gluckern lässt. Ich werde ihm, der mich nie unterrichtet, durch meine Affinität zu den Buchschätzen, die am Nachmittag zu hüten ihm aufgetragen sind, im Gedächtnis bleiben. Wöchentlich stelle ich mich in der Bibliothek ein, deren exklusiver Nutzer ich bin. Auf jeden Fall findet der Historiker ein solches Verhalten bemerkenswert, auch wenn er nicht weiß, ob er mich dafür loben oder ob meiner Exzentrik tadeln soll. Jenes Jahr, in dem ich – aufgrund der abschreckenden Öffnungszeiten – der einzige Benutzer der Schulbibliothek bin, fällt in die Zeit, als ich mich mehrmals der Gefahr aussetze, das Schuljahr wiederholen zu müssen, weil ich den Anforderungen nicht entspreche. Man lässt mich immer wieder durchrutschen. Vielleicht kommt, als man im Lehrerzimmer mein schulisches Fortkommen debattiert, mein Enthusiasmus für Bildungsgüter zur Sprache. Vielleicht rettet gerade das mir den Kopf.

Ein Meter Lehm isoliert jede atomare Strahlung!

Mein Physiklehrer ist ein Pädagoge, der mit Witz und Charme die Herzen seiner Schüler gewinnt. Dabei ist er, geht es um die Naturwissenschaften, nüchtern und jeder Schwärmerei abhold. Den Prinzipien von Funktionalität und Fortschritt sieht er sich verpflichtet. So gut wie nichts von dem, was er uns lehrt, werde ich für das Leben behalten. Eigenartigerweise mit Ausnahme von zwei völlig nutzlosen Inhalten. Als der Physiklehrer uns die Erdrotation und ihre meteorologischen Auswirkungen auf Meeres- und Windströmungen erläutert, kommt er auf ein Beispiel aus der alltäglichen Lebenswelt zu sprechen: Wasser, das durch die kreisförmige Öffnung einer Badewanne oder eines Waschbeckens abfließt, bildet einen Wirbel. Nun behauptete mein Physiklehrer, das Wasser würde auf der Nordhalbkugel der Erde rechtsdrehend und auf der Südhalbkugel linksdrehend abfließen. Das erzählte er uns als Tatsache – ohne je experimentell die Richtigkeit seiner Annahme überprüft zu haben. Die Frage, was dann das Wasser am Äquator mache, um abfließen zu können, schien ihn nicht zu beschäftigen. Eine solche obskure Weisheit verträgt sich durchaus mit einem naturwissenschaftlichen Weltbild. Auch die Moderne hat ihre Mythen. Keine Erklärung der Welt ist vor derart kleinen, aber unter Umständen folgenreichen Sünden der Vernunft sicher. Ich werde lange warten müssen, bis ich Gelegenheit finde, die Theorie zu falsifizieren. Ein Freund, der einige Jahre mit seiner Familie in Südafrika lebte, bestätigte mir inzwischen, dass auch dort das Badewasser so wie bei uns ablaufe. Warum bleibt von dem ganzen gescheiten und korrekten Wissen ausgerechnet ein Ausrutscher in den Bereich der wilden Spekulation und kühnen Mutmaßung in Erinnerung und dies weit deutlicher als alles andere? Die Bildhaftigkeit dieses Musterbeispiels anschaulicher Welterklärung muss damals für mich sehr bestechend gewesen sein. Falschinformationen können hartnäckiger hängen bleiben als elegante Rechenwege und raffinierte Ableitungen. Das liegt wohl auch an der Vermengung von richtig und falsch – Zyklone und ähnliche Tiefdruckgebiete treten auf der Nordhalbkugel tatsächlich nur rechtsdrehend und auf der Südhalbkugel linksdrehend auf.

Außerdem ist mein Physiklehrer ein eifriger Befürworter der Atomenergie. Obwohl er –Zwentendorf ist ja noch nicht endgültig stillgelegt, aber sein Betrieb zumindest vorläufig ausgesetzt – dabei auch Widerspruch aus der Klasse erntet, ist seine wissenschaftliche Autorität doch erdrückend. Die Begründung, die er für seine Bereitschaft liefert, den österreichischen Atommüll im eigenen Garten eingraben zu lassen, war originell: „Denn ein Meter Lehm dazwischen isoliert jede atomare Strahlung!“

Selbst sind wir noch Kinder …

Mein Vater fährt mich ins Waldviertel nach Altenburg, von wo der Weitertransport mit dem Bus organisiert ist. Ich verabschiede mich vor dem Stift, schultere meinen Rucksack, marschiere durch eine Allee aus üppig bebrüsteten Sphinxen, welche die Zufahrt flankieren, und erkundige mich an der Pforte, in welchem Hof sich die Jugendherberge befinde, wo ich die übrigen Teilnehmer der katholischen Wanderwoche anzutreffen erwarte. Dort hat sich schon eine Schar Gleichaltriger versammelt. Ich frage kurz angebunden, ob hier der Treffpunkt sei, setze mich stumm dazu und harre des weiteren Geschehens. Wenig später erlebe ich, wie ein Mädchen dazu stößt, laut „Hallo!" ruft, enthusiastisch alle umarmt und küsst, auch mich, den sie noch gar nicht kennt, und seiner Wiedersehensfreude auf diese Weise Ausdruck verleiht. Ich bekomme gleich vor Augen geführt, welch ungewohnt herzliche Umgangsformen hier gepflogen werden.

Bei den Zusammenkünften der katholischen Jugendlichen unter den Arkaden des Stiftes Altenburg habe ich erstmals Gelegenheit, bis über Mitternacht hinaus dem Austausch von Gedanken, Meinungen und Bekenntnissen zu lauschen, an dem ich mich aus Schüchternheit kaum zu beteiligen wage. Ein Schwesternpaar, das sich in dieser Runde besonders hervortut, stammt aus einer Arztfamilie in Grein. Ich bin beeindruckt, wie offenherzig jemand bereit sein kann, seine eigenen Gefühle preiszugeben, weil ich so etwas bisher nicht erlebt habe. Unsere Wanderung führt uns von Münichreith an der Thaya zurück nach Altenburg und über das untere Kamptal bis in die Wachau. In Lengenfeld sitzen wir auf dem Bett im Zimmer eines Wandergenossen und tauchen ein in die esoterischen Klangwelten jenes österreichischen Musikers, der sich mit dem prächtigen Künstlernamen *Gandalf* schmückt.

Außerhalb des Lichtkreises sitze ich im Schatten der um das Feuer versammelten Jugendlichen und höre mir die Geschichte an, die ein Mädchen mit großem Ernst und Nachdruck erzählt. Es ist die Sage von *Undine*, Friedrich de la Motte Fouqué's romantische Rittergeschichte von der lieblichen Wasserfrau, die auf tragische Weise an der Menschenwelt und ihren Konventionen scheitert. Undine ist zwar ein rechtes Naturkind ohne Arg und Falsch, aber trotzdem kann ihr menschlicher Angetrauter ihre Stärke und Macht nicht akzeptieren. Damit besiegelt er seinen Untergang. Die Elementarwesen gewinnen am Ende Oberhand über die schwachen Menschen. Diese erliegen dem Zorn der Gewalten aus der Anderswelt. Wie eine Märchenerzählerin bietet das Mädchen uns die Fabel dar. Ihre Stimme bewirkt, dass mich die schaurig-schöne Ballade tief ergreift und berührt. Hier am Lagerfeuer tauchen wir ein in die edle Welt eines geläuterten Mittelalters. So klar, rein und schön, wie es nur erfunden und in einer glutfunkelnden Nacht wahrhaftig empfangen werden kann. Selbst sind wir noch Kinder, die einander ihre Träume erzählen.

Der Baichberg ist eine Anhöhe an der östlichen Seite des Ybbstales. Die Eltern von Franz besitzen dort eine offene Heuhütte, die am Rand einer Wiese gelegen ist, von einigen Obstbäumen, einem Bach und Gehölz umgeben. Jedes Mal zu Ferienbeginn stellt er diesen idyllischen Ort für ein Fest zur Verfügung. Diesmal bin auch ich eingeladen. Der Gastgeber holt uns vom Bahnhof ab. Danach sitzen wir in der Natur, den Bäumen steht ihr schmuckes Laubwerk, und von der drüberen Wiese riecht es bereits nach Heu. Vor einigen Wochen waren hier noch Kuckuck und Pirol aus dem Graben zu hören. Wir würden ohnehin nicht auf sie achten, weil ich mit Stefan, der ebenfalls von bäuerlicher Herkunft ist, in tiefsinnige Gespräche vertieft bin. Wir trumpfen mit angelesenem Wissen auf. Mit unserer gelehrten Doppelconférence wollen wir Eindruck schinden; schließlich pflegen wir beide angestrengt den Ruf, Intellektuelle zu sein. Am Abend dann Lagerfeuerromantik. Sicher spielt jemand Gitarre. Als das Feuer niedergebrannt ist, suche ich mir einen Platz am Rand der Wiese, schlüpfe in meinen Schlafsack und lege mich unter einen Obstbaum ins schon etwas taufeuchte Gras, während sich meine Konzelebranten in die Hütte verziehen. Es ist spät geworden. Der Sternenhimmel leuchtet über dem Sonntagberg. Aber in freier Natur finde ich keine rechte Ruhe für den Schlaf, und wir haben am Morgen wenig Lust, uns im kalten Bachwasser zu erfrischen.

Der Hengstberg bei Nacht

Die langen und einsamen Wanderungen im Wald, die das Kind zu unternehmen pflegte, werden vom Jugendlichen durch ebenso ausgedehnte und ausschweifende Radtouren ersetzt, deren Ziel nicht festgelegt ist. Es geht nur darum, auf verschlungene Seitenwege einzuschwenken, verborgenen Pfaden durchs Hinterland zu folgen und sich davon überraschen zu lassen, wohin diese führen. Dabei erbringe ich keine herausragenden sportlichen Leistungen. Nicht auf zurückgelegte Kilometer kommt es mir an, sondern bloß darauf, irgendein verschwiegenes Wegstück zu finden, einen neuen Blickwinkel auf die blauen Berge am Horizont oder eine vergessene Baumzeile am Waldrand.

Bei den Arzttöchtern in Grein sehe ich erstmals hinter die Fassade eines bürgerlichen Haushalts mit seinen Konventionen und Komplikationen. Mir wird meine bildungsferne Herkunft bewusst. Während ich noch gar nicht weiß, wie sich mein Leben in der fremden Großstadt gestalten wird, haben sie von ihren Eltern bereits ganz konkrete Vorstellungen von Studium und Karriere mitbekommen, sind zielstrebig und effizient. Ich tappe diesbezüglich noch im Dunkeln. Vielleicht ist es auch nur das Wissen, dass sie nach der Matura gleich inskribieren können, das den Unterschied ausmacht, während ihren männlichen Alterskollegen der Präsenzdienst nicht erspart bleibt. Einen Besuch bei dem Schwesternpaar in Grein habe ich erst spätabends beendet. Mit dem Rad überquere ich die Donaubrücke, um bald danach auf ein schmales Sträßchen abzubiegen, das mich ins dunkle Hügelland führt. Der Weg geht an den Abzweigungen zu verstreuten Weilern vorbei und nach Neustadtl hinauf, das hoch über der Donau gelegen ist. Danach tut sich ein Netz von Straßenverbindungen auf, das Täler und Höhen verbindet. Ohne funktionierende Beleuchtung an meinem Fahrrad bin ich durch die stockdunkle Nacht unterwegs und dabei ganz auf meine innere Landkarte angewiesen. Ich schalte meinen Sehsinn aus, um mich ausschließlich meinem Gespür hinzugeben, für die Distanz bis zur nächsten Abzweigung, für das sich Senken und das Ansteigen der Straße und die Richtungswechsel des Weges. Dabei darf ich mich kein einziges Mal irren, denn sonst gehe ich in der Finsternis verloren. Über die südlichen Abhänge des Hengstberges taste ich mich nach Karlsbach hinunter, von wo es über die Ybbsbrücke bei Neumarkt heimwärts geht, durch dunkle und schlafende Dörfer.

Über die Vergeudung von Lebenszeit

Als die Frühlingsnacht sich dem Ende zuneigt, öffne ich die Fensterflügel und lehne mich hinaus. Mir scheint, als hätte ich dem Jubel, mit dem die Singvögel den Tag begrüßen, bisher noch nie so bewusst gelauscht. Gerade erst bin ich von der Feier der bestandenen Matura heimgekehrt. Ich werde auf keine Maturareise mitfahren, ich mache keine Pläne, ich nehme mir nichts vor. Sich mit keinem Vorhaben zu belasten, nichts in Angriff nehmen zu müssen, sich ganz durch den Sommer treiben lassen zu können, ist eine große Freiheit. Wie ein Insekt, das sich verpuppt, ziehe ich mich in einen Kokon zurück. In den vier Monaten, bis im Oktober der Zivildienst beginnt, werde ich mit dem Rad in der Gegend herumfahren, meiner Mutter mit großer Lust auf dem Bauernhof helfen und im Übrigen das tun, woran ich gerade Freude habe. Daneben bestehe ich auch glücklich die Führerscheinprüfung. Ich habe mich nicht durch zusätzliche Übungsfahrten vorbereitet und gehe mit den wenigen Stunden an Fahrpraxis, wie sie von der Fahrschule angeboten werden, zur Prüfung. Entsprechend unsicher bin ich in meiner Fahrweise. Ich schaffe es trotzdem, hole mir den rosa Ausweis auf der Bezirkshauptmannschaft ab und radle damit nach Hause. Ich kann mir nicht vorstellen, dass heutzutage sich jemand den Luxus von vier Monaten seines Lebens leistet, in denen er nichts unternimmt, auf keine Reise geht, kein Praktikum macht und kein Geld verdient. Mein ältester Bruder ist in seinen Ferien in der Schweiz kellnern gewesen und mit einer prallen Brieftasche heimgekehrt. Mein zweiter Bruder ist beim Autozulieferer Zizala in die Schicht gegangen und hat kreative Gebilde aus gegossenem Kunststoff heimgebracht. Mein dritter

Bruder hat auf den Silobaustellen der Firma Schinner tageweise Schotter und Zement in die Mischmaschine geschaufelt und dafür jeweils einen Tausender in die Hand gedrückt bekommen. Nur von mir ist nie erwartet worden, einen Ferialjob anzunehmen. Es war eine wunderbar bedürfnis- und absichtslose Zeit.

Belangsendung

Irgendwann Mitte der Achtzigerjahre konnte man das letzte Mal im Radio eine Belangsendung hören. Diese Einschaltungen im regulären Programm dienten der Verlautbarung und Argumentation der Positionen von Parteien, Gewerkschaft und Kammern, wobei die Sendezeiten sozialpartnerschaftlich aufgeteilt wurden. Jede dieser Sendungen dauerte ungefähr fünf Minuten und lieferte einen Kommentar zur aktuellen politischen Debatte. Immer endeten sie mit dem Hinweis: Sie hörten eine Belangsendung der Österreichischen Sozialistischen Partei bzw. der Österreichischen Volkspartei oder von wem auch immer. Weil der Rundfunk dafür nichts oder nur geringfügig entgolten bekam, wurden Belangsendungen vorzugsweise dann ausgestrahlt, wenn möglichst wenige zuhörten, etwa am frühen Morgen. Es vermisste daher auch niemand diese Sendungen, nachdem sie ersatzlos gestrichen wurden. Ihr Verschwinden ist aber symptomatisch. Es hat sich etwas verändert. Wenn ich heutzutage eine Meinung zu dieser und jener Frage habe, dann mache ich von dieser Meinung abhängig, ob ich mich für diese oder jene Partei entscheide. Früher jedoch gingen die Bürger den umgekehrten Weg. Sie sagten sich: Weil ich ein SPÖler oder ÖVPler bin, denke ich so und nicht anders über diese Frage.

Damals konnte man sich noch darauf verlassen, dass die Menschen berechenbar waren.

Ein ähnliches Phänomen sind die an heiteren Frühlingstagen oder milden Herbstnachmittagen über die Dörfer tourenden VW-Busse mit montierten Lautsprechern, aus denen eine verzerrte Stimme dazu einlud, am kommenden Wochenende ein Feuerwehrfest oder einen Kirtag zu besuchen. Auch eine Sammelaktion für den Flohmarkt des Lions Club wurde so angekündigt. Weil eine Schallquelle, die sich durch die Landschaft bewegt, zu interessanten Interferenzen der Schallwellen führt, ergab sich daraus eine einzigartige akustische Erfahrung. Auch diese Erscheinung ist verschwunden.

Warten

Gerade hat die Rollfähre die andere Seite erreicht, wo sie anlegt und die Rampe niedersenkt, über die dann eine Handvoll Autos die Uferböschung erklimmt. Zwei, drei weitere Fahrzeuge haben schon darauf gewartet, sich einschiffen zu dürfen, und holpern langsam auf die Fähre. Bis die Überfahrt bezahlt, der Platz eingenommen und das Fallreep wieder hochgezogen ist, vergehen einige Minuten. Schließlich löst die Fähre sich vom jenseitigen Ufer und richtet ihren Bug gegen die Strömung. Das Zugseil, an dem sie hängt, und das Führungsseil quer über den Fluss fallen nicht weiter ins Auge. Immer näher steuert das Boot. Allmählich werden Menschen erkennbar, die an der Reling stehen. Bald wird die Rollfähre wieder das diesseitige Ufer gewonnen haben. Es beginnt das Anlegemanöver, die Fähre leert sich. Autofahrer, die ausgestiegen sind, während sie gewartet haben, setzen sich wieder hinter das Steuer und starten ihre Autos. Die kurze Kolonne rollt auf die Fähre, und auch ich schiebe mein Fahrrad hinauf. An der Kassa erlege ich den Fährlohn. Wir legen ab. Einige Passagiere nutzen die Zeit für einen Schwatz, andere rauchen eine Zigarette, deren Asche sie über Bord schnippen. Das Wasser strömt mächtig an den Flanken des Bootskörpers vorbei. Die Fähre hält einen ruhigen Kurs, der das jenseitige Ufer immer näher rücken lässt. Schon lassen sich Einzelheiten ausmachen. Nicht lange, und die Fähre stößt vorsichtig an die Anlegestelle, wo sich neue Fahrgäste versammelt haben.

An einem Sommernachmittag ruhend einem Gebirgszug am Horizont oder einem Zweig folgen, der seinen Schatten auf den Ruhenden wirft – das heißt die Aura dieser Berge, dieses Zweiges atmen.

Walter Benjamin, Das Kunstwerk im Zeitalter seiner technischen Reproduzierbarkeit (1936)

Als das Tragen von Birkenstocksandalen ein Manifest ist

Weil ich bei meiner Matura erst siebzehn bin, muss ich mich zur Stellung melden, um zeitgerecht meinen Präsenzdienst antreten zu können. So kommt es, dass ich nicht gemeinsam mit meinen Altersgenossen aus der Gemeinde zur Musterung eingeteilt bin, sondern zwei Tage von der Schule beurlaubt werde, um mich an einem nebeligen Morgen in der Kaserne von St. Pölten einzustellen. Mir wird die Zivilkleidung abgenommen. Die nächsten eineinhalb Tage muss ich in einer Art Unterhose herumlaufen und in dieser Kluft die Untersuchungsstationen passieren. Mir ist, als hätte ich mit Hemd und Hose auch meine Menschenwürde abgegeben. Die Stimmung ist deprimierend, die fremde Stadt niederdrückend, die Umgebung einschüchternd und die Situation beschämend. Meine Kollegen wollen am Abend einen heben gehen. Dazu habe ich keine Lust. Als die Musterung endlich abgeschlossen ist und wir am frühen Nachmittag des zweiten Tages der Kommission vorgeführt werden, ist an meinem Entschluss nicht mehr zu rütteln: Um nie mehr in die Kaserne zurückkehren zu müssen, melde ich mich zum Zivildienst. Für meinen Antrag schreibe ich ein theologisches Traktat, das anhand zahlreicher Bibelstellen belegen soll, warum ein Christ die Anwendung von Gewalt ablehnt. Ausgerechnet ein Berater von der Katholischen Jugend beschwört mich, den Sermon zu überarbeiten. Er weiß genau, worauf es bei meinem Auftritt bei der Gewissensprüfung ankommen wird und ist bemüht, mich zu instruieren. Es handelt sich um ein formalisiertes Frage-und-Antwortspiel, dessen Verlauf weitgehend reglementiert ist. Der Kandidat darf nicht prinzipiell gegen

Gewaltanwendung, Heer oder Staat argumentieren, nein, seine Entscheidung gegen den Dienst mit der Waffe soll er mit einer individuellen Fehlfunktion begründen, die gewissermaßen einen emotionalen *tremens* verursacht, sobald er eine Waffe in die Hand nimmt. So präpariert fällt es mir nicht schwer, den Anforderungen der Kommission zu genügen. Der Ablauf dieser Prüfung begünstigt offenkundig Maturanten und Angehörige einer konfessionellen oder politischen Jugendorganisation. Ich bin beides. Aber der Fleischergeselle, der vor mir an der Reihe ist, kommt verzagt wieder heraus. Mit seinem Handwerk hat er einen schweren Stand vor den gestrengen Kommissionsmitgliedern, denen eine Quote auferlegt ist, wie viele Anträge sie genehmigen können.

Den ganzen Oktober werden wir in der Zivilschutzschule in Horn kaserniert, damit wir uns im Zivilschutz üben. Wir lernen, wie man ein Feuer löscht, wie man Faschinen für den Hochwasserschutz mit der Axt behaut und wie man vom Motorboot aus einen Schwimmreifen aus den Wellen der Donau rettet. Wir bekommen sogar eine theoretische Lektion in gewaltfreier Landesverteidigung geboten. Ein Vortragender vom örtlichen Roten Kreuz unterhält uns mit einer Story, von der er behauptet, dass sie hierorts sich zugetragen habe, und erzählt uns die als *penis captivus* bekannte Wandersage aus dem Blickwinkel eines Rettungsmannes, der zum unfreiwillig aneinander geketteten Paar gerufen wird. Früher sollen Sanitäter allen Ernstes für diesen Fall eine Stecknadel mit sich geführt haben. Beim Lehrgang treffe ich Stefan von der Katholischen Jugend wieder. In den knappen Stunden, die uns zwischen täglichem Kursende und dem Einbruch der Dunkelheit bleiben, erforschen wir gemeinsam die Umgebung, steigen über die Mauer des einsam am Rand der Felder gelegenen jüdischen Friedhofs und sehen im Dämmerlicht Steine auf den Grabdenkmälern liegen. Die herbstlich gefärbten Baumkronen im Schlosspark von Horn versinken im Abendnebel und geben die Kulisse ab für Italo Calvinos Geschichte vom *Baron auf den Bäumen*, die mir während unseres Streifzuges mein Freund erzählt.

Es folgen lange Wintermonate auf der Station des Roten Kreuzes in Scheibbs, wo die Zivildiener bei den Mitarbeitern, die stolz darauf sind, gedient zu haben, als Drückeberger gelten. In den freien Minuten ihrer Dienstzeit waschen die Zivildiener im Winter Salzkrusten von den Rettungsautos und beschäftigen sich im Sommer mit dem Abmähen der ausgedehnten Rasenfläche um das Haus. Auch mit dem klassischen Rettungsfahrerwitz von einem Rettungsauto, das eine alte Dame transportiert, mache ich Bekanntschaft: „Eine Glasscheibe trennt das Cockpit vom Transportraum. Daran klopft der Sanitäter. Der Fahrer schiebt die Scheibe zur Seite und hört vom Sanitäter: 'Du wirst es nicht glauben, was die Dame macht?! Sie onaniert!' Als den Fahrer das verwundert, setzt der Sanitäter nach: 'Ja, ich habe sie gefragt, ob sie Sport betreibt – und sie hat geantwortet: Oh, na-nie!'"

Als ich nach vier Monaten einen neuen Kollegen bekomme, mit dem ich das Zimmer teile, bessert sich meine Lage. Der Unmut entlädt und verteilt sich ab jetzt auf zwei Köpfe. Mein Zimmergenosse stachelt auch meinen Widerstandsgeist auf, indem er sich entschieden dagegen verwahrt, seine Mähne abzuscheiden. Diese Forderung wird von unseren Vorgesetzten mit der Gefahr begründet, die langen Haare könnten bei einer Erstversorgung in die klaffenden Wunden der Verletzten geraten. Es ist die Zeit, als am Land das Tragen von Birkenstocksandalen noch einer politischen Manifestation gleich komme, wie Stefan es ausdrückt.

Mein neuer Leidensgenosse ist ein paar Jahre älter als ich und sieht mit seinem Vollbart wie ein Hippie aus. Er hat das Kunststück zuwege gebracht, aus Stockerau hierher verbannt zu werden. Es ist seine Idee, statt mit dem stinkenden und lauten Rasenmäher die Wiese mit einer Sense abzumähen und die besonders schönen Wiesenblumen stehen zu lassen. Da bin ich mit Begeisterung dabei. Nur unser Dienststellenleiter, der mitansehen muss, wie der Rasen sich in eine Bauernwiese verwandelt, ist weniger zufrieden mit uns. An einem Nachmittag im Frühling brechen wir auf, um über die Bergwiesen bis zum Fuß der Felswand zu wandern, die vom Städtchen aus sichtbar ist. Auf dem Rückweg geraten wir in die Dunkelheit. In der Schwärze zwischen den Obstbäumen glimmt im kühlen Abendwind ein Funke auf, der sich beim Näherkommen als ein niedergebranntes Feuer herausstellt. Bauern haben es aus den Ästen entfacht, die im Winter durch die Schneelast abgebrochen sind und am ersten warmen Tag in Gärten und Wiesen eingesammelt werden. Meine schwärmerischen Gefühle für den Frühling und die Freundschaft verschaffen sich Ausdruck, indem ich meinem Begleiter die Sage von der Frau erzähle, der in ihrem Herd die Flammen erloschen sind. Sie läuft mehrmals mit einem Krug hinaus zu den Männern, die sie draußen auf dem Feld um ein Lagerfeuer stehen sieht, und bettelt immer wieder um ein paar Kohlen. Nachdem die Kohlestückchen sich in Gold verwandelt haben, sind die geheimnisvollen wortkargen Gestalten verschwunden.

In diese Zeit fällt auch der erste Wahlkampf von Freda Meissner-Blau. In einer Nacht affichieren wir die großformatigen Plakate der Wahlwerberin. In unserem *furor* pflastern wir auf vandalistische Weise alles zu. Die Bewohner des beschaulichen Städtchens erwachen unter dem strengen Blick der Jeanne-d'Arc aus der Au, vor dem keiner der saturierten Bürger so leicht Gnade findet. Ein alteingesessener und amtsbekannter Grüner, dem diese wilde Aktion in die Schuhe geschoben wird, ist gezwungen, sich öffentlich von unserer Tat zu distanzieren. Stefan, der seine Zeit nach dem Grundlehrgang auf der Rot-Kreuz-Station St. Peter in der Au abdient, ist in seinem Heimatort an der Gründung einer Kabarettgruppe beteiligt. An einem Abend im Mai borge ich mir von meinen Eltern das Auto für eine Fahrt nach Seitenstetten und geselle mich in einem Wirtshaussaal zu den Besuchern einer Vorstellung der Kabarettisten. Nach der erfolgreichen Aufführung sitzen wir bis zur Sperrstunde in der Gaststube beisammen. Um vier Uhr morgens kehre ich heim, stelle das Auto in der Garage ab und trete in den Hof. Der Nachthimmel, auf dem die Sterne bereits zu verblassen beginnen, zeigt im Osten, wo sich die Gebäude unserer Hofstatt als schwarze Schatten abheben, den ersten hellen Schimmer. Ein bernsteinfarbener Mond huscht durch die zarten Nebelstreifen, die von der Wiese aufsteigen, Fledermäuse jagen vergnügt um die Giebel, und in der Ferne kräht der erste Hahn. Ich schwinge mich aufs Rad, um eine Stunde später in Scheibbs meinen Dienst anzutreten. Während meiner Fahrt geht über der Ebene rot glühend die Sonne auf.

Ich bin schon am Ende meiner Zivildienstzeit angelangt, als uns bei der Arbeit im Garten der Rot-Kreuz-Station an einem Tag im Mai so warm wird, dass wir unsere Hemden ausziehen. Wegen des sanften Frühlingsregens, der dann einsetzt und den wir schmeichelnd auf unseren entblößten Körpern spüren, wollen wir unsere Arbeit nicht unterbrechen. Erst am darauffolgenden Tag werden wir erfahren, dass die Wolke aus Tschernobyl kam.

Die Nachricht vom Reaktorunfall in der Ukraine versetzt mich in freudige Erregung. Meine Reaktion ist so enthusiastisch, dass mein damaliger Zivildienstkollege kopfschüttelnd bemerkt: „Ich glaub, du freust dich noch darüber!" Ich fahre nach Wien, um an meiner ersten Demonstration teilzunehmen. Es ist eine Kundgebung der Anti-Atombewegung, zu der in Antwort auf den Reaktorunfall im Mai 1986 aufgerufen wurde. Wir ziehen vom Westbahnhof zum Heldenplatz. Sechs blondgelockte Kinder sitzen auf der offenen Ladefläche eines im Schritttempo rollenden Fahrzeugs und begleiten die Parolen mit Liedern aus der Hippiezeit. Als wir durch das Heldentor ziehen, hallt ihr Gesang unter dem Gewölbe wider.

Ein historischer Tag für Niederösterreich

Obwohl der 28. September 1986 ein historischer Tag für Niederösterreich war, ist noch kein Platz nach diesem Datum benannt worden. Die Grüne Partei und gleichzeitig auch mein Studium hätten an diesem Tag ihren Anfang nehmen sollen. Beides konnte wohl geschehen, doch nichts davon wie geplant. Auf eigenartige Weise sind mein Eintritt in den universitären Status und die definitive Konstituierung der neuen Partei miteinander verbunden. Alles beginnt mit der Karikatur auf einem hektografierten Flugzettel, in dessen Impressum ein Otto Raubal aus Loosdorf aufscheint. Dieser ehemalige Bundesgeschäftsführer der Alternativen Liste Österreich verweist mich, als ich ihn kontaktiere, an den Bundeskongress der Partei, der im Frühjahr des Jahres 1986 in Amstetten stattfinden soll. Dort einmal angekommen ist der Weg zum lokalen Vertreter der Alternativen Liste, Jannis aus Wolfpassing, nicht mehr weit. Alsbald entwickelt er sich für mich zum wichtigsten politischen Gesprächspartner und Interpreten aller Ereignisse. Wir befinden uns im Jahr zwei nach Hainburg. Die Zeit der grünen Einigung ist angebrochen, deren nähere Umstände nur insofern für die Geschichte von Belang sind, als zumindest eine schematische Skizze der verworrenen Abläufe für das Verständnis der Geschichte vom verlorenen Koffer Voraussetzung ist. Um es ganz kurz – und wirklich ganz kurz – zusammenzufassen: Resultat des Einigungsprozesses war, dass in den Gremien der neuen Partei die gleichen Personen saßen, die einander schon vorher in der ALÖ nicht ausstehen konnten. Die alten ALÖ-Lager waren durch die Gründung einer aus den Köpfen der Hainburg-Bewegung bestehenden Bürgerinitiative Parlament (BIP) aufgestört worden. Ob diese Köpfe jetzt tatsächlich die maßgeblichen Führer waren oder nur von den Medien hochgespielt, will ich hier nicht diskutieren. Die ALÖ begann zu zerbröckeln, da eine Avantgarde sich in Richtung des Erfolg versprechenden Kandidaturprojektes abzusetzen begann. Die ideologischen und privaten Kämpfe, die bei diesem Vorgang ausbrachen, sind nicht zu überschauen und zu resümieren. Jener Teil, dem die Sezessionisten kampflos das sinkende Schiff ALÖ überlassen hatten, wurde seiner ungeteilten Herrschaft nicht froh. Er begann im Namen der Schrumpf-ALÖ Einigungsgespräche mit denen, die mit sich allein in der BIP hätten zufrieden sein können. Ergebnis war, dass der so entstandene Vorstand der BIP-Niederösterreich aus exakt den gleichen Personen und im gleichen Verhältnis der Fraktionen bestand, wie schon zu Zeiten der AL-NÖ. Mir, dem ahnungslosen Neuling, der zufällig einem Parteigänger der Minderheit in die Hände gefallen war, wurde es so dargestellt, als wären die anderen die weniger linken Linken. Ich habe mir nie die Mühe gemacht, mit einem von ihnen zu reden. Darum bin ich spät erst dahinter gekommen, dass sich im gegnerischen Lager die gleichen schillernden Figuren mit lupenreiner linker Vergangenheit tummelten und ihr Häuptling aus Baden ein langjähriger Freund meines Wolfpassinger Häuptlings gewesen war. Mit Betonung auf „gewesen war". Es wäre noch vieles anzufügen und zu ergänzen, Widersprüche wären aufzudecken, historische Mythen zu demontieren, Verschwörungstheorien zu demaskieren, Schuldsprüche zu fällen. Von all dem jetzt nichts mehr!

An einem sonntäglichen Nachmittag ist eine Gruppe aus dem Mostviertel mit einem Kleinbus unterwegs zur Gründungsversammlung der BIP-/GABL-/Grüne-NÖ in Baden bei Wien. In einem Monat stehen Nationalratswahlen an, es gilt die Kandidatenliste zu bestimmen. Dies ist zum Lackmustest und Hauptzweck der ganzen Veranstaltung geworden. Alle, die am Eingang durch die Zahlung von zwanzig Schilling Mitglied geworden sind, sollen den Spitzenkandidaten auf den Schild heben. Jetzt kommt es nur noch darauf an, möglichst alle, die man von seinem spezifischen Standpunkt überzeugt weiß, nach Baden mitzunehmen. Die Mostviertler kommen mit Kleinbussen, doch die Industrieviertler haben für ihr Stimmvieh Reisebusse besorgt. Ich bin nicht mit leichtem Gepäck unterwegs. In meinem Koffer befinden sich alle Dinge, derer ich in meiner allerersten Woche in Wien bedürfen werde. Am Beginn meines Studiums noch ohne festen Wohnsitz, weil ohne positive Rückmeldung des einzigen Studentenheimes, für das ich mich beworben habe, sollte ich notfalls aus dem Koffer leben können. Die geschichtsträchtige Sitzung nimmt ihren tragischen und vorherbestimmten Verlauf. Die aufgeheizte Stimmung lässt keine Kompromisse zu. Unser Kandidat Leopold Kendöl und nach ihm auch alle unsere weiteren Kandidaten fallen den Abstimmungen zum Opfer. Alles oder nichts. Die Mehrheit setzt sich bei allen Plätzen durch. Sobald das Rennen um die Spitzenposition entschieden ist, kehren einige der Versammlung den Rücken. Leider auch der Besitzer und Fahrer des Kleinbusses, mit dem wir angereist sind. Mit Jannis, der seine Niederlage noch so richtig auskosten will, ist das soweit abgestimmt, als dieser ohnehin sein eigenes Fahrzeug benutzt hat. Doch nicht mit mir, der sich im Chaos der einander widerstrebenden Positionen an ihn hält. Um nicht schief angesehen zu werden, habe ich meinen Koffer im Kleinbus gelassen. Als uns bewusst wird, dass wir beide vergessen haben, meinen Koffer rechtzeitig zu entladen, ist es zu spät. Mein Koffer ist wieder auf dem Weg ins Mostviertel. Jannis, der seine politischen Pläne gerade vernichtet sieht, beginnt hektisch meinem Koffer hinterher zu telefonieren. Der ist – damals noch ohne Mobiltelefongeräte – vor seiner unfreiwilligen und unvorhergesehenen Heimkehr nicht zu orten. Die Zeit drängt. Denn auch wenn wir uns unverzüglich auf die Heimreise machen und dem Koffer hinterherjagen – der letzte Zug, der auf dem Weg nach Wien in Ybbs anhält, verlässt die Station zur festgelegten Zeit. Also muss die Übergabe meines Reisegepäcks auf einer der Bahnstation nahegelegenen Autobahnraststätte inszeniert werden. Autos fahren mit quietschenden Reifen vor, Kofferraumdeckel werden jählings geöffnet, ein Koffer wechselt die Seiten. Auf die Minute genau erreiche ich meinen Zug. Pünktlich wie die Österreichische Bundesbahn trete ich in eine neue Phase meines Lebens ein – wenngleich mit der Zeugenschaft einer Schlappe belastet.

Über den Idealismus

Jannis erzählte mir, wie er innert eines halben Jahres mit seinem Auto mehr als zehntausend Kilometer zurückgelegt habe, als in der intensivsten Phase der Grünen Einigung jedes Wochenende an immer anderen Orten in Österreich Treffen der Einigungswilligen stattfanden. Jannis war sich der Problematik bewusst. Er, der um die Ökosysteme besorgte Aktivist, nahm für den Fortschritt des politischen Projektes einer Grünen Partei in Kauf, die Umwelt zu schädigen. Aber er empfand dabei zumindest Skrupel. Das ist die Zwickmühle des Idealismus. Um der leuchtenden Zukunft willen wird immer etwas aufs Spiel gesetzt. Solange es sich nur um die eigene Gesundheit, das eigene Wohlbefinden und die eigene Existenz der Idealisten handelt, sei ihnen das verziehen. Doch genauso häufig sind es fremde Gesundheit, fremdes Wohlbefinden und fremde Existenz. Der Einsatz wird in Verhältnis zu dem gesetzt, was den Idealisten als Ziel vorschwebt. Je strahlender und glorreicher der zukünftige Idealzustand, desto mehr und nicht wieder gutzumachende Eingriffe in das Leben der heute schon lebenden Menschen rechtfertigen sich daraus. Die leuchtende Zukunft stellt den Idealisten einen Scheck aus, den sie hier und heute einlösen. Idealisten sind die größten Spekulanten von allen, sie spekulieren auf eine Hausse ihrer Konzepte. Idealisten fühlen sich berechtigt, das Wohl ihrer Mitmenschen, das ihnen so viel bedeutet, in eine Waagschale zu werfen. Der Grüne Einigungsprozess ist schließlich doch Wirklichkeit geworden. Rechtzeitig zum Stichtag wurde bei der Wahlbehörde eine Liste vorstellig, die letztendlich erfolgreich, wenngleich anfangs nicht unbestritten, den Anspruch erheben konnte, die Bewegung zu repräsentieren. Doch Jannis wollte sich mit dem konkreten Ergebnis nicht zufrieden geben. Nach seinen Maßstäben war die grüne Fusion fehlgeschlagen. Nehmen wir also zur Kenntnis, dass Zukunftsprojekte auch scheitern können. Dann wären natürlich auch die zwanzig- oder dreißigtausend Kilometer vergeblich getätigte und in den Sand gesetzte Investition. Dann stand also das Risiko, für eine ungewisse Aussicht auf gesellschaftliche Rendite die Umwelt zu schädigen, doch nicht für den tatsächlichen Ertrag.

Manöver

Als Kind sind mir die Frühjahrs- und Herbstmanöver des Bundesheeres eine liebe Abwechslung gewesen. Auf unserem Bauernhof werden die Soldaten willkommen geheißen. Die Rekruten übernachten im Heu, und die Scheune summt am Abend vor Betriebsamkeit. Der Bub geht umher und genießt das Treiben. Ich spreche die Soldaten an und interessiere mich für ihr abenteuerliches Treiben. Ich bin dabei, wenn durch Wiese und Busch provisorische Telefonleitungen verlegt werden oder ein Trupp am Waldrand Schützengräben aushebt. Ich bestaune fasziniert die Panzer, die stumm drohend an den Straßenkreuzungen postiert sind. In der Dämmerung unter den Obstbäumen glühen Zigaretten auf. Bei Einbruch der Dunkelheit lagern junge Männer in Uniform malerisch in unserem Garten und verzehren ihre Rationen. Einer hat von daheim Speck mit, von dem er mich kosten lässt. Zum ersten Mal schmeckt mir auch der fette Rand, da er zuerst ganz dünn geschnitten und danach mit süßem Paprikapulver bestreut wurde. Meine Mutter öffnet den Truppen vorbehaltslos Tür und Tor. In unserer guten Stube dürfen die Offiziere einen Befehlsstand einrichten, wo bis spät abends das Licht brennt und die Kommandanten heftig rauchen. Aber bei irgendeiner Gelegenheit pocht ein Feldwebel oder Quartiermeister meiner Mutter gegenüber zu selbstverständlich auf Gastfreundschaft. Damit hat das ganze Heer bei ihr ausgespielt. Es ist vorbei mit den Einquartierungen. Ab diesem Zeitpunkt lehnt meine Mutter die Manöver grundsätzlich ab und beginnt sich schrecklich über die Verwüstungen in Feld und Flur zu ärgern. Plötzlich können sie ihr nichts mehr recht machen. Auch die beschwichtigenden Worte eines Regimentskommandanten richten nichts mehr aus und gießen nur noch mehr Öl ins Feuer. Gemeinsam mit sympathisierenden Bauern beginnt sie, gegen das Bundesheer zu mobilisieren und startet eine Unterschriftenaktion.

Nebenbahnen

Auch durch unser Tal windet sich das Gleis einer Schmalspurbahn. Die langgezogenen Pfiffe, mit denen bei Nebel der Abendzug vor jedem der ungesicherten Bahnübergänge allen seine Warnung zukommen lässt, klingen heimelig von der Trasse herüber. Wenn mein Bruder am Wochenende von der HTL in St. Pölten heimkehrt, steigt er an der Station im Nachbardorf aus, und ich gehe ihm entgegen. Mit seinem Köfferchen in der Hand erkenne ich ihn schon von weitem. Auch ich fahre später nach Dienstschluss beim Roten Kreuz mit dem Zug heim. An einem Winterabend finde ich das leere Abteil so überheizt vor, dass ich alle Fenster bis zum Anschlag öffne. Als der Schaffner durch den Zug geht, schimpft er: „Wofür heizen wir denn?!“ Aus eigener Erfahrung kann ich bestätigen, dass Schaffner und Zugführer gegenüber den Fahrgästen oft in der Überzahl waren. Ich studiere schon in Wien, als der Plan, die Bahnstrecken aufzulassen, in der Hauptstadt für Aufsehen sorgt. Es ist die Zeit der Bürgerinitiativen, und man kann in der Zeitung lesen, wie die Betroffenen sich aufregen. Da besucht uns in Angelegenheit einer lokalen antimilitaristischen Initiative ein Radiojournalist, dem meine Mutter und ich einen Interviewpartner vermitteln. Wir sehen bei unserer gemeinsamen Fahrt die Pimperlbahn rollen, wie sie im Volksmund geringschätzig genannt wird. Den Journalisten wundert das: Diese Nebenbahnen würden doch eingestellt, habe er gehört. Da ereifert sich meine Mutter, es sei ein Skandal, dass der Zug seit Jahren ohne Fahrgäste leer fahre. Man sehe immer nur leere Waggons. Wie viel Geld dabei verschwendet würde! Warum niemand darüber schreibe? Ich kann es dem Journalisten ansehen, dass es ihm nicht ins Konzept passt, diese ehrliche und populistische Meinung aus Volkes Mund zu vernehmen. Das ist nicht das, was zu hören er ausgezogen ist. Er will aufrührerische Reden auf sein Tonband bannen, aber nicht den affirmativen Zorn meiner Mutter über die Vergeudung von Staatsgeldern.

Wie meine Mutter ihren verloren geglaubten Antisemitismus wiederfindet

Die Juden assoziiere ich als Kind ausschließlich mit dem Nahostkonflikt. Mir ist nicht bewusst, dass es außerhalb von Israel auch Juden gibt. Es hat vielleicht mit der Parteinahme des Bundeskanzlers für die Palästinenser zu tun, dass meine Eltern, die der Opposition nahestehen, vom Staat Israel nur ein positives Bild haben. Mein eigenes Verhältnis zu Israel wird durch ein Jugendbuch geprägt; in Karl Bruckners *Yossi und Assad* sind die Israelis Sympathieträger; Palästinenser kommen darin nur als reaktionäre und unzivilisierte Araber vor. Ohne es zu wissen, halten wir es mit Brecht, in dessen Theaterstück *Der Kaukasische Kreidekreis* zwei Stämme Anspruch auf dasselbe Land erheben und es dann jenem zugesprochen wird, der nutzbringender davon Gebrauch zu machen verspricht.

Meine Mutter ist in ihrem Leben wenig gereist. Als Landwirtin kann sie nicht so einfach Urlaub nehmen. Sie verspürt auch kaum je das Bedürfnis, alles stehen und liegen zu lassen, um am Lido in der Sonne zu braten, dem Nichtstun sich hinzugeben oder über die Piazza zu flanieren. Wenn sie eine Reise unternimmt, dann nicht, um vom Alltag abzuschalten, sondern um ihre Aufmerksamkeit für fremde Wirklichkeiten zu schärfen. Das Leben der Menschen weckt ihr Interesse, deren Probleme und Sorgen will sie erkunden. Dagegen bedeuten ihr Sehenswürdigkeiten nichts. Als meine fünfundsechzigjährige Mutter von meinem ältesten Bruder eingeladen wird, ihn nach Israel zu begleiten, sagt sie freudig zu. „Aber dass du mich nicht in sieben Kirchen schleppst, denn die kann ich auch daheim haben!“, bedingt sie sich aus. Es ist die etwas ruhigere Phase zwischen erster (1987–1991) und zweiter Intifada (2000–2004), als die beiden nicht nur das Land zwischen dem Golan und der Wüste bereisen, sondern auch palästinensische Familien in der Westbank besuchen, Kibbuze am See Genezareth besichtigen und Friedensaktivisten in Jerusalem treffen.

Meine Mutter erlebt dabei die Realität der Besatzung durch die Armee Israels sehr direkt. In Straßensperren, Befestigungszäunen, Militärstreifen und Panzerstellungen manifestiert sich die Gewalt. Sie erfährt, wie die Palästinenser gedemütigt und schikaniert werden, wenn sie ein Haus errichten, ein Spital aufsuchen oder ein Feld bestellen wollen. Ihre Kinder können sie nicht in die Schule schicken und überhaupt sich in ihrem eigenen Land nicht frei bewegen. Meine Mutter hat ein empfindsames Gespür für eine Unrechtssituation. Sie leidet mit den Unterdrückten und Entrechteten. In Israel fühlt sie sich beobachtet, kontrolliert und verfolgt. Noch vor dem Hinflug stellen israelische Sicherheitsbehörden Fragen nach dem Zweck und dem Motiv ihrer Reise. Vor dem Heimflug sollen die Reisenden Auskunft über alle Stationen und Kontakte erteilen. Die bedrückenden Umstände äußerer Gewalt schlagen meiner Mutter auf den Magen. Israelische Soldaten stehen autostoppend am Straßenrand und bitten um eine Mitfahrgelegenheit. Während der Fahrt werden sie von meinem Bruder und meiner Mutter um ihre Einschätzung der politischen Lage ersucht. Einer von den jungen Männern habe erwidert: „Ich werde auswandern, denn in diesem Land wird nie Frieden herrschen." Ein anderer habe dagegen gemeint: „Bevor wir die Araber nicht ins Meer getrieben haben, werden wir in unserem Land nicht in Ruhe leben können!" Gleichzeitig ist meine Mutter stolz, dass ihr Englisch aus der Hauptschule ausreicht, um den Ausführungen des Fremdenführers zu folgen, der ihnen die Höhle am Tempelberg zeigt, in der Mohammed vor seiner Himmelfahrt verweilt habe. Reich an Erlebnissen und mit unterschiedlichsten Eindrücken kehrt die beiden heim. Als Andenken nimmt meine Mutter die Verbitterung über die Ausweglosigkeit der Krise mit heim.

Sie sieht es als Bestätigung ihrer auf der Reise gesammelten Erfahrungen, dass der Konflikt sich dann bald wieder zuspitzt. Die Tatenlosigkeit der internationalen Gemeinschaft erfüllt sie mit Zorn. Sie erlebt, wie ein kraftstrotzender und martialischer David über einen schmächtigen und ausgehungerten Goliath triumphiert. Zum Thema Israel äußert sie sich seither gelegentlich so: „Was die Juden sich so erlauben können!", und: „Die Juden sollen sich aber nicht wundern, wenn sie abgelehnt werden."

Schließlich gesteht sie meinem Bruder, dass sie schon als Kind eine sehr schlechte Meinung über die Juden gehabt habe. Wann immer in den Dreißigerjahren ein Bauer, der bei privaten Geldgebern verschuldet war, aus Gram über seinen Ruin den Hof angezündet und sich anschließend erhängt habe, sei die Rede gegangen: „Den hat halt auch der Jud' um'bracht!"

Mein Gott, wo bist Du?

An warmen Sommerabenden macht sie in der Küche das Licht aus, setzt sich hinaus in die Dunkelheit auf der Veranda und hört durch die offene Tür dem Radio zu. Sehnsuchtsvolle Balladen verlieren sich in den endlosen Weiten der Nacht, wehmütige Jodler verglühen wie Sternschnuppen am Himmel. Ausgelassene Landler werden vom Wetterleuchten am Horizont untermalt. Sphärenklänge erfüllen ihr Herz.

Die leise Musik verstummt
Glühwürmchen locken
dich fort in die Nacht

Nachdem meine Mutter das Radio abgedreht hat, sitzt sie vor dem Schlafengehen noch eine Weile ruhig am Küchentisch und sinniert über die Ereignisse des Tages und den Lauf der Welt. Dann beginnt sie an Gott zu zweifeln – wie er das alles zulassen kann; wodurch das Böse in die Welt kommt; was es den Menschen so schwer macht, glücklich zu sein. Mit diesen Gedanken fühlt sie sich einsam und allein. Doch im Schweigen meldet sich dann leise und entfernt das Motorengeräusch einer Propellermaschine, deren vibrierendes Brummen jeden Abend um die gleiche Zeit fein vom Himmelszelt widerhallt. In der Stille klingt das tröstlich und anheimelnd. Der Ton bringt sie dazu, sich einen Piloten vorzustellen, der unter den Sternen auf Kurs bleibt, allein mit seiner Maschine und deren Fracht, ein Postflugzeug vielleicht. Meine Mutter liebt diesen Klang. Er beruhigt sie und lindert ihren Kummer. Ihr gibt das Wissen Kraft, dass jemand, der so weit draußen schwebt, einer, der sie nicht einmal sehen kann oder überhaupt weiß, dass es sie gibt, zuverlässig da ist. Sie fühlt sich begleitet und gestärkt. Sie weiß sich nicht verlassen. Im Singen einer Maschine, welche die Nacht durcheilt, findet sie ihren Gott wieder.

Schlimme Buben

Alle bösen Buben scheitern daran, dass sie zweierlei wollen: Erstens, dass man ihnen nicht draufkommt, und zweitens, dass das Publikum auf ihren Streich aufmerksam und die Freveltat in der Öffentlichkeit bekannt werde. Beide Absichten widersprechen sich. Beides kann man nicht haben. Findet die Aktion Beachtung, dann werden meist auch Schuldige identifiziert. Geht sie unter, dann kommen sie ungeschoren davon. In Wirklichkeit geht es darum, gleichzeitig aufzufallen und anonym zu bleiben.

Der Kartograf geheimer Anlagen des österreichischen Bundesheeres, dessen Werk in der Oktoberausgabe 1987 der linksalternativen Zeitschrift MOZ veröffentlicht wurde, ist zunächst enttäuscht, als die Staatsmacht keine Ansätze zeigt, zurückzuschlagen. Eine Dokumentation der Lage militärischer Stützpunkte im Erlauf- und Ybbstal wurde auf den Tisch gelegt, und niemand empört sich oder zeigt zumindest eine Reaktion. Es handelt sich um die sogenannten Bunker, befestigte Anlagen, die mit einer großkalibrigen Kanone ausgerüstet sind. Vorzugsweise am Waldrand gelegen und mit weitem Blickfeld auf blühende Mostbäume und schmucke Bauernhöfe. Nicht ganz sicher ist, ob es sich dabei um echten Geheimnisverrat handelt. Denn die Bunker stellen für die Anrainer ein vertrautes Element der Landschaft dar. Jeder Spaziergänger kann sie besichtigen. Zu den Manöverzeiten sind sie mit Mannschaft besetzt, und es wird eifrig hin und hergefahren. Ihr Umfeld ist mit verbrauchter Übungsmunition übersät, und unter den Bäumen hat man Fahrzeuge in Tarnfarbe geparkt. Die Ausrichtung der Bunker nach Osten und das Schussfeld der Anlagen lässt die Erwartung erkennen, Angreifer des Warschauer Paktes könnten das Donautal aufwärts marschieren.

Der Autor der improvisierten Studie aus dem Umfeld der Friedensbewegung ist auf die Idee verfallen, die Gemeindeämter aufzusuchen und dort aus den Grundbüchern jene Parzellen zu erheben, als deren Besitzer das Ministerium für Landesverteidigung ausgewiesen ist. Aber leider reagiert niemand auf die subversive Einschaltung. Es langen keine empörten Leserbriefe bei MOZ ein, und auch die Stimmung an den einheimischen

Stammtischen wird durch seine Attacke nicht getrübt. Vermutlich gibt es an den lokalen Stammtischen zu wenig MOZ-Leser. Nicht einmal die Reste der Friedensbewegung nehmen die Aktion zur Kenntnis.

„Was nun?", fragt sich der schlimme Bub: „Soll das alles gewesen sein? Diese Mühe, diese Plage, alles umsonst?" Und dann begeht er den Fehler, der Verbreitung seiner Untat nachzuhelfen. Er findet in Jannis, dem Aktivisten aus Wolfpassing, einen Mitverschwörer, der bei einer Versammlung der Friedensbewegung in Melk über das Projekt zu referieren bereit ist. Dessen Pech ist es, dass sich darunter auch ein Milizoffizier befindet, der über Kontakte zur Presse verfügt. Worauf im *Kurier* am 18. Februar 1988 ein geharnischter Artikel über die Verräter der geheimen Bunkeranlagen zu lesen ist: „Österreichs Bundesheer hat den Gegner im Rücken", wird darin bilanziert. So angesprochen muss endlich auch das Ministerium reagieren: Rechtliche Schritte werden in Aussicht gestellt und gegen Jannis Vorerhebungen eingeleitet. In jener Schule, an der Jannis Lehrer ist, sprechen Staatspolizisten vor, die ihn beim Direktor einvernehmen wollen. Ist es das, was er wollte, der Unruhestifter und Anstifter und Brandstifter? Oder bekommt er es nun mit der Angst zu tun, als Konsequenzen drohen? Fürchtet er Hausdurchsuchung und Lauschangriff? Wagt er es nicht mehr, ohne die Beachtung konspirativer Regeln zu telefonieren? Jedenfalls zieht er es daraufhin vor, sich nicht weiter aus der Deckung zu bewegen und hält den Kopf eingezogen. Dabei kommt ihm zugute, dass später die Vorerhebungen stillschweigend eingestellt werden. Einerseits leben wir in einer Republik, wo nicht jeder Bubenstreich gleich bitterernst genommen wird; und andererseits fällt im Jahr darauf die Berliner Mauer. Mit dem Untergang des Warschauer Paktes sind auch alle gegen ihn gerichteten Verteidigungskonzepte nutzlos geworden. Die nach Osten gerichteten Kanonen werden demontiert. Keiner braucht mehr die Bunker, niemand will sie dem Bundesheer abkaufen. Einige dienen der Champignonzucht, die anderen stehen sinnlos herum. Die Anlagen verwachsen, die Zäune stürzen um, durch Entlüftungsschächte brechen Dachse und Füchse ein. Die Bunker werden vergessen.

Auf der Demo

Ich werde ein Parteigänger der oppositionellen Bewegungen der Achtzigerjahre. Diszipliniert und pflichterfüllt besuche ich alle einschlägigen Veranstaltungen. Von einer Studentenfraktion wird zur Teilnahme an einer Demonstration vor dem Kanzleramt aufgerufen, weil gerade ein Draken in Schweden abgestürzt ist. Wenigstens trägt meine Person dazu bei, das Dutzend voll zu machen. Beim großen Uni-Streik im Herbst 1987 versäume ich über der gewissenhaften Teilnahme an den Plena das Ende des Streiks und bin ganz verwirrt, als die übrigen Studenten, ohne ihre Delegierten um Erlaubnis gefragt zu haben, den Besuch der Vorlesungen wieder aufnahmen. Als dagegen Gregor Gysi das Albert-Schweitzer-Haus bis zum Bersten füllt, wird mir klar, dass es auch ihm um Selbstvermarktung und Selbstdarstellung geht. Mein Schlüsselerlebnis habe ich bei einer jener routinemäßig abgehaltenen Studentendemonstrationen an einem nasskalten Jännertag. Ich harre mit hochgeschlagenem Kragen eine Stunde lang in der Menge aus, die sich vor dem Universitätsgebäude sammelt. Plötzlich denke ich daran, um wie viel netter und spannender es wäre, in der gut geheizten Bibliothek für meine Diplomarbeit zu recherchieren, als den ganzen Nachmittag in der windigen Innenstadt um die Häuser zu ziehen. Bevor der schwerfällige Zug auf seine Bahn einschwenkt, schere ich aus. Auf meinem Weg zur Station der Straßenbahn sehe ich gerade noch die Nachhut in der Menge der unbeteiligten Passanten verschwinden, die sich hinter dem Aufmarsch schließt. Die Parolen aus den Megaphonen werden vom Verkehrslärm verschluckt, als wäre nichts gewesen und als wäre nie jemand vorbeigekommen. Aus jener Zeit habe ich ein Misstrauen mitgenommen, das sich auch gegen mich selbst richtet. So oft schon musste ich meine Urteile revidieren. Das liegt nicht an meiner Einfalt, sondern an meiner beschränkten Urteilskraft. So wie meine Tochter Bausteine, die sie gerade erst in einer Lade verstaut hat, immer wieder herausnimmt, ansieht, dreht und prüft, als hätte sie die Steine vorher noch nie erblickt, und sie aufs Neue in eine Lade legt, so verfahre auch ich. Es gibt keine endgültige Ordnung.

Ich habe den Anspruch aufgegeben, mir eine abschließende Meinung bilden zu wollen. Ich ergreife nicht gleich Partei. Dabei halte ich es doch für wichtig, Grundsätze zu haben. Sogar dann, wenn man sich nicht sicher sein kann, dass diese eine Generation später noch Gültigkeit besitzen werden. Denke ich an die Sünden der Jugend, werde ich nicht sentimental. Die Erinnerung zeigt mir, welcher Irrtümer ich fähig bin.

Der Kommunismus im Mostviertel

Die Kommunisten sind so etwas wie die Zeugen Jehovas der Politik. Sie haben auf alles eine Antwort parat, bevor man noch selbst weiß, worauf man hinauswill. Kommunist sein ist eine schwerwiegende Angelegenheit, und sie lassen einen spüren, dass weniger verbindliche Organisationsformen ihnen spielerisch und kindisch vorkommen. Dazu gehört auch Leo, der bei der Kommunistischen Jugend aktiv ist und ein Auftreten wie ein klassischer Agitator besitzt. Seine proletarische Herkunft ist lupenrein, aufgezogen wurde er von einer alleinerziehenden Arbeiterin. Beim Versuch, den Studentenstreik auch auf die Schulen auszuweiten, sind wir uns begegnet. Als nach der Wende auch hartgesottenen Kommunisten die Gewissheiten der reinen Lehre abhandenkommen, wird es möglich, mit einigen von ihnen, so auch mit Leo, nachgerade normal zu reden. Die Verbindung bleibt aufrecht, und er kommt mich im Mostviertel besuchen. Ich freue mich über die Gelegenheit, ohne Skrupel stundenlang politisieren zu können. Es ist ein Tag im Frühsommer, als wir endlich am späten Nachmittag zu einem Spaziergang aufbrechen. Gesättigt von dem langen Gespräch übernehme ich es, meinen Gast durch die liebliche Gegend zu führen. Nach einer weiten Runde durch die Wälder – und nachdem wir einige der schönsten Bunker besichtigt haben – überqueren wir eine einsame Wiese am Waldrand. Vor uns die Abendsonne, die bereits tief über den Bäumen steht. Filigrane Gräserrispen und aufstiebende Samen von verblühtem Löwenzahn leuchten im Gegenlicht. Wir waten durch eine Lichtflut und durchstreifen schweigend den Sommerabend. Ich erschaudere vor der Schönheit des Augenblicks und dem Glück der Gemeinschaft. Wie eine Wiese im Abendlicht zu ihrer Aura kommt, erklärt bereits der kommunistische Philosoph Walter Benjamin (1892–1940). Er verstand diese mystische Ergriffenheit als die Erscheinung einer Ferne, so nahe der Gegenstand auch sein mag, der diese Empfindung auslöst.

Auf Ausgrabung

Beim Zivildienst-Grundlehrgang in der Horner Zivilschutzschule im Oktober 1985 teile ich mein Zimmer mit einem Gleichaltrigen aus Gars am Kamp, der bereits an einer Ausgrabung teilgenommen hat. Das Horner Becken und das Kamptal haben in archäologischer Hinsicht für mich schon länger einen klingenden Namen. Mein Zimmerkollege notiert mir den Namen des Assistenten an der Universität, bei dem er gearbeitet hat. Außerdem zeigt Stefan, der gleichfalls in Horn kaserniert ist, Interesse. In einem Brief an den Forscher bekunde ich unseren Wunsch, an seiner Ausgrabung teilzunehmen. Ich erhalte die schriftliche Aufforderung, mich im Sommer 1986 zu einem bestimmten Datum im Burgenland einzufinden. Also vereinbare ich mit Stefan, uns an einem Sonntagnachmittag im Zug nach Wien zu treffen. Wir fahren mit der Straßenbahn zum Südbahnhof, setzen uns in die Schnellbahn nach Wiener Neustadt, suchen dort den Bus nach Eisenstadt, der in dem kleinen Flecken Station einlegt, und stehen nach einer langen und umständlichen Reise mit unseren Köfferchen am Straßenrand, unschlüssig, wohin wir uns wenden sollen. Das alte und leerstehende Schulgebäude, das der Grabungsmannschaft als Quartier dient, ist aber bald gefunden, und wir klopfen vorsichtig an die Tür. Nach unserem beherzten Eintreten finden wir uns in einem Vorraum wieder, wo sich bereits Werkzeug, Vermessungs-, Verpackungs- und Zeichenmaterial stapelt. Der Archäologe eilt gerade die Treppe herunter, seinen Adlatus mit einem Redeschwall übergießend. Von uns nimmt er wenig Notiz. Ich wundere mich, weil ich noch nie jemanden so hektisch reden gehört habe. In den nächsten Tagen werden wir allmählich mit den Gewohnheiten und Abläufen auf der Grabung vertraut. Gleich will ich meinen Lerneifer unter Beweis stellen. Doch ist es gar nicht so leicht, die Aufmerksamkeit des umtriebigen Mannes auf sich zu lenken. Er ist damit beschäftigt, eine Großbildkamera auf ein massives Gerüst zu montieren, das über den freigelegten Skeletten aufgebaut wird. Stefan und ich, die Novizen auf der Ausgrabung, dürfen Handlangerdienste leisten und die benötigten Teile hinaufreichen.

Jeden Morgen fährt unser Chef seine Arbeiter im VW-Bus auf die Grabung hinaus. Während er das Fahrzeug hochtourig über die holprige Piste quält, schlägt er auf der Beifahrerbank die *Kronenzeitung* auf und blättert sie durch. Mich verblüfft weniger die Unvereinbarkeit der beiden Tätigkeiten als vielmehr die Wahl seines morgendlichen Lesestoffes, da diese Tageszeitung über das kritische Studentenmilieu hinaus auch in bildungsbürgerlichen Kreisen als inakzeptabel gilt. Als ich meinem Erstaunen Ausdruck verleihe, ist er gar nicht um eine Antwort verlegen und meint, nur das Format, der Schriftsatz und die Größe der Schlagzeilen dieser Zeitung würden es gestatten, sie zu überfliegen, während man gleichzeitig ein Auto lenke.

An einem verschlafenen Nachmittag im September 1987 bringt mich mein Vater zur Bahnstation in Persenbeug, von wo der Zug durch die Wachau geht. Nachdem ich in Krems angekommen bin, nehme ich die nächste Verbindung ins Waldviertel hinauf. Bald lässt die Diesellok mit ihren Waggons die heiteren Weinberge hinter sich und tritt in ein enges Tal ein, an dessen Seiten sich die ersten Schatten auftun. Es ist schon Abend, als der Bahnhof des kleinen Städtchens erreicht ist. Niemand ist gekommen, um mich abzuholen, obwohl ich mich mit einer Postkarte angekündigt habe. Aber ich kenne noch aus dem vorhergegangenen Jahr den Weg in das Dorf auf der Hochebene, also packe ich den Griff des kleinen Reisekoffers, den ich mir von meinen Eltern ausgeborgt habe, und marschiere los. Die Ortschaft zieht sich mit ihren Ausläufern den Hügel hinauf, und oben angelangt sehe ich, als ich mich umdrehe, den Flusslauf im Licht der untergehenden Sonne glänzen und die Ansiedlung an beiden Ufern wie hingebreitet. Im Gegenlicht lagert die Burgruine als dunkle Silhouette auf der gegenüberliegenden Anhöhe. Doch ich wende mich nach Osten, von wo die Nacht heraufzieht. Ich habe die Hochfläche erreicht mit den Dörfern, die sich dort in Mulden ducken. Mein Ziel, das nächste Straßendorf, erblicke ich erst, als der Weg sich unvermutet senkt. Es ist nicht schwer, das alte und leerstehende Bauernhaus zu finden, das schon im Jahr davor unser Grabungsquartier gewesen ist. Doch auch hier ist noch keiner da, und alle Türen sind fest verschlossen. Eine Stunde vergeht, bis das Haus sich mit weiteren Ankömmlingen füllt. Der einsame Marsch in das dunkle und fremde Dorf hat endlich sein Ziel gefunden. In den folgenden Wochen gehe ich jeden Abend die Dorfstraße entlang bis zum Hof des Dorfvorstehers, von wo ich Milch hole. Bei meinem Gang durch die Dunkelheit höre ich jene vielfältigen Geräusche aus den Ställen und Höfen, in denen sich die allabendliche Betriebsamkeit der Bauerndörfer vollzieht: das rhythmische Pumpen der Melkanlagen aus offenstehenden Stalltüren, das Klirren der vollen Milchkannen auf dem Hofpflaster, Dorfbewohner, die sich im Finstern begegnen und schwatzen, Laute der Stalltiere.

Der Dorfvorsteher ist mit meinem Chef befreundet und auch nicht älter als dieser. Eine seiner Cousinen oder

Nichten hilft auf unserer Grabung mit. Ihre Mutter fährt uns ins Kino nach Horn, wo es den Film *Rembetiko* spielt. Bei einem Dorffest versuche ich dem wahrscheinlich schon etwas angetrunkenen Mann die antisemitischen Ressentiments auszureden, die er von seinem Dienst als UN-Soldat auf den Golanhöhen mitgebracht hat. Dort ist er Zeuge geworden, wie israelische Grenzsoldaten einen arabischen Knaben erschossen haben, der seine Schafe zu knapp an der Grenze weidete. Ich argumentiere so lange, bis er vor meiner Beredsamkeit kapituliert. Wenn auch vermutlich nur, weil er endlich seine Ruhe haben will.

Nach dem Abschluss der Grabung rase ich auf der Horner Bundestraße, die zwischen Maissau und Stockerau schnurgerade durch das westliche Weinviertel schneidet, im privaten PKW meines Chefs hinter ihm her, der im vollbeladenen Grabungsbus vor mir auf der Strecke ist und das halsbrecherische Tempo vorgibt. Ich habe zu tun, den VW-Bus, der mit den auf das Dach geschnallten Matratzen nicht zu verkennen ist, hinter den Hügeln, über deren Kuppen sich die Bundesstraße legt, wiederauftauchen zu sehen. Besorgt auf den Gegenverkehr achtend, der sich blitzartig nähert, sehe ich mich zu riskanten Überholmanövern gezwungen. Bei dieser mörderischen Verfolgungsjagd, die abzubrechen mir der Mut fehlt, falle ich trotzdem immer weiter zurück.

Auf einer Ausgrabung im Seewinkel werde ich mit einem amerikanischen Studenten bekannt. Wir arbeiten nebeneinander und kommen ins Gespräch. Er gibt mir seine Meinung zu verstehen, dass meine Leistung und mein Einsatz nicht ausreichend von den übrigen Kollegen gewürdigt würden. Nur wir beide brächten etwas weiter. Die anderen respektierten unsere Anstrengungen nicht. Er bringt mich dazu, mit ihm gemeinsam über die mangelnde Arbeitsmoral und das fehlende Geschick meiner übrigen Kollegen zu lästern und mich dabei sehr überlegen zu fühlen. Zufällig erfahre ich von anderen Mitarbeitern der Ausgrabung, dass er eine ähnliche Unterhaltung fast schon mit jedem auf der Grabung geführt hat. Raffiniert spielt er uns alle gegeneinander aus. Jedem vermittelt er das Gefühl, als einziger dessen Qualitäten erkannt zu haben. Daraus gewinnt er keinen anderen Vorteil als die Freude, dass wir uns alle so bereitwillig manipulieren haben lassen.

Im Sommer 1990 ist eine Grabung im unteren Traisental angesetzt. Am Montag früh um fünf schultere ich den Rucksack, besteige das Rad und mache mich auf den Weg. Treffpunkt soll um sieben Uhr in dem Städtchen an der Traisen sein. Doch habe ich Zeit und Mühe, die es kostet, mit einem Rucksack auf dem Buckel die Strecke zu radeln, unterschätzt und verspäte mich. Aufs Geratewohl ziehe ich eine Runde durch das Städtchen und begegne zufällig dem Auto meiner Kollegin, auf deren Grabung ich die Woche absolvieren will, voll besetzt mit weiteren Studenten. Die täglich neun Stunden Arbeit im Traisenschotter kommen mich hart an. Als ich mich gleich nach dem Ende der Arbeitswoche am Freitag wieder aufs Rad schwinge, fühle ich mich schon vor Antritt der Reise ausgepumpt. Der Bergsteigerrucksack drückt mir in den Nacken, den ich tief über den Lenker des Rennrades beuge. Über Markersdorf und St. Leonhard geht es durch die südlichen Ausläufer des Hiesberges hügelauf und hügelab. Besonders nach Ruprechtshofen folgen die Anstiege knapp aufeinander. Als ich schließlich die letzte Anhöhe erklommen habe, kostet mich das meine ganze Kraft. Unter mir breitet sich meine Heimatstadt aus. Glücklich lasse ich mich den Hügel hinab rollen.

Was bleibt von einer großen Liebe, der man sich entfremdet hat, deren Reize entzaubert sind? Es sind banale Details und nicht die Sensationen. Als das Wunschbild aufhörte, mir etwas zu bedeuten, hatte es mir auch nichts mehr zu sagen. Wäre ich Archäologe geblieben, dann würde die Erinnerung natürlich anders aussehen …

Wohlerzogene Wikinger

An einem Sonntag bin ich am Abend mit dem Zug nach Wien gekommen, um von dort gleich zur Ausgrabung im Seewinkel weiterzufahren. Telefonisch habe ich dem Grabungsleiter meines Chefs den Zeitpunkt der Ankunft des Zuges angekündigt. Vereinbart ist, dass er mich auf der Fahrt ins Burgenland direkt vom Westbahnhof abholen würde. Als ich das Bahnhofsgebäude verlasse und nach dem Grabungsbus auf dem großen Parkplatz Ausschau halte, ist er nirgendwo zu finden. Nach einer halben Stunde werde ich unruhig und versuche, den Grabungsleiter und dann auch meinen Chef telefonisch zu erreichen. Ich habe kein Glück, denn nur die Frau meines Chefs ist da, und die kann mir auch nicht weiterhelfen. Nach einer weiteren halben Stunde gebe ich es auf, auf das Shuttle zu warten und entwerfe einen Alternativplan. Ich will versuchen, in Wien zu übernachten und am Morgen den Bus in den Seewinkel zu nehmen. Um sechs Uhr in der Früh steuert ein Linienbus den kleinen Flecken knapp vor der Staatsgrenze an. Drei Stunden braucht er bis dahin, da er alle Ortschaften, die am Weg liegen, abklappert. Um neun würde ich dort sein können. Bleibt noch das Problem der Nächtigung. In meinem Adressbuch stoße ich auf die Nummer eines Mitstreiters aus der Alternativen Liste. Der Bauernsohn, der auch aus meinem Heimatort stammt, lebt in einer Wohngemeinschaft mit anderen Studenten. Unter der Nummer erreiche ich bloß seinen Wohngenossen, den ich, wie es der Zufall will, von der studentischen Vertretung her ebenfalls kenne. Hans sei zwar nicht da, weil er durch Griechenland trampe, sagt sein Zimmernachbar, aber trotzdem könne ich bei ihnen schlafen. Um halb fünf stehe ich auf. Als ich nach einem hastigen Frühstück zum zentralen Busbahnhof aufbrechen will, stellt Hans seinen Tramper im Vorzimmer ab und ist recht verblüfft, mich hier vorzufinden. Mit dem Nachtzug ist er gerade aus Athen gekommen. Tatsächlich bin ich dann um neun im Burgenland und eine halbe Stunde später auch auf der Ausgrabung. Das Rätsel der geplatzten Verabredung vom Vorabend löst sich für mich auf eine recht unbefriedigende Weise. Ich werde bei meiner Ankunft mit Vorwürfen konfrontiert, weil ich den Treffpunkt verlassen habe. Eine Stunde nach der vereinbarten Zeit wollte der Grabungsleiter mich am Westbahnhof abholen und kapierte nicht, warum ich nicht mehr dort stand. Fünf Minuten vorher war ich gegangen.

Als ich einige Jahre später stolzer Hauptmieter einer eigenen Wohnung geworden bin und wieder einmal von einer Grabungswoche heimkehre, sehe ich am Franz-Josephs-Bahnhof ein junges norwegisches Pärchen vergebens eine Möglichkeit zur Weiterreise nach Prag suchen. Da lasse ich es mir nicht nehmen, ihnen meine Wohnung zur Übernachtung anzubieten. Weil ich vertrauenswürdig aussehe, kommen die beiden mit und übernachten bei mir. Wahrscheinlich waren sie über das offenherzige Angebot etwas überrascht. Der Fahrer des Grabungsbusses setzt auf meinen Wunsch hin mich und die beiden jungen Interrailer bei meiner Wohnung ab, obwohl er meine Einladung an Wildfremde leichtgläubig und naiv findet. Aber die beiden blonden Wikinger sind ganz wohlerzogen und rauben mich nicht aus. Einige Wochen später bekomme ich eine schöne Postkarte mit einem Fjord darauf und ihrem Dankschreiben.

In der Hauptstadt gescheitert

Gleich beim Hintereingang des Neuen Institutsgebäudes gibt es im Erdgeschoß eine verrauchte Gaststube, in der einige Höhersemestrige mehr Zeit verbringen als im Hörsaal oder in der Bibliothek. Beim Wirt'n gelten strengere Kriterien der Aufnahme als im Studium. Im Wirtshaus kommt noch der *numerus clausus* zur Anwendung. Die jungen Spunde wagen sich nur ganz vorsichtig an jenen Ort, wo mehr Expertenwissen versammelt scheint als eine Etage höher. Wer in die erlesene Runde aufgenommen wird, kann mit Zuversicht und Selbstbewusstsein in seine berufliche Zukunft schauen. Als Josef das Lokal betritt, schüchtern und zurückhaltend, hat es sich bereits herumgesprochen, dass sein Vater der Herausgeber eines Periodikums mit dem ausgefallenen Titel „Der 13." sei, welches das publizistische Flaggschiff der katholischen Fundamentalisten darstellt. Auf das Echo seiner Premiere ist er aber trotzdem nicht gefasst. Ein hochgewachsener und bulliger Student erhebt sich, fängt den Neuankömmling ab, und, bevor dieser noch sein verlegenes „Grüß Gott" über die Lippen gebracht hat, sitzt Josef schon eine Faustwatsch'n im Gesicht.

„Solche wie dich wollen wir hier nicht", ist alles, was er als Erklärung für diesen harschen Empfang geboten bekommt. Als bei einer Exkursion jener Kommilitone, der vermutlich noch heute von seiner antifaschistischen Courage überzeugt ist, ihm wieder einen Faustschlag ins Gesicht verpasst, geht Josef endgültig auf, dass seine Existenz in diesem Studium und Fach bestenfalls eine am Rand geduldete sein würde.

Seine Zeit in Wien versieht ihn mit der traurigen Einsicht, dass er dem Ruf, der Sohn „des Engelmann" zu sein, nicht entkommen könne. Wer ihn einmal aufgrund seiner Abstammung als politischen Feind einsortiert hat, ist nicht mehr bereit, sich auf Josefs Person einzulassen, mit ihm zu reden und dabei vielleicht seine ideologischen Vorurteile zu revidieren. Aus der Sippenhaftung gibt es kein Entkommen.

Noch Jahre später, als Josef sich bereits mit einer wissenschaftlichen Presseagentur selbstständig gemacht hat, wird ihm zugetragen, dass der Institutsvorstand sich geäußert habe: „Rührt's an den Engelmann nicht an, der ist ein Krennianer!", womit gemeint war: ein Anhänger von Bischof Kurt Krenn. Josef bekommt früh genug ausgerichtet, dass er nie eine Hoffnung darauf setzen möge, in irgendeiner Behörde, einem Amt oder Museum Aufnahme zu finden. Die Ächtung zwingt ihn, sich rechtzeitig auf eigene Beine zu stellen. Als sein Großvater ihm den kleinen Bauernhof im Mühlviertel übergeben will, geht Josef zurück in seine Heimat.

Ein Steg über den Fluss

Zwischen den Dörfern Plaika und Marbach überquert ein heute vernachlässigter Steg den kleinen Erlauffluss. Der Pfad, der hinter einem Hauseck versteckt das Steilufer hinunter zur Brücke führt, ist mit etwas Glück ja noch zu finden. Doch der Weg geht am anderen Ufer nicht mehr weiter, weil die Bauern ohnehin nur noch mit den Traktoren ausfahren, die durch das Wasser der Furt schäumen. Außerdem wurde inzwischen auf der drüberen Seite des Flusses, in Marbach, jedes Geschäft oder Gasthaus, wohin einer wandern wollte, aufgegeben und eingestellt. Das Netz der direkten Verbindungen zwischen den Dörfern hat ausgedient, weil die Straßen zwar Umwege darstellen, die aber nicht ins Gewicht fallen, seit die Autos darauf immer schneller unterwegs sind. Meine Mutter benützte diesen Steg, um im ersten Jahr ihrer Ehe, bevor sie noch Kinder hatte, mit dem Rad zu ihren Schwiegereltern zu gelangen, deren Hof auf der anderen Seite des Tales liegt und die ihre Arbeitskraft benötigten. Oder zu einem Bauern in Gumprechtsfelden, dem Edt-Bauern, wo mein Vater im Tagwerk Holz schlug, danach mit seinem Bruder Toni mit [Wurzel]Stock-[Aus]Graben beschäftigt war und schließlich wieder neue Bäumchen setzte, und sie dann die Setzlinge am steilen Hang freimähte. Auch Sepp, ein weiterer Bruder meines Vaters, war damals als Knecht beim Edt-Bauern im Dienst.

Ich will zu diesem Steg, weil ich zu einem Klassentreffen unterwegs bin, das in einem Gasthof anberaumt ist, der über dem Fluss thront und seiner Aussicht wegen bei den Ausflüglern beliebt ist. Meine Route durchquert vorher die Au und überwindet einen der Bäche, die dem Fluss ihr Wasser zuführen, mittels einer Furt. Mit dem

Rad lässt sich diese zwar durchpflügen, aber beim Treten der Pedale tauchen meine Füße unter, und ich schöpfe die Schuhe voll Wasser. Es sind zwar nur meine Kameraden aus der Volksschule, die ich treffen möchte, aber ich schäme mich für meine durchnässten Schuhe und verstecke die Füße unter der Bank. Es ist wohl niemandem aufgefallen.

Auch Andi nicht, der gerade am Beginn seiner Lehre in einer Kfz-Werkstätte steht. Er stammt aus dem Nachbardorf, wohin ich gelegentlich getrabt bin, um mit den Dorfkindern ihre wilden Spiele zu spielen. Doch vorläufig berühren unsere unterschiedlichen Bildungswege sich weiter nicht mehr, bis ich ihm im Zug nach Wien manchmal begegne. Der Automechaniker ist mittlerweile zum Schüler in der Polizeikaserne geworden. Nach langer Zeit sehe ich ihn einmal wieder, als er mit der U-Bahn in Richtung Westbahnhof fährt, heimwärts. Es ist nicht leicht, in dem stämmigen Mann mit dem breiten Grinsen den schmalen Knaben von damals wiederzuerkennen. Er ist viele Jahre in der Hauptstadt Polizist gewesen und in den Pausen zwischen seinen langen Diensten lieber mit der Bahn nach Hause gefahren, um sich dort auszuschlafen, als dies in einem Stadtquartier zu tun. In dem offenen Gesicht mit den müden Mundwinkeln ist etwas von dem Mahlwerk zu lesen, in das der Junge vom Land geraten ist. Mit seiner Lebensgefährtin wurde ein Haus am Waldrand errichtet, das gerade fertig zu werden verspricht. Dort wird er sich niederlassen. Den Polizeidienst gedenkt er zu quittieren. Andi ist nie in der Stadt angekommen.

Christinas Studienbeginn fällt mit dem Großen Unistreik vom Oktober 1987 zusammen. Ich bin schon ein Jahr weiter und ein feuriger Streikredner – so lerne ich sie kennen. Da ich ihren Heimatort nicht weit von dem meinen weiß, fühlen wir uns verbunden. Einmal besuche ich sie in der Mietwohnung, die sie mit ihrem Bruder teilt. Ich fahre mit der Straßenbahn hinaus in einen Bezirk, den ich vorher noch nie betreten habe. Außerdem kommt es dann noch zu einer gemeinsamen Autofahrt. Wir sind uns auf ihrer Lehrgrabung im Burgenland über den Weg gelaufen. Als das Ende der Arbeitswoche erreicht ist, nehme ich ihr Angebot, mich direkt heimzubringen, dankend an. Sie will auch gar kein Geld als Fahrkostenbeitrag annehmen. Es sei ihr Geburtstagsgeschenk an mich, meint sie. Auf der langen Fahrt hört sie geduldig meinen Ausführungen über die politische Weltlage zu. Jedenfalls verliere ich Christina dann aus den Augen. Bis mich fünfzehn Jahre später die Aufgabe reizt, ob es denn möglich wäre, eine Person wiederzufinden, von der man kaum mehr als den Namen kennt. Ich bin sehr erstaunt, sie als islamische Religionslehrerin an einer HTL am Land wiederzufinden. Das Foto im Internet zeigt sie im Kopftuch der Rechtgläubigen. Ja, sie wäre konvertiert, bestätigt sie am Telefon. An ihrer Stimme erkenne ich sie wieder. Ich weiß noch, wie sie als Studentin der Völkerkunde begonnen hat, Arabisch zu lernen. Es habe damit angefangen, gibt sie meiner Vermutung recht. Christina ist mit einem Mediziner ägyptischer Abstammung verheiratet und hat mittlerweile drei Kinder. Die Völkerkunde hat sie vor der Familiengründung noch abgeschlossen. Es gibt wahrscheinlich nicht viele Muslimas, deren Vorname übersetzt „die kleine Christin“ heißt. Unsere Eltern müssen die Erfahrung machen, dass ihre Kinder an unübersichtliche Wegkreuzungen gelangen und über schwankende Stege zu fremden Ufern finden.

Die Steine mahlten aneinander und polterten und scharrten, daß man sich hätte fürchten können. So hatte der Wolkenbruch den Bach verwandelt.

Marlen Haushofer, Brav sein ist schwer (1965)

Strudelhofgasse

Zu Beginn des Jahres 1990 wird ein ruhiger Nachmittag in der Bibliothek unterbrochen durch eine lebhafte Bewegung, die meine Aufmerksamkeit erweckt. Eine mir noch unbekannte Studentin sucht nach einem Buch, das an ihrem Institut verschollen ist und dessen sie bei uns habhaft zu werden glaubt. Sie steigt Leitern hinauf und stöbert vergeblich in den oberen Buchreihen nach dem Werk. Schließlich nehme ich die Gelegenheit wahr, mich nützlich zu erweisen, und zeige ihr, wie sie den ersehnten Band doch noch lokalisieren kann. Aus irgendeinem Grund hat mich die Eleganz des Leitersteigens beeindruckt, und irgendwann begegnen wir uns an einer Straßenbahnstation wieder. Ob wir uns damals schon verabredet haben? Jedenfalls landen wir schließlich in einem Lokal in der Nähe der Strudelhofgasse, das mir wegen seiner schmackhaften Fischsuppe bekannt ist. Wir vereinbaren einen Theaterabend in der *Gruppe 80*, den wir in einem griechischen Lokal ausklingen lassen. Dort verstehen wir uns schon ausnehmend gut und wollen lange nicht auseinandergehen. Schließlich kommt der Sommer, und wir schaffen es, den zarten Keim unserer sich anbahnenden Beziehung nicht vertrocknen zu lassen. Das Leithagebirge querend führt eine verschlungene Straße von Carnuntum, wo Gerda gerade ihre Lehrgrabung absolviert, ins Burgenland hinüber. An einem schönen Sommerabend besucht mich Gerda dort im Grabungsquartier. Über dem kurzen sommerlichen Rock trägt sie ein Oberteil, das mit Pailletten bestickt ist. Das tief stehende Abendlicht strahlt durch die Oberlichte der Tür weit in den dunklen Vorraum der alten Volksschule, wohin ich zur Begrüßung geeilt bin, und fängt sich in dem bunten Flitter. Bevor

Gerda für den restlichen Sommer auf eine Burg in der Schweiz entschwindet, kommt es noch zu einer Radtour durchs Mostviertel und dem Versprechen, Briefe zu wechseln.

Die Bögen zogen in Richtung Österreich weiter

Liebe Gerda! [eingelangt am 13. 7. 1990]

Ein Grabungsfest im Burgenland. Im Garten wird ein Lagerfeuer entzündet, und Gäste haben sich eingefunden. Als sich herausstellt, dass ihr Erscheinen beim Einkauf nicht einkalkuliert worden ist, organisiert der Schweizer ein *raid* zum Fleischhauer, der natürlich bereits längst Feierabend hat, und kehrt mit Bratwürsteln und Grillkoteletts zurück. Leider ist man zu diesem Zeitpunkt schon von der Nahrungs- zur Flüssigkeitsaufnahme übergegangen. Das Feuer verfällt immer weiter und verliert damit seine ordnende Wirkung als zentraler Bezugspunkt. Was noch recht manierlich begonnen hat, in Form eines größeren und eines kleineren Kreises, löst sich bei zunehmender Dunkel- und Trunkenheit in eine nur noch schwer überschaubare Eigengesetzlichkeit von mehr oder weniger zufälligen Begegnungen in der Finsternis auf. Der Urzustand frei schwebender Individuen ist wiederhergestellt, und rund achttausend Jahre Zivilisationsprozess sind vergessen. Wo die regellos durch den Raum düsenden Atomkerne aufeinandertreffen, ergeben sich Abstoßungen, Auf- und Entladungen und lose, dauernd wechselnde Konglomerationen. Ein Beziehungsbrei. Everything goes. Wen die Suche nach (mehr) Wein oder Gesellschaft in den Bereich künstlicher elektrischer Beleuchtung führt, der entdeckt, bzw. wird mit

Freude darauf aufmerksam gemacht, dass er sich bereits eine Zeitlang auf einem Boden gewälzt hat, der mit – „Scheiß mich an!“ – überreifen, herrlich schwarz-saftigen abgefallenen Kirschen übersät ist. Gibt das Flecken am Hosenboden! Der Schweizer, der inzwischen erfolglos sein Glück als Charmeur bei einer der Amerikanerinnen versucht hat, wechselt das Revier und bricht in einen kleinen, eher stillen Kreis von Frauen ein und bringt dort eine lebhaftere Interaktion in Gang. Auch wenn diese nur auf seine Person bezogen ist. Freihändig rezitiert er einer ins Ohr aus *Faust*, stimmt Schweizer- und andere Lieder an, singt: „Dat du mien Levsten büst“, fragt jede einzelne nach ihrem Liebsten, da stellt sich heraus, eine hat eine Liebste! Gekicher.

Bloß, die ist ihr untreu – „Mit Männern oder mit Frauen?“

Verbitterte Antwort: „Beides – wie es halt so kommt.“

Diese junge Frau nimmt der Älpler unter seine Jacke und tröstet sie. Der Ehrgeiz mancher Männer wird durch Lesben offenbar besonders angestachelt. Ein anwesender Dozent nötigt jeden, wechselweise mit ihm aus einer Doppelliterflasche Wein zu trinken. Die Leute hocken in der Küche auf dem Fußboden, der seit wer-weiß-wie-lange nicht mehr gekehrt wurde, und am Gang auf Matratzen. Die Waschmuschel wird vollgekotzt, von einer, die vorher noch recht lustig war und erklärt hat, die jungen Männer stünden unter einem ungeheuren sexuellen Stress. Sturmböen lassen die Funken der Glut durch den Garten fegen. Alle grölen vor Begeisterung. Aber einer bewahrt noch einen Rest Nüchternheit und löscht mit einem Pott Wasser. „Agrh, meine Würstel!“ – Aufschrei eines, der nach Mitternacht noch seinen Hunger entdeckt hat und im Halbdunkel Karzinogene durch Verkohlung erzeugt. Alles geht unter in einem Strudel von Müdigkeit und Rausch.

Lieber Toni! 13. 7. 1990

Einleitung: Wehe, wenn sie losgelassen …

Der Tag beginnt also wie alle anderen, das heißt mit schlechtem Gewissen, weil ich schon wieder nicht das geforderte Pensum an Übersetzungsarbeit am Vortag geleistet habe. Mühsam, denn der Blutdruck droht wie immer extrem abzufallen, stelle ich die Füße auf den Boden und werfe einen Rundumblick ins Zimmer, das sich in trauter Überfülltheit präsentiert. Auch die malerisch auf dem Teppich hingestreckten Berge von Kleidungsstücken hat kein Hausgeist in Laden gestopft oder auf den Kleiderständer gehängt. Darüber, darunter, daneben Bücher, Mappen, Zettel, diverser Kleinkram, außerdem überall halbvolle Kartons und größere Schachteln, schließlich lebe ich seit einem Jahr im Bewusstsein eines kommenden Umzugs in meine Wohnung im dritten Bezirk.

Hauptteil: Explosion – die Handlungsverwirrung tritt ein, die sich erst in der Katastrophe lösen wird. Freilich schreibt sich das so schön ruhig, was in Wirklichkeit ein äußerst bedrohlich klingender Riesenkrach war. An den Blutdruck brauchte nun kein Gedanke mehr verschwendet werden, der war kuriert. Stattdessen hechtete ich ins Wohnzimmer und von dort weiter in den Vorraum, in die aus dem angrenzenden Badezimmer dichte Schwaden (Rauch?) strömten, die sich rasch unter der Decke ausbreiteten. Mein erster Gedanke: zuerst die Tiere. Das Meerschweinchen hatte ich schon im Arm und war gerade dabei, das Kaninchen zu holen, wobei ich schon nachdachte, wie ich meine Bücher retten könnte, als meine Mutter aus den Schwaden auftauchte und mich von deren partieller Ungefährlichkeit in Kenntnis setzte. Es sei nur die Zuleitung explodiert, nicht der Boiler selbst. Die Konsistenz des Rauches ließe sich als Wasserdampf definieren, und alles wäre halb so schlimm. Es bleibe nur zu hoffen, dass die Nachbarn den Dampf nicht ebenfalls falsch interpretierten und vielleicht die Feuerwehr verständigten. Inzwischen sah man nicht mehr die Hand vor den Augen. Das zischende, quirlende Geräusch schien zu- und nicht abnehmen zu wollen. Der tatsächliche technische Befund lautet: Thermostat hinüber, der Boiler heizte, ohne abzuschalten, Wasser verdampfte, der Druck war zu groß und so weiter. Nach etwa zehn Minuten türkischem Bad in der Wohnung war allerdings ein großes Problem zu lösen, nämlich, wie halten wir das nachströmende Wasser auf? Ergebnis: gar nicht, und der Teppich im Vorzimmer änderte seine Farbe von mittel- auf dunkelgrau, denn die Barriere aus Handtüchern ersetzte nur höchst ungenügend Sandsäcke und Ähnliches. Gleichzeitig lichtete sich jedoch der Dampf, die Sonne fand wieder ihren Weg durch die geöffneten Fenster und machte nach hektischem Hin- und Hergerenne (Haupthahn zu, Fenster auf) wieder planmäßiges, vorausschauendes Handeln möglich: Teppich und Fußboden auftrocknen, Möbel abwischen, Tiere wieder in den Stall setzen, Fliesencenter anrufen, Boiler abmontieren, Leitung absperren, Haupthahn wieder aufdrehen und vieles mehr. Lassen wir die Erzähltechnik beiseite und bleiben bei dem, was wirklich zu sein scheint. Ich freue mich schon sehr auf die Radtour. Bis dahin wünsche ich Dir alles Gute, auch für die Arbeit im Traisental.

Liebe Gerda! 31. 7. 1990

Ich hab Dir gegenüber schon erwähnt, dass mein Gemütsleben für Jahreszeiten sehr anfällig ist. Da ist sie wieder, diese Schläfrigkeit oder Benommenheit im Hochsommer, die keineswegs eine peinigende, sondern eine geradezu süße ist. Da ist sie wieder, die Empfindung, an der Kippe zu stehen. Diesen toten Punkt zu erleben, wenn ein Rad ganz kurz still zu stehen scheint, bevor es sich zur nächsten Umdrehung durchringt. Momente, in denen der Eindruck entsteht, die Zeit wäre angehalten worden. Die Gegenwart dehnt sich ins Unendliche. Ein Gefühl der Unwirklichkeit und Entrücktheit. Du kennst die Bauhütten auf der Grabung. Das dunkle, schattige Innere der Hütte, deren Bretter geteert sind. In die durch ein Fensterchen ein Keil Licht fällt. Durch das der Blick nur auf die sonnendurchglühte, wild mit Disteln und Gräsern überwucherte Grabenwand geht. Darüber ein Ausschnitt des blauen Himmels. Ein Guckkasten, der den Blick verengt und in die Ferne hin erweitert. Es fehlt das Mittlere. An das vor mir Liegende, an den Wiesenhang schließt unvermittelt das ganz weit Entfernte an: Der Sprung vom Hier ins Irgendwo. Das Mittlere ist das Umfeld, das einen festhält. Wo man sich zurechtfindet, wo man eingeordnet ist. Sein Wegfall erzeugt bei mir dieses Gefühl der Unwirklichkeit.

Lieber Toni! 3. 8. 1990

Sonderbar, ich bin zwar weit fort, aber scheine mich doch in jenem Mittleren zu befinden, von dem Du sprichst. Rundum eingeschlossen von jäh abfallenden Steilhängen, Sätteln, vom weichenden Licht schimmernder grauer Steinriesen, die jegliche Sicht auf das Dahinterliegende nehmen, sitze ich; und mein Blick geht die Wiesen und Wälder hinunter zum Inntal, hinauf zu den Matten und den darin eingebetteten Höfen, bis zu den Gipfeln, hüpft von Spitze zu Spitze, bleibt kurz am Turm der Burg hängen, am Wetterhahn, gleitet über die Hausdächer des Dorfes hinweg zum Mont da la Crusch, zum Kreuz, huscht am Piz Pisoc entlang, streift liebevoll die Weiler, die sich in eine Senke schmiegen und verschwindet im Wald, der den Inn verdeckt, als wolle er sich auf ihm davonmachen. Das ist ein Stückchen überschaubare Welt, in der man stundenlang wandern kann, ohne einem Menschen zu begegnen. Nichts hier ist unwirklich. Die Geschlossenheit des Tales übersteigert das Umfeld ins Grenzenlose, die Einordnung wird zur Fessel. Dabei ist das Tal zerbrechlich und spröde, behandelt man es falsch. Aber ich, ich bin schon den dritten Sommer hier und habe es liebgewonnen. Eigentlich ist hier nicht wirklich Sommer. Ich meine, man sieht ihn nicht so wie in der Ebene. Das Getreide ist noch grün, die Wiesen sind frisch, das Gras und die Bäume atmen die Kühle aus, der sogar die warme Luft und der Wind nichts anhaben können. Die mahnenden Gletscher, die in der Sonne aufblitzen, vertreiben die Müdigkeit. Trotzdem fällt mir das Schreiben schwer. Es war einmal eine Frau, die schuf sich eine Märchenwelt, ein Fantasieland, und flüchtete sich dahinein, weil sie glaubte, der Realität nicht standhalten zu können. Alles brachte sie zur Verzweiflung. Es gab nichts, dem sie unbelastet gegenüberstand. Sie unternahm lange Spaziergänge im Wald, ging ihrer Familie aus dem Weg, unterzog sich nur widerwillig den Pflichten, die ihr abverlangt wurden. Sie verfiel in Lethargie, lag stundenlang im Bett, Gesicht zur Wand und sprach von sich als Käfer, den der Zufall zertreten würde. Mir tut die Einsamkeit nicht gut, hier oben, meinst Du? Vier Führungen mache ich am Tag, oft deutsch, englisch und italienisch zugleich, gehe mit zwei Hunden spazieren. Jans Frau Claudia ist mit ihrer zweijährigen Tochter Anetta beschäftigt, ich helfe ein bisschen im Haushalt mit und lerne Romanisch. Daneben bleibt wenig Zeit fürs Spiel auf Benjamin Brittens Flügel, der oben in der Burg im Konzertsaal steht, und zum Lernen – Platons *Phaidros* wartet.

Liebe Gerda! 12. 8. 1990

Durch das Fenster meiner Schlafkammer im Grabungsquartier in der alten Schule fällt ein seltsam flackerndes Licht. Im Finstern taste ich nach meiner Brille. Das Licht rührt vom Mond her, der auf seinem Kurs über den Nachthimmel gerade die Höhe des Kirschbaumes erklommen hat, dessen Zweige der Wind bewegt. Ein kaltes Feuer scheint in den Ästen zu lodern. Im Halbschlaf nehme ich wahr: Es ist mitten in der Nacht. Der Mondschein steigt breit durch die Fenster ein. Eine rauschende Sommernachtsstille. Da kräht in der Ferne, ganz weit weg, im Nachbardorf über den Hügeln, ein Hahn. Nein, das ist ein Singen, dieses erste Krähen. Ein langgezogener Laut aus der Ferne. Vom Tageslicht noch nicht die mindeste Spur. Und doch ist die Nacht aus. Es ist schön, mit jemandem die Freude an etwas zu teilen. Ich bin schon die längste Zeit dabei, mir die Worte zurechtzulegen, mit denen ich Dir meine obskure Begeisterung für Bobrowskis *Sarmatien* plausibel erklären kann.

Lieber Toni! 15. 8. 1990

Zuerst zitiere ich ein Stück aus Deinem vielgeliebten Bobrowski, dann werden wir weitersehen: „Die Unordnung geht umher, es wird dunkel. Aber wie geht man von sich selber fort? Wenn ich dort gewesen bin und dort und dort und immer nur, wo ich jetzt bin, bei mir?" Jetzt sitze ich schon recht lange am *Nachtweg*: „Der Mond, ein durchscheinendes altes Metall – keiner mehr weiß es – tönt den Vogelheeren zu." Du kennst meinen kleinen Kanarienvogel noch nicht, den Petzi. Den habe ich gezähmt, wirklich gezähmt in monatelanger Arbeit, mit kleinen, kleinsten Schritten, immer von etwas Bekanntem zu etwas Neuem. Zuerst den Käfig in mein Zimmer gestellt, immer wieder mit der Hand ganz langsam und vorsichtig die Stäbe berührt, einmal das Türchen aufgemacht – alles solange, bis das Tier nicht mehr erschreckt flatterte, sondern ruhig, neugierig äugend, auf der Sprosse sitzen blieb – die Finger langsam in den Käfig gestreckt, immer weiter, die ganze Hand, langsam, langsam vorwärts bis zu seinem Bauch, bis ich ihn einmal berührte. Von da an ging es rascher. Zuerst auf den Finger steigen, mit einem Fuß, mit dem zweiten, und schließlich trotz der Bewegung der Hand darauf sitzen zu bleiben.

Mit den Hunden auf einem Abendspaziergang: Düster lag das Tal, die Berge waren kaum zu sehen, so versteckt lagen sie im Nebel, ein leises Nieseln sickerte durch alles Lebendige auf meinem Weg. Gerade bog ich um eine Häuserecke, und das Dorf gab den Blick gegen einen auf der anderen Seite des Inntales liegenden Berg frei. Ein Blitz fuhr durch meine Augen, geblendet musste ich sie schließen, und auf der Netzhaut zeichnete sich ein feuriges, auf dem Kopf stehendes „U" ab. Ein gleißender Bogen Licht spannte sich über der Spitze und begann sich auszubreiten. Was zuerst wie ein Spalt des Hephaistos ausgesehen hatte, geschlagen in einen Himmel voller Trostlosigkeit, begann zu wachsen. Strahlenbündel drangen aus der Öffnung, suchten ihren Weg, die Wiesen, die zuerst so grau gelegen hatten, verschwanden unter dem Ungeheuren, lösten ihre Form auf und gingen ein in dem sich ausbreitenden Strömen. Lösen und sich ausbreiten, darin bestand die Kraft der Naturerscheinung, als sich die Bewölkung lockerte und die Abendsonne durchbrach. Als ich um die nächste Wegbiegung kam und zurückblickte, sah ich sie. Nicht einen Regenbogen, nein zwei, nein drei! Nebeneinander, ineinander breiteten sie ihre Farben über das Land aus. Sie verwandelten den Wald in einen Anflug von Herbst, in sommerliches Gelbgrün, tiefes Rotbraun und tiefstes Mittelgrün. Über der Burg stand einer der Bögen, zog in die Höhe, auf der anderen Seite wieder herab, um im Wald zu versinken. Ich dachte mir, ich stünde für die Menschen aus dem Oberengadin vielleicht gerade mitten in einer solchen Flut aus Licht. Die Idee gefiel mir sehr, selbst ein Teil eines Regenbogens zu sein, dann ging ich weiter, um den Schlosshügel herum, wieder den Berg hinauf. Der Bogen war mit mir gekommen. Inzwischen war mit der Öffnung ein tiefes Blau dem Licht gefolgt, die Wiesen wurden wieder sichtbar, und die Bögen zogen in Richtung Österreich weiter.

Der Bobtail auf der Burg

Auf einer Studienexkursion nach Triest bekam Gerda einen Job angeboten. Ein Südtiroler, der in den Sommermonaten Besucher durch eine Schweizer Burg geführt hatte, suchte einen Nachfolger. Die Burg Tarasp, wohin Gerda vermittelt wird, liegt im graubündnerischen Teil des Inntales. Steil über Scuols und dem dort tief eingeschnittenen Bett des Inns aufragend, beherrscht sie eine kleine Hochebene. Sie war als letzte Befestigung auf dem heutigen Schweizer Territorium bis zum Wiener Kongress habsburgisches Besitztum. Danach verfiel sie zur Ruine, bis sie um 1900 von einem Fabrikanten gekauft und renoviert wurde. Der neue Besitzer der Burg erwarb aus Klöstern und Adelssitzen originale Einrichtungsstücke und möblierte damit sein Domizil. Zugleich sorgte er für jeden denkbaren Komfort. Ein englisches Badezimmer mit Fliesen aus Delft wurde mit dem Ochsenkarren hinaufgeschafft. Dagegen der Engadiner Bauer, dem der Ochse gehörte, wusch sich zu Hause am Brunnentrog. Zu den prominenten Gästen, die das luxuriöse Badezimmer benützen durften, gehörte auch Benjamin Britten, dem auf der Burg ein Zimmer mit Klavier für die Kompositionsarbeit zur Verfügung stand. Britten übernachtete jedoch nicht in der Burg, sondern im Haus der Gräfin im Ort. Inzwischen weilt die Erbin des romantisch veranlagten Fabrikanten meist in der Ferne und hat eine Familie aus dem Dorf zu Verwaltern der Burg bestellt. Über das Jahr besorgen Mitglieder dieser Familie auch die Führungen, und im Sommer geben sie Logis den Studenten, die zu dieser Zeit jene Aufgabe übernehmen. In ihren ersten Jahren wohnt Gerda noch im Haus der alten Fanzuns, einem mächtigen Hof mitten im Dorf. Deren Sohn Jan ist gerade dabei, die Funktion des Burgvogts von seinem Vater zu übernehmen; er lebt mit seiner Familie in einem vierhundert Jahre alten Häuschen direkt am Burgberg. Außerdem gibt es noch eine Schwester, die als Sprecherin für den rätoromanischen Rundfunk arbeitet, und die Jüngste, die noch in Zürich studiert. Die Bewohner des Dorfes und damit die ganze Familie sprechen im Alltag Rumantsch, eine Sprache, die sich für mich anhört, als würde Italienisch mit schwyzerdeutschem Akzent gesprochen. Die alten Fanzuns halten Zorro, einen Berner Laufhund, der Sohn den Bobtail Gypsie. Selten genug nehmen ihre Besitzer sie mit auf eine Tour in die Berge. Wittern die Hunde, dass Gerda sich nähert, springen sie gegen die Türen und winseln vor Freude, denn sie wissen, Gerda wird sie am Abend, nach der letzten Führung, zu einem ausgedehnten Spaziergang abholen. Knapp vor ihrem dritten Sommer in der Schweiz lernt Gerda mich kennen. Im ersten Jahr unserer Beziehung, als sie zum vierten Mal in die Schweiz fahren soll, kommt es sie schwer an, ihre neue Liebe für sechs Wochen zu verlassen, doch der Verdienst ist gut. Mein Versprechen, sie zu besuchen, mache ich wahr. Gerda ist diesmal in das Heim von Jan Fanzuns Familie übersiedelt und bewohnt dort eine geräumige Kammer, die wie das ganze Gebäude aus uralten Bohlen gefügt ist. Das Innere ist weitgehend mit antiken Möbeln ausgestattet. Dieses ehrwürdige historische Ambiente nötigt mir tiefen Respekt für die traditionsbewussten Schweizer ab. Jan Fanzuns ältere Tochter ist drei Jahre alt, spricht nur Rätoromanisch und kein Wort Deutsch, ich dafür kein Wort der Landessprache. Trotzdem ist sie entzückt über den neuen Spielgefährten, denn ihre Eltern sind sehr beschäftigt. Jan ist schließlich nur im Nebenberuf Burgvogt. Als Hauptgeschäft betreibt er ein gut gehendes Sportgeschäft für die Touristen. Sein Vater hat Zorro inzwischen an einen Förster weitergegeben, damit dieser dem Berner Laufhund zu mehr Bewegung verhelfen solle. Nur noch der Bobtail begleitet uns täglich zum Moorsee Lai Nair hinauf. Ich gleite in das dunkle Gewässer hinaus. Auf eine schöne Sommerwoche folgt ein Gewitter. Die Einheimischen sind damit vertraut, dass der Talkessel die Wucht der

Naturgewalten verstärkt. Die Unwetter bleiben darin gefangen. Ein Donnergrollen, das durch Felswände zurückgeworfen wird, hört sich auch ganz besonders eindrucksvoll an. Wieder einmal scheinen die Kräfte des Gewitters keinen Ausweg zu finden. Die Blitze folgen so rasch aufeinander, dass ihnen ein Donner gar nicht mehr zugeordnet werden kann. Doch wir beide haben es in unserer Kammer gemütlich. Frisch verliebt liegen wir im Bett und finden an uns Genüge. Außer uns ist keiner daheim. Das Haus horcht wie ein stummes Tier auf den schrillen Tanz der Berge. Sein ruhiger Atem hüllt uns ein. Unser beider Nähe spendet uns gegenseitige Geborgenheit. Als ein Donner das Haus in seinen Grundfesten erschüttert und sich über dem Tal überschlägt, bewegt eine geheimnisvolle Hand die Türklinke, die wir unverschlossen gelassen haben. Knarrend öffnet sich ein Spalt, und der wuschelige Kopf des Bobtails schiebt sich dazwischen. Der Hund blickt demütig zu uns auf. Gypsie, die sich schrecklich vor Gewittern fürchtet, schnauft dankbar, jemanden im leeren Haus gefunden zu haben. Danach flüchtet sie unter unser Bett und bleibt, gelegentlich wohlig stöhnend, dort liegen, bis nach dem Wolkenbruch die reißenden Bergbäche tosend in die Tiefe stürzen, und das Mahlen und Rollen der Steinblöcke, die sie mit sich führen, aus den Schluchten hallt.

Missverständnisse

Die Kommunikation zwischen meinem Vater und meiner Freundin scheitert nicht nur an akustischen und sprachlichen Hindernissen. Sie finden einfach keine Gesprächsbasis. Ein gemeinsames Thema als kleinster

Nenner ist nicht aufzutreiben. Ihr biografischer, regionaler und sozialer Hintergrund bietet keine Schnittstelle. Aus Angst vor Missverständnissen vermeidet Gerda es, sich mit meinem Vater auch nur über das Wetter zu unterhalten. Es war ihm noch nie daran gelegen, sich deutlich und verständlich zu artikulieren, und ebenso wenig verzichtet er dabei auf den Dialekt. Wenn sein Genuschel und Gebrummel wieder einmal unverständlich bleibt, dann rätselt Gerda lieber über dessen Sinn, als zu fragen: „Bitte, was haben Sie gesagt?" Außerdem weiß sie sich nicht zu helfen, ob sie ihn mit „Sie" oder per „Du" ansprechen soll. Er vergisst darauf, ihr jemals das Du-Wort anzubieten. Dieses Problem erscheint aber fast nebensächlich gegenüber seinen Schwierigkeiten, sich Gerdas Vornamen einzuprägen. Etliche Jahre hindurch spricht er sie mit „Gerti" an. Aber der schöne Name Gertrude hat nur die erste Silbe mit Gerda gemeinsam. Aus Höflichkeit weist Gerda meinen Vater nie auf den Irrtum hin. Sie gewöhnt sich daran, auch auf Gerti zu hören.

Gerda plagt sich mit den kulturellen Unterschieden. Bei einer der ersten Mahlzeiten mit meinen Eltern häuft sie aus der Schüssel Salat auf ihren Teller und nimmt einen Bissen. Plötzlich wird sie bleich, beginnt zu würgen und hustet ein Stückchen Zucker in die Serviette. Meiner Mutter, die wie alle Köchinnen auf dem Land den Salat zu süßen pflegt, ist direkt aus der Dose ein kleiner Klumpen Zucker dazu gerutscht. Gerda sollte mir nachher gestehen, dass ihr der Geschmack des Salats gleich seltsam vorgekommen sei. Sie habe aber nicht genug Geistesgegenwart besessen, die befremdliche Ingredienz im Salat richtig einzuordnen und kein weiteres Aufsehen zu erregen. Es ist ihr furchtbar peinlich, und sie entschuldigt sich vielmals für den Fauxpas. Ich muss mir nachträglich den Vorwurf gefallen lassen, bei meiner Schilderung übertrieben zu haben. Der Bissen sei ihr zwar im Hals stecken geblieben, meint Gerda, aber sie habe sich niemals getraut, ihn auszuspucken!

Auf geradem Wege kann man das ausgedehnte Waldgebiet, das gleich hinter den Häusern unseres Dorfes beginnt, in einer Stunde durchqueren. Am Waldrand auf der anderen Seite, beschattet von den mächtigen Ästen einer Buche, finde ich einen einzelnen Sessel aus einer Bauernstube vor. Sein Alter lässt sich nur ungefähr auf mindestens hundert Jahre schätzen. Ordentlich aufgestellt lädt er dazu ein, auf ihm Platz zu nehmen. Ein Naturliebhaber, ein Bauer oder ein Jäger, dem um das ausgemusterte Möbel nicht leid ist und der eine Sitzgelegenheit benötigte, hat ihn hergeschafft. Er gefällt mir auf Anhieb. Ich kann es doch nicht zulassen, dass ein so hübsches Stück den Waldvögeln als Ziel für einen Schmatz, den Schlupfwespen als Wohnung oder den Ameisen als Aussichtswarte dienen soll. Einfach mitnehmen, also klauen, will ich den Sessel nicht, aber er soll auch nicht verrotten. Meine Mutter hilft mir aus dem Dilemma, indem sie mir einen abgenutzten Sessel zur Verfügung stellt, der bestimmt nie wertvoll sein wird. Sie knüpft die Bedingung daran, dass ich die beiden Sitzmöbel nur bei völliger Dunkelheit austauschen dürfe. Die Vorstellung, ich könne mit einem Sessel in der Hand durch den Wald wandernd angetroffen werden, missfällt ihr. Und so machen Gerda und ich uns bei Einbruch einer mondlosen Nacht auf den Weg. Für den Hinweg spart sich noch ein verblassender Rest von Tageslicht auf, der am Horizont versickert, der Rückmarsch erfolgt jedoch in völliger Finsternis. Wir stolpern über die ausgefahrenen Spuren der Waldwege, ohne dass wir einander dabei sehen können. Wir sind nur über den Sessel verbunden, den jeder an einem Ende gepackt hat. Wir halten uns daran fest, um nicht zu fallen. Gerda schimpft im Flüsterton auf diese vollkommen verrückte Idee. Ich gebe zu, dass dies eine unorthodoxe Art ist, ein Möbelstück zu erwerben, und verspreche, es nie wieder zu tun.

Das Eselein auf seiner grünen Au …

Ich kann kein Wort Italienisch, und die Arbeiter, die auf der Ausgrabung für den Umgang mit Schaufel und Krampen angestellt sind, unterhalten sich im lukanischen Dialekt. Während die Partie in meinem Schnitt werkt, fliegen Scherz und Witz ständig zwischen ihnen hin und her. Über mich machen sie sich lustig: Wo geredet werde, sei der, der nicht verstehe, zu bedauern, meinen sie. Einmal fragen sie mich, ob Gerda meine *ragazza* sei. „Si!“, antworte ich. Erst Gerda klärt mich auf, dass *ragazza* nicht nur das Mädel im engeren Sinne, sondern auch das Gspusi und damit wahrscheinlich nicht sehr freundlich gemeint sei.

In dem Sommer auf der Ausgrabung in Virunum fällt uns am Wochenende ein schon etwas älteres Haus wegen seines abgeblätterten Charmes und der individuellen Erscheinung auf, und ich zücke gleich den Fotoapparat – da öffnet sich plötzlich ein Fenster im Obergeschoß, aus dem uns eine Bewohnerin empört ankeift: Was wir uns denn erlaubten, dass sie sich schon vorstellen könne, was wir wollten, dass sie das zu verhindern wisse, dass wir das Foto nicht veröffentlichen dürften, wenn das noch einmal geschehe … Wir sind zunächst ratlos, bis uns aufgeht, dass die Bewohnerin Angst davor hat, wir könnten von einer jenen lokalen Zeitungen ausgesandt worden sein, die damals ihr Publikum damit erfreuten, allwöchentlich einen besonderen Schandfleck an den Pranger zu stellen.

Der Kirschbaum im Garten der burgenländischen Volksschule breitet seine Zweige bis an die Scheiben eines der Fenster. Der Raum dahinter, den ein Gang trennt vom lichterfüllten Klassenzimmer, wo die Grabungsmannschaft untergebracht ist, diente ursprünglich als Lehrerwohnung. Inzwischen trifft sich hier die Jugendgruppe der Pfarre. Dieses Zimmer ist leergeräumt und besitzt als einzigen Wandschmuck ein Plakat der katholischen Inlandsmission. Auf dem Bild ist ein niedriges Steinmäuerchen um eine Weide in Irland zu sehen. Auf der großen grünen Wiese steht ein einziges Tier, ein wohlgenährtes Eselchen. Das Eselein guckt treuherzig und verschämt unter seinen Stirnfransen hervor – fast noch ein Eselfüllen, so klein. „Hab' mich lieb!", sagt sein Blick. Es ist ein so herziges Eselskind, dass man es einfach gern haben muss. Vom Motto prägt sich mir nur der Satz ein: „Ich bin so elend und arm!" Dabei handelt es sich, wie ich später eruiere, um einen Ausschnitt aus dem siebzigsten Psalm: „Ich aber bin elend und arm, o Gott, eile zu mir! Mein Helfer bist Du und mein Retter, säume nicht länger, Herr!"

Vor Einbruch der Dunkelheit fahre ich noch einmal zur Grabung hinaus. An diesem Abend möchte das andere Grabungsteam, welches oben auf der Hügelkuppe arbeitet, dort eine Party steigen lassen. Der Feldweg, der hinaufführt, passiert auch die Grabungsstelle unten am

Bach, wo ich zuständig bin. Daher kann ich das Auto, das eilig hinauf unterwegs ist und auf dem geschotterten Weg eine lange Staubfahne hinter sich her zieht, an mir vorbeipreschen sehen. Sein Fahrer winkt mir freundlich zu – es ist ein Chemiestudent, den ich schon seit einigen Grabungskampagnen kenne. Er kommt von einem Weinhauer und hat die Bouteillen seines Einkaufs im Kofferraum verstaut. An dieser Stelle beschreibt der Feldweg eine Kurve und wird auf der einen Seite von einer ansteigenden und auf der anderen Seite von einer abfallenden Böschung eingerahmt. Für einen Moment entzieht sich das Auto meiner Wahrnehmung und taucht auch nicht wieder aus der Versenkung auf. Ein in der Abendstille dröhnender Knall veranlasst mich nachschauen zu gehen. Ich sehe zwei Fahrzeuge, die auf dem schmalen Feldweg frontal gegeneinander gekracht sind. Ein junger Ungar, der ebenfalls zur Mannschaft gehört, ist zum selben Zeitpunkt, aber in die entgegengesetzte Richtung, mit einem vollbesetzten Auto unterwegs gewesen. Beide Pkw mit der auf dem ausgefahrenen Karrenweg möglichen Höchstgeschwindigkeit und an der Stelle, wo sie zusammengestoßen sind, wegen der Böschungen ohne Ausweichmöglichkeit. Die beiden Unglücksraben haben es geschafft, dort zu kollidieren, wo sich um diese Zeit „Fuchs und Hase Gute Nacht sagen". Beide Autos sind ziemlich beschädigt, und den beiden Fahrern wird bewusst, wie an ihren verzweifelten Gesichtern abzulesen ist, dass sie in diesem Sommer nur dafür arbeiten würden, den Schaden bezahlen zu können.

Nach der Arbeit wollen Gerda und ich noch in die Gegend, wo um diese Zeit die Erdbeeren reif sind. Wir erreichen mit dem Auto das Städtchen, ohne an einem offenen Verkaufsstand vorbeigekommen zu sein. Gerda sitzt am Steuer. Wir überqueren eine Kreuzung und sind unschlüssig, wohin wir uns wenden sollen. Auf der einen Seite der Straße ist ein Rummelplatz aufgebaut und auf der anderen Seite der Straßenrand dicht mit den Fahrzeugen Unterhaltungswilliger zugeparkt. Unsere Geschwindigkeit verringert sich. Plötzlich springen zwei Mädchen zwischen den parkenden Fahrzeugen hervor und direkt vor unser Auto. Vor mir habe ich das Bild eines Körpers, der über die Motorhaube rollt und, bevor er durch die Windschutzscheibe stoßen kann, seitwärts abgleitet. Das zweite Kind wird mit seinem Fuß unter dem blockierenden Reifen des vorderen rechten Rades eingeklemmt. Das alles geschieht vor den Augen des Vaters eines der beiden Kinder. Er ist mit seinem Auto unterwegs gewesen, hat die Mädchen am Straßenrand stehen gesehen und daraufhin sein Fahrzeug eingeparkt. Er gab ihnen Geld für ihr Amüsement und musste mitansehen, wie sie, ohne auch nur eine Sekunde zu zögern, entlang der Vorderseite seines Autos auf die Straße stürzten. Im Krankenhaus wird bei dem einen Kind bloß eine Überdehnung des Fußgelenkes diagnostiziert. Das zweite Kind war überhaupt unverletzt geblieben.

Es ist einer dieser Tage im Spätsommer mit einer vom Regen gereinigten und klaren Luft. Über dem höchsten der Hügelrücken oberhalb der archäologischen Fundstelle versammelt sich ein Dutzend Bussarde und kreist in den Aufwinden. Die Vögel schreien sehnsüchtig und wehmütig. Heim- und Fernweh melden sich gleichzeitig bei mir. Der Sommer ist vorübergegangen, ohne dass wir an eine Zeit für uns gedacht haben.

Für eine Ausstellung über die Reitervölker benötigt mein Chef Fundstücke von einer Ausgrabung, über die er schon seine Dissertation geschrieben hat. Meinen Studienkollegen Thomas schickt er in das Museum eines Städtchens, um dort das komplette Inventar eines reich ausgestatteten Grabes aus dem Frühmittelalter in Empfang zu nehmen. Die vollständige Liste der Funde jener Bestattung setzt Thomas in Kenntnis, was er mitnehmen soll. Auf dieser Liste scheint nebst allen anderen Objekten auch ein Tongefäß auf. Die Liste dient, unterzeichnet von Thomas, als Übernahmebestätigung und wird in Kopie in den Akten des Museums abgelegt. Nur unwesentlich gestrafft, also auch unter Einschluss des ominösen Topfes, wird die Liste in den Ausstellungskatalog übernommen. Alle Welt kann schwarz auf weiß dokumentiert sehen und bis heute nachlesen, dass der Tontopf in der Ausstellung zu sehen war. Als die Ausstellung abgebaut wird, und ich die Funde des Grabes in das Museum retournieren will, ist das Gefäß in der Vitrine nicht auffindbar. Ich muss gestehen, dass mir das nicht gleich auffällt, sondern erst der Mitarbeiterin des Museums, welche die zurückgebrachten Gegenstände mit jener Liste vergleicht, die von meinem Vorgänger unterschrieben wurde. Es kann kein Zweifel daran aufkommen, dass der Krug für die Ausstellung entlehnt wurde, denn abgesehen von der Aktenlage können sowohl Thomas, den ich auf der Stelle telefonisch kontaktiere, als auch die Mitarbeiterin im Museum sich noch übereinstimmend daran erinnern, als Verpackung für den Topf eine passende Schachtel gesucht zu haben. Eine hektische Suche nach dem Topf setzt ein. Zuerst glauben wir zu wissen, dass er an den Ort der Ausstellung gelangt ist, dann wissen wir gar nichts mehr … Licht in die verzwickte Affäre kommt erst, als sich herausstellt, dass derweilen das Gefäß auf dem Schreibtisch meines Chefs steht, weil dieser es schon lange vor der Ausstellung für archäometrische Untersuchungen ausgeborgt hat. Die Existenz des Topfes in der Ausstellung war sozusagen rein virtuell: Sein Vorhandensein war eingebildet. Warum sowohl Thomas als auch die Verantwortliche im Museum sich unabhängig voneinander erinnern konnten, das Gefäß verpackt zu haben, bleibt ein ewiges Geheimnis. Jener Quelle, der wir sonst am meisten vertrauen, dem schriftlichen Dokument, das sogar tausendfach vervielfältigt wurde, ist hier in keinem Fall Glauben zu schenken. So eindeutig sie sich auch festlegt, so sicher ist, dass der Topf die Ausstellung nie gesehen hat. Der medial entstandene, neue Topf bleibt in seiner eigenen Wirklichkeit gefangen.

Eine starke Mission gibt nicht nur Sicherheit und Zuversicht, sie bringt auch eigene Kategorien und Maßstäbe hervor, weil jeder Umstand danach beurteilt und bewertet werden kann, ob und inwiefern er ihrem Nutzen und Fortschritt dienlich sei. Jeder Verlust an Identität und Zugehörigkeit geht mit der schmerzlichen Frage einher, ob das nicht verlorene Lebenszeit war. Mittlerweile kann ich mich aber schon wieder auf schlichte Weise erfreuen an dem, was ich damals vollbracht habe – wie an den Kinderzeichnungen und Jugendgedichten, denen ich inzwischen mit Nachsicht und Zuneigung begegne, anstatt mich für sie zu schämen.

Non voglio dormire

Einmal wurde meiner Mutter von der Nachbarin berichtet, dass deren Enkel neuerdings die Liebe zur Gärtnerei entdeckt habe. „In der Scheune zieht der Bub Blumen“, habe die Nachbarin erfreut gesagt, erzählt mir meine Mutter. Sie sei hingegangen, um sich die gezackten und siebenfingrigen Blätter der Topfpflanzen, die in einem stillen Winkel nebeneinander aufgereiht standen, anzuschauen und habe sich gegenüber der Nachbarin einen dezenten Hinweis auf die wahre Natur des gefälligen Grüns erlaubt.

Gerda verkehrte in dem großbürgerlichen Elternhaus ihrer Freundin Irmi wie ein weiteres Kind. Irmi und ihre Brüder nahmen sie auf eine Reise nach Südfrankreich mit. Der Vater der Geschwister ist bis zu seinem verfrühten Tod Professor an der Universität gewesen. Dieser erfolgreiche Wissenschaftler und verantwortungsvolle Familienvater pflegte jedes Jahr, wenn er in der Silvesternacht vom Balkon aus die Feuerwerke der Nachbarschaft betrachtete, zu bemerken: „Es geht den Leuten schon schlechter, es sind schon weniger!“ Im Abstand der Jahrzehnte, die dieses Ereignis jetzt in der Vergangenheit liegt, muss man am Realitätssinn des zweifellos gescheiten Mannes zweifeln. Nein, es ist nicht weniger geworden. Wer heute in einer Silvesternacht sieht, welche Mengen an Raketen abgeschossen werden, der erlebt, welchen Überfluss alle haben.

Eine Kollegin, die ich bei der Ausbildung kennenlerne, zeigt sich immer gut gelaunt. Auf dem Schreibtisch hat sie das Bildnis ihres Mannes in fescher Kapitänsuniform stehen. Die junge Frau ist frisch verheiratet und hat auch schon ein kleines Kind. Genaueres erfahre ich nicht über ihre Lebensumstände, aber sie scheint von jugoslawischer Herkunft und doch in Österreich aufgewachsen zu sein. Da sie noch Kontakt zu den Verwandten pflegt, bewegt sie sich in zwei Welten. Die andere Welt befindet sich irgendwo in Serbien oder Bosnien. Der Weg dorthin führt durch ehemaliges Bürgerkriegsland. Einmal erklärt sie uns voller Überzeugung: „Wenn du durch Bosnien fährst, erkennst du die muslimischen Dörfer sofort am Dreck!“ Ich denke, sie glaubt daran. Ich glaube nicht, dass sie daran denkt, welches Unheil sich in solchen Meinungen begründet hat.

Die Herbstferien verbringen wir einmal auf Istrien. Mitten auf der Halbinsel liegt das kleine venezianische Bergstädtchen Motovun. Innerhalb der Stadtmauern haben nur eine Kirche, ein Campanile, ein Kirchplatz und fünf Häuser Platz, unter ihnen ein heruntergekommenes Hotel. Bis auf ein weiteres Paar sind wir die einzigen Gäste. Beim Frühstück kommen wir mit ihnen ins Gespräch. Es handelt sich um ein älteres Ehepaar, wobei die Frau aus West-, und der Mann aus Ostdeutschland stammen. Das Zusammenwachsen der beiden deutschen Staaten wird von ihnen auf pragmatische Weise vollzogen. Der Mann ist Agraringenieur in einer VEB gewesen und wurde ganz im Geiste der untergegangenen DDR sozialisiert. Er ist ein einfacher Charakter und schlichten Geistes. Die beiden sind mit ihrem Wohnmobil zur dalmatinischen Küste und weiter in den Süden unterwegs. Wir legen ihnen nahe, die Kirche von Beram zu besuchen. Sie sollen das Totentanz-Fresko in dieser Kirche nicht versäumen. Der ehemalige Ostbürger zuckt mit schreckgeweiteten Augen zusammen: „Keine zehn Pferde bringen mich in eine Kirche!“, deklamiert er pathetisch. Als wir ihn ziemlich überrascht anstarren, ergänzt er: „Zahlreiche Verbrechen gehen auf das Konto der Kirche … die Kreuzzüge, die Inquisition … Nein, niemals setze ich einen Fuß in eine

Kirche!" Er hat, so stellt sich bei Nachfrage heraus, eine geradezu abergläubische Scheu vor dem Ort Kirche. Ein Kirchengebäude ist für ihn ein Ort des Unheils, der Schauplatz einer dämonischen Bedrohung. Alles Übel der Welt materialisiert sich für ihn im düsteren Mauerwerk einer kleinen Dorfkirche. Wir sind es ja gewohnt, von einer kunsthistorisch bedeutenden Kirche zur nächsten zu pilgern, ohne dem ewigen Geheimnis noch viel Bedeutung zuzumessen. Bei unserer Urlaubsbekanntschaft zeigte sich wenigstens noch eine Scheu, eine – wenngleich negative – Ergriffenheit vor dem heiligen, für ihn unheiligen Ort.

Wir sind in das südliche Piemont geflohen, weil es mir an der ligurischen Küste zu laut war und mich die Massen an den überfüllten Stränden gestört haben. Doch inzwischen bin ich wieder mit meinem Schicksal versöhnt, das für mich vorgesehen hat, mit einer reiselustigen Frau verheiratet zu sein. Den ganzen Tag über haben wir romanische Kirchlein abgeklappert, die zwischen den dortigen Weinbergen malerisch versteckt liegen. Jetzt sitzen wir auf einem gemütlichen Campingplatz vor unserem Zelt beim Abendessen. Da lässt sich klar und deutlich aus der unmittelbaren Nachbarschaft die energisch-verzweifelte Stimme eines Kindes mit dem Ausruf vernehmen: „Non voglio dormire!" [Ich will aber noch nicht schlafen gehen!]

Die öffentliche Badeanstalt von Perchtoldsdorf verfügt über eine lange und geschlossene Röhrenrutsche. Ihr Inneres wird nur von wenigen punktförmigen Leuchtkörpern erhellt; ein Bereich der Rutsche liegt überhaupt völlig im Dunkel. Die Badegäste regulieren auf der Rutsche durch ihre Körperhaltung die Geschwindigkeit der Abfahrt. Die meisten Erwachsenen sind vorsichtig und halten den Oberkörper aufrecht. Die Kinder legen sich auf den Rücken, weil sie auf diese Weise schneller sind. Die größte Geschwindigkeit erreicht man mit dem Kopf voran, auf dem Bauch liegend und die Hände über den Kopf gestreckt. Ein großes Schild am oberen Ende der Rutsche weist darauf hin, dass dieser Abfahrtsstil verboten ist. Doch will auch ich mir den Nervenkitzel vergönnen, wie ein Geschoss durch den finsteren Kanal zu rasen. Meinem Vordermann genügend Vorsprung lassend, werfe ich mich auf die Rutschbahn, dass es klatscht. Ich bin gut in Fahrt. Die Lichter flitzen an mir vorbei. Gerade als ich die Kurve vor Beginn des stockdunklen Abschnittes passiert habe und mir dabei denke: „Mmh, das war schnittig, so schnell warst du noch nie!", passiert es: In absoluter Finsternis ramme ich mit Höchstgeschwindigkeit ein Hindernis. Vor meinen Augen explodieren Sterne. Der Aufprall ist so heftig, dass mir Hören und Sehen vergehen. Durch meinen Schwung habe ich den Prellbock aus der Verankerung gerissen, und wir bewegen uns langsam bis zum Ende der Rutsche. Es ist mein Vordermann gewesen, beleibt und mitten auf der Rutschbahn ängstlich bremsend, unter dem der Wasserfilm gerissen war. Dann steckte er fest und versuchte vergeblich, sich mit den Händen abzustoßen. Nach dem Zusammenstoß taumle ich benommen ins Freie. Ich bemerke, dass ich im Gesicht blute. Ich befürchte, mein Nasenbein könne gebrochen sein. Es war zum Glück aber nur meine Schwimmbrille, deren zersplitterter Bügel meine Haut aufgeschnitten hat.

Dummheit nimmt zweierlei Gestalt an. Es gibt die Dummheit der dummen Menschen. Das sind die Toren und Einfältigen, über deren Unzulänglichkeiten wir lächeln. Naivität und Unbedarftheit sind oft zum Scheitern verurteilt. Diesen Menschen wird Schadenfreude oder Mitleid zuteil, weil niemand sonst die Folgen ihrer Fehltritte tragen muss. Es gibt aber außerdem noch die Dummheit der klugen Menschen. Über ihre Fehler können wir nicht lachen.

A niederösterreichischer Bauernbui

Einmal höre ich meinen Vater beim Mittagstisch davon erzählen, wie der körperliche Verfall eines alten Bekannten, den er wiedergesehen hat, ihn schockiert habe: „Da hab i mi aber da-g'sehgna!" Er meint damit, dass er seinen Augen nicht trauen wollte, so bestürzt sei er gewesen. Pflichtschuldig notiere ich dieses auffallende Verb, das wohl nur noch wenigen Sprechern einer Vorkriegsgeneration geläufig ist.

Erst allmählich erschließt sich mir, wie interessant und merkwürdig dieses Wort ist. Die Bezeichnung für den Vorgang des Sehens wird im offiziellen Deutsch meist transitiv verwendet. Ich sehe etwas, einen Berg, ein Haus oder einen Menschen. Sehen geht also grundsätzlich mit einem Akkusativobjekt einher, welches nur bei der reflexiv gebrauchten Variante „sich vorsehen" fehlt. „Gehen" genügt sich und ist damit intransitiv. Nur beim altertümlichen Ausdruck „sich ergehen" steht es gemeinsam mit dem Reflexivpronomen. Ein vergleichbares Verhältnis von transitivem und reflexivem Gebrauch gibt es beim Wort schrecken. Jemanden „erschrecken" ist transitiv, „sich erschrecken" ist reflexiv. Der Dialektausdruck *sich da-sehen* hat die Bedeutung von „sich wundern" und „überrascht sein" und wird reflexiv (rückbezüglich) eingesetzt. Die Zusammensetzung mit der Vorsilbe „da-„ hat kein direktes Pendant in der Hochsprache, diese Silbe tritt im Kombination mit dem reflexiven Gebrauch auch gerne bei solchen Wörtern auf, wie: *sich da-stessn* („sich bei einem Sturz verletzen“ bzw. „bei einem selbstverschuldeten Autounfall ums Leben kommen“), *sich da-stolpern* („stolpern“), *sich da-happn* („ins Stocken geraten“, ursprünglich eigentlich „stottern“).

Im Lesebuch für Volksschulen *Unser schönes Buch* ist der erste Abschnitt der Mundartdichtung *Da Naz, a niederösterreichischer Bauernbui, geht in d'Fremd* enthalten, der uns als Klassenlektüre dient. Das von Josef Misson (1803–1875) in der aussterbenden Ui-Mundart verfasste, aber Torso gebliebene Versepos ist mir zwanzig Jahre nicht aus dem Sinn gegangen. Dieses Werk gehört zum landes- und heimatkundlichen Standard und wird immer wieder neu aufgelegt. Die Geschichte erzählt, wie der Naz Abschied von seinen Eltern nimmt und in die Fremde wandert. Der erste Tag bringt ihn zu Verwandten, bei denen er übernachtet. Dann bricht das Epos ab.

Als ich nach meinem Schlaganfall im Februar 1996 im Frühsommer wieder auf den Beinen bin, erfülle ich mir einen langgehegten Wunsch. Wir besuchen das wunderschöne Biedermeier-Geburtshaus des Dichters in Mühlbach am Manhartsberg. Die Frau des damals schon betagten Kustoden Walter Sohm erkundigt sich, woher mir *Da Naz* bekannt sei. Als ich antwortete: „Von meiner Volksschullehrerin“, ist sie davon angetan und preist meine Lehrerin: „Dass Sie das noch gelernt haben!“ Im VIII. Gesang des Naz bestaunen Kinder nach einem Unwetter einen vom Blitz getroffenen Baum: „Und a Schaar Kinner, dö stehngnan da barhapi uma / Schaun den g'sproaglaten Bam an. […] Sö kinnan sih nöd gmui dag'sögna." Während wir die Ausstellung besichtigt haben, ist unterdessen ein sommerlicher Regenguss niedergegangen und dann wieder von Sonnenschein abgelöst worden. Als wir in den dampfenden Garten treten, zitiert Frau Sohm freihändig aus dem Naz: „Si regnt nimmer, si heitert sih aus, n'Nazn, den g'freut dös."

In der Zeit der Rekonvaleszenz ist für mich nicht ersichtlich, wie mein Leben nach dem Schlaganfall aussehen würde. Schmerzlich wird mir bewusst, dass ich weder unverwundbar noch unzerstörbar bin.

Ich surfe nicht

Im Zuge meiner Ausbildung schickte mich der Dienstgeber im Jahr 2002 auf einen Kongress nach Klagenfurt. Es war zwar schon September, aber die Luft noch trocken und mild. Nicht nur mich kam es hart an, bei diesem Wetter im verdunkelten Hörsaal zu sitzen. Also beurlaubten wir uns gelegentlich selbst und schlenderten in die Stadt oder zum Wörthersee. Den abendlichen Festvortrag von Alois Brandstetter ließ ich mir allerdings nicht entgehen. Brandstetter brachte seine Meinung zur vernetzten Mediengesellschaft mit dem Wortspiel auf den Punkt: „Mich kann das Internet vergessen, ich surfe nicht, weder auf dem Wörthersee, noch im Internet! Das Internet freilich vergisst keinen." Der See ist eine dominante Erscheinung, sogar bei Brandstetter.

Ich bin nicht dabei und bekomme alles nur später erzählt. Es muss sich ungefähr Folgendes zugetragen haben. Einige beschlossen, die Mittagspause zu einem Picknick am See zu nutzen. Eine leidenschaftliche Schwimmerin widerstand der Verlockung nicht und überredete einen zweiten, sie ins Wasser zu begleiten.

Beim Hinausschwimmen blitzte die Idee auf, den See zu durchqueren. Zwar hätte sie ihren Begleiter gerne dabei gehabt, aber sie legte trotzdem gleich los, ohne darauf zu achten, ob er mit ihrem Tempo mithalten könne. Er fiel rasch zurück und verlor sie aus den Augen, als sich ein Segelboot zwischen die beiden schob. Weg war sie. Beunruhigt kehrte er ans Ufer zurück, wo mittlerweile einige bereits wieder zum Tagungsort aufgebrochen waren. Er und ein anderer beschlossen zu warten. Ihre Nervosität nahm zu, als ihre Kollegin Charlotte auch nach einer halben oder dreiviertel Stunde noch nicht wieder aufgetaucht war. Jetzt befürchteten sie wirklich das Schlimmste. In ihrer Panik entschlossen sich die beiden, Alarm zu geben. Sie benachrichtigten die Freunde und irgendjemand auch die Polizei. Einer erzählte mir, per SMS habe ihn die Nachricht erreicht: „Charlotte ist ertrunken!" Es waren schon zwei Stunden vergangen, seit die kühne Schwimmerin in den See gestochen war. Und was geschah währenddessen im See? Charlotte war zügig und stetig zum anderen Ufer hin geschwommen und hatte es nach einiger Zeit auch glücklich erreicht. Ich weiß nicht, wie lange ein geübter Schwimmer benötigt, um den See zu durchschwimmen. Jedenfalls war die Zeit fortgeschritten, und Charlotte war sich dessen bewusst. Also hielt sie sich nicht lange auf, lockerte nur ihre Armmuskulatur und warf sich wieder ins Wasser. Jetzt konnte sie sich schon denken, dass ihr spontaner Entschluss die Geduld der anderen strapaziert haben musste. Sie sputete sich, die Badebucht, wo sie ihre Freunde wusste, zu erreichen. Doch diese war vom drüberen Ufer aus nicht zu erkennen. Sie hatte es bei der Durchquerung in ihrer Ungeduld verabsäumt, gelegentlich einen Blick zurückzuwerfen und sich ihren Ausgangsort einzuprägen. Das rächte sich jetzt. Der Schilfstreifen nahm sich aus der Entfernung wie ein Strich aus und ließ keine Buchten erkennen. Sie wusste nicht, auf welchen Punkt sie zuhalten sollte. Aufs Geratewohl schwamm sie zurück. Sie verfehlte ihr Ziel bei Weitem. Ob sich die richtige Stelle finden lassen würde, indem sie an Land geht und das Ufer entlangläuft, fragte sie sich. Unschlüssig und fröstelnd trat sie im mannstiefen Wasser auf der Stelle. Ein Segler nahm sie an Bord, hatte eine Decke für sie und brachte sie zurück. Als sie in die Bucht einliefen, plagte sie schon das schlechte Gewissen. Als sie dort auch noch ein Polizeiauto stehen sah, wurde ihr mulmig zumute. Der Kollege, der anfangs mit hinausgeschwommen war und jetzt schon an die drei Stunden auf sie gewartet hatte, starrte sie an, als wäre ihm der Geist der ertrunken Geglaubten erschienen.

Ils sont fous, les blancs!

Früher war der Ötscher für die Menschen im Mostviertel eine Wohnstätte von Ausgeburten der Hölle und ein Tanzplatz der Hexen. Der Alpinismus hat aus diesem Berg einen Ort des Amüsements gemacht. Wir haben gelernt, den Fels als pittoresk und nicht mehr als abstoßend und bedrohlich wahrzunehmen. Meine Nichten ließen sich von ihrer Neugierde, die Welt kennenzulernen, in entfernte Länder treiben. Von dort brachten sie Bekanntschaften und Liebschaften mit, einmal einen Inder, dann einen Mexikaner, auch einen Schweden und schließlich einen Senegalesen. Bas, wie der junge, schlanke und großgewachsene Mann aus guter Familie hieß, besuchte seine europäische Freundin zu Weihnachten und verbrachte mit ihrer Familie die Wochen seines

Aufenthaltes. Sie wollten ihm etwas bieten und Land und Leute zeigen. Mein Bruder trug sich immer schon mit dem Gedanken, im Winter einmal den Ötscher zu besteigen und beschloss, Bas mitzunehmen. Nachdem die Familie mit Schneeschuhen ausgerüstet war, wurde der Plan konkreter. Außerdem stießen weitere Geschwister meiner Nichte und ein Onkel dazu. Je mehr Teilnehmer sich für dieses Unternehmen anmeldeten, desto schwerer fiel der zeitgerechte Aufbruch. Erst am frühen Nachmittag trafen sie in dem Fremdenverkehrsort am Fuße des Ötschers ein. Dort gab es viel Schnee. Leider auch einen scharfen, beißenden Wind und ebenso eisige Temperaturen. Von den Zweigen der Bäume standen Eisnadeln nach allen Richtungen ab. Als sich alle ihre Schneeschuhe an- und ihre Rucksäcke umgeschnallt hatten und bereit zum Abmarsch waren, kamen ihnen schon die ersten Tourengeher entgehen, die in aller Frühe auf den Berg gestiegen und bereits auf dem Heimweg waren. Von denen hörten sie, dass es oberhalb der Baumgrenze fast nicht auszuhalten wäre, weil der Wind so kalt sei. Eine meiner Nichten weigerte sich daraufhin, weiterzugehen. Bas hatte sich für den Besuch in Österreich mitten im Winter zwar mit einem daunengefütterten Anorak ausgestattet, war aber sonst in normalen Jeans unterwegs. Die Wipfel der verkrüppelten Bäume wurden durch die Schneelast nach unten gedrückt und von den Verwehungen in seltsame Gestalten verwandelt. Bas, der so viel Schnee noch nie zuvor gesehen hatte, war von diesen Spukgestalten recht beeindruckt. Die schlechten Nachrichten bewogen meinen Bruder, sein Vorhaben abzuändern. Es schien nicht wirklich aussichtsreich, mit dieser Schar und zu so vorgerückter Stunde den Gipfel erreichen zu wollen. War das Gipfelkreuz auch außer Reichweite, so wollte man doch nicht auf das Erlebnis verzichten, auf dem Ötscher gewesen zu sein. Man entschloss sich, den Sessellift zu benützen. Für Bas begann damit ein Martyrium. Wer sich noch an das Gefühl erinnert, wie es ihm zum ersten Mal mit einem Ruck den Boden unter den Füßen weggezogen und er sich gleich in einer Höhe von zehn Metern wiedergefunden hat, der kann vielleicht verstehen, warum Bas es jetzt mit der Angst zu tun bekam. Am Sessellift ist man ja ganz ausgeliefert. Man kann nur warten und stillhalten, bis man endlich oben ankommt. Bas wagte nicht, sich zu rühren. Der eisige Wind umpfiff ihn und brachte die Gondel zum Schaukeln. Mit geschlossenen Augen sehnte er das Ende der Fahrt herbei. Im Stillen rief er Gott an und empfahl ihm seine Seele. Wenn Bas geglaubt hatte, mit der Ankunft auf der Bergstation wäre sein Kreuzweg zu Ende, dann hatte er sich getäuscht. Dort sah er zum ersten Mal in seinem Leben eine Schipiste von oben. Es war um seine Contenance geschehen, als er den Abgrund sah, in den die Europäer sich mit scheinbar selbstmörderischer Absicht hinunterwerfen. Da entrang sich ihm aus gequälter Brust zum ersten Mal der Stoßseufzer: „Ils sont fous, les blancs!" [Die spinnen, die Weißen!] Doch es sollte ihm nichts erspart bleiben. Der Plan meines Bruders sah nämlich vor, am Rand der Piste entlang wieder abzusteigen. Als sie an einer Stelle sich genötigt sahen, die harte Piste zu queren, waren die emotionalen Kräfte des Senegalesen erschöpft. Beim Blick hinunter ins Tal überfiel ihn eine solche Panik, dass er keines klaren Gedanken mehr fähig war. Mit verzweifelter Stimme wiederholte er nur noch: „Ils sont fous, les blancs!" Panikattacken am Berg sind fatal. Bei Bas fielen sie so stark aus, dass er keinen Schritt mehr tun konnte. Jener Onkel, der mit von der Partie war, legte sich den jungen

Mann über die Schulter und befreite ihn aus der Bergnot. Ich fürchte, ein schlacksiger Mann senegalesischer Herkunft hält jetzt die Europäer für nicht ganz zurechnungsfähig. Das kann ihm keiner verübeln. Vielleicht hat er als einziger erkannt, was der Ötscher in Wahrheit ist: ein Ort des Grauens und der Angst, Schauplatz einer sinnlosen Quälerei. Nur wir sind mit Blindheit geschlagen. Wir wurden zum Wohl der Tourismuswirtschaft darauf dressiert, den Ötscher zu lieben. Da musste erst ein junger Mann über tausende Kilometer anreisen, damit er uns die Augen öffnet.

Und vergiss nie, dass wir alle jetzt deine Brüder sind!

In der Buchhandlung fällt meiner Tochter und mir das von Käthe Recheis verfasste Buch *Komm, kleiner Indianer!* in die Hände. Die Geschichte vom kleinen Indianer, der im winterlichen Wald verloren geht und nicht mehr nach Hause findet, wird mit wenigen Worten erzählt und ist von Alicia Sancha großzügig illustriert. Eine Kombination von klaren Sätzen und anschaulichen Bildern, wie sie meine Tochter liebt. Es ist eine Geschichte, die den Erwachsenen normalerweise unberührt lässt. Seine Wirkung trifft mich ganz unvorbereitet. Gleich nach unserer Heimkunft packe ich das Buch aus und lese es nichtsahnend meiner begierigen Tochter vor, die ich auf meinen Knien sitzen habe. Während sie erwartungsvoll ihren Kopf in meine Halsgrube schmiegt, schlage ich das Buch auf. Ich bin nicht darauf gefasst, dass mir die rührselige Geschichte so zu Herzen gehen würde. Durch den Vortrag beginnt die Geschichte zu leben, ich bin plötzlich Teil der Handlung und sehe mich außerstand, Distanz herzustellen. Als der kleine Indianer nicht mehr heim findet, setzt er sich in den Schnee und weint. Da muss ich schon kräftig schlucken. Aber tapfer lese ich weiter vor. Sobald die Tiere dem Indianerbuben ihre Hilfe und ihre Vorräte anbieten, damit er im Wald nicht verhungern und erfrieren muss, ist es um meine Fassung geschehen. Der Knabe bleibt im Wald bei den Tieren und wird, als er seine Eltern vermisst, von ihnen getröstet. Währenddessen bahnen sich die ersten Tropfen den Weg über meine Wangen, und meine Stimme vibriert wie ein Triangel. Schließlich helfen ihm die Tiere, sein Zuhause wiederzufinden. Spätestens bei ihrer Verabschiedung mit den Worten: „Und vergiss nie, dass wir alle jetzt deine Brüder sind!", stehen meine Augen so unter Wasser, dass ich kaum noch die Sätze erkennen kann. Meine Worte erreichen nur noch als abgehacktes Schluchzen das Ohr meiner Tochter. Das gleiche Rührstück bleibt mir auch ein zweites und drittes Mal und öfter nicht erspart. Noch heute passiert es mir, dass ich beim letzten Satz stolpere: „Und vergiss nie…" – schluck – „dass wir alle jetzt deine Brüder sind!"

Wünsche, die in Erfüllung gehen

In den Jahren meiner Karenz bin ich mit wenig Geld, aber mit viel Zeit ausgestattet, um meine Kinder zu begleiten und zu behüten. Es läuft nicht bei beiden auf die gleiche Weise ab. Beim ersten Kind überlasse ich die Tagesgestaltung noch ganz dem Zufall, der Laune und dem Wetter. Wir unternehmen, was uns gerade einfällt und freut. Wohin es uns verschlägt, auf welchen Spielplatz, zu welchen Spielgefährten, in einen Heurigen oder eine Hütte auf dem Berg, das ist ganz uns überlassen und nicht festgelegt, wenn wir am Morgen aufbrechen. Manchmal bin ich den ganzen Tag über mit meiner Tochter unterwegs, die auf dem Kindersitz des Fahrrades sitzt. Ausgerüstet sind wir mit einem Rucksack mit Keksen, einer Trinkflasche und Wickelsachen. Wir erkunden die Föhrenberge und den angrenzenden Wienerwald, zwischendurch greint das Kind sich in den Schlaf, während ich das Mountain-Bike immer weiter den Berg hinauftrete. Ich probiere auch aus, ob man mit dem Kinderwagen quer durch den steilen und steinigen Wald bis zum Gipfel hinaufkommt: Es funktioniert, weit schwieriger ist das Bremsen auf dem Weg hinunter. Ich bin damals noch nicht mit einem Mobiltelefon ausgestattet und somit den ganzen Tag für die Mutter des Kindes nicht erreichbar, der Zeitpunkt unserer Rückkehr bleibt offen und unkalkulierbar. Einmal liegt quer über den sonnenbeschienenen Waldpfad eine Schlange, die sich gerade anschickt, einen Frosch zu verzehren. Das Reptil liegt bewegungslos, in seinem weit aufgespreizten Maul steckt zur Hälfte die Amphibie, deren Schallblase wie ein geöffneter Airbag wegsteht, was verhindert, dass der Frosch umstandslos verschluckt werden kann.

Gelegentlich und illegal überquere ich mit meiner Tochter auf den Schultern die Gleise der Südbahn. Da sehen wir einen Fuchs, wie er am helllichten Tag das Gleiche macht wie wir. Ein anderes Mal wandere ich mit beiden Kindern an einem warmen Sonntagnachmittag über das bei Ausflüglern beliebte Naturschutzgebiet Heide, als ein Fuchs gelassen an den Menschengruppen vorbeiläuft.

Bei der zweiten Karenz verlaufen unsere Tage dann nicht mehr so spontan. Da ich meine Tochter pünktlich um eins vom Kindergarten abholen muss, setzt sich ein rigider Zeitplan durch. Es sollen sich vorher der Mittagsschlaf und das Mittagsmahl ihres kleinen Bruders ausgehen. Oft muss ich das schlafende Kind einpacken und mitnehmen, weil seine Schwester bereits abzuholen ist. Dazu kommt, dass inzwischen das Eintrittsalter in die öffentlichen Kindergärten von drei auf zweieinhalb Jahre gesenkt wurde. Plötzlich sind die Spielplätze an den Vormittagen verwaist und verödet. Schließlich demonstriert mein Sohn pünktlich mit knapp drei Jahren seine Reife für den Kindergarten, indem er, hinter der Ecke eines Kletterturms hervorschauend, ein gleichaltriges Kind mit den erstaunlichen Worten adressiert: „Hier bin ich, siehst du mich?“ Eine solche Bereitschaft, gleichaltrige Kinder nicht nur wahrzunehmen, sondern auch aktiv zu kontaktieren, gilt als Kennzeichen einer Entwicklungsstufe sozialen Lernens, die beim Eintritt in den Kindergarten erreicht sein sollte und wozu es üblicherweise erst am Ende des dritten oder zu Beginn des vierten Lebensjahres kommt.

Während man erzählt, weiß man nicht, welche Zeit man zu wählen hat, die Gegenwart oder die Vergangenheit, als wäre das Vergangene nicht gänzlich vergangen, solange es noch im Gedächtnis der Generation oder auch nur in dem einer Chronik fortdauert.

Czesław Miłosz; Dolina Issy (1955, dt. „Tal der Issa“, übersetzt von Maryla Reifenberg)

Hänsel-und-Gretel

Von der Veranda blicke ich auf blühende Obstbäume und den schneebedeckten Ötscher. Schließlich wacht mein Kind auf und holt seine Mahlzeit nach. Meine Mutter hat sich hingelegt, und mein Vater ist aufgebrochen, um bei seinen Bienenstöcken auf der Hochrieß Pollen zu ernten. Da hören wir das Summen von Bienen – aber aus einer ganz anderen Richtung als gewohnt. Über dem Gemüsegärtchen des Nachbarn schwebt eine Wolke aus Insekten. Ich schaue mir das aus der Nähe an, meine Tochter dabei beschwichtigend, der die Sache zu bedrohlich ist. Ein ganzes Bienenvolk setzt an, sich niederzulassen. Rasch beraten wir uns mit meiner Mutter. Ich mache mich erbötig, meinen Vater zu benachrichtigen. Die Wolke aus Bienen ist inzwischen zur Traube am Ribiselstrauch geworden. Paula ist damit einverstanden, dass wir zur Hochrieß fahren und meinen Vater suchen gehen. Wir stellen das Auto am Waldrand ab und wandern zu den Teichen. Seit letzter Woche, als Paula mit ihrer Tante hier Heilkräuter pflücken war, sind die meisten Schlüsselblumen [Waldprimel: *Primula elatior*] und Hänsel-und-Gretel [Lungenkraut: *Pulmonaria officinalis*] verblüht. In der Fischerhütte hat mein Vater sich zur Ruhe gelegt. Paulas Ruf: „Großvati, deine Bienen reißen aus!“, schreckt den Schlaftrunkenen auf. Er versteht nicht gleich, was los ist. Ich übersetze ihm: „Ein Schwarm hat sich im Schachinger-Gartl niedergelassen!“ Er ist ganz verstört. Ich muss ihn ermahnen, Tür und Fenster zu schließen. Er will natürlich gleich heim. Doch wir lassen uns von seiner Hektik nicht anstecken. Als Paula und ich wieder in Holzhäuseln eintreffen, ist es meiner Mutter inzwischen gelungen, ihn, der schon völlig konfus war, zu beruhigen. Sie stellen gerade einen neuen Bienenstock zusammen. Ich lege den Schutzschleier über und bringe das Gehäuse in Nachbars Garten. Wir verfolgen eine Zuckerbrot-und-Peitsche-Strategie. Eine volle Honigwabe aus dem Vorjahr dient als Anreiz, Rauschschwaden als Drohung. Mein Vater und ich stehen abwechselnd in Rauchwolken und dann wieder in einer Wolke aus Bienen, die jedes Mal aufsteigen, wenn er den Ribiselstrauch schüttelt. So drängen wir das Bienenvolk in Richtung der bereitgestellten Behausung. Ein steter Zug zwängt sich oben hinein, bis wir den Deckel schließen. Wir adjustieren die Kiste auf untergelegten Ziegeln, damit das Flugloch nicht durch Gartenkräuter blockiert ist. Meine Tochter beobachtet mit ihrer Großmutter das Geschehen aus der Ferne. Eine Stunde geben wir den Langsamsten, um durch den Eingang zu finden, dann Gitter vor, alles mit Spannriemen gesichert, auf die Scheibtruhe hinauf und den übrigen Bienenstöcken zur Seite gestellt. Die Manipulationen ziehen sich bis Sonnenuntergang hin. Vor unserem Aufbruch entspannen wir uns noch bei einem Abendessen. Das neue Bienenvolk ist im Kasten.

Mit Wehmut

Am Ende des Schuljahres veranstalten Lehrer und Eltern auf dem Platz vor der Schule ein rauschendes Fest, dessen Höhepunkt und Abschluss darin besteht, dass alle Kinder synchron ihre Luftballone steigen lassen. Wenn dann ein paar Hundert solcher Flugkörper gemächlich in den Abendhimmel steigen, kommt Rührung auf. Selten, dass man bei den Kindern Tränen fließen sieht – allenfalls, wenn sich der Luftballon eines Kindes partout nicht erheben will, weil er in einer Baumkrone festhängt. Es sind die Eltern, die das Davonschweben mit Wehmut betrachten. Warum bewirkt ein solcher Anblick, dass Erwachsene traurig werden? Warum kann man sich an dieser Traurigkeit sogar erfreuen? Ein davonziehender Luftballon symbolisiert gleich zweierlei: Einerseits steht er für die Kinder, die von ihren Eltern losgelassen und in eine autonome Existenz entlassen werden müssen. So mancher Luftballon kommt nicht vom Fleck, verliert sich im Gestrüpp, stürzt ab. Doch die meisten entfernen sich zielstrebig. Sie werden ihren Weg finden. Gleichzeitig trägt jeder einzelne Luftballon auch noch eine weitere Botschaft mit sich: In seinem Aufstieg drückt sich die unwiderruflich vergangene und verlorene Zeit aus. Hat ein Luftballon erst einmal an Höhe gewonnen, kann nichts und niemand ihn mehr zurückholen. Wir können ihnen lediglich nachschauen, bis ihre Traube sich in der Weite des violetten Abendhimmels auflöst.

Die Heilerin

Meinem Ururgroßvater Michael Distelberger (1817–1889), genannt der „Hexenbanner von Pyhrafeld", wurde von seinem Umfeld noch das nötige Charisma zuerkannt, um gegen Personen, denen unterstellt wurde, ihre zauberischen Kräfte zum Schaden ihrer Mitmenschen einzusetzen, vorgehen zu können. Schon sein Sohn Florian (1863–1933) und dann vor allem dessen Neffe, der weithin bekannte „Pyhrafeldner Beinbruchheiler" August Distelberger (1904–1988), haben sich weitgehend darauf beschränkt, verrenkte und gebrochene Gliedmaßen zu versorgen, und so werden im Form des

Distelberger-Pflasters volksmedizinische Traditionen in dieser Familie bis heute gepflegt. Solange ich bäuerliche Heiler nur aus Büchern kenne, sind sie für mich mit dem Odium des Verborgenen und Geheimnisvollen verbunden. Ich bin unschlüssig, wie ich es anstellen soll, mir Zutritt zu diesem klandestinen Personenkreis zu verschaffen. Als ich meinem Vater gestehe, mir keinen Rat zu wissen, wie ich Kontakt aufnehmen könne, reagiert er gelassen. Eine Warzenwenderin, deren verstorbener Mann ebenfalls als Imker tätig war, sei jederzeit erreichbar, meint er. Gerne würde er mich bei der *Oachbergerin* einführen. Als wir auf dem Bauernhof mit Mutterkuhhaltung eintreffen, macht mich mein Vater gleich auf den Silo aufmerksam. „Den håm ah mir baut", bemerkt er. Wann immer wir gemeinsam unterwegs sind, pflegt er mich auf die schmucken Schinner-Silos hinzuweisen, die auf den Höhen des Mostviertels allerorten bei den Höfen anzutreffen sind. Längst sind mir die eleganten Silhouetten vertraut geworden, und ich kann sie unmöglich mit den etwas wuchtigeren Proportionen des Konkurrenten Wolf verwechseln, dessen Silos häufiger bei den Bauern im Flachland anzutreffen sind.

Der Witwe des vor zwei Jahren verunglückten und bald darauf verstorbenen Altbauers will mein Vater eine Kiste Flaschenwein abkaufen – das soll unser Einstieg sein. Der Handel mit Marillenschnaps und Wein floriert nach Angaben der lebhaften und noch immer gut aussehenden Zweiundachtzigjährigen. Die weißhaarige Frau mit dichten Locken bittet uns in ihre Küche. Mein Vater spricht ganz direkt meinen Wunsch aus, von ihr übers *Wenden* zu hören. Darüber redet sie dann ebenso gerne und leicht wie über Belange der bäuerlichen Wirtschaft und ihrer Familie. Also haben wir kein besonderes *Weg-Wort* benötigt, eine Einleitung oder Hinführung, wie meine Mutter meinte, dass ich es beizeiten vorbereiten solle. Warum außer uns heute keine weiteren Besucher da wären, will mein Vater von ihr wissen. Weil sich nur an den Freitagen bei abnehmendem Mond und somit nur an dreizehn Tagen im Jahr wenden ließe, erteilt sie uns bereitwillig Auskunft. Mit dem *Wenden* beginne sie erst ab zwölf Uhr Mittag, denn dann wäre auch der Tag am Abnehmen. Ohne jeden Rechtfertigungsdruck erzählt sie von ihren Praktiken – so sachlich wie eine Zahnärztin, die über Mundhygiene referiert.

Zauberei
(2. 3. 1937—31. 7. 2011)

Auf dem Gebiet der Kunstgeschichte stellt Rudolf eine international geachtete Koryphäe dar. Doch reichen seine Interessen viel weiter. Seine Spiritualität hat sich vom offiziellen Katholizismus hin zur Zen-Philosophie entwickelt, wo er den Grad eines Meisters erworben hat. Rudolf lässt sich nicht die Scheuklappen seiner Wissenschaft anlegen. Er erlegt sich keine Tabus des Denkens auf. Einmal kommt in einem schäbigen Café in der Gymnasiumstraße, wo wir uns getroffen haben, unser Gespräch auf das Thema der Magie. Da fällt ihm zu erzählen ein, wie er schon einmal gezaubert habe. Um eine Warze los zu werden, habe er sie berührt und dabei den abnehmenden Mond angesehen. Und es habe geholfen. Mich lässt diese Geschichte nicht mehr los. Rudolf ist schließlich kein Fantast oder Spinner. Irgendwann reizt mich die Idee, es als einen Selbstversuch anzulegen. Wahrscheinlich fragt sich früher oder später jeder, der sich dem Phänomen Magie aus akademischer Sicht nähert, ob das, woran so viele Menschen geglaubt haben oder glauben, vielleicht nicht doch Realität sein mag. Da mir gerade erst ein markantes Überbein auf dem linken Handrücken gewachsen ist, steht mir auch das ideale Versuchsobjekt zu Verfügung. Ich reichere Rudolfs karges Ritual noch durch einen Wend-Spruch an, auf den ich im Zuge meiner Recherchen zur Volksmedizin des Erlauftales gestoßen bin. Mit nüchternem Magen trete ich in den Garten hinaus, solange der Mond noch am Himmel steht. Das Frühjahr eignet sich am besten dafür. Nach dem ersten Mal geschieht gar nichts. Ich lasse mich nicht entmutigen, da ich dieses vom rationalen Standpunkt aus etwas anrüchige Experiment zu genießen begonnen habe. Und schließlich, siehe da! Nach wiederholten und länger andauernden Versuchen verschwindet das Überbein, zwar nicht gleich auf Dauer, aber irgendwann doch endgültig. Zuerst bin ich beeindruckt, doch dann erkenne ich, dass ich einen wichtigen Grundsatz der wissenschaftlichen Erkenntnis verletzt habe. Wer ein Experiment konzipiert, sollte es wohl besser nicht selbst durchführen. Denn unser Denken kann gar nicht anders, als sich von unseren Entscheidungen eine Wirkung zu erwarten. Wer immer sich zu einer Aktion entschließt, weil er damit einen bestimmten Zweck verfolgt, wird über die Veränderung, die sich daraufhin einstellt, nicht überrascht sein – so wenig diese eine kausale Konsequenz sein muss. Erst nachdem es ein Handeln gegeben hat, ist es möglich, eine neue Situation als Resultat dieses Tuns interpretieren.

Ein Fall von radikaler Literaturkritik

Mir ist als Autor die Ehre zuteil geworden, dass mein Buch bereits zensuriert wurde, noch bevor es an die Öffentlichkeit gelangen konnte. Das zeigt mir, wie direkt ein Leser von meinem persönlichen Zugang betroffen sein kann. Erinnerungen können allgemein keinen Anspruch darauf erheben, die Wirklichkeit wahrheitsgetreu abzubilden. Jeder, der seine Erlebnisse der Öffentlichkeit mitteilen möchte, muss sich vergegenwärtigen, dass jene, die seine Sicht nicht teilen, sich dadurch irritiert oder sogar verletzt fühlen könnten. Ich bitte sie, mir das zu verzeihen! Wem dies nicht gelingt, dem steht immer noch die Möglichkeit offen, von der ein Cousin meines Vaters Gebrauch gemacht hat. Für ihn, der mir in den letzten Jahren seines Lebens ein ambitionierter Erzähler und interessierter Zuhörer gewesen ist, habe ich eine frühe Fassung meiner Familiengeschichte als Buch binden lassen und ihm geschenkt. Er war nicht mit allem einverstanden, was er darin lesen musste; und er meinte lachend, es würde in seiner Bibliothek bei den gefährlichen Büchern in der zweiten Reihe versteckt, wo auch *Mein Kampf* eingereiht sei. Ich verstand das als einen zweifelhaften Scherz. Ich erkannte damals nicht, wie ernst es ihm damit war. Nachdem Rudolf verstorben war, begann mich, weil das ein sehr persönliches Geschenk gewesen ist, die Vorstellung zu stören, es könne im Antiquariat landen. Der Plan entstand, es von seiner Witwe Agnes zurückzuverlangen. Sie ist meinem Ansinnen aufs Erste nicht sehr gewogen, und ich suche nach einer Möglichkeit, wie sich ihr der Gedanke schmackhaft machen ließe. Ich schlage ihr vor, dass wir einfach nur nachschauen könnten, ob das Buch überhaupt auffindbar ist. Die Menge an Druckwerken an allen Wänden in Zimmern und Fluren dieser Wohnung, auf deren Regalen mindestens zwei Reihen so penibel angeordnet sind, dass die vordere Reihe die hintere komplett verdeckt, ermutigt mich nicht. Eine mechanische Suche, indem ich einen Band nach dem anderen herausziehe, um zu sehen, was sich dahinter verbirgt, scheint weder erfolgsträchtig, noch der alten Frau zumutbar. Also beschränke ich mich darauf, mit dem Blick über die Buchrücken zu streifen, und bemerke eine strikte Anordnung nach Sachgebieten. Daraufhin lausche ich ganz meiner inneren Eingebung, bei welchem dieser Themen für den Verstorbenen ein Zusammenhang zu meinem bestanden haben mochte. Bei der feinen Auswahl von Werken zur Regionalgeschichte und Alternativmedizin will ich schon mein Glück versuchen; doch dann sehe ich ein Regal mit Literatur zur Zen-Philosophie. Dort greife ich einmal hin, ziehe ein Buch heraus und entdecke dahinter sofort mein gesuchtes Manuskript. Ich nehme es an mich, zeige es seiner Besitzerin, und erkläre ihr: „Wenn der Rudi jetzt nicht zugestimmt hätte, dann wäre ich nie auf das Buch gestoßen." Diese Logik ist so natürlich für sie, dass mir Agnes den gewünschten Gegenstand bereitwillig überlässt. Ja, der Rudi habe auf diese Weise seinen Willen zu erkennen gegeben, er habe sich gerührt, meint sie. Während ihr noch eine Anekdote aus seiner Kindheit einfällt, die dazu passt, fange ich an, ganz absichtslos durch das Buch zu blättern. Wie groß sind Erstaunen und Bestürzung, als ich feststellen muss, dass Rudolf den von ihm inkriminierten Bereich herausgeschnitten und geschwärzt hat – mit der ganzen Präzision und Professionalität, zu der er fähig war. Mir blutet das Herz.

Gebrauchsanleitung für ein Buch

Wie schon Michel de Montaigne (1533–1592) wusste, „gehört das Wort halb dem, der spricht, und halb dem, der angesprochen ist" (Essais III, 13). Der Leser ist gegenüber dem Autor immer im Recht, weil er mehr über den Text weiß und mehr vom Geschriebenen versteht als dieser. Jede Interpretation und Projektion ist zulässig. Ausgerechnet jener Montaigne ermutigt mich, zum Ende hin doch noch etwas zu tun, was ich vorher zu vermeiden bestrebt war, nämlich mich über mein eigenes Schreiben zu äußern. Montaigne plädiert dafür, sich Gedanken, die man bei der Lektüre großer Autoren aufnimmt, ohne schlechtes Gewissen anzueignen und sie nicht mehr als fremdes Wissen zu behandeln, das einem äußerlich bleibt. Der lernende Mensch soll sich Ideen und Anregungen anverwandeln und einverleiben, bis er nicht mehr unterscheiden kann, was er selbst gedacht und was aus fremder Quelle stammt (Essais II, 17). Auch mir ist irgendwann aufgefallen, wie manche Formulierungen, derer ich mich für dieses Buch bedient habe, um Situationen oder Emotionen zu beschreiben, aus anderen Büchern stammen oder zumindest eine große Ähnlichkeit mit Sätzen aufweisen, die ich vor vielen Jahren einmal gelesen habe. Diese Beziehung war mir zu dem Zeitpunkt, als ich diese Worte niedergeschrieben habe, nicht bewusst, erst später bin ich darauf gestoßen. Zuerst bin ich darüber erschrocken, weil das bedeutet, dass wir irgendwann die Kontrolle darüber verlieren, was aus unserer eigenen und originellen Produktion stammt und was wir bloß aufgeschnappt haben. Viel weniger von dem, was jeder von uns für sein ureigenes geistiges Eigentum hält, gehört einem tatsächlich. Viel mehr davon haben wir uns ausgeborgt, übernommen und angeeignet. Doch Montaigne beruhigt: Das macht nichts! Auch er habe zuerst ganz allein und selbständig zu seiner persönlichen Lebenshaltung und Einstellung gefunden, bevor es ihm unterkam, dass antike Philosophen schon tausend Jahre vor ihm auf all das draufgekommen waren (Essais II, 12). Dieser ernüchternden Einsicht Montaignes, wie wenig Neues und Bahnbrechendes wir beitragen können, wenn bereits so vieles vor uns gedacht und geschrieben worden ist, entspricht meine Freude und – ja, auch Enttäuschung –, als ich manches von dem, was ich mitteilen zu können glaubte, dann bei ihm – und dies vor allem besser und eleganter als bei mir – ausgedrückt fand. Ich habe mich dann entschieden, Passagen aus fremder Hand, die sich bei mir eingeschlichen haben – soweit sie mir bekannt sind –, den Geschichten voranzustellen, in denen sie vorkommen. Ich hoffe, damit auch Montaigne die nötige Ehre erwiesen zu haben, dessen Buch sich ja stellenweise wie eine Kompilation von Zitaten aus älteren Texten liest. Schon mein Vorgänger erkannte den Wert seiner Arbeit darin, dass sie nur ihm gehöre: „In andrer Umgebung hätte ich mein Werk besser geschrieben, aber es wäre minder mein gewesen; ebendarin besteht jedoch sein Hauptzweck, seine Vollkommenheit: ganz mein eigenes zu sein." (Essais, III, 5, alle Ausschnitte übersetzt von Hans Stilett).

Bis heute sehe ich mich als eine Art Archäologe: Ich grabe in der Vergangenheit, setze Bruchstücke zusammen, auf die ich dabei stoße, und ergänze, was fehlt. Vergleichbar dem antiken Tongefäß, das ein Archäologe aus Scherben zusammensetzt, bleibt die Erinnerung Flickwerk. Es kann jederzeit ein Fragment auftauchen, das unser Bild stört. Als ich einmal einen Scherbenhaufen restauriere, bin ich vorgewarnt und verklebe nicht sofort zwei Stücke, die sich aneinanderfügen lassen. Erst wenn alle erhaltenen und zueinander gehörenden Teile beisammen sind, darf mit dem Kleben begonnen werden. Trotzdem passiert es mir, dass ein großer Teller bereits zu seiner kompletten Form gefunden hat, als doch noch ein Stückchen aus seiner Mitte auftaucht, das sich dann nicht mehr einfügen lässt. Aber ficht uns das an, wenn wir aus dem Wenigen, das vorhanden ist, ein Ganzes machen, so provisorisch und hypothetisch dessen Gestalt auch gerät?

Imkerweisheit

„Mir san schon bein Abbeuteln!" Resignierend nimmt mein Vater damit auf seinen angegriffenen Gesundheitszustand Bezug und drückt auf diese Weise aus: „Wir sind am Ende angelangt, mit uns geht's zu Ende." Obwohl unverfängliche Interpretationen möglich wären – im Herbst beutelt man Obst von den Bäumen, bei der Honigernte die Bienen von den Waben – liegt dem Sprichwort vermutlich das Abschütteln des Penis im Anschluss an das Urinieren zugrunde. Einerseits berührt mich die Klarsicht meines Vaters – die Nähe seines Todes, über die er sich nichts vormacht. Gleichzeitig erweckt seine Formulierung mein sprachkundliches Interesse. Während wir beide wissen, dass es mit ihm zu Ende geht – ein Wissen, das wir uns auch gegenseitig eingestehen – freue ich mich darauf, diese schöne Redewendung in meine private Sammlung bäuerlicher Sprechweise aufzunehmen.

Dem Eisbären einen Kühlschrank verkaufen …

Im Jahr 1991 wechselte mein Vater aus dem Berufsleben in die Altersrente. Um seine eigene Unersetzbarkeit zu unterstreichen, erzählt er gern, wie ein Jahr nach seinem Rückzug das Silogeschäft eingestellt wurde. Natürlich war seine Person wichtig für diese Nische des Baugewerbes, doch hatten die Hochsilos ihre Blütezeit in den Siebziger- und frühen Achtzigerjahren. Der Wandel der Agrartechnologie hat diese Bauwerke überflüssig gemacht. Das Schicksal begünstigte insofern meinen Vater, als er den Niedergang seinem Nachfolger überlassen konnte. In weiser Voraussicht hat er bereits ein paar Jahre vor dem Ende seiner Erwerbstätigkeit mit der Haltung von Bienenvölkern begonnen. Die Imkerei bringt nicht nur viel Arbeit mit sich, der Ertrag der Völker muss auch vermarktet werden. Das Talent meines Vaters besteht im Gespür für den richtigen Umgangston mit den Kunden. Dieses Geschick ergänzt sich mit den Anforderungen seines Alkoholspiegels, weil es den Gepflogenheiten entspricht, dass allen Besuchern ein Achterl Wein aufgenötigt wird. Im Herbst 2011 erleidet er einen körperlichen und mentalen Zusammenbruch, als während eines längeren Krankenhausaufenthaltes seiner Frau die Routinen des Zusammenlebens wegfallen. Da zeigte sich, wie sehr diese Gewohnheiten seinem sich anbahnenden Verfall Einhalt geboten hatten. Uns, den Angehörigen, wird dies erst bewusst, als wir uns darum bemühen, ihm diese Sicherheit wiederzugeben, indem wir viel Zeit mit ihm verbringen. Dabei geht es auch darum, seinen Wunsch zu unterbinden, sich wieder hinter das Steuer zu setzen. Sein Fahrverhalten galt in der Nachbarschaft bereits als gemeingefährlich. Meine Mutter, die Aufmerksamkeit ungerne teilt, wird sogleich von heftiger Eifersucht auf ihren Mann gequält. Ob der gleichermaßen geringe wie konstante Konsum von Alkohol seiner Demenz Vorschub geleistet oder der soziale Kontakt diese hintangehalten haben mag, wollen meine Geschwister und ich nicht beurteilen. Sein Zustand ist so prekär, dass wir geneigt sind, das Risiko, damit seiner Trinksucht Vorschub zu leisten, als kleineres Übel in Kauf zu nehmen. Also lasse auch ich mich ein paar Mal überreden, ihm auf seiner Verkaufstour durch die umliegenden Dörfer als Chauffeur zu dienen. Obwohl seine Demenz schon weit fortgeschritten ist, legt er immer noch eine bemerkenswerte Überzeugungskraft an den Tag. Ich bin dabei, als mein Vater es zuwege bringt, ein großes Glas Honig einem Bäuerchen zu verkaufen, das sich mit dem Argument: „Mei Frau und i, mir ham's mit'n Zucker [sind Diabetiker]", vergeblich dagegen sträubt. Mit einem Satz wischt mein Vater den Einwand zur Seite: „Honig ist gesund!", und bezieht sich damit auf die traditionelle Wertschätzung von Honig als Medizin. Schon hat er seine Ware an den Mann gebracht. Sein Erfolg liegt darin begründet, dass er den Menschen, denen er etwas verkauft, mit Zuneigung begegnet. Das spüren sie auch. Da braucht es dann keine große Überredungskunst. Um diese Gabe beneide ich ihn. Es ist die Bereitschaft, gut von den Menschen zu denken.

Ein Jünger Epikurs

Der Lehre Epikurs hing er sein Lebtag lang an, ohne dass er dafür wissen musste, wer dieser griechische Philosoph war und wie er sich geäußert hat. Mein Vater folgte ihm nicht im Bekenntnis, sondern der Tat nach. Sein Handeln entsprach ganz den Regeln, die Epikur in den ersten drei Jahrzehnten des dritten vorchristlichen Jahrhunderts aufgestellt hat. „Der Tod ist für uns ein Nichts", hat Epikur argumentiert und daraus seine Philosophie der Freude abgeleitet, wonach der Mensch ganz allein für sein Lebensglück verantwortlich sei. Es war jene diesseitsbezogene Weltsicht, die schon den Unmut seiner antiken Zeitgenossen erregt hat und ihm von der Nachwelt fälschlicherweise unterstellen ließ, einem schrankenlosen Genuss das Wort zu reden. Epikur sagte, schon die Erfüllung ganz bescheidener Bedürfnisse könne große Freude bereiten: „Wem genug zu wenig ist, dem ist nichts genug."

Dazu sang Epikur das Lob der Freundschaft: „Die Freundschaft umtanzt den Erdkreis, uns allen verkündend, dass wir erwachen sollen zur Seligkeit", wie er sich in seinen Aphorismen ausdrückte. Epikur behauptete sogar: „Gerechtigkeit an sich hat es nie gegeben." Man kann daher die Menschen so respektieren, wie sie sind – in ihrer ganzen Begrenztheit und Mangelhaftigkeit, und muss diese Liebe nicht davon abhängig machen, dass sie bereit sind, einem Ideal oder einer Utopie nachzueifern.

Epikurs Lehre birgt auch Risiken – eine allgemeine Indifferenz gegenüber Zucht und Ordnung, überhaupt allem Regelwerk, die gewisse Empfänglichkeit für irdische Genüsse, eine geschwächte Widerstandskraft gegen Versuchungen aller Art, ein Über-Ich, dessen Stimme zu leise ist, um sich immer gegen egoistische Impulse durchzusetzen. Diesen Gefahren mag mein Vater oft genug erlegen sein. Was aber diese Lebenseinstellung für denjenigen leistet, der sich ihr anschließt – dem Tod ist der Stachel genommen, er ist weiter nichts, wovor wir uns fürchten müssen, insofern wir unser Leben bewusst gelebt haben. Die Gleichgültigkeit meines Vaters gegenüber der Ernsthaftigkeit und Tragik des Lebens war nicht jedem seiner Mitmenschen ganz geheuer. Regelmäßig die Muße für ein Mittagsschläfchen aufzubringen – was für eine Provokation in der heutigen Zeit! Mein Vater lebte eine Lebensphilosophie, ohne dass er dazu philosophieren musste. Man braucht Epikur nicht studiert zu haben, um seine Nachfolge anzutreten. Ob ein Leben gelingt, ist also keine Frage der richtigen Theorien, der schönen Pläne und der guten Vorsätze.

Zunehmende Paranoia

Meine Mutter ist mit dem Ablauf der Ereignisse gar nicht einverstanden. Die Demenzerkrankung meines Vaters wird für sie zur großen Belastung, weil sie professionelle Hilfe nicht zulassen will. Sie glaubt, dass als Opfer und wichtigste Leidtragende alle Aufmerksamkeit ihr zu gelten habe. Zwar stellt es sie zufrieden, dass ihr jetzt niemand mehr die komplette Kontrolle über das Familiengeschehen streitig machen kann. Aber gleichzeitig ist sie der Meinung, dass die Defizite bloß seiner Hinterlist entspringen würden, um sie so noch mehr kränken und verletzen zu können. Seine Demenz als Krankheit anzuerkennen und damit auch zu entschuldigen, gelingt ihr nicht. Für eine glückende und beglückende Kommunikation ist schon der Vertrauensvorschuss nötig, jene Bereitschaft, zumindest so lange gute Absichten der Menschen vorauszusetzen, als nicht das Gegenteil bewiesen ist.

Bei einem Besuch erzählt sie mir von einem Telefonanruf, den mein Vater entgegengenommen habe. Klar ist nur, dass es bei dem Anruf um jenes Waldgrundstück ging, das meinen Eltern auf der Hochrieß gehört. Was der Grundnachbar, der angerufen hat, von meinen Eltern wollte, blieb meinem Vater unverständlich. Sinnerfassend zuhören ist ihm aufgrund seiner Demenz kaum noch möglich. Meiner Mutter fällt sofort ein, wie sich vor zwanzig Jahren ein Konflikt um die Abweichung faktischer und virtueller Grundgrenzen nur durch einen geharnischten Brief meines älteren Bruders beilegen ließ. „Er muss gleich wieder kommen!“, ordnet meine Mutter an. Mit meinem ahnungslosen und gutwilligen Bruder sucht sie den Grundnachbarn auf der Hochrieß auf, um diesen, kaum hat er ihnen die Tür geöffnet, anzuschreien und anzupöbeln: Dass er damit nicht durchkomme ... dass sie sich das nicht gefallen lasse ... dass er ein Betrüger und Grunddieb sei ... und so weiter. Mein Bruder wäre vor Scham am liebsten im Boden versunken. Vor allem, als sich endlich herausstellt, weshalb der Grundnachbar eigentlich angerufen hat: Er wollte bloß um die Erlaubnis bitten, Äste zu kappen, die auf sein Grundstück hinüberragen.

Die Gefahren der Feldforschung

Gegen Ende meiner zweiten Karenz nehme ich im Mai 2010 einen Termin bei meinem Vorgesetzten wahr, der mir Ahnungslosem eröffnen wird, dass ich meinen beruflichen Verantwortungsbereich los bin. Unmittelbar vor dem Termin habe ich, weil ich überpünktlich war, einige Treppen und Türen weiter auf einen kurzen Besuch beim Betreuer der Buchreihe *Damit es nicht verlorengeht…* vorbeigeschaut. Unerwartet fragt er mich, ob ich eine Sammlung von Lebensgeschichten innerhalb dieser Reihe herausgeben wolle. Weil mich das Angebot überrascht, erbitte ich mir Bedenkzeit. Doch schon das unmittelbar darauffolgende und unerquicklich verlaufende Gespräch über meine berufliche Zukunft verhilft mir zur Einsicht: Das mache ich! Gleich eile ich zurück und sage zu.

Zu Jahresbeginn 2011 sind die Texte fertig ausgearbeitet, und es gilt, sich von den Autoren, aus deren Beiträgen das Buch besteht, den abschließenden Sanktus zu holen. Außerdem müssen Fotos aufgetrieben werden. Zu diesem Zweck besuche ich an einem Februarmorgen Maria Elisabeth Windisch auf ihrem Weinbauernhof in der Oststeiermark. Es ist dieser lebensfrohen Frau nicht anzumerken, dass sie das Erscheinen des Buches im Sommer desselben Jahres nicht mehr erleben würde. Anschließend bin ich mit einer weiteren Autorin in der Weststeiermark verabredet. Eine schmale und kurvige Zufahrtsstraße windet sich den Berg hinan bis zu ihrem Bergbauerngehöft und endet dort. Als ich dem Auto entsteige, bemerke ich einen Berner Sennhund, der sich bei einem Nebengebäude herumtreibt, wo die restliche Familie mit Holzschneiden beschäftigt ist. Ich trete ein und werde von der alten Frau in ihr Stübchen geführt. Zur Verabschiedung wechseln wir vor der Haustür, wie es üblich ist, noch einige Worte. Inzwischen hat sich zu dem einen noch ein zweiter Berner Sennhund gesellt. Kaum erblickt er mich, als er auch schon auf uns zugestürmt kommt, dabei grimmig knurrend und bellend, die Lefzen hochgezogen. Seine deutlich zur Schau getragenen aggressiven Absichten gelten mir, der fremden Person auf dem Hof. Ich weiß nicht, womit ich seinen Unmut erregt haben könnte. Das wilde Tier richtet sich auf, bleckt direkt vor meinem Gesicht sein mächtiges Gebiss und stemmt mir seine Vorderpfoten gegen die Brust. Ich packe die Tatzen, um diesen schweren Leib von mir wegzudrücken. Die alte Frau beschwört mich indessen hektisch, ich möge mich ins Haus zurückziehen. Ihre Kinder sind auf meine missliche Lage aufmerksam geworden und versuchen den Hund zurückzurufen. Ich stolpere rückwärts, krampfhaft bemüht, den geifernden Riesenhund von mir fernzuhalten. Während ich durch die offene Haustür hineinfalle, bleibt der Hund draußen. Mein Puls rast vor Schreck und Aufregung. Wie ich nachträglich erfahre, war der Hund weggesperrt gewesen, als ich ankam. Weil er meine Ankunft nicht beobachten konnte, begriff er nicht, woher ich so unvermutet auftauchte, und sah es als seine Pflicht, mich wieder ins Haus zurückzutreiben.

Das Akkordeon

Im Frühjahr 2013 trete ich zum Eignungstest an der Pädagogischen Hochschule in Baden an, um mich für das berufsbegleitende Studium zum Volksschullehrer zu qualifizieren. Weil dies auch die Ausbildung an einem Instrument einschließt, fahre ich im September nach Eschenau im Traisental, wo ich mir ein Akkordeon kaufe. Die Tatsache, dass ich dieses Instrument einmal hätte spielen lernen sollen, ist bis zu diesem Moment für mich völlig unwesentlich gewesen. Mein Vater hat mich drei Jahre lang allwöchentlich zum Kapellmeister der Brauereimusikkapelle Wieselburg geschickt, zu Herrn Rorzyczka, einem polnischen Emigranten mit hartem Akzent, der mich gemeinsam mit zwei anderen Schülern unterrichtete. Mit der Idee einer Hausmusik, wie sie meinem Vater vorschwebte, war er damals eigentlich schon längst gescheitert. Es war zu spät für den Versuch, einen weiteren Musiker oder zumindest Musikanten in unserer Familie heranzuziehen. Ich erlebte diese Stunden bei Paul Rorzyczka immer als einen Zwang, von dem ich mich befreite, sobald ich mich durchsetzen konnte. Das Wohnzimmer in seinem Haus im Ortsteil Zeil, wohin ich nach der Schule das schwere Instrument weit zu schleppen hatte, war mit den Fellen erlegter Mufflons und Wildschweine ausgelegt, deren strenger Geruch nach gegerbter Haut den Raum erfüllte. Ich habe mehr als dreißig Jahre lang kein Instrument in die Hand genommen – doch als ich mir das Akkordeon umschnalle, ist mir dessen Geruch noch immer vertraut. Nach drei Jahrzehnten finden meine Finger ganz automatisch die Tasten. Als ich den Blasebalg zum Schnaufen bringe und die Ziehharmonika zu seufzen und zu jammern beginnt, stellt sich ein körperliches Glücksempfinden ein. In der Vergangenheit können Geschenke für uns bereit liegen, die wir noch nicht abgeholt haben. Jetzt erst verstehe ich, dass mein Vater seinen musikalischen Engagements eine seiner wichtigsten Tugenden verdankte. Er war sich bewusst, was es bedeutet, in einer Gemeinschaft zu kooperieren und dabei nicht auf den eigenen Vorteil oder die eigene Position bedacht zu sein. Wer weiß, ob mir das jemals aufgefallen wäre, wenn mir nicht das Akkordeon dazu verholfen hätte? Schon seinen Kindern wollte er beibringen, wie man zu einem gemeinsamen Werk beisteuert, ohne sich dabei in den Vordergrund zu spielen. Stattdessen habe ich mir als Jugendlicher viel auf den Anspruch zugutegehalten, ein kritischer Geist zu sein. Mit der Arroganz eines zornigen jungen Mannes wurde alles infrage gestellt.

Am Ende seines Lebens sieht es so aus, als könne mein Vater in Frieden und Bescheidenheit loslassen. Er hat keine offenen Rechnungen und ist nicht der Meinung, die Welt sei ihm oder er der Welt etwas schuldig. Will man das Leben eines Menschen von seinem Sterben her beurteilen, dann scheint er die richtige Balance und den idealen Ausgleich gefunden zu haben. Es ist ihm gelungen, erfolgreich nach den herkömmlichen Maßstäben zu sein, gleichzeitig seinen kreativ-musischen Neigungen nachzugehen, in der Welt herumzukommen, insofern sie ihn interessierte, die Tröstungen der Religion in Anspruch zu nehmen, mit unzähligen Menschen seines eigenen Schlages zusammenzutreffen, sich dabei köstlich zu amüsieren und trotzdem niemanden durch sein Verhalten vor den Kopf zu stoßen. Ob in der Kirche, bei der Blasmusikkapelle, am Stammtisch oder in einer anderen Gemeinschaft, mein Vater war glücklich in der Gesellschaft von Menschen. Am Ende war er ein zufriedener Alkoholiker, in Harmonie und Einklang mit sich und der Welt. Er hat stets nach vorne geschaut und sich seine Fehler leichten Herzens verziehen. Er suchte sich immer wieder neue Weggefährten, ohne von Gewissensbissen belastet zu werden, weil er die früheren verlassen hatte. Der Wechsel von einer Gemeinschaft zur anderen ging ihm leicht vonstatten. Mir fällt das schwerer, in dieser Hinsicht bin ich mehr nach meiner Mutter geraten.

Sterbebildchen
(11. 7. 1929 – 25. 2. 2014)

Musikanten sind eben nicht nur an Hochzeiten, sondern genauso auch am Ablauf von Begräbnissen beteiligt. Bereits auf den Hochzeitsfeiern wurde mein Vater mit vielen Menschen bekannt. Daher waren ihm auch die Verstorbenen selten fremd. Meist kannte er den Toten im Sarg. Nach einer solchen Feier wird den Teilnehmern, bevor sie den Friedhof verlassen, ein Sterbebildchen in die Hand gedrückt. Mein Vater hat diese immer eingesteckt und daheim zu den anderen in die Lade gelegt. Auf diese Weise sammelten sich über die Jahrzehnte ansehnliche Stöße. Wer sind die Menschen, an deren Tod damit erinnert werden sollte? Was haben jene

Namen einst bedeutet? Auf den Fotos stehen ihre Träger meist noch in der Blüte ihrer Jahre. Bei anderen sieht es so aus, als ob die Angehörigen in Verlegenheit geraten wären, woher sie ein Foto des Verstorbenen nehmen sollten. Gelegentlich fanden sogar Ausschnitte aus solchen Gruppenbildern Verwendung, wie sie angefertigt werden, wenn der Bürgermeister zum runden Geburtstag gratulieren kommt. Die Sterbebildchen sind in der heutigen Zeit der Ersatz dafür, dass wir uns die Toten nicht mehr anschauen und ihnen nicht mehr ins Gesicht schauen. Die Verstorbenen sind bei ihrem eigenen Begräbnis auf merkwürdige Weise abwesend. Zur Lebenseinstellung meines Vaters gehörte, dass man mit dem Tod umgehen kann und ihm einen Platz im Leben zugesteht. Eine von Sterbebildchen überquellende Küchenlade ist für mich zum Wahrzeichen geworden. Mein Vater hat mir vorgeführt, wie man sich mit der Tatsache versöhnen kann, dass wir einmal sterben müssen. Seit er sich als Bub auf spielerische Weise zuerst das Schwimmen und später das Musizieren auf der Klarinette beibringen konnte, glaubte er, alle weiteren Aufgaben, die ihn erwarteten, würden sich auf ähnlich lockere und spontane Art bewältigen lassen. Aber beim Sterben ist ja schließlich ein jeder Autodidakt. Am Sonntag, den 15. Dezember 2013, begleiteten meine Tochter und ich ihn noch zum Fest des 90. Geburtstages seiner älteren Schwester auf die Hochrieß. Die Teilnahme an dieser Feier fällt ihm schon recht schwer. Auf dem Weg durch die vordere Gaststube stürzt er. Beim Essen gibt es Schwierigkeiten, weil ihm ständig der Speichel aus dem Mund läuft. Doch will ich ihm ein letztes Mal die Gelegenheit bieten, seine noch lebenden Geschwister und sein Elternhaus zu sehen. Als ich ihn wieder daheim abgeliefert habe, bin ich erleichtert über den glimpflichen Ausgang des Unternehmens. Seine Verfassung hat sich da schon sehr verschlechtert. Kurz darauf übersiedelt er für einige Wochen ins Seniorenheim in Scheibbs, kommt für ein paar Tage wieder nach Hause und dann ins Pflegeheim in Herzogenburg, wo er am Dienstag, den 25. Februar, einfach aufhört zu leben. Am Sonntag, zwei Tage vor seinem Tod, bin ich noch mit meiner Familie bei ihm zu Besuch gewesen. Am Dienstagvormittag erhalte ich von der Schwägerin den Anruf mit der Mitteilung, dass er eingeschlafen sei. Am Mittwoch fahre ich am Nachmittag nach Wieselburg, wohin sein Körper indessen überführt worden ist, um ihn, bevor der Sarg geschlossen wird, noch ein letztes Mal zu sehen. Ich komme um eine halbe Stunde zu früh und warte vor der Leichenhalle auf den Bestatter. Plötzlich tritt, bevor sie den Hügelkamm berührt, der das Tal auf der gegenüberliegenden Seite begrenzt, die Sonne als glühender Ball hinter einer Wolkenbank hervor, und ich erlebe einen intensiven Sonnenuntergang. Als das Licht weg ist, wird mir, weil ich keinen Mantel trage, bitter kalt. Ich trete vor meinen Vater. Dann trudeln meine Schwester, eine Schwiegertochter und eine Enkelin des Verstorbenen ein, und gemeinsam stehen wir eine Zeitlang schweigend neben dem aufgebahrten Toten. Es erschüttert mich zu sehen, wie der Tod in der kurzen Frist seinen Körper verändert hat. Der Tod ist hässlich. Der Leichnam sieht aus wie eines jener mumifizierten Gerippe, wie sie in manchen Kirchen in Spanien oder Italien zu sehen sind. Die Haut spannt über seinem Schädel und Oberkiefer, die leicht geöffnete Mundhöhle ist ein leerer Schlund. Kraft und Fülle – Kennzeichen meines Vaters im Leben – haben dieses Fleisch verlassen. Seine Hände, die mir drei Tage zuvor noch einen warmen und deutlich wahrnehmbaren Druck als einzige Reaktion auf meine Anwesenheit gegeben haben, sind nunmehr wächsern und fremd. Dieser letzte Blick auf ihn ist für mich wichtiger als das Begräbnis, das eine Woche später stattfindet. Noch immer vergnügen sich Ministranten bei einem solchen Anlass damit, Weihrauch in dicken Schwaden zu verbreiten. Bei der Messe berührt mich die schöne Blasmusik von der Empore. Der jüngste Bruder des Verstorbenen steht als Priester am Altar und muss mehrmals aus seiner wiederkehrenden Trance zurückgeholt werden. Mein sechsjähriger Sohn drängt sich beim Kirchentor zwischen die Nachbarn, denen traditionell die Pflicht zufällt, den Sarg mit dem Toten zumindest symbolisch zum Friedhof zu tragen, und hilft ihnen, den Sargwagen die Runde über den Kirchhof zu rollen. Erst zuletzt, als sie den Sarg hochstemmen, weicht er von ihrer Seite. Am Ausgang des Friedhofs stecke ich mir ein Sterbebildchen ein.

Eifersucht auf den Glücklichen

Beim Leichenmahl erzählt mein Onkel aus der Zeit, als meine Eltern gerade erst geheiratet hatten und er ihnen beim Aufbau ihres Hausstandes behilflich war. Die jüngeren Brüder legten kräftig Hand an, als es galt, dem Paar eine Heimstatt zu schaffen. Für die Bauernburschen war es eine Ehrensache, dem Bruder und der Schwägerin unter die Arme zu greifen. Gleichzeitig mussten ihre eigenen Wünsche für jene des älteren Bruders zurückstehen. Mein Großvater habe die Devise ausgegeben: „Iazt mirssn ålle dem Max sein' Karr'n ausschieam höh'fn!“, berichtet mein Onkel. Jedenfalls schwingt noch immer der leichte Ärger von damals mit, wenn mein Onkel erzählt, wie der neuvermählte Bruder sein junges Eheglück mit den Worten pries: „Des Verheiratetsein is a rechte Freud', an jeden Tag find'st a frisches Schneiztiachl im Hosensack!" Der strahlende Ehemann konnte oder wollte gegenüber seinem noch unverheirateten und unbeweibten Bruder nicht direkt auf die Freuden des Ehestandes zu sprechen kommen. Überdies bietet eine zur Schau getragene Selbstzufriedenheit nur Anlass zu Neid und Eifersucht. Das gewaschene und gebügelte Sacktuch steht für die Annehmlichkeiten des täglichen Lebens. Die Ehefrau sorgte umfassend für das leibliche Wohl ihres Ehegatten. Dezent waren auch weitere körperliche Aspekte einer jungen Ehe angesprochen und miteingeschlossen. Um in diese privilegierte Position zu gelangen, hat er sich – nach Meinung seiner Generationskollegen – nicht wirklich anstrengen müssen. Ihm wurde der Weg geebnet. Alles ging glatt vonstatten. Die jüngeren Brüder mussten sich dagegen zu Umwegen bequemen. Die Position als Familienvater ließ sich nicht so leicht verdienen, und sie hatten länger darauf zu warten. Hat mein Vater seine Erfolge und Siege insgesamt mit einer gewissen spielerischen Eleganz erzielt? Tatsächlich waren das Glück und die Umstände ihm oft gewogen, und die Niederlagen nahm er sich nicht weiter zu Herzen. Der Glückliche, dem traumwandlerisch in den Schoß fällt, worum andere hart ringen müssen, kann diesen auch zum Ärgernis werden. In den Geschichten, die mir mein Vater erzählte, ging es immer wieder um jene Leichtigkeit des Seins. Heute gefällt mir diese sorglose Einstellung. Dahinter steht das Vertrauen, dass alles gelingen und sich zum Guten wenden wird …

Im Traum ruf ich an bei dir
Doch keiner hebt ab
Was ist da nur los?

Ein Tag im Jänner 2017

Das Leben gedachte noch einen wichtigen Beitrag zu leisten, einen kritischen Kommentar, mit dem es alles infrage stellte, was ich mir bis dahin so schön zusammengereimt hatte. Jener Teil der Geschichte, der sich bis zuletzt Zeit gelassen hat, verändert, als er sich einstellt, nicht nur radikal unser zukünftiges Leben, sondern auch alles Vorangegangene. Nichts kann so stehen bleiben, wie es niedergeschrieben wurde. Und nichts davon lässt sich umschreiben.

Am Abend des 6. Jänners 2017 telefoniere ich noch mit meiner Frau und vereinbare mit ihr, sie und die Kinder am darauffolgenden Tag aus ihrem Urlaubsquartier abzuholen, da sie mit dem Snowboard umgekippt ist und sich taumelig und benommen fühlt. Am nächsten Morgen erreicht mich auf der Fahrt nach Kärnten die Nachricht, dass Gerda in der Nacht gebrochen und anschließend das Bewusstsein verloren habe. Sie sei daraufhin in den frühen Morgenstunden mit dem Helikopter ins Spital geflogen worden. In Klagenfurt teilt mir der Primar der Intensivstation mit, dass bereits dem Notarzt deutliche Zeichen einer Schädigung des Stammhirns durch eine massive Gehirnblutung vorgelegen seien, und deutet an, dass meine Frau nicht mehr aufwachen werde und eigentlich schon tot sei. In dieser Situation treffe ich die Entscheidung, unseren Kindern zu sagen, dass sie ihre Mutter nicht mehr lebendig wiedersehen werden. Wir betreten das Krankenzimmer, um uns von ihr zu verabschieden. Dann bringe ich uns heim und die Kinder rechtzeitig zur Schlafenszeit ins Bett.

Toni Distelberger ist im niederösterreichischen Mostviertel aufgewachsen. Mit seinen zwei Kindern lebt er in Perchtoldsdorf. Seit einigen Jahren beschäftigt er sich mit erzählten Lebensgeschichten.

Im Verlag Bibliothek der Provinz sind bereits erschienen:
Großvaters Geschichten. Ein Leben im Mostviertel
Das Mädchen im Badeanzug. Lebensgeschichten aus dem Frühjahr 1945
Die Regentropfenuhr
Im Traum war sie nackt

Verlag Bibliothek der Provinz

Literatur, Kunst, Wissenschaft und Musikalien